CARMEN

PROSPER MÉRIMÉE

Carmen
et autres nouvelles

PROSPER MÉRIMÉE
(1803-1870)

Né à Paris le 28 septembre 1803 dans une famille mi-artiste, mi-bohème — son père, peintre, a été secrétaire de l'École des Beaux-Arts — , Prosper Mérimée, élève brillant, mais difficile, gouailleur sous un aspect froid, entreprend, après le lycée, des études de droit, bien que préférant la littérature.

Ce dandy, dont les moqueries lui valent quelques inimitiés, fréquente les salons, avec notamment, Stendhal, et participe au romantisme libéral, qui s'oppose à celui de Victor Hugo. A 22 ans, il connaît la notoriété avec *Le théâtre de Clara Gazul*, de courtes pièces qu'il prétendait traduites d'une actrice espagnole. L'ensemble était talentueux : son anonymat fut rapidement percé à jour.

Il récidivera avec *La Guzla* (1827), un recueil lyrique, puis avec *Chronique du règne de Charles IX* (1829), l'un des meilleurs romans historiques français. Dans ce dernier ouvrage, il peint, sous les traits de Diane de Turgis, l'une de ses maîtresses. Le mari le provoque en duel, et le blesse à l'épaule. Pour oublier cette liaison, Mérimée voyage en Espagne, où il rencontre la duchesse de Teba : l'une de ses filles deviendra l'impératrice Eugénie, épouse de Napoléon III, et Mérimée sera son mentor à la Cour impériale.

Cet ami d'Alfred de Musset, d'Eugène Delacroix, d'Alexandre Dumas, dont il partage les frasques, est nommé en 1834 inspecteur des Monuments historiques. Pendant vingt-six ans, il va parcourir la

France, sauver des centaines d'églises, faire restaurer de nombreux monuments, avec l'architecte Viollet-le-Duc, son collaborateur.

C'est à son action que l'on doit la sauvegarde de Vézelay, de Notre-Dame de Paris, des remparts d'Avignon... Il publie *La Vénus d'Ille* en 1837, rapporte *Colomba* (1840) d'une tournée en Corse, fait paraître *Carmen* en 1845, année de sa réception à l'Académie française. Tout en voyageant, il mène de front plusieurs intrigues sentimentales, écrit, apprend le catalan, le grec moderne et le russe, pour le plaisir de traduire Nicolas Gogol et Yvan Tourgueniev.

En 1853 l'Impératrice Eugénie le fait nommer sénateur. Il devient un personnage officiel. Sa rupture avec Valentine Delessert, qui a mis fin à une liaison orageuse longue de quinze ans le laisse amer. Il cesse d'écrire.

Souffrant d'asthme, il vit à Cannes une grande partie de l'année, quand il n'est pas retenu à la Cour, où il organise pour l'Impératrice des soirées avec lectures, charades, bouts rimés et autres jeux littéraires... Il invente, lors de l'une de ces manifestations, sa fameuse « dictée de Mérimée » où sont regroupés, dans un texte court, nombre de pièges orthographiques de la langue française.

Miné par la maladie, il est obligé de refuser d'être nommé ministre de l'instruction publique. L'ancien dandy désinvolte, le notable d'apparence guindé est devenu un vieillard défait, voûté. Même le sommeil, tant il souffre, lui est interdit.

La guerre franco-prussienne le consterne. La défaite française l'accable. Il ne survit pas au régime impérial, dont il a été un brillant dignitaire : il s'éteint le 23 septembre, à Cannes.

Arsène Guillot

Σε Πάρις καὶ Φοίβος Ἀπόλλων
Ἐσθλὸν ἐόντ', ὀλέσωσιν ἐνί Σκαιῇσι πύλῃσιν.

Hom., *Il*, xxii, 360.

I

La dernière messe venait de finir à Saint-Roch, et le
bedeau faisait sa ronde pour fermer les chapelles
désertes. Il allait tirer la grille d'un de ces sanctuaires
aristocratiques où quelques dévotes achètent la permission de prier Dieu, distinguées du reste des fidèles,
lorsqu'il remarqua qu'une femme y demeurait encore,
absorbée dans la méditation, comme il semblait, la
tête baissée sur le dossier de sa chaise. « C'est
madame de Piennes », se dit-il, en s'arrêtant à l'entrée
de la chapelle. Madame de Piennes était bien connue
du bedeau. A cette époque, une femme du monde,
jeune, riche, jolie, qui rendait le pain bénit, qui donnait des nappes d'autel, qui faisait de grandes
aumônes par l'entremise de son curé, avait quelque
mérite à être dévote, lorsqu'elle n'avait pas pour mari
un employé du gouvernement, qu'elle n'était point
attachée à Madame la Dauphine, et qu'elle n'avait
rien à gagner, sinon son salut, à fréquenter les églises.
Telle était madame de Piennes.

Le bedeau avait bien envie d'aller dîner, car les gens
de cette sorte dînent à une heure, mais il n'osa troubler le pieux recueillement d'une personne si considé-
rée dans la paroisse Saint-Roch. Il s'éloigna donc,
faisant résonner sur les dalles ses souliers éculés, non
sans espoir qu'après avoir fait le tour de l'église il
retrouverait la chapelle vide.

Il était déjà de l'autre côté du chœur, lorsqu'une
jeune femme entra dans l'église, et se promena dans
un des bas-côtés, regardant avec curiosité autour

d'elle. Retables, stations, bénitiers, tous ces objets lui paraissaient aussi étranges que pourraient l'être pour vous, madame, la sainte niche ou les inscriptions d'une mosquée du Caire. Elle avait environ vingt-cinq ans, mais il fallait la considérer avec beaucoup d'attention pour ne pas la croire plus âgée. Bien que très brillants, ses yeux noirs étaient enfoncés et cernés par une teinte bleuâtre ; son teint d'un blanc mat, ses lèvres décolorées, indiquaient la souffrance, et cependant un certain air d'audace et de gaieté dans le regard contrastait avec cette apparence maladive. Dans sa toilette, vous eussiez remarqué un bizarre mélange de négligence et de recherche. Sa capote rose, ornée de fleurs artificielles, aurait mieux convenu pour un négligé du soir. Sous un long châle de cachemire, dont l'œil exercé d'une femme du monde aurait deviné qu'elle n'était pas la première propriétaire, se cachait une robe d'indienne à vingt sous l'aune, et un peu fripée. Enfin, un homme seul aurait admiré son pied, chaussé qu'il était de bas communs et de souliers de prunelle qui semblaient souffrir depuis longtemps des injures du pavé. Vous vous rappelez, madame, que l'asphalte n'était pas encore inventé.

Cette femme, dont vous avez pu deviner la position sociale, s'approcha de la chapelle où madame de Piennes se trouvait encore ; et, après l'avoir observée un moment d'un air d'inquiétude et d'embarras, elle l'aborda lorsqu'elle la vit debout et sur le point de sortir.

— Pourriez-vous m'enseigner, madame, lui demanda-t-elle d'une voix douce et avec un sourire de timidité, pourriez-vous m'enseigner à qui je pourrais m'adresser pour faire un cierge ?

Ce langage était trop étrange aux oreilles de madame de Piennes pour qu'elle le comprît d'abord. Elle se fit répéter la question.

— Oui, je voudrais bien faire un cierge à saint Roch ; mais je ne sais à qui donner l'argent.

Madame de Piennes avait une dévotion trop éclairée

pour être initiée à ces superstitions populaires. Cependant elle les respectait, car il y a quelque chose de
touchant dans toute forme d'adoration, quelque gros-
sière qu'elle puisse être. Persuadée qu'il s'agissait d'un
vœu ou de quelque chose de semblable, et trop charitable pour tirer du costume de la jeune femme au
chapeau rose les conclusions que vous n'avez peut-
être pas craint de former, elle lui montra le bedeau,
qui s'approchait. L'inconnue la remercia et courut à
cet homme qui parut la comprendre à demi-mot.
Pendant que madame de Piennes reprenait son livre
de messe et rajustait son voile, elle vit la dame au
cierge tirer une petite bourse de sa poche, y prendre au
milieu de beaucoup de menue monnaie une pièce de
cinq francs solitaire, et la remettre au bedeau en lui
faisant tout bas de longues recommandations qu'il
écoutait en souriant.

Toutes les deux sortirent de l'église en même
temps ; mais la dame au cierge marchait fort vite, et
madame de Piennes l'eut bientôt perdue de vue,
quoiqu'elle suivît la même direction. Au coin de la rue
qu'elle habitait, elle la rencontra de nouveau. Sous
son cachemire de hasard, l'inconnue cherchait à
cacher un pain de quatre livres acheté dans une
boutique voisine. En revoyant madame de Piennes,
elle baissa la tête, ne put s'empêcher de sourire et
doubla le pas. Son sourire disait : « Que voulez-vous ?
je suis pauvre. Moquez-vous de moi. Je sais bien qu'on
n'achète pas du pain en capote rose et en cachemire. »
Ce mélange de mauvaise honte, de résignation et de
bonne humeur n'échappa point à madame de Piennes.
Elle pensa non sans tristesse à la position probable de
cette jeune fille. « Sa piété, se dit-elle, est plus méri-
toire que la mienne. Assurément son offrande d'un écu
est un sacrifice beaucoup plus grand que le superflu
dont je fais part aux pauvres, sans m'imposer la
moindre privation. » Puis elle se rappela les deux
oboles de la veuve, plus agréables à Dieu que les
fastueuses aumônes des riches. « Je ne fais pas assez

de bien, pensa-t-elle. Je ne fais pas tout ce que je pourrais faire. » Tout en s'adressant ainsi mentalement des reproches qu'elle était loin de mériter, elle rentra chez elle. Le cierge, le pain de quatre livres, et surtout l'offrande de l'unique pièce de cinq francs, avaient gravé dans la mémoire de madame de Piennes la figure de la jeune femme, qu'elle regardait comme un modèle de piété.

Elle la rencontra encore assez souvent dans la rue près de l'église, mais jamais aux offices. Toutes les fois que l'inconnue passait devant madame de Piennes, elle baissait la tête et souriait doucement. Ce sourire bien humble plaisait à madame de Piennes. Elle aurait voulu trouver une occasion d'obliger la pauvre fille, qui d'abord lui avait inspiré de l'intérêt, et qui maintenant excitait sa pitié ; car elle avait remarqué que la capote rose se fanait, et le cachemire avait disparu. Sans doute il était retourné chez la revendeuse. Il était évident que saint Roch n'avait point payé au centuple l'offrande qu'on lui avait adressée.

Un jour, madame de Piennes vit entrer à Saint-Roch une bière suivie d'un homme assez mal mis, qui n'avait pas de crêpe à son chapeau. C'était une manière de portier. Depuis plus d'un mois, elle n'avait pas rencontré la jeune femme au cierge, et l'idée lui vint qu'elle assistait à son enterrement. Rien de plus probable, car elle était si pâle et si maigre la dernière fois que madame de Piennes l'avait vue. Le bedeau questionné interrogea l'homme qui suivait la bière. Celui-ci répondit qu'il était *concierge* d'une maison rue Louis-le-Grand ; qu'une de ses locataires était morte, une madame Guillot, n'ayant ni parents ni amis, rien qu'une fille, et que, par pure bonté d'âme, lui, concierge, allait à l'enterrement d'une personne qui ne lui était de rien. Aussitôt madame de Piennes se représenta que son inconnue était morte dans la misère, laissant une petite fille sans secours, et elle se promit d'envoyer aux renseignements un ecclésiastique qu'elle employait d'ordinaire pour ses bonnes œuvres.

Le surlendemain, une charrette en travers dans la rue arrêta sa voiture quelques instants, comme elle sortait de chez elle. En regardant par la portière d'un air distrait, elle aperçut rangée contre une borne la jeune fille qu'elle croyait morte. Elle la reconnut sans peine, quoique plus pâle, plus maigre que jamais, habillée de deuil, mais pauvrement, sans gants, ni chapeau. Son expression était étrange. Au lieu de son sourire habituel, elle avait tous les traits contractés ; ses grands yeux noirs étaient hagards ; elle les tournait vers madame de Piennes, mais sans la reconnaître, car elle ne voyait rien. Dans toute sa contenance se lisait non pas la douleur, mais une résolution furieuse. La charrette s'était écartée, et la voiture de madame de Piennes s'éloignait au grand trot ; mais l'image de la jeune fille et son expression désespérée poursuivirent madame de Piennes pendant plusieurs heures.

A son retour, elle vit un grand attroupement dans sa rue. Toutes les portières étaient sur leurs portes et faisaient aux voisines un récit qu'elles semblaient écouter avec un vif intérêt. Les groupes se pressaient surtout devant une maison proche de celle qu'habitait madame de Piennes. Tous les yeux étaient tournés vers une fenêtre ouverte à un troisième étage, et dans chaque petit cercle un ou deux bras se levaient pour la signaler à l'attention publique ; puis tout à coup les bras se baissaient vers la terre, et tous les yeux suivaient ce mouvement. Quelque événement extraordinaire venait d'arriver.

En traversant son antichambre, madame de Piennes trouva ses domestiques effarés, chacun s'empressant au-devant d'elle pour avoir le premier l'avantage de lui annoncer la grande nouvelle du quartier. Mais, avant qu'elle pût faire une question, sa femme de chambre s'était écriée :

— Ah ! madame !... si madame savait !...

Et, ouvrant les portes avec une indicible prestesse, elle était parvenue avec sa maîtresse dans le *sanctum*

sanctorum, je veux dire le cabinet de toilette, inaccessible au reste de la maison.

— Ah ! madame, dit mademoiselle Joséphine tandis qu'elle détachait le châle de madame de Piennes,
j'en ai *les sangs* tournés ! Jamais je n'ai rien vu de si
terrible, c'est-à-dire je n'ai pas vu, quoique je sois
accourue tout de suite après... Mais pourtant...

— Que s'est-il donc passé ? Parlez vite, mademoiselle.

— Eh bien, madame, c'est qu'à trois portes d'ici
une pauvre malheureuse jeune fille s'est jetée par la
fenêtre, il n'y a pas trois minutes ; si madame fût
arrivée une minute plus tôt, elle aurait entendu le
coup.

— Ah ! mon Dieu ! Et la malheureuse s'est tuée ?...

— Madame, cela faisait horreur. Baptiste, qui a été
à la guerre, dit qu'il n'a jamais rien vu de pareil. D'un
troisième étage, madame !

— Est-elle morte sur le coup ?

— Oh ! madame, elle remuait encore ; elle parlait
même. « Je veux qu'on m'achève ! » qu'elle disait.
Mais ses os étaient en bouillie. Madame peut bien
penser quel coup elle a dû se donner.

— Mais cette malheureuse... l'a-t-on secourue ?... A-
t-on envoyé chercher un médecin, un prêtre ?...

— Pour un prêtre... madame le sait mieux que
moi... Mais, si j'étais prêtre... Une malheureuse assez
abandonnée pour se tuer elle-même !... D'ailleurs, ça
n'avait pas de conduite... On le voit assez... Ça avait
été à l'Opéra, à ce qu'on m'a dit... Toutes ces demoi-
selles-là finissent mal... Elle s'est mise à la fenêtre ;
elle a noué ses jupons avec un ruban rose, et... vlan !

— C'est cette pauvre fille en deuil ! s'écria madame
de Piennes, se parlant à elle-même.

— Oui, madame ; sa mère est morte il y a trois ou
quatre jours. La tête lui aura tourné... Avec cela,
peut-être que son galant l'aura plantée là... Et puis, le
terme est venu... Pas d'argent, ça ne sait pas travailler... Des mauvaises têtes ! un mauvais coup est bientôt fait...

Mademoiselle Joséphine continua quelque temps de la sorte sans que madame de Piennes répondît. Elle semblait méditer tristement sur le récit qu'elle venait d'entendre. Tout d'un coup, elle demanda à mademoiselle Joséphine :

— Sait-on si cette malheureuse fille a ce qu'il lui faut pour son état ?... du linge ? des matelas ?... Il faut qu'on le sache sur-le-champ.

— J'irai de la part de madame, si madame veut, s'écria la femme de chambre, enchantée de voir de près une femme qui avait voulu se tuer.

Puis réfléchissant :

— Mais, ajouta-t-elle, je ne sais si j'aurai la force de voir cela, une femme qui est tombée d'un troisième étage !... Quand on a saigné Baptiste, je me suis trouvée mal. Ç'a été plus fort que moi.

— Eh bien ! envoyez Baptiste, s'écria madame de Piennes ; mais qu'on me dise vite comment va cette malheureuse.

Par bonheur, son médecin, le docteur K***, arrivait comme elle donnait cet ordre. Il venait dîner chez elle, suivant son habitude tous les mardis, jour d'Opéra Italien.

— Courez vite, docteur, lui cria-t-elle sans lui donner le temps de poser sa canne et de quitter sa douillette ; Baptiste vous mènera à deux pas d'ici. Une pauvre jeune fille vient de se jeter par la fenêtre, et elle est sans secours.

— Par la fenêtre ? dit le médecin. Si elle était haute, probablement je n'ai rien à faire.

Le docteur avait plus envie de dîner que de faire une opération ; mais madame de Piennes insista, et, sur la promesse que le dîner serait retardé, il consentit à suivre Baptiste.

Ce dernier revint seul au bout de quelques minutes. Il demandait du linge, des oreillers, etc. En même temps, il apportait l'oracle du docteur.

— Ce n'est rien. Elle en réchappera, si elle ne meurt pas du... Je ne me rappelle pas de quoi il disait qu'elle mourrait bien, mais cela finissait en *os*.

— Du tétanos ? s'écria madame de Piennes.

— Justement, madame ; mais c'est toujours bien heureux que M. le docteur soit venu, car il y avait déjà là un méchant médecin sans malades, le même qui a traité la petite Berthelot de la rougeole, et elle est morte à sa troisième visite.

Au bout d'une heure, le docteur reparut, légèrement dépoudré et son beau jabot de batiste en désordre.

— Ces gens qui se tuent, dit-il, sont nés coiffés. L'autre jour, on apporte à mon hôpital une femme qui s'était tiré un coup de pistolet dans la bouche. Mauvaise manière !... Elle se casse trois dents, se fait un trou à la joue gauche !... Elle en sera un peu plus laide, voilà tout. Celle-ci se jette d'un troisième étage. Un pauvre diable d'honnête homme tomberait, sans le faire exprès, d'un premier, et se fendrait le crâne. Cette fille-là se casse une jambe... Deux côtes enfoncées, fortes contusions, et tout est dit. Un auvent se trouve justement là, tout à point, pour amortir la chute. C'est le troisième fait semblable que je vois depuis mon retour à Paris... Les jambes ont porté à terre. Le tibia et le péroné, cela se ressoude... Ce qu'il y a de pis, c'est que le gratin de ce turbot est complètement desséché... J'ai peur pour le rôti, et nous manquerons le premier acte d'*Otello*.

— Et cette malheureuse vous a-t-elle dit qui l'avait poussée à...

— Oh ! je n'écoute jamais ces histoires-là, madame. Je leur demande : Avez-vous mangé avant, etc., etc. ? parce que cela importe pour le traitement... Parbleu ! quand on se tue, c'est qu'on a quelque mauvaise raison. Un amant vous quitte, un propriétaire vous met à la porte ; on saute par la fenêtre pour lui faire pièce. On n'est pas plus tôt en l'air qu'on s'en repent bien.

— Elle se repent, je l'espère, la pauvre enfant ?

— Sans doute, sans doute. Elle pleurait et faisait un train à m'étourdir. Baptiste est un fameux aide-chirurgien, madame ; il a fait sa partie mieux qu'un petit carabin qui s'est trouvé là, et qui se grattait la tête, ne sachant par où commencer... Ce qu'il y a de plus piquant pour elle, c'est que, si elle s'était tuée, elle y aurait gagné de ne pas mourir de la poitrine, car elle est poitrinaire, je lui en fais mon billet. Je ne l'ai pas *auscultée*, mais le *facies* ne me trompe jamais. Être si pressée, quand on n'a qu'à se laisser faire !

— Vous la verrez demain, docteur, n'est-ce pas ?

— Il le faudra bien, si vous le voulez. Je lui ai promis déjà que vous feriez quelque chose pour elle. Le plus simple, ce serait de l'envoyer à l'hôpital... On lui fournira gratis un appareil pour la réduction de sa jambe... Mais, au mot d'hôpital, elle crie qu'on l'achève ; toutes les commères font chorus. Cependant, quand on n'a pas le sou...

— Je ferai les petites dépenses qu'il faudra, docteur... Tenez, ce mot d'hôpital m'effraie aussi, malgré moi, comme les commères dont vous parlez. D'ailleurs, la transporter dans un hôpital, maintenant qu'elle est dans cet horrible état, ce serait la tuer.

— Préjugé ! pur préjugé des gens du monde ! On n'est nulle part aussi bien qu'à l'hôpital. Quand je serai malade pour tout de bon, moi, c'est à l'hôpital qu'on me portera. C'est de là que je veux m'embarquer dans la barque à Charon, et je ferai cadeau de mon corps aux élèves... dans trente ou quarante ans d'ici, s'entend. Sérieusement, chère dame, pensez-y : je ne sais trop si votre protégée mérite bien votre intérêt. Elle m'a tout l'air de quelque fille d'Opéra... Il faut des jambes d'Opéra pour faire si heureusement un saut pareil...

— Mais je l'ai vue à l'église... et, tenez, docteur... vous connaissez mon faible ; je bâtis toute une histoire sur une figure, un regard... Riez tant que vous voudrez, je me trompe rarement. Cette pauvre fille a fait dernièrement un vœu pour sa mère malade. Sa mère est morte... Alors sa tête s'est perdue. Le désespoir, la misère l'ont précipitée à cette horrible action.

— A la bonne heure ! Oui, en effet, elle a sur le

sommet du crâne une protubérance qui indique l'exaltation. Tout ce que vous me dites est assez probable. Vous me rappelez qu'il y avait un rameau de buis au-dessus de son lit de sangle. C'est concluant pour sa piété, n'est-ce pas ?

— Un lit de sangle ! Ah ! mon Dieu ! pauvre fille !... Mais, docteur, vous avez votre méchant sourire que je connais bien. Je ne parle pas de la dévotion qu'elle a ou qu'elle n'a pas. Ce qui m'oblige surtout à m'intéresser à cette fille, c'est que j'ai un reproche à me faire à son occasion...

— Un reproche ?... J'y suis. Sans doute vous auriez dû faire mettre des matelas dans la rue pour la recevoir ?...

— Oui, un reproche. J'avais remarqué sa position : j'aurais dû lui envoyer des secours ; mais le pauvre abbé Dubignon était au lit, et...

— Vous devez avoir bien des remords, madame, si vous croyez que ce n'est point assez faire que de donner, comme c'est votre habitude, à tous les quémandeurs. A votre compte, il faut encore deviner les pauvres honteux.

« Mais, madame, ne parlons plus jambes cassées, ou plutôt, trois mots encore. Si vous accordez votre haute protection à ma nouvelle malade, faites-lui donner un meilleur lit, une garde demain, — aujourd'hui les commères suffiront. — Bouillons, tisanes, etc. Et ce qui ne serait pas mal, envoyez-lui quelque bonne tête parmi vos abbés, qui la chapitre et lui remette le moral comme je lui ai remis sa jambe. La petite personne est nerveuse ; des complications pourraient nous survenir... Vous seriez... oui, ma foi ! vous seriez la meilleure prédicatrice ; mais vous avez à placer mieux vos sermons... J'ai dit. — Il est huit heures et demie : pour l'amour de Dieu ! allez faire vos préparatifs d'Opéra. Baptiste m'apportera du café et *Le Journal des Débats*. J'ai tant couru toute la journée, que j'en suis encore à savoir comment va le monde. »

Quelques jours se passèrent, et la malade était un

peu mieux. Le docteur se plaignait seulement que la surexcitation morale ne diminuait pas.

— Je n'ai pas grande confiance dans tous vos abbés, disait-il à madame de Piennes. Si vous n'aviez pas trop de répugnance à voir le spectacle de la misère humaine, et je sais que vous en avez le courage, vous pourriez calmer le cerveau de cette pauvre enfant mieux qu'un prêtre de Saint-Roch, et, qui plus est, mieux qu'une prise de thridace.

Madame de Piennes ne demandait pas mieux, et lui proposa de l'accompagner sur-le-champ. Ils montèrent tous les deux chez la malade.

Dans une chambre meublée de trois chaises de paille et d'une petite table, elle était étendue sur un bon lit envoyé par madame de Piennes. Des draps fins, d'épais matelas, une pile de larges oreillers, indiquaient des attentions charitables dont vous n'aurez point de peine à découvrir l'auteur. La jeune fille, horriblement pâle, les yeux ardents, avait un bras hors du lit, et la portion de ce bras qui sortait de sa camisole était livide, meurtrie, et faisait deviner dans quel état était le reste de son corps. Lorsqu'elle vit madame de Piennes, elle souleva la tête, et, avec un sourire doux et triste :

— Je savais bien que c'était vous, madame, qui aviez eu pitié de moi, dit-elle. On m'a dit votre nom, et j'étais sûre que c'était la dame que je rencontrais près de Saint-Roch.

Il me semble vous avoir dit déjà que madame de Piennes avait quelques prétentions à deviner les gens sur la mine. Elle fut charmée de découvrir dans sa protégée un talent semblable, et cette découverte l'intéressa davantage en sa faveur.

— Vous êtes bien mal ici, ma pauvre enfant ! dit-elle en promenant ses regards sur le triste ameublement de la chambre. Pourquoi ne vous a-t-on pas envoyé des rideaux ?... Il faut demander à Baptiste les petits objets dont vous pouvez avoir besoin.

— Vous êtes bien bonne, madame... Que me

manque-t-il ? Rien... C'est fini... Un peu mieux ou un peu plus mal, qu'importe ?

Et détournant la tête, elle se prit à pleurer.

— Vous souffrez beaucoup, ma pauvre enfant ? lui demanda madame de Piennes en s'asseyant auprès du lit.

— Non, pas beaucoup... Seulement j'ai toujours dans les oreilles le vent quand je tombais, et puis le bruit... crac ! quand je suis tombée sur le pavé.

— Vous étiez folle, alors, ma chère amie ; vous vous repentez à présent, n'est-ce pas ?

— Oui... mais, quand on est malheureux, on n'a plus la tête à soi.

— Je regrette bien de n'avoir pas connu plus tôt votre position. Mais, mon enfant, dans aucune circonstance de la vie, il ne faut s'abandonner au désespoir.

— Vous en parlez bien à votre aise, madame, dit le docteur, qui écrivait une ordonnance sur la petite table. Vous ne savez pas ce que c'est que de perdre un beau jeune homme à moustaches. Mais, diable ! pour courir après lui, il ne faut pas sauter par la fenêtre.

— Fi donc ! docteur, dit madame de Piennes, la pauvre petite avait sans doute d'autres motifs pour...

— Ah ! je ne sais ce que j'avais, s'écria la malade ; cent raisons pour une. D'abord, quand maman est morte, ça m'a porté un coup. Puis je me suis sentie abandonnée... personne pour s'intéresser à moi !... Enfin, quelqu'un à qui je pensais plus qu'à tout le monde... Madame, oublier jusqu'à mon nom ! oui, je m'appelle Arsène Guillot, G, U, I, deux L ; il m'écrit par un Y.

— Je le disais bien, un infidèle ! s'écria le docteur. On ne voit que cela. Bah ! bah ! ma belle, oubliez celui-là. Un homme sans mémoire ne mérite pas qu'on pense à lui. — Il tira sa montre. — Quatre heures ? dit-il en se levant ; je suis en retard pour ma consultation. Madame, je vous demande mille et mille pardons, mais il faut que je vous quitte ; je n'ai même pas

le temps de vous reconduire chez vous. — Adieu, mon
enfant, tranquillisez-vous, ce ne sera rien. Vous danse-
rez aussi bien de cette jambe-là que de l'autre. — Et
vous, madame la garde, allez chez le pharmacien avec
cette ordonnance, et vous ferez comme hier.

Le médecin et la garde étaient sortis ; madame de
Piennes restait seule avec la malade, un peu alarmée
de trouver de l'amour dans une histoire qu'elle avait
d'abord arrangée tout autrement dans son imagination.

— Ainsi, l'on vous a trompée, malheureuse enfant !
reprit-elle après un silence.

— Moi ! non. Comment tromper une misérable fille
comme moi ?... Seulement il n'a plus voulu de moi... Il
a raison ; je ne suis pas ce qu'il lui faut. Il a toujours
été bon et généreux. Je lui ai écrit pour lui dire où j'en
étais, et s'il voulait que je me remisse avec lui... Alors il
m'a écrit... des choses qui m'ont fait bien de la peine...
L'autre jour, quand je suis rentrée chez moi, j'ai laissé
tomber un miroir qu'il m'avait donné, un miroir de
Venise, comme il disait. Le miroir s'est cassé... Je me
suis dit : Voilà le dernier coup !... C'est signe que tout
est fini... Je n'avais plus rien de lui. J'avais mis les
bijoux au mont-de-piété... Et puis, je me suis dit que si
je me détruisais, ça lui ferait de la peine et que je me
vengerais... La fenêtre était ouverte, et je me suis jetée.

— Mais, malheureuse que vous êtes, le motif était
aussi frivole que l'action criminelle.

— A la bonne heure ; mais que voulez-vous ? Quand
on a du chagrin, on ne réfléchit pas. C'est bien facile
aux gens heureux de dire : Soyez raisonnable.

— Je le sais ; le malheur est mauvais conseiller.
Cependant, même au milieu des plus douloureuses
épreuves, il y a des choses qu'on ne doit point oublier.
Je vous ai vue à Saint-Roch accomplir un acte de
piété, il y a peu de temps. Vous avez le bonheur de
croire. La religion, ma chère, aurait dû vous retenir au
moment où vous alliez vous abandonner au désespoir.
Votre vie, vous la tenez du bon Dieu. Elle ne vous

appartient pas... Mais j'ai tort de vous gronder maintenant, pauvre petite. Vous vous repentez, vous souffrez. Dieu aura pitié de vous.

Arsène baissa la tête, et quelques larmes vinrent mouiller ses paupières.

— Ah ! madame, dit-elle avec un grand soupir, vous me croyez meilleure que je ne suis... Vous me croyez pieuse... je ne le suis pas trop... on ne m'a pas instruite, et si vous m'avez vue à l'église faire un cierge... c'est que je ne savais plus où donner de la tête.

— Eh bien, ma chère, c'était une bonne pensée. Dans le malheur, c'est toujours à Dieu qu'il faut s'adresser.

— On m'avait dit... que si je faisais un cierge à saint Roch... mais non, madame, je ne puis pas vous dire cela. Une dame comme vous ne sait pas ce qu'on peut faire quand on n'a plus le sou.

— C'est du courage surtout qu'il faut demander à Dieu.

— Enfin, madame, je ne veux pas me faire meilleure que je ne suis, et c'est vous voler que de profiter des charités que vous me faites sans me connaître... Je suis une malheureuse fille... mais dans ce monde, on vit comme l'on peut... Pour en finir, madame, j'ai donc fait un cierge parce que ma mère disait que, lorsqu'on fait un cierge à saint Roch, on ne manque jamais dans la huitaine de trouver un homme pour se mettre avec lui... Mais je suis devenue laide, j'ai l'air d'une momie... personne ne voudrait plus de moi... Eh bien, il n'y a plus qu'à mourir. Déjà c'est à moitié fait !

Tout cela était dit très rapidement, d'une voix entrecoupée par les sanglots, et d'un ton de frénétique qui inspirait à madame de Piennes encore plus d'effroi que d'horreur. Involontairement elle éloigna sa chaise du lit de la malade. Peut-être même aurait-elle quitté la chambre, si l'humanité, plus forte que son dégoût auprès de cette femme perdue, ne lui eût reproché de la laisser seule dans un moment où elle était en proie au plus violent désespoir. Il y eut un moment de silence ; puis madame de Piennes, les yeux baissés, murmura faiblement :

— Votre mère ! malheureuse ! Qu'osez-vous dire ?

— Oh ! ma mère était comme toutes les mères... toutes les mères à nous... Elle avait fait vivre la sienne... je l'ai fait vivre aussi. Heureusement que je n'ai pas d'enfant. — Je vois bien, madame, que je vous fais peur... mais que voulez-vous ?... Vous avez été bien élevée, vous n'avez jamais pâti. Quand on est riche, il est aisé d'être honnête. Moi, j'aurais été honnête, si j'en avais eu le moyen. J'ai eu bien des amants... je n'ai jamais aimé qu'un seul homme. Il m'a plantée là. Si j'avais été riche, nous nous serions mariés, nous aurions fait souche d'honnêtes gens... Tenez, madame, je vous parle comme cela, tout franchement, quoique je voie bien ce que vous pensez de moi, et vous avez raison... Mais vous êtes la seule femme honnête à qui j'aie parlé de ma vie, et vous avez l'air si bonne, si bonne !... que je me suis dit tout à l'heure en moi-même : Même quand elle me connaîtra, elle aura pitié de moi. Je m'en vais mourir. Je ne vous demande qu'une chose... C'est, quand je serai morte, de faire dire une messe pour moi dans l'église où je vous ai vue pour la première fois. Une seule prière, voilà tout, et je vous remercie du fond du cœur...

— Non, vous ne mourrez pas ! s'écria madame de Piennes fort émue. Dieu aura pitié de vous, pauvre pécheresse. Vous vous repentirez de vos désordres, et il vous pardonnera. Si mes prières peuvent quelque chose pour votre salut, elles ne vous manqueront pas. Ceux qui vous ont élevée sont plus coupables que vous. Ayez du courage seulement, et espérez. Tâchez surtout d'être plus calme, ma pauvre enfant. Il faut guérir le corps ; l'âme est malade aussi, mais moi je réponds de sa guérison.

Elle s'était levée en parlant, et roulait entre ses doigts un papier qui contenait quelques louis.

— Tenez, dit-elle, si vous aviez quelque fantaisie...

Et elle glissait sous son oreiller son petit présent.

— Non, madame ! s'écria Arsène impétueusement en repoussant le papier, je ne veux rien de vous que ce que vous m'avez promis. Adieu. Nous ne nous reverrons plus. Faites-moi porter dans un hôpital, pour que je finisse sans gêner personne. Jamais vous ne pourriez faire de moi rien qui vaille. Une grande dame comme vous aura prié pour moi ; je suis contente. Adieu.

Et, se tournant autant que le lui permettait l'appareil qui la fixait sur son lit, elle cacha sa tête dans un oreiller pour ne plus rien voir.

— Écoutez, Arsène, dit madame de Piennes d'un ton grave. J'ai des desseins sur vous. Je veux faire de vous une honnête femme. J'en ai l'assurance dans votre repentir. Je vous reverrai souvent, j'aurai soin de vous. Un jour, vous me devrez votre propre estime.

Et elle lui prit la main qu'elle serra légèrement.

— Vous m'avez touchée ! s'écria la pauvre fille, vous m'avez pressé la main.

Et avant que madame de Piennes pût retirer sa main, elle l'avait saisie et la couvrait de baisers et de larmes.

— Calmez-vous, calmez-vous, ma chère, disait madame de Piennes, ne me parlez plus de rien. Maintenant je sais tout, et je vous connais mieux que vous ne vous connaissez vous-même. C'est moi qui suis le médecin de votre tête... de votre mauvaise tête. Vous m'obéirez, je l'exige, tout comme à votre autre docteur. Je vous enverrai un ecclésiastique de mes amis, vous l'écouterez. Je vous choisirai de bons livres, vous les lirez. Nous causerons quelquefois. Quand vous vous porterez bien, alors nous nous occuperons de votre avenir.

La garde rentra, tenant une fiole qu'elle rapportait de chez le pharmacien. Arsène pleurait toujours. Madame de Piennes lui serra encore une fois la main, mit le rouleau de louis sur la petite table, et sortit disposée peut-être encore plus favorablement pour sa pénitente qu'avant d'avoir entendu son étrange confession.

Pourquoi, madame, aime-t-on toujours les mauvais sujets ? Depuis l'enfant prodigue jusqu'à votre chien Diamant, qui mord tout le monde et qui est la plus méchante bête que je connaisse, on inspire d'autant plus d'intérêt qu'on en mérite moins. — Vanité ! pure vanité, madame, que ce sentiment-là ! plaisir de la difficulté vaincue ! Le père de l'enfant prodigue a vaincu le diable et lui a retiré sa proie ; vous avez triomphé du mauvais naturel de Diamant à force de gimblettes. Madame de Piennes était fière d'avoir vaincu la perversité d'une courtisane, d'avoir détruit par son éloquence les barrières que vingt années de séduction avaient élevées autour d'une pauvre âme abandonnée. Et puis, peut-être encore, faut-il le dire ? à l'orgueil de cette victoire, au plaisir d'avoir fait une bonne action se mêlait ce sentiment de curiosité que mainte femme vertueuse éprouve à connaître une femme d'une autre espèce. Lorsqu'une cantatrice entre dans un salon, j'ai remarqué d'étranges regards tournés sur elle. Ce ne sont pas les hommes qui l'observent le plus. Vous-même, madame, l'autre soir, au Français, ne regardiez-vous pas de toute votre lorgnette cette actrice des Variétés qu'on vous montra dans une loge ! *Comment peut-on être Persan ?* Combien de fois ne se fait-on pas des questions semblables !

Donc, madame, madame de Piennes pensait fort à mademoiselle Arsène Guillot, et se disait : Je la sauverai.

Elle lui envoya un prêtre, qui l'exhorta au repentir. Le repentir n'était pas difficile pour la pauvre Arsène, qui, sauf quelques heures de grosse joie, n'avait connu de la vie que ses misères. Dites à un malheureux : C'est votre faute, il n'en est que trop convaincu ; et si en même temps vous adoucissez le reproche en lui donnant quelque consolation, il vous bénira et vous promettra tout pour l'avenir. Un Grec dit quelque part, ou plutôt c'est Amyot qui lui fait dire :

> Le même jour qui met un homme libre aux fers
> Lui ravit la moitié de sa vertu première.

Ce qui revient en vile prose à cet aphorisme, que le
malheur nous rend doux et docile comme des moutons. Le prêtre disait à madame de Piennes que
mademoiselle Guillot était bien ignorante mais que
le fond n'était pas mauvais, et qu'il avait bon espoir
de son salut. En effet, Arsène l'écoutait avec attention et respect. Elle lisait ou se faisait lire les livres
qu'on lui avait prescrits, aussi ponctuelle à obéir à
madame de Piennes qu'à suivre les ordonnances du
docteur. Mais ce qui acheva de gagner le cœur du
bon prêtre et ce qui parut à sa protectrice un symp-
tôme décisif de guérison morale, ce fut l'emploi fait
par Arsène Guillot d'une partie de la petite somme
mise entre ses mains. Elle avait demandé qu'une
messe solennelle fût dite à Saint-Roch pour l'âme de
Paméla Guillot, sa défunte mère. Assurément,
jamais âme n'eut plus grand besoin des prières de
l'Église.

II

Un matin, madame de Piennes étant à sa toilette, un domestique vint frapper discrètement à la porte du sanctuaire, et remit à mademoiselle Joséphine une carte qu'un jeune homme venait d'apporter.

— Max à Paris ! s'écria madame de Piennes en jetant les yeux sur la carte ; allez vite, mademoiselle, dites à M. de Salligny de m'attendre au salon.

Un moment après, on entendit dans le salon des rires et de petits cris étouffés, et mademoiselle Joséphine rentra fort rouge et avec son bonnet tout à fait sur une oreille.

— Qu'est-ce donc, mademoiselle ? demanda madame de Piennes.

— Ce n'est rien, madame ; c'est seulement M. de Salligny qui disait que j'étais engraissée.

En effet, l'embonpoint de mademoiselle Joséphine pouvait étonner M. de Salligny qui voyageait depuis plus de deux ans. Jadis c'était un des favoris de mademoiselle Joséphine et un des attentifs de sa maîtresse. Neveu d'une amie intime de madame de Piennes, on le voyait sans cesse chez elle autrefois, à la suite de sa tante. D'ailleurs, c'était presque la seule maison sérieuse où il parût. Max de Salligny avait le renom d'un assez mauvais sujet, joueur, querelleur, viveur, *au demeurant le meilleur fils du monde*. Il faisait le désespoir de sa tante, madame Aubrée, qui l'adorait cependant. Maintes fois elle avait essayé de le tirer de la vie qu'il menait, mais toujours les mauvaises habitudes avaient triomphé de ses sages conseils. Max

avait quelque deux ans de plus que madame de
Piennes ; ils s'étaient connus enfants, et, avant qu'elle
fût mariée, il paraissait la voir d'un œil fort doux. —
« Ma chère petite, disait madame Aubrée, si vous
vouliez, vous dompteriez, j'en suis sûre, ce caractère-
là. » Madame de Piennes — elle s'appelait alors Élise
de Guiscard — aurait peut-être trouvé en elle le courage de tenter l'entreprise, car Max était si gai, si
drôle, si amusant dans un château, si infatigable dans
un bal, qu'assurément il devait faire un bon mari ;
mais les parents d'Élise voyaient plus loin. Madame
Aubrée elle-même ne répondait pas trop de son
neveu ; il fut constaté qu'il avait des dettes et une
maîtresse ; survint un duel éclatant dont une artiste
du Gymnase fut la cause peu innocente. Le mariage,
que madame Aubrée n'avait jamais eu bien sérieusement en vue, fut déclaré impossible. Alors se présenta
M. de Piennes, gentilhomme grave et moral, riche
d'ailleurs et de bonne maison. J'ai peu de chose à vous
en dire, si ce n'est qu'il avait la réputation d'un galant
homme et qu'il la méritait. Il parlait peu, mais
lorsqu'il ouvrait la bouche, c'était pour dire quelque
grande vérité incontestable. Sur les questions dou-
teuses, « il imitait de Conrart le silence prudent ». S'il
n'ajoutait pas un grand charme aux réunions où il se
trouvait, il n'était déplacé nulle part. On l'aimait assez
partout, à cause de sa femme, mais lorsqu'il était
absent, — dans ses terres, comme c'était le cas neuf
mois de l'année, et notamment au moment où
commence mon histoire, — personne ne s'en apercevait. Sa femme elle-même ne s'en apercevait guère
davantage.

Madame de Piennes, ayant achevé sa toilette en cinq
minutes, sortit de sa chambre un peu émue, car
l'arrivée de Max de Salligny lui rappelait la mort
récente de la personne qu'elle avait le mieux aimée ;
c'est, je crois, le seul souvenir qui se fût présenté à sa
mémoire, et ce souvenir était assez vif pour arrêter
toutes les conjectures ridicules qu'une personne

moins raisonnable aurait pu former sur le bonnet de travers de mademoiselle Joséphine. En approchant du salon, elle fut un peu choquée d'entendre une belle voix de basse qui chantait gaiement en s'accompagnant sur le piano, cette barcarolle napolitaine :

> *Addio, Teresa,*
> *Teresa, addio !*
> *Al mio ritorno,*
> *Ti sposeró.*

Elle ouvrit la porte et interrompit le chanteur en lui tendant la main :

— Mon pauvre monsieur Max, que j'ai de plaisir à vous revoir !

Max se leva précipitamment et lui serra la main en la regardant d'un air effaré, sans pouvoir trouver une parole.

— J'ai bien regretté, continua madame de Piennes, de ne pouvoir aller à Rome lorsque votre bonne tante est tombée malade. Je sais les soins dont vous l'avez entourée, et je vous remercie bien du dernier souvenir d'elle que vous m'avez envoyé.

La figure de Max, naturellement gaie, pour ne pas dire rieuse, prit une expression soudaine de tristesse.

— Elle m'a bien parlé de vous ! dit-il, et jusqu'au dernier moment. Vous avez reçu sa bague, je le vois, et le livre qu'elle lisait encore le matin...

— Oui, Max, je vous en remercie. Vous m'annonciez, en m'envoyant ce triste présent, que vous quittiez Rome, mais vous ne me donniez pas votre adresse ; je ne savais où vous écrire. Pauvre amie ! mourir si loin de son pays ! Heureusement vous êtes accouru aussitôt... Vous êtes meilleur que vous ne voulez le paraître, Max... je vous connais bien.

— Ma tante me disait pendant sa maladie : « Quand je ne serai plus de ce monde, il n'y aura plus que madame de Piennes pour te gronder... (Et il ne put s'empêcher de sourire.) Tâche qu'elle ne te

gronde pas trop souvent. » Vous le voyez, madame,
vous vous acquittez mal de vos fonctions.

— J'espère que j'aurai une sinécure maintenant.
On me dit que vous êtes réformé, rangé, devenu tout
à fait raisonnable ?

— Et vous ne vous trompez pas, madame ; j'ai
promis à ma pauvre tante de devenir bon sujet, et...

— Vous tiendrez parole, j'en suis sûre !

— Je tâcherai. En voyage c'est plus facile qu'à
Paris ; cependant... Tenez, madame, je ne suis ici
que depuis quelques heures, et déjà j'ai résisté à des
tentations. En venant chez vous, j'ai rencontré un de
mes anciens amis qui m'a invité à dîner avec un tas
de garnements, — et j'ai refusé.

— Vous avez bien fait.

— Oui, mais faut-il vous le dire ? c'est que j'espérais que vous m'inviteriez.

— Quel malheur ! Je dîne en ville. Mais demain...

— En ce cas, je ne réponds plus de moi. A vous la
responsabilité du dîner que je vais faire.

— Écoutez, Max ; l'important, c'est de bien
commencer. N'allez pas à ce dîner de garçons. Je
dîne, moi, chez madame Darsenay ; venez-y le soir,
et nous causerons.

— Oui, mais madame Darsenay est un peu bien
ennuyeuse ; elle me fera cent questions. Je ne pour-
rai vous dire un mot ; je dirai des inconvenances ; et
puis, elle a une grande fille osseuse, qui n'est peut-
être pas encore mariée...

— C'est une personne charmante... et, à propos
d'inconvenances, c'en est une de parler d'elle
comme vous faites.

— J'ai tort, c'est vrai ; mais... arrivé
d'aujourd'hui, n'aurais-je pas l'air bien empressé ?...

— Eh bien, vous ferez comme vous voudrez ; mais
voyez-vous, Max, — comme l'amie de votre tante,
j'ai le droit de vous parler franchement — évitez vos
connaissances d'autrefois. Le temps a dû rompre
tout naturellement bien des liaisons qui ne vous

valaient rien, ne les renouez pas : je suis sûre de vous tant que vous ne serez pas entraîné. A votre âge... à *notre* âge, il faut être raisonnable. Mais laissons un peu les conseils et les sermons, et parlez-moi de ce que vous avez fait depuis que nous ne nous sommes vus. Je sais que vous êtes allé en Allemagne, puis en Italie ; voilà tout. Vous m'avez écrit deux fois, sans plus ; qu'il vous en souvienne. Deux lettres en deux ans, vous sentez que cela ne m'en a guère appris sur votre compte.

— Mon Dieu ! madame, je suis bien coupable... mais je suis si... il faut bien le dire, — si paresseux !... J'ai commencé vingt lettres pour vous ; mais que pouvais-je vous dire qui vous intéressât ?... Je ne sais pas écrire des lettres, moi... Si je vous avais écrit toutes les fois que j'ai pensé à vous, tout le papier de l'Italie n'aurait pu y suffire.

— Eh bien, qu'avez-vous fait ? comment avez-vous occupé votre temps ? Je sais déjà que ce n'est point à écrire.

— Occupé !... vous savez bien que je ne m'occupe pas, malheureusement. — J'ai vu, j'ai couru. J'avais des projets de peinture, mais la vue de tant de beaux tableaux m'a radicalement guéri de ma passion malheureuse. — Ah !... et puis le vieux Nibby avait fait de moi presque un antiquaire. Oui, j'ai fait faire une fouille à sa persuasion... On a trouvé une pipe cassée et je ne sais combien de vieux tessons... Et puis à Naples j'ai pris des leçons de chant, mais je n'en suis pas plus habile... J'ai...

— Je n'aime pas trop votre musique, quoique vous ayez une belle voix et que vous chantiez bien. Cela vous met en relation avec des gens que vous n'avez que trop de penchant à fréquenter.

— Je vous entends ; mais à Naples, quand j'y étais, il n'y avait guère de danger. La prima donna pesait cent cinquante kilogrammes, et la seconda donna avait la bouche comme un four et un nez comme la tour du Liban. Enfin, deux ans se sont

passés sans que je puisse dire comment. Je n'ai rien
fait, rien appris, mais j'ai vécu deux ans sans m'en
apercevoir.

— Je voudrais vous savoir occupé ; je voudrais
vous voir un goût vif pour quelque chose d'utile. Je
redoute l'oisiveté pour vous.

— A vous parler franchement, madame, les
voyages m'ont réussi en cela que, ne faisant rien, je
n'étais pas non plus absolument oisif. Quand on voit
de belles choses, on ne s'ennuie pas ; et moi, quand
je m'ennuie, je suis bien près de faire des bêtises.
Vrai, je suis devenu assez rangé, et j'ai même oublié
un certain nombre de manières expéditives que
j'avais de dépenser mon argent. Ma pauvre tante a
payé mes dettes, et je n'en ai plus fait, je ne veux plus
en faire. J'ai de quoi vivre en garçon ; et, comme je
n'ai pas la prétention de paraître plus riche que je ne
suis, je ne ferai plus d'extravagances. Vous souriez ?
Est-ce que vous ne croyez pas à ma conversion ? Il
vous faut des preuves ? Écoutez un beau trait.
Aujourd'hui, Famin, l'ami qui m'a invité à dîner, a
voulu me vendre son cheval. Cinq mille francs...
C'est une bête superbe ! Le premier mouvement a
été pour avoir le cheval, puis je me suis dit que je
n'étais pas assez riche pour mettre cinq mille francs
à une fantaisie, et je resterai à pied.

— C'est à merveille, Max ; mais savez-vous ce
qu'il faut faire pour continuer sans encombre dans
cette bonne voie ? Il faut vous marier.

— Ah ! me marier ?... Pourquoi pas ?... Mais qui
voudra de moi ? Moi, qui n'ai pas le droit d'être
difficile, je voudrais une femme !... Oh ! non, il n'y en
a plus qui me convienne...

Madame de Piennes rougit un peu, et il continua
sans s'en apercevoir :

— Une femme qui voudrait de moi... Mais savez-
vous, madame, que ce serait presque une raison
pour que je ne voulusse pas d'elle ?

— Pourquoi cela ? quelle folie !

— Othello ne dit-il pas quelque part, — c'est, je crois, pour se justifier à lui-même les soupçons qu'il a contre Desdémone : — Cette femme-là doit avoir une tête bizarre et des goûts dépravés, pour m'avoir choisi, moi qui suis noir ! — Ne puis-je pas dire à mon tour : Une femme qui voudrait de moi ne peut qu'avoir une tête baroque ?

— Vous avez été un assez mauvais sujet, Max, pour qu'il soit inutile de vous faire pire que vous n'êtes. Gardez-vous de parler ainsi de vous-même, car il y a des gens qui vous croiraient sur parole. Pour moi, j'en suis sûre, si un jour... oui, si vous aimiez bien une femme qui aurait toute votre estime... alors vous lui paraîtriez...

Madame de Piennes éprouvait quelque difficulté à terminer sa phrase, et Max, qui la regardait fixement avec une extrême curiosité, ne l'aidait nullement à trouver une fin pour sa période mal commencée.

— Vous voulez dire, reprit-il enfin, que, si j'étais réellement amoureux, on m'aimerait, parce qu'alors j'en vaudrais la peine ?

— Oui, alors vous seriez digne d'être aimé aussi.

— S'il ne fallait qu'aimer pour être aimé... Ce n'est pas trop vrai ce que vous dites, madame... Bah ! trouvez-moi une femme courageuse, et je me marie. Si elle n'est pas trop laide, moi je ne suis pas assez vieux pour ne pas m'enflammer encore... Vous me répondez du reste.

— D'où venez-vous, maintenant ? interrompit madame de Piennes d'un air sérieux.

Max parla de ses voyages fort laconiquement, mais pourtant de manière à prouver qu'il n'avait pas fait comme ces touristes dont les Grecs disent : *Valise il est parti, valise revenu.* Ses courtes observations dénotaient un esprit juste et qui ne prenait pas ses opinions toutes faites, bien qu'il fût réellement plus cultivé qu'il ne voulait le paraître. Il se retira bientôt, remarquant que madame de Piennes tournait la tête vers la pendule, et promit, non sans quelque embarras, qu'il irait le soir chez madame Darsenay.

Il n'y vint pas cependant, et madame de Piennes en conçut un peu de dépit. En revanche, il était chez elle le lendemain matin pour lui demander pardon, s'excusant sur la fatigue du voyage qui l'avait obligé de demeurer chez lui ; mais il baissait les yeux et parlait d'un ton si mal assuré, qu'il n'était pas nécessaire d'avoir l'habileté de madame de Piennes à deviner les physionomies, pour s'apercevoir qu'il donnait une défaite. Quand il eut achevé péniblement, elle le menaça du doigt sans répondre.

— Vous ne me croyez pas ? dit-il.

— Non. Heureusement vous ne savez pas encore mentir. Ce n'est pas pour vous reposer de vos fatigues que vous n'êtes pas allé hier chez madame Darsenay. Vous n'êtes pas resté chez vous.

— Eh bien, répondit Max en s'efforçant de sourire, vous avez raison. J'ai dîné au Rocher-de-Cancale avec ces vauriens, puis je suis allé prendre du thé chez Famin ; on n'a pas voulu me lâcher, et puis j'ai joué.

— Et vous avez perdu, cela va sans dire ?

— Non, j'ai gagné.

— Tant pis. J'aimerais mieux que vous eussiez perdu, surtout si cela pouvait vous dégoûter à jamais d'une habitude aussi sotte que détestable.

Elle se pencha sur son ouvrage et se mit à travailler avec une application un peu affectée.

— Y avait-il beaucoup de monde chez madame Darsenay ? demanda Max timidement.

— Non, peu de monde.

— Pas de demoiselles à marier ?...

— Non.

— Je compte sur vous, cependant, madame. Vous savez ce que vous m'avez promis ?

— Nous avons le temps d'y songer.

Il y avait dans le ton de madame de Piennes

quelque chose de sec et de contraint qui ne lui était pas ordinaire.

Après un silence, Max reprit d'un air humble :

— Vous êtes mécontente de moi, madame ? Pourquoi ne me grondez-vous pas bien fort, comme faisait ma tante, pour me pardonner ensuite ? Voyons, voulez-vous que je vous donne ma parole de ne plus jouer jamais ?

— Quand on fait une promesse, il faut se sentir la force de la tenir.

— Une promesse faite à vous, madame, je la tiendrai ; je m'en crois la force et le courage.

— Eh bien, Max, je l'accepte, dit-elle en lui tendant la main.

— J'ai gagné onze cents francs, poursuivit-il ; les voulez-vous pour vos pauvres ? Jamais argent plus mal acquis n'aura trouvé meilleur emploi.

Elle hésita un moment.

— Pourquoi pas ? se dit-elle tout haut. Allons, Max, vous vous souviendrez de la leçon. Je vous inscris mon débiteur pour onze cents francs.

— Ma tante disait que le meilleur moyen pour n'avoir pas de dettes, c'est de payer toujours comptant.

En parlant, il tirait son portefeuille pour y prendre des billets. Dans le portefeuille entrouvert, madame de Piennes crut voir un portrait de femme. Max s'aperçut qu'elle regardait, rougit et se hâta de fermer le portefeuille et de présenter les billets.

— Je voudrais bien voir ce portefeuille... si cela était possible, ajouta-t-elle en souriant avec malice.

Max était complètement déconcerté : il balbutia quelques mots inintelligibles et s'efforça de détourner l'attention de madame de Piennes.

La première pensée de celle-ci avait été que le portefeuille renfermait le portrait de quelque belle Italienne ; mais le trouble évident de Max et la couleur générale de la miniature, — c'était tout ce qu'elle en avait pu voir, — avaient bientôt éveillé

chez elle un autre soupçon. Autrefois elle avait
donné son portrait à madame Aubrée ; et elle s'imagina que Max, en sa qualité d'héritier direct, s'était
cru le droit de se l'approprier. Cela lui parut une
énorme inconvenance. Cependant elle n'en marqua
rien d'abord ; mais lorsque M. de Salligny allait se
retirer :

— A propos, lui dit-elle, votre tante avait un portrait de moi, que je voudrais bien revoir.

— Je ne sais... quel portrait ?... comment était-il ?
demanda Max d'une voix mal assurée.

Cette fois, madame de Piennes était déterminée à
ne pas s'apercevoir qu'il mentait.

— Cherchez-le, lui dit-elle le plus naturellement
qu'elle put. Vous me ferez plaisir.

N'était le portrait, elle était assez contente de la
docilité de Max, et se promettait bien de sauver
encore une brebis égarée.

Le lendemain, Max avait retrouvé le portrait et le
rapporta d'un air assez indifférent. Il remarqua que
la ressemblance n'avait jamais été grande, et que le
peintre lui avait donné une raideur de pose et une
sévérité dans l'expression qui n'avaient rien de naturel. De ce moment, ses visites à madame de Piennes
furent moins longues, et il avait auprès d'elle un air
boudeur qu'elle ne lui avait jamais vu. Elle attribua
cette humeur au premier effort qu'il avait à faire
pour tenir ses promesses et résister à ses mauvais
penchants.

Une quinzaine de jours après l'arrivée de M. de
Salligny, madame de Piennes allait voir à son ordinaire sa protégée Arsène Guillot, qu'elle n'avait
point oubliée cependant, ni vous non plus, madame,
je l'espère. Après lui avoir fait quelques questions
sur sa santé et sur les instructions qu'elle recevait,
remarquant que la malade était encore plus oppressée que les jours précédents, elle lui offrit de lui faire
la lecture pour qu'elle ne se fatiguât point à parler.
La pauvre fille eût sans doute aimé mieux causer

qu'écouter une lecture telle que celle qu'on lui proposait, car vous pensez bien qu'il s'agissait d'un
livre fort sérieux, et Arsène n'avait jamais lu que des
romans de cuisinières. C'était un livre de piété que
prit madame de Piennes ; et je ne vous le nommerai
pas, d'abord pour ne pas faire tort à son auteur,
ensuite parce que vous m'accuseriez peut-être de
vouloir tirer quelque méchante conclusion contre
ces sortes d'ouvrages en général. Suffit que le livre
en question était d'un jeune homme de dix-neuf ans,
et spécialement approprié à la réconciliation des
pécheresses endurcies ; qu'Arsène était très acca-
blée, et qu'elle n'avait pu fermer l'œil la nuit pré-
cédente. A la troisième page, il arriva ce qui serait
arrivé avec tout autre ouvrage, sérieux ou non ; il
advint ce qui était inévitable : je veux dire que
mademoiselle Guillot ferma les yeux et s'endormit.
Madame de Piennes s'en aperçut et se félicita de
l'effet calmant qu'elle venait de produire. Elle
baissa d'abord la voix pour ne pas réveiller la
malade en s'arrêtant tout à coup, puis elle posa le
livre et se leva doucement pour sortir sur la pointe
du pied ; mais la garde avait coutume de descendre
chez la portière lorsque madame de Piennes venait,
car ses visites ressemblaient un peu à celles d'un
confesseur. Madame de Piennes voulut attendre le
retour de la garde ; et comme elle était la personne
du monde la plus ennemie de l'oisiveté, elle chercha
quelque emploi à faire des minutes qu'elle allait
passer auprès de la dormeuse. Dans un petit cabinet
derrière l'alcôve, il y avait une table avec de l'encre
et du papier ; elle s'y assit et se mit à écrire un billet.
Tandis qu'elle cherchait un pain à cacheter dans un
tiroir de la table, quelqu'un entra brusquement dans
la chambre, qui réveilla la malade.

— Mon Dieu ! qu'est-ce que je vois ? s'écria Arsène
d'une voix si altérée, que madame de Piennes en
frémit.

— Eh bien, j'en apprends de belles ! Qu'est-ce que

cela veut dire ? Se jeter par la fenêtre comme une imbécile ! A-t-on jamais vu une tête comme celle de cette fille-là !

Je ne sais si je rapporte exactement les termes ; c'est du moins le sens de ce que disait la personne qui venait d'entrer, et qu'à la voix madame de Piennes reconnut aussitôt pour Max de Salligny. Suivirent quelques exclamations, quelques cris étouffés d'Arsène, puis un embrassement assez sonore. Enfin Max reprit :

— Pauvre Arsène, en quel état te retrouvé-je ? Sais-tu que je ne t'aurais jamais dénichée, si Julie ne m'eût dit ta dernière adresse ? Mais a-t-on jamais vu folie pareille !

— Ah ! Salligny ! Salligny ! que je suis heureuse ! Mais comme je me repens de ce que j'ai fait ! Tu ne vas plus me trouver gentille. Tu ne voudras plus de moi ?...

— Bête que tu es, disait Max, pourquoi ne pas m'écrire que tu avais besoin d'argent ? Pourquoi ne pas en demander au commandant ? Qu'est donc devenu ton Russe ? Est-ce qu'il est parti, ton Cosaque ?

En reconnaissant la voix de Max, madame de Piennes avait été d'abord presque aussi étonnée qu'Arsène. La surprise l'avait empêchée de se montrer aussitôt ; puis elle s'était mise à réfléchir si elle devait ou non se montrer, et lorsqu'on réfléchit en écoutant on ne se décide pas vite. Il résulta de tout cela qu'elle entendit l'édifiant dialogue que je viens de rapporter ; mais alors elle comprit que, si elle demeurait dans le cabinet, elle était exposée à en entendre bien davantage. Elle prit son parti, et entra dans la chambre avec ce maintien calme et superbe que les personnes vertueuses ne perdent que rarement, et qu'elles commandent au besoin.

— Max, dit-elle, vous faites du mal à cette pauvre fille ; retirez-vous. Vous viendrez me parler dans une heure.

Max était devenu pâle comme un mort en voyant apparaître madame de Piennes dans un lieu où il ne se serait jamais attendu à la rencontrer ; son premier mouvement fut d'obéir, et il fit un pas vers la porte.

— Tu t'en vas !... ne t'en va pas ! s'écria Arsène en se soulevant sur son lit d'un effort désespéré.

— Mon enfant, dit madame de Piennes en lui prenant la main, soyez raisonnable. Écoutez-moi. Rappelez-vous ce que vous m'avez promis !

Puis elle jeta un regard calme, mais impérieux à Max, qui sortit aussitôt. Arsène retomba sur le lit ; en le voyant sortir, elle s'était évanouie.

Madame de Piennes et la garde, qui rentra peu après, la secoururent avec l'adresse qu'ont les femmes en ces sortes d'accidents. Par degrés, Arsène reprit connaissance. D'abord elle promena ses regards par toute la chambre, comme pour y chercher celui qu'elle se rappelait y avoir vu tout à l'heure ; puis elle tourna ses grands yeux noirs vers madame de Piennes, et la regardant fixement :

— C'est votre mari ? dit-elle.

— Non, répondit madame de Piennes en rougissant un peu, mais sans que la douceur de sa voix en fût altérée ; M. de Salligny est mon parent.

Elle crut pouvoir se permettre ce petit mensonge pour expliquer l'empire qu'elle avait sur lui.

— Alors, dit Arsène, c'est vous qu'il aime !

Et elle attachait toujours sur elle ses yeux ardents comme deux flambeaux.

Il !... Un éclair brilla sur le front de madame de Piennes. Un instant, ses joues se colorèrent d'un vif incarnat, et sa voix expira sur ses lèvres ; mais elle reprit bientôt sa sérénité.

— Vous vous méprenez, ma pauvre enfant, dit-elle d'un ton grave, M. de Salligny a compris qu'il avait tort de vous rappeler des souvenirs qui sont heureusement loin de votre mémoire. Vous avez oublié...

— Oublié ! s'écria Arsène avec un sourire de damné qui faisait mal à voir.

— Oui, Arsène, vous avez renoncé à toutes les folles idées d'un temps qui ne reviendra plus. Pensez, ma pauvre enfant, que c'est à cette coupable liaison que vous devez tous vos malheurs. Pensez...

— Il ne vous aime pas ! interrompit Arsène sans l'écouter, il ne vous aime pas, et il comprend un seul regard ! J'ai vu vos yeux et les siens. Je ne me trompe pas... Au fait..., c'est juste ! Vous êtes belle, jeune, brillante... moi, estropiée, défigurée... près de mourir...

Elle ne put achever : des sanglots étouffèrent sa voix, si forts, si douloureux, que la garde s'écria qu'elle allait chercher le médecin ; car, disait-elle, M. le docteur ne craignait rien tant que ces convulsions, et si cela dure la pauvre petite va passer.

Peu à peu l'espèce d'énergie qu'Arsène avait trouvée dans la vivacité même de sa douleur fit place à un abattement stupide, que madame de Piennes prit pour du calme. Elle continua ses exhortations ; mais Arsène, immobile, n'écoutait pas toutes les belles et bonnes raisons qu'on lui donnait pour préférer l'amour divin à l'amour terrestre ; ses yeux étaient secs, ses dents serrées convulsivement. Pendant que sa protectrice lui parlait du ciel et de l'avenir, elle songeait au présent. L'arrivée subite de Max avait réveillé en un instant chez elle de folles illusions, mais le regard de madame de Piennes les avait dissipées encore plus vite. Après un rêve heureux d'une minute, Arsène ne retrouvait plus que la triste réalité, devenue cent fois plus horrible pour avoir été un moment oubliée.

Votre médecin vous dira, madame, que les naufragés, surpris par le sommeil au milieu des angoisses de la faim, rêvent qu'ils sont à table et font bonne chère. Ils se réveillent encore plus affamés, et voudraient n'avoir pas dormi. Arsène souffrait une torture comparable à celle de ces naufragés. Autrefois

elle avait aimé Max, comme elle pouvait aimer.
C'était avec lui qu'elle aurait voulu toujours aller au
spectacle, c'est avec lui qu'elle s'amusait dans une
partie de campagne, c'est de lui qu'elle parlait sans
cesse à ses amies. Lorsque Max partit, elle avait
beaucoup pleuré ; mais cependant elle avait agréé
les hommages d'un Russe que Max était charmé
d'avoir pour successeur, parce qu'il le tenait pour
galant homme, c'est-à-dire pour généreux. Tant
qu'elle put mener la vie folle des femmes de son
espèce, son amour pour Max ne fut qu'un souvenir
agréable qui la faisait soupirer quelquefois. Elle y
pensait comme on pense aux amusements de son
enfance, que personne cependant ne voudrait
recommencer ; mais quand Arsène n'eut plus
d'amants, qu'elle se trouva délaissée, qu'elle sentit
tout le poids de la misère et de la honte, alors son
amour pour Max s'épura en quelque sorte, parce que
c'était le seul souvenir qui ne réveillât chez elle ni
regrets ni remords. Il la relevait même à ses propres
yeux, et plus elle se sentait avilie, plus elle grandis-
sait Max dans son imagination. J'ai été sa maîtresse,
il m'a aimée, se disait-elle avec une sorte d'orgueil
lorsqu'elle était saisie de dégoût en réfléchissant sur
sa vie de courtisane. Dans les marais de Minturnes,
Marius raffermissait son courage en se disant : j'ai
vaincu les Cimbres ! La fille entretenue, — hélas !
elle ne l'était plus, — n'avait pour résister à la honte
et au désespoir que ce souvenir : Max m'a aimée... Il
m'aime encore ! Un moment elle avait pu le penser ;
mais maintenant on venait lui arracher jusqu'à ses
souvenirs, seul bien qui lui restât au monde.

Pendant qu'Arsène s'abandonnait à ses tristes
réflexions, madame de Piennes lui démontrait avec
chaleur la nécessité de renoncer pour toujours à ce
qu'elle appelait ses égarements criminels. Une forte
conviction rend presque insensible ; et comme un
chirurgien applique le fer et le feu sur une plaie sans
écouter les cris du patient, madame de Piennes

poursuivait sa tâche avec une impitoyable fermeté. Elle disait que cette époque de bonheur où la pauvre Arsène se réfugiait comme pour s'échapper à elle-même était un temps de crime et de honte qu'elle expiait justement aujourd'hui. Ces illusions, il fallait les détester et les bannir de son cœur ; l'homme qu'elle regardait comme son protecteur et presque un génie tutélaire, il ne devait plus être à ses yeux qu'un complice pernicieux, un séducteur qu'elle devait fuir à jamais.

Ce mot de séducteur, dont madame de Piennes ne pouvait pas sentir le ridicule, fit presque sourire Arsène au milieu de ses larmes ; mais sa digne protectrice ne s'en aperçut pas. Elle continua imperturbablement son exhortation, et la termina par une péroraison qui redoubla les sanglots de la pauvre fille, c'était : Vous ne le verrez plus.

Le médecin qui arriva et la prostration complète de la malade rappelèrent à madame de Piennes qu'elle en avait assez fait. Elle pressa la main d'Arsène, et lui dit en la quittant :

— Du courage, ma fille, et Dieu ne vous abandonnera pas.

Elle venait d'accomplir un devoir, il lui en restait un second encore plus difficile. Un autre coupable l'attendait, dont elle devait ouvrir l'âme au repentir ; et malgré la confiance qu'elle puisait dans son zèle pieux, malgré l'empire qu'elle exerçait sur Max, et dont elle avait déjà des preuves, enfin, malgré la bonne opinion qu'elle conservait au fond du cœur à l'égard de ce libertin, elle éprouvait une étrange anxiété en pensant au combat qu'elle allait engager. Avant de commencer cette terrible lutte, elle voulut reprendre des forces, et, entrant dans une église, elle demanda à Dieu de nouvelles inspirations pour défendre sa cause.

Lorsqu'elle rentra chez elle, on lui dit que M. de Salligny était au salon, et l'attendait depuis assez longtemps. Elle le trouva pâle, agité, rempli d'inquiétude. Ils s'assirent. Max n'osait ouvrir la bouche ; et madame de Piennes, émue elle-même sans en savoir positivement la cause, demeura quelque temps sans parler et ne le regardant qu'à la dérobée. Enfin elle commença :

— Max, dit-elle, je ne vous ferai pas de reproches...

Il leva la tête assez fièrement. Leurs regards se rencontrèrent, et il baissa les yeux aussitôt.

— Votre bon cœur, poursuivit-elle, vous en dit plus en ce moment que je ne pourrais le faire. C'est une leçon que la Providence a voulu vous donner ; j'en ai l'espoir, la conviction... elle ne sera pas perdue.

— Madame, interrompit Max, je sais à peine ce qui s'est passé. Cette malheureuse fille s'est jetée par la fenêtre, voilà ce qu'on m'a dit ; mais je n'ai pas la vanité... je veux dire la douleur... de croire que les relations que nous avons eues autrefois aient pu déterminer cet acte de folie.

— Dites plutôt, Max, que, lorsque vous faisiez le mal, vous n'en aviez pas prévu les conséquences. Quand vous avez jeté cette jeune fille dans le désordre, vous ne pensiez pas qu'un jour elle attenterait à sa vie.

— Madame, s'écria Max avec quelque véhémence, permettez-moi de vous dire que je n'ai nullement séduit Arsène Guillot. Quand je l'ai connue, elle était toute séduite. Elle a été ma maîtresse, je ne le nie point. Je l'avouerai même, je l'ai aimée... comme on peut aimer une personne de cette classe... Je crois qu'elle a eu pour moi un peu plus d'attachement que pour un autre... Mais depuis longtemps toutes relations avaient cessé entre nous, et sans qu'elle en eût témoigné beaucoup de regret. La dernière fois que j'ai reçu de ses nouvelles, je lui ai fait tenir de l'argent ; mais elle n'a pas d'ordre... Elle a eu honte de m'en demander encore, car elle a son orgueil à elle... La misère l'a poussée à cette terrible résolution... J'en suis désolé... Mais je vous le répète, madame, dans tout cela, je n'ai aucun reproche à me faire.

Madame de Piennes chiffonna quelque ouvrage sur sa table, puis elle reprit :

— Sans doute, dans les idées du *monde*, vous n'êtes pas coupable, vous n'avez pas encouru de responsabilités, mais il y a une autre morale que celle du monde, et c'est par ses règles que j'aimerais à vous voir vous guider... Maintenant peut-être vous n'êtes pas en état de m'entendre. Laissons cela. Aujourd'hui, ce que j'ai à vous demander, c'est une promesse que vous ne me refuserez pas, j'en suis sûre. Cette malheureuse fille est touchée de repentir. Elle a écouté avec respect les conseils d'un vénérable ecclésiastique qui l'a bien voulu voir. Nous avons tout lieu d'espérer d'elle. — Vous, vous ne devez plus la voir, car son cœur hésite encore entre le bien et le mal, et malheureusement vous n'avez ni la volonté, ni peut-être le pouvoir de lui être utile. En la revoyant, vous pourriez lui faire beaucoup de mal... C'est pourquoi je vous demande votre parole de ne plus aller chez elle.

Max fit un mouvement de surprise.

— Vous ne me refuserez pas, Max ; si votre tante vivait, elle vous ferait cette prière. Imaginez que c'est elle qui vous parle.

— Bon Dieu ! madame, que me demandez-vous ? Quel mal voulez-vous que je fasse à cette pauvre fille ? N'est-ce pas au contraire une obligation pour moi qui... l'ai vue au temps de ses folies, de ne pas l'abandonner maintenant qu'elle est malade, et bien dangereusement malade, si ce que l'on me dit est vrai ?

— Voilà sans doute la morale du monde, mais ce n'est pas la mienne. Plus cette maladie est grave, plus il importe que vous ne la voyiez plus.

— Mais, madame, veuillez songer que, dans l'état où elle est, il serait impossible, même à la pruderie

la plus facile à s'alarmer... Tenez, madame, si j'avais
un chien malade et si je savais qu'en me voyant il
éprouvât quelque plaisir, je croirais faire une mauvaise action en le laissant crever seul. Il ne se peut
pas que vous pensiez autrement, vous qui êtes si
bonne et si charitable. Songez-y, madame ; de ma
part, il y aurait vraiment de la cruauté.

— Tout à l'heure je vous demandais de me faire
cette promesse au nom de votre bonne tante... au
nom de l'amitié que vous avez pour moi... maintenant, c'est au nom de cette malheureuse fille elle-
même que je vous le demande. Si vous l'aimez
réellement...

— Ah ! madame, je vous en supplie, ne rappro-
chez pas ainsi des choses qui ne se peuvent comparer. Croyez-moi bien, madame, je souffre extrêmement à vous résister en quoi que ce soit ; mais, en
vérité, je m'y crois obligé d'honneur... Ce mot vous
déplaît ? Oubliez-le. Seulement, madame, à mon
tour, laissez-moi vous conjurer par pitié pour cette
infortunée... et aussi un peu par pitié pour moi... Si
j'ai eu des torts... si j'ai contribué à la retenir dans le
désordre... je dois maintenant prendre soin d'elle. Il
serait affreux de l'abandonner. Je ne me le par-
donnerais pas. Non, je ne puis l'abandonner. Vous
n'exigerez pas cela, madame.

— D'autres soins ne lui manqueront pas. Mais
répondez-moi, Max : vous l'aimez ?

— Je l'aime... je l'aime... Non... je ne l'aime pas.
C'est un mot qui ne peut convenir ici... L'aimer :
hélas ! non. J'ai cherché auprès d'elle une distraction à un sentiment plus sérieux qu'il fallait
combattre... Cela vous semble ridicule, incompré-
hensible ?... La pureté de votre âme ne peut
admettre que l'on cherche un pareil remède... Eh
bien ! ce n'est pas la plus mauvaise action de ma vie.
Si nous autres hommes nous n'avions pas quelquefois la ressource de détourner nos passions...
peut-être maintenant... peut-être serait-ce moi qui

me serais jeté par la fenêtre... Mais, je ne sais ce que je dis, et vous ne pouvez m'entendre... je me comprends à peine moi-même...

— Je vous demandais si vous l'aimiez, reprit madame de Piennes les yeux baissés et avec quelque hésitation, parce que, si vous aviez de... de l'amitié pour elle, vous auriez sans doute le courage de lui faire un peu de mal pour lui faire ensuite un grand bien. Assurément, le chagrin de ne pas vous voir lui sera pénible à supporter ; mais il serait bien plus grave de la détourner aujourd'hui de la voie dans laquelle elle est presque miraculeusement entrée. Il importe à son *salut*, Max, qu'elle oublie tout à fait un temps que votre présence lui rappellerait avec trop de vivacité.

Max secoua la tête sans répondre. Il n'était pas croyant, et le mot de *salut*, qui avait tant de pouvoir sur madame de Piennes, ne parlait point aussi fortement à son âme. Mais sur ce point, il n'y avait pas à contester avec elle. Il évitait toujours avec soin de lui montrer ses doutes, et cette fois encore il garda le silence ; cependant il était facile de voir qu'il n'était pas convaincu.

— Je vous parlerai le langage du monde, poursuivit madame de Piennes, si malheureusement c'est le seul que vous puissiez comprendre ; nous discuterons, en effet, sur un calcul d'arithmétique. Elle n'a rien à gagner à vous voir, beaucoup à perdre ; maintenant choisissez.

— Madame, dit Max d'une voix émue, vous ne doutez plus, j'espère, qu'il puisse y avoir d'autre sentiment de ma part à l'égard d'Arsène qu'un intérêt... bien naturel. Quel danger y aurait-il ? Aucun. Doutez-vous de moi ? Penseriez-vous que je veuille nuire aux bons conseils que vous lui donnez ? Eh ! mon Dieu ! moi qui déteste les spectacles tristes, qui les fuis avec une espèce d'horreur, croyez-vous que je recherche la vue d'une mourante avec des intentions coupables ? Je vous le répète, madame, c'est pour moi une idée de devoir, c'est une expiation, un châtiment si vous voulez, que je viens chercher auprès d'elle.

A ce mot, madame de Piennes releva la tête et le regarda fixement d'un air exalté qui donnait à tous ses traits une expression sublime.

— Une expiation, dites-vous, un châtiment ?... Eh bien ! oui ! A votre insu, Max, vous obéissez peut-être à un *avertissement d'en haut*, et vous avez raison de me résister... Oui, j'y consens. Voyez cette fille et qu'elle devienne l'instrument de votre salut comme vous avez failli être celui de sa perte.

Probablement Max ne comprenait pas aussi bien que vous, madame, ce que c'est qu'un *avertissement d'en haut*. Ce changement de résolution si subit l'étonnait, il ne savait à quoi l'attribuer, il ne savait pas s'il devait remercier madame de Piennes d'avoir cédé à la fin ; mais en ce moment sa grande préoccupation était pour deviner si son obstination avait lassé ou bien convaincu la personne à laquelle il craignait par-dessus tout de déplaire.

— Seulement, Max, poursuivit madame de Piennes, j'ai à vous demander, ou plutôt j'exige de vous...

Elle s'arrêta un instant, et Max fit un signe de tête indiquant qu'il se soumettait à tout.

— J'exige, reprit-elle, que vous ne la voyiez qu'avec moi.

Il fit un geste d'étonnement, mais il se hâta d'ajouter qu'il obéirait.

— Je ne me fie pas absolument à vous, continuat-elle en souriant. Je crains encore que vous ne gâtiez mon ouvrage, et je veux réussir. Surveillé par moi, vous deviendrez au contraire un aide utile, et, j'en ai l'espoir, votre soumission sera récompensée.

Elle lui tendit la main en disant ces mots. Il fut convenu que Max irait le lendemain voir Arsène Guillot, et que madame de Piennes le précéderait pour la préparer à cette visite.

Vous comprenez son projet. D'abord elle avait pensé qu'elle trouverait Max plein de repentir, et qu'elle tirerait facilement de l'exemple d'Arsène le texte d'un sermon éloquent contre ses mauvaises passions ; mais, contre son attente, il rejetait toute responsabilité. Il fallait changer d'exorde, et dans un moment décisif retourner une harangue étudiée, c'est une entreprise presque aussi périlleuse que de prendre un nouvel ordre de bataille au milieu d'une attaque imprévue. Madame de Piennes n'avait pu improviser une manœuvre. Au lieu de sermonner Max, elle avait discuté avec lui une question de convenance. Tout à coup une idée nouvelle s'était présentée à son esprit. Les remords de sa complice le toucheront, avait-elle pensé. La fin chrétienne d'une femme qu'il a aimée (et malheureusement elle ne pouvait douter qu'elle ne fût proche) portera sans doute un coup décisif. C'est sur un tel espoir qu'elle s'était subitement déterminée à permettre que Max revît Arsène. Elle y gagnait encore d'ajourner l'exhortation qu'elle avait projetée ; car, je crois vous l'avoir déjà dit, malgré son vif désir de sauver un homme dont elle déplorait les égarements, l'idée d'engager avec lui une discussion si sérieuse l'effrayait involontairement.

Elle avait beaucoup compté sur la bonté de sa cause ; elle doutait encore du succès, et ne pas réussir c'était désespérer du salut de Max, c'était se condamner à changer de sentiment à son égard. Le diable, peut-être pour éviter qu'elle se mît en garde contre la vive affection qu'elle portait à un ami d'enfance, le diable avait pris soin de justifier cette affection par une espérance chrétienne. Toutes armes sont bonnes au tentateur, et telles pratiques lui sont familières ; voilà pourquoi le Portugais dit fort élégamment : *De boâs intençôes esta o inferno cheio* : L'enfer est pavé de bonnes intentions. Vous dites en français qu'il est pavé de langues de femmes, et cela revient au même ; car les femmes, à mon sens, veulent toujours le bien.

Vous me rappelez à mon récit. Le lendemain donc madame de Piennes alla chez sa protégée, qu'elle trouva bien faible, bien abattue, mais pourtant plus calme et plus résignée qu'elle ne l'espérait. Elle reparla de M. de Salligny, mais avec plus de ménagement que la veille. Arsène, à la vérité, devait absolument renoncer à lui, et n'y penser que pour déplorer leur commun aveuglement. Elle devait encore, et c'était une partie de sa pénitence, elle devait montrer son repentir à Max lui-même, lui donner un exemple en changeant de vie, et lui assurer pour l'avenir la paix de conscience dont elle jouissait elle-même. A ces exhortations toutes chrétiennes, madame de Piennes ne négligea pas de joindre quelques arguments mondains : celui-ci, par exemple, qu'Arsène aimant véritablement M. de Salligny, devait désirer son bien avant tout, et que, par son changement de conduite, elle mériterait l'estime d'un homme qui n'avait pu encore la lui accorder réellement.

Tout ce qu'il y avait de sévère et de triste dans ce discours s'effaça soudain lorsqu'en terminant madame de Piennes lui annonça qu'elle reverrait Max, et qu'il allait venir. A la vive rougeur qui anima subitement ses joues, depuis longtemps pâlies par la souffrance, à l'éclat extraordinaire dont brillèrent ses yeux, madame de Piennes faillit se repentir d'avoir consenti à cette entrevue ; mais il n'était plus temps de changer de résolution. Elle employa quelques minutes qui lui restaient avant l'arrivée de Max en exhortations pieuses et énergiques, mais elles étaient écoutées avec une distraction notable, car Arsène ne semblait préoccupée que d'arranger ses cheveux et d'ajuster le ruban chiffonné de son bonnet.

Enfin M. de Salligny parut, contractant tous ses traits pour leur donner un air de gaieté et d'assurance. Il lui demanda comment elle se portait, d'un ton de voix qu'il essaya de rendre naturel, mais

qu'aucun rhume ne saurait donner. De son côté,
Arsène n'était pas plus à son aise ; elle balbutiait,
elle ne pouvait trouver une phrase, mais elle prit la
main de madame de Piennes et la porta à ses lèvres
comme pour la remercier. Ce qui se dit pendant un
quart d'heure fut ce qui se dit partout entre gens
embarrassés. Madame de Piennes seule conservait
son calme ordinaire, ou plutôt, mieux préparée, elle
se maîtrisait mieux. Souvent elle répondait pour
Arsène, et celle-ci trouvait que son interprète rendait
assez mal ses pensées. La conversation languissant,
madame de Piennes remarqua que la malade tous-
sait beaucoup, lui rappela que le médecin lui défen-
dait de parler, et s'adressant à Max, lui dit qu'il
ferait mieux de faire une petite lecture que de fatiguer Arsène par ses questions. Aussitôt Max prit un
livre avec empressement, et s'approcha de la
fenêtre, car la chambre était un peu obscure. Il lut
sans trop comprendre. Arsène ne comprenait pas
davantage sans doute, mais elle avait l'air d'écouter
avec un vif intérêt. Madame de Piennes travaillait à
quelque ouvrage qu'elle avait apporté, la garde se
pinçait pour ne pas dormir. Les yeux de madame de
Piennes allaient sans cesse du lit à la fenêtre, jamais
Argus ne fit si bonne garde avec les cent yeux qu'il
avait. Au bout de quelques minutes, elle se pencha
vers l'oreille d'Arsène :

— Comme il lit bien ! lui dit-elle tout bas.

Arsène lui jeta un regard qui contrastait étrangement avec le sourire de sa bouche :

— Oh ! oui, répondit-elle.

Puis elle baissa les yeux, et de minute en minute
une grosse larme paraissait au bord de ses cils et
glissait sur ses joues sans qu'elle s'en aperçût. Max
ne tourna pas la tête une seule fois. Après quelques
pages, madame de Piennes dit à Arsène :

— Nous allons vous laisser reposer, mon enfant.
Je crains que nous ne vous ayons un peu fatiguée.
Nous reviendrons bientôt vous voir.

Elle se leva, et Max se leva comme son ombre. Arsène lui dit adieu sans presque le regarder.

— Je suis contente de vous, Max, dit madame de Piennes qu'il avait accompagnée jusqu'à sa porte, et d'elle encore plus. Cette pauvre fille est remplie de résignation. Elle vous donne un exemple.

— Souffrir et se taire, madame, est-ce donc si difficile à apprendre ?

— Ce qu'il faut apprendre surtout, c'est à fermer son cœur aux mauvaises pensées.

Max la salua et s'éloigna rapidement.

Lorsque madame de Piennes revit Arsène le lende-main, elle la trouva contemplant un bouquet de fleurs rares placé sur une petite table auprès de son lit.

— C'est M. de Salligny qui me les a envoyées, dit-elle. On est venu de sa part demander comment j'étais. Lui n'est pas monté.

— Ces fleurs sont fort belles, dit madame de Piennes un peu sèchement.

— J'aimais beaucoup les fleurs autrefois, dit la malade en soupirant, et il me gâtait... M. de Salligny me gâtait en me donnant toutes les plus jolies qu'il pouvait trouver... Mais cela ne me vaut plus rien à présent... Cela sent trop fort... Vous devriez prendre ce bouquet, madame ; il ne se fâchera pas si je vous le donne.

— Non, ma chère ; ces fleurs vous font plaisir à regarder, reprit madame de Piennes d'un ton plus doux, car elle avait été très émue de l'accent profon-dément triste de la pauvre Arsène. Je prendrai celles qui ont de l'odeur, gardez les camellias.

— Non. Je déteste les camellias... Ils me rap-pellent la seule querelle que nous ayons eue... quand j'étais avec lui.

— Ne pensez plus à ces folies, ma chère enfant.

— Un jour, poursuivit Arsène en regardant fixe-ment madame de Piennes, un jour je trouvai dans sa chambre un beau camellia rose dans un verre d'eau.

Je voulus le prendre, il ne voulut pas. Il m'empêcha
même de le toucher. J'insistai, je lui dis des sottises.
Il le prit, le serra dans une armoire, et mit la clef
dans sa poche. Moi, je fis le diable, et je lui cassai
même un vase de porcelaine qu'il aimait beaucoup.
Rien n'y fit. Je vis bien qu'il le tenait d'une femme
comme il faut. Je n'ai jamais su d'où lui venait ce
camellia.

En parlant ainsi, Arsène attachait un regard fixe et
presque méchant sur madame de Piennes, qui baissa
les yeux involontairement. Il y eut un assez long
silence que troublait seule la respiration oppressée
de la malade. Madame de Piennes venait de se
rappeler confusément certaine histoire de camellia.
Un jour, qu'elle dînait chez madame Aubrée, Max
lui avait dit que sa tante venait de lui souhaiter sa
fête, et lui demanda de lui donner un bouquet aussi.
Elle avait détaché en riant un camellia de ses cheveux et le lui avait donné. Mais comment un fait
aussi insignifiant était-il demeuré dans sa
mémoire ? Madame de Piennes ne pouvait se l'expliquer. Elle en était presque effrayée. L'espèce de
confusion qu'elle éprouvait vis-à-vis d'elle-même
était à peine dissipée lorsque Max entra et elle se
sentit rougir.

— Merci de vos fleurs, dit Arsène ; mais elles me
font mal... Elles ne seront pas perdues ; je les ai
données à madame. Ne me faites pas parler, on me
le défend. Voulez-vous me lire quelque chose ?

Max s'assit et lut. Cette fois personne n'écouta, je
pense : chacun, y compris le lecteur, suivait le fil de
ses propres pensées.

Quand madame de Piennes se leva pour sortir, elle
allait laisser le bouquet sur la table, mais Arsène
l'avertit de son oubli. Elle emporta donc le bouquet,
mécontente d'avoir montré peut-être quelque affec-
tation à ne pas accepter tout d'abord cette bagatelle.
— Quel mal peut-il y avoir à cela ? pensait-elle. Mais
il y avait déjà du mal à se faire cette simple question.

Sans en être prié, Max la suivit chez elle. Ils s'assirent, et, détournant les yeux l'un et l'autre, ils demeurèrent en silence assez longtemps pour en être embarrassés.

— Cette pauvre fille, dit enfin madame de Piennes, m'afflige profondément. Il n'y a plus d'espoir, à ce qu'il paraît.

— Vous avez vu le médecin ? demanda Max ; que dit-il ?

Madame de Piennes secoua la tête :

— Elle n'a plus que bien peu de jours à passer dans ce monde. Ce matin, on l'a administrée.

— Sa figure faisait mal à voir, dit Max en s'avançant dans l'embrasure d'une fenêtre, probablement pour cacher son émotion.

— Sans doute il est cruel de mourir à son âge, reprit gravement madame de Piennes ; mais si elle eût vécu davantage, qui sait si ce n'eût point été un malheur pour elle ?... En la sauvant d'une mort désespérée, la Providence a voulu lui donner le temps de se repentir... C'est une grande grâce dont elle-même sent tout le prix à présent. L'abbé Dubignon est fort content d'elle. Il ne faut pas tant la plaindre, Max !

— Je ne sais s'il faut plaindre ceux qui meurent jeunes, répondit-il un peu brusquement... moi, j'aimerais à mourir jeune ; mais ce qui m'afflige surtout, c'est de la voir souffrir ainsi.

— La souffrance du corps est souvent utile à l'âme...

Max, sans répondre, alla se placer à l'extrémité de l'appartement, dans un angle obscur à demi caché par d'épais rideaux. Madame de Piennes travaillait ou feignait de travailler, les yeux fixés sur une tapisserie ; mais il lui semblait sentir le regard de Max comme quelque chose qui pesait sur elle. Ce regard qu'elle fuyait, elle croyait le sentir errer sur ses mains, sur ses épaules, sur son front. Il lui sembla qu'il s'arrêtait sur son pied, et elle se hâta de

le cacher sous sa robe. — Il y a peut-être quelque
chose de vrai dans ce qu'on dit du fluide magné-
tique, madame.

— Vous connaissez l'amiral de Rigny, madame ?
demanda Max tout à coup.

— Oui, un peu.

— J'aurai peut-être un service à vous demander
auprès de lui... une lettre de recommandation...

— Pourquoi donc ?

— Depuis quelques jours, madame, j'ai fait des
projets, continua-t-il avec une gaieté affectée. Je
travaille à me convertir, et je voudrais faire quelque
acte de bon chrétien ; mais, embarrassé comment
m'y prendre...

Madame de Piennes lui lança un regard un peu
sévère.

— Voici à quoi je me suis arrêté, poursuivit-il. Je
suis bien fâché de ne pas savoir l'école de peloton,
mais cela peut s'apprendre... et, ainsi que j'avais
l'honneur de vous le dire, je me sens une envie
extraordinaire d'aller en Grèce et de tâcher d'y tuer
quelque Turc, pour la plus grande gloire de la croix.

— En Grèce ! s'écria madame de Piennes, laissant
tomber son peloton.

— En Grèce. Ici, je ne fais rien ; je m'ennuie ; je ne
suis bon à rien, je ne puis rien faire d'utile ; il n'y a
personne au monde à qui je sois bon à quelque
chose. Pourquoi n'irais-je pas moissonner des lau-
riers, ou me faire casser la tête pour une bonne
cause ? D'ailleurs, pour moi, je ne vois guère d'autre
moyen d'aller à la gloire ou au Temple de Mémoire,
à quoi je tiens fort. Figurez-vous, madame, quel
honneur pour moi quand on lira dans le journal :
« On nous écrit de Tripolitza que M. Max de Salligny, jeune philhellène de la plus haute espérance
— on peut bien dire cela dans un journal — de la
plus haute espérance, vient de périr victime de son
enthousiasme pour la sainte cause de la religion et
de la liberté. Le farouche Kourschid-Pacha a poussé

l'oubli des convenances jusqu'à lui faire trancher la tête... » C'est justement ce que j'ai de plus mauvais, à ce que tout le monde dit, n'est-ce pas, madame ?

Et il riait d'un rire forcé.

— Parlez-vous sérieusement, Max ? Vous iriez en Grèce ?

— Très sérieusement, madame ; seulement, je tâcherai que mon article nécrologique ne paraisse que le plus tard possible.

— Qu'iriez-vous faire en Grèce ? Ce ne sont pas des soldats qui manquent aux Grecs... Vous feriez un excellent soldat, j'en suis sûre ; mais...

— Un superbe grenadier de cinq pieds six pouces ! s'écria-t-il en se levant en pied ; les Grecs seraient bien dégoûtés s'ils ne voulaient pas d'une recrue comme celle-là. Sans plaisanterie, madame, ajouta-t-il en se laissant retomber dans un fauteuil, c'est, je crois, ce que j'ai de mieux à faire. Je ne puis rester à Paris (il prononça ces mots avec une certaine violence) ; j'y suis malheureux, j'y ferais cent sottises... Je n'ai pas la force de résister... Mais nous en reparlerons ; je ne pars pas tout de suite... mais je partirai... Oh ! oui, il le faut ; j'en ai fait mon grand serment. — Savez-vous que depuis deux jours j'apprends le grec ? Ζωή μου σάς άγαπῶ. C'est une fort belle langue, n'est-ce pas ?

Madame de Piennes avait lu lord Byron et se rappela cette phrase grecque, refrain d'une de ses pièces fugitives. La traduction, comme vous savez, se trouve en note, c'est : « Ma vie, je vous aime. » — *Ce sont façons de parler obligeantes de ces pays-là.* Madame de Piennes maudissait sa trop bonne mémoire ; elle se garda bien de demander ce que signifiait ce grec-là, et craignait seulement que sa physionomie ne montrât qu'elle avait compris. Max s'était approché du piano ; et ses doigts tombant sur le clavier comme par hasard, formèrent quelques accords mélancoliques. Tout à coup il prit son chapeau ; et se tournant vers madame de Piennes, il lui demanda si elle comptait aller ce soir chez madame Darsenay.

— Je pense que oui, répondit-elle en hésitant un peu.

Il lui serra la main et sortit aussitôt, la laissant en proie à une agitation qu'elle n'avait encore jamais éprouvée.

Toutes ses idées étaient confuses et se succédaient avec tant de rapidité, qu'elle n'avait pas le temps de s'arrêter à une seule. C'était comme cette suite d'images qui paraissent et disparaissent à la portière d'une voiture entraînée sur un chemin de fer. Mais, de même qu'au milieu de la course la plus impétueuse l'œil qui n'aperçoit point tous les détails parvient cependant à saisir le caractère général des sites que l'on traverse, de même, au milieu de ce chaos de pensées qui l'assiégeaient, madame de Piennes éprouvait une impression d'effroi et se sentait comme entraînée sur une pente rapide au milieu de précipices affreux. Que Max l'aimât, elle n'en pouvait douter. Cet amour (elle disait : cette affection) datait de loin ; mais jusqu'alors elle ne s'en était pas alarmée. Entre une dévote comme elle et un libertin comme Max, s'élevait une barrière insurmontable qui la rassurait autrefois. Bien qu'elle ne fût pas insensible au plaisir ou à la vanité d'inspirer un sentiment sérieux à un homme aussi léger que l'était Max dans son opinion, elle n'avait jamais pensé que cette affection pût devenir un jour dangereuse pour son repos. Maintenant que le mauvais sujet s'était amendé, elle commençait à le craindre. Sa conversion, qu'elle s'attribuait, allait donc devenir, pour elle et pour lui, une cause de chagrins et de tourments. Par moments, elle essayait de se persuader que les dangers qu'elle prévoyait vaguement n'avaient aucun fondement réel. Ce voyage brusquement résolu, le changement qu'elle avait remarqué dans les manières de M. de Salligny, pouvaient s'expliquer à la rigueur par l'amour qu'il avait conservé pour Arsène Guillot ; mais, chose étrange ! cette pensée lui était plus insupportable que les autres, et c'était presque un soulagement pour elle que de s'en démontrer l'invraisemblance.

Madame de Piennes passa toute la soirée à se créer ainsi des fantômes, à les détruire, à les reformer. Elle ne voulut pas aller chez madame Darsenay, et, pour être plus sûre d'elle-même, elle permit à son cocher de sortir et voulut se coucher de bonne heure ; mais aussitôt qu'elle eut pris cette magnanime résolution, et qu'il n'y eut plus moyen de s'en dédire, elle se représenta que c'était une faiblesse indigne d'elle et s'en repentit. Elle craignit surtout que Max n'en soupçonnât la cause ; et comme elle ne pouvait se déguiser à ses propres yeux son véritable motif pour ne pas sortir, elle en vint à se regarder déjà comme coupable, car cette seule préoccupation à l'égard de M. de Salligny lui semblait un crime. Elle pria longtemps, mais elle ne s'en trouva pas soulagée. Je ne sais à quelle heure elle parvint à s'endormir ; ce qu'il y a de certain, c'est que lorsqu'elle se réveilla, ses idées étaient aussi confuses que la veille, et qu'elle était tout aussi éloignée de prendre une résolution.

Pendant qu'elle déjeunait — car on déjeune toujours, madame, surtout quand on a mal dîné — elle lut dans un journal que je ne sais quel pacha venait de saccager une ville de la Roumélie. Femmes et enfants avaient été massacrés ; quelques philhellènes avaient péri les armes à la main, ou avaient été lentement immolés dans d'horribles tortures. Cet article de journal était peu propre à faire goûter à madame de Piennes le voyage de Grèce auquel Max se préparait. Elle méditait tristement sur sa lecture, lorsqu'on lui apporta un billet de celui-ci. Le soir précédent, il s'était fort ennuyé chez madame Darsenay ; et, inquiet de n'y pas avoir trouvé madame de Piennes, il lui écrivait pour avoir de ses nouvelles, et lui demander à quelle heure elle devait aller chez

Arsène Guillot. Madame de Piennes n'eut pas le courage d'écrire, et fit répondre qu'elle irait à l'heure accoutumée. Puis l'idée lui vint d'y aller sur-le-champ, afin de n'y pas rencontrer Max ; mais, par réflexion, elle trouva que c'était un mensonge puéril et honteux, pire que sa faiblesse de la veille. Elle s'arma donc de courage, fit sa prière avec ferveur, et, lorsqu'il fut temps, elle sortit et monta d'un pas ferme à la chambre d'Arsène.

III

Elle trouva la pauvre fille dans un état à faire pitié. Il était évident que sa dernière heure était proche, et depuis la veille le mal avait fait d'horribles progrès. Sa respiration n'était plus qu'un râlement douloureux. Et l'on dit à madame de Piennes que plusieurs fois dans la matinée elle avait eu le délire, et que le médecin ne pensait pas qu'elle pût aller jusqu'au lendemain.

Arsène, cependant, reconnut sa protectrice et la remercia d'être venue la voir.

— Vous ne vous fatiguerez plus à monter mon escalier, lui dit-elle d'une voix éteinte.

Chaque parole semblait lui coûter un effort pénible et user ce qui lui restait de forces. Il fallait se pencher sur son lit pour l'entendre. Madame de Piennes avait pris sa main, et elle était déjà froide et comme inanimée.

Max arriva bientôt et s'approcha silencieusement du lit de la mourante. Elle lui fit un léger signe de tête, et remarquant qu'il avait à la main un livre dans un étui :

— Vous ne lirez pas aujourd'hui, murmura-t-elle faiblement.

Madame de Piennes jeta les yeux sur ce livre prétendu : c'était une carte de la Grèce reliée, qu'il avait achetée en passant.

L'abbé Dubignon, qui depuis le matin était auprès d'Arsène, observant avec quelle rapidité les forces de la malade s'épuisaient, voulut mettre à profit, pour son salut, le peu de moments qui lui restaient encore. Il écarta Max et madame de Piennes, et, courbé sur ce lit de douleur, il adressa à la pauvre fille les graves et consolantes paroles que la religion réserve pour de pareils moments. Dans un coin de la chambre, madame de Piennes priait à genoux, et Max, debout, près de la fenêtre, semblait transformé en statue.

— Vous pardonnez à tous ceux qui vous ont offensée, ma fille ? dit le prêtre d'une voix émue.

— Oui !... qu'ils soient heureux ! répondit la mourante en faisant un effort pour se faire entendre.

— Fiez-vous donc à la miséricorde de Dieu, ma fille ! reprit l'abbé. Le repentir ouvre les portes du ciel.

Pendant quelques minutes encore, l'abbé continua ses exhortations ; puis il cessa de parler, incertain s'il n'avait plus qu'un cadavre devant lui. Madame de Piennes se leva doucement, et chacun demeura quelque temps immobile, regardant avec anxiété le visage livide d'Arsène. Ses yeux étaient fermés. Chacun retenait sa respiration comme pour ne pas troubler le terrible sommeil qui peut-être avait commencé pour elle, et l'on entendait distinctement dans la chambre le faible tintement d'une montre placée sur la table de nuit.

— Elle est passée, la pauvre demoiselle ! dit enfin la garde après avoir approché sa tabatière des lèvres d'Arsène ; vous le voyez, le verre n'est pas terni. Elle est morte !

— Pauvre enfant ! s'écria Max sortant de la stupeur où il semblait plongé. Quel bonheur a-t-elle eu dans ce monde ?

Tout à coup, et comme ranimée à sa voix, Arsène ouvrit les yeux.

— J'ai aimé ! murmura-t-elle d'une voix sourde.

Elle remuait les doigts et semblait vouloir tendre les mains. Max et madame de Piennes s'étaient approchés et prirent chacun une de ses mains.

— J'ai aimé, répéta-t-elle avec un triste sourire.

Ce furent ses dernières paroles. Max et madame de Piennes tinrent longtemps ses mains glacées sans oser lever les yeux...

IV

Eh bien ! madame, vous me dites que mon histoire est finie, et vous ne voulez pas en entendre davantage. J'aurais cru que vous seriez curieuse de savoir si M. de Salligny fit ou non le voyage de Grèce ; si... mais il est tard, vous en avez assez. A la bonne heure ! Au moins gardez-vous des jugements téméraires, je proteste que je n'ai rien dit qui pût vous y autoriser.

Surtout, ne doutez pas que mon histoire ne soit vraie. Vous en douteriez ? Allez au Père-Lachaise : à vingt pas à gauche du tombeau du général Foy, vous trouverez une pierre de liais fort simple, entourée de fleurs toujours bien entretenues. Sur la pierre, vous pourrez lire le nom de mon héroïne gravé en gros caractères : ARSÈNE GUILLOT, et, en vous penchant sur cette tombe, vous remarquerez, si la pluie n'y a déjà mis ordre, une ligne tracée au crayon, d'une écriture très fine :

Pauvre Arsène ! elle prie pour nous.

Carmen

Πᾶσα γυνή χόλος ἔστιν· ἔχει δ᾽ἀγαθὰς δύο ὥρας,
Τὴν μίαν ἐν θαλάμῳ, τὴν μίαν ἐν θανάτῳ.

PALLADAS.

I

J'avais toujours soupçonné les géographes de ne
savoir ce qu'ils disent lorsqu'ils placent le champ de
bataille de Munda dans le pays des Bastuli-Pœni,
près de la moderne Monda, à quelque deux lieues au
nord de Marbella. D'après mes propres conjectures
sur le texte de l'anonyme, auteur du *Bellum Hispa-
niense*, et quelques renseignements recueillis dans
l'excellente bibliothèque du duc d'Ossuna, je pensais qu'il fallait chercher aux environs de Montilla le
lieu mémorable où, pour la dernière fois, César joua
quitte ou double contre les champions de la république. Me trouvant en Andalousie au commencement de l'automne de 1830, je fis une assez longue
excursion pour éclaircir les doutes qui me restaient
encore. Un mémoire que je publierai prochainement
ne laissera plus, je l'espère, aucune incertitude dans
l'esprit de tous les archéologues de bonne foi. En
attendant que ma dissertation résolve enfin le problème géographique qui tient toute l'Europe savante
en suspens, je veux vous raconter une petite his-

toire ; elle ne préjuge rien sur l'intéressante question
de l'emplacement de Munda.

J'avais loué à Cordoue un guide et deux chevaux,
et m'étais mis en campagne avec les *Commentaires*
de César et quelques chemises pour tout bagage.
Certain jour, errant dans la partie élevée de la plaine
de Cachena, harassé de fatigue, mourant de soif,
brûlé par un soleil de plomb, je donnais au diable de
bon cœur César et les fils de Pompée, lorsque j'aperçus, assez loin du sentier que je suivais, une petite
pelouse verte parsemée de joncs et de roseaux. Cela
m'annonçait le voisinage d'une source. En effet, en
m'approchant, je vis que la prétendue pelouse était
un marécage où se perdait un ruisseau, sortant,
comme il semblait, d'une gorge étroite entre deux
hauts contreforts de la sierra de Cabra. Je conclus
qu'en remontant je trouverais de l'eau plus fraîche,
moins de sangsues et de grenouilles, et peut-être un
peu d'ombre au milieu des rochers. A l'entrée de la
gorge, mon cheval hennit, et un autre cheval, que je
ne voyais pas, lui répondit aussitôt. A peine eus-je
fait une centaine de pas, que la gorge, s'élargissant
tout à coup, me montra une espèce de cirque naturel
parfaitement ombragé par la hauteur des escarpements qui l'entouraient. Il était impossible de rencontrer un lieu qui promît au voyageur une halte
plus agréable. Au pied de rochers à pic, la source
s'élançait en bouillonnant, et tombait dans un petit
bassin tapissé d'un sable blanc comme la neige.
Cinq à six beaux chênes verts, toujours à l'abri du
vent et rafraîchis par la source, s'élevaient sur ses
bords, et la couvraient de leur épais ombrage ; enfin,
autour du bassin, une herbe fine, lustrée, offrait un
lit meilleur qu'on n'en eût trouvé dans aucune
auberge à dix lieues à la ronde.

A moi n'appartenait pas l'honneur d'avoir découvert un si beau lieu. Un homme s'y reposait déjà, et
sans doute dormait, lorsque j'y pénétrai. Réveillé
par les hennissements, il s'était levé, et s'était rap-

proché de son cheval, qui avait profité du sommeil de son maître pour faire un bon repas de l'herbe aux environs. C'était un jeune gaillard de taille moyenne, mais d'apparence robuste, au regard sombre et fier. Son teint, qui avait pu être beau, était devenu, par l'action du soleil, plus foncé que ses cheveux. D'une main il tenait le licol de sa monture, de l'autre une espingole de cuivre. J'avouerai que d'abord l'espingole et l'air farouche du porteur me surprirent quelque peu ; mais je ne croyais plus aux voleurs, à force d'en entendre parler et de n'en rencontrer jamais. D'ailleurs j'avais vu tant d'honnêtes fermiers s'armer jusqu'aux dents pour aller au marché, que la vue d'une arme à feu ne m'autorisait pas à mettre en doute la moralité de l'inconnu. — Et puis, me disais-je, que ferait-il de mes chemises et de mes *Commentaires* Elzévir ? Je saluai donc l'homme à l'espingole d'un signe de tête familier, et je lui demandai en souriant si j'avais troublé son sommeil. Sans me répondre, il me toisa de la tête aux pieds ; puis, comme satisfait de son examen, il considéra avec la même attention mon guide, qui s'avançait. Je vis celui-ci pâlir et s'arrêter en montrant une terreur évidente. Mauvaise rencontre ! me dis-je. Mais la prudence me conseilla aussitôt de ne laisser voir aucune inquiétude. Je mis pied à terre ; je dis au guide de débrider, et, m'agenouillant au bord de la source, j'y plongeai ma tête et mes mains ; puis je bus une bonne gorgée, couché à plat ventre, comme les mauvais soldats de Gédéon.

J'observais cependant mon guide et l'inconnu. Le premier s'approchait bien à contrecœur ; l'autre semblait n'avoir pas de mauvais desseins contre nous, car il avait rendu la liberté à son cheval, et son espingole, qu'il tenait d'abord horizontale, était maintenant dirigée vers la terre.

Ne croyant pas devoir me formaliser du peu de cas qu'on avait paru faire de ma personne, je m'étendis sur l'herbe, et d'un air dégagé je demandai à l'homme à l'espingole s'il n'avait pas un briquet sur lui. En même temps je tirais mon étui à cigares. L'inconnu, toujours sans parler, fouilla dans sa poche, prit son briquet, et s'empressa de me faire du feu. Évidemment il s'humanisait ; car il s'assit en face de moi, toutefois sans quitter son arme. Mon cigare allumé, je choisis le meilleur de ceux qui me restaient, et je lui demandai s'il fumait.

— Oui, monsieur, répondit-il.

C'étaient les premiers mots qu'il faisait entendre, et je remarquai qu'il ne prononçait pas l'*s* à la manière andalouse, d'où je conclus que c'était un voyageur comme moi, moins archéologue seulement.

— Vous trouverez celui-ci assez bon, lui dis-je en lui présentant un véritable régalia de la Havane.

Il me fit une légère inclination de tête, alluma son cigare au mien, me remercia d'un autre signe de tête, puis se mit à fumer avec l'apparence d'un très grand plaisir.

— Ah ! s'écria-t-il en laissant échapper lentement sa première bouffée par la bouche et les narines, comme il y avait longtemps que je n'avais fumé !

En Espagne, un cigare donnée et reçu établit des relations d'hospitalité, comme en Orient le partage du pain et du sel. Mon homme se montra plus causant que je ne l'avais espéré. D'ailleurs, bien qu'il se dît habitant du partido de Montilla, il paraissait connaître le pays assez mal. Il ne savait pas le nom de la charmante vallée où nous nous trouvions ; il ne pouvait nommer aucun village des alentours ; enfin, interrogé par moi s'il n'avait pas vu aux environs des murs détruits, de larges tuiles à rebords, des pierres sculptées, il confessa qu'il n'avait jamais fait attention à pareilles choses. En revanche, il se montra expert en matière de chevaux. Il critiqua le mien, ce qui n'était pas difficile ; puis il me fit la généalogie du sien, qui sortait du fameux haras de Cordoue : noble animal, en effet, si dur à la fatigue, à ce que prétendait son maître, qu'il avait fait une fois trente lieues dans un jour, au galop ou au grand trot. Au milieu de sa tirade, l'inconnu s'arrêta brusquement, comme surpris et fâché d'en avoir trop dit. « C'est que j'étais très pressé d'aller à Cordoue, reprit-il avec quelque embarras. J'avais à solliciter les juges pour un procès... » En parlant, il regardait mon guide Antonio, qui baissait les yeux.

L'ombre et la source me charmèrent tellement, que je me souvins de quelques tranches d'excellent jambon que mes amis de Montilla avaient mis dans la besace de mon guide. Je les fis apporter, et j'invitai l'étranger à prendre sa part de la collation impromptue. S'il n'avait pas fumé depuis longtemps, il me parut vraisemblable qu'il n'avait pas mangé depuis quarante-huit heures au moins. Il dévorait comme un loup affamé. Je pensai que ma rencontre avait été providentielle pour le pauvre diable. Mon guide, cependant, mangeait peu, buvait encore moins, et ne parlait pas du tout, bien que depuis le commencement de notre voyage il se fût révélé à moi comme un bavard sans pareil. La présence de notre hôte semblait le gêner, et une certaine méfiance les éloignait l'un de l'autre sans que j'en devinasse positivement la cause.

Déjà les dernières miettes du pain et du jambon avaient disparu ; nous avions fumé chacun un second cigare ; j'ordonnai au guide de brider nos chevaux, et j'allais prendre congé de mon nouvel ami, lorsqu'il me demanda où je comptais passer la nuit.

Avant que j'eusse fait attention à un signe de mon guide, j'avais répondu que j'allais à la venta del Cuervo.

— Mauvais gîte pour une personne comme vous, monsieur... J'y vais, et, si vous me permettez de vous accompagner, nous ferons route ensemble.

— Très volontiers, dis-je en montant à cheval.

Mon guide, qui me tenait l'étrier, me fit un nouveau signe des yeux. J'y répondis en haussant les épaules, comme pour l'assurer que j'étais parfaitement tranquille, et nous nous mîmes en chemin.

Les signes mystérieux d'Antonio, son inquiétude, quelques mots échappés à l'inconnu, surtout sa course de trente lieues et l'explication peu plausible qu'il en avait donnée, avaient déjà formé mon opinion sur le compte de mon compagnon de voyage. Je ne doutai pas que je n'eusse affaire à un contrebandier, peut-être à un voleur ; que m'importait ? Je connaissais assez le caractère espagnol pour être très sûr de n'avoir rien à craindre d'un homme qui avait mangé et fumé avec moi. Sa présence même était une protection assurée contre toute mauvaise rencontre. D'ailleurs, j'étais bien aise de savoir ce que c'est qu'un brigand. On n'en voit pas tous les jours, et il y a un certain charme à se trouver auprès d'un être dangereux, surtout lorsqu'on le sent doux et apprivoisé.

J'espérais amener par degrés l'inconnu à me faire des confidences, et, malgré les clignements d'yeux de mon guide, je mis la conversation sur les voleurs de grand chemin. Bien entendu que j'en parlai avec respect. Il y avait alors en Andalousie un fameux bandit nommé José-Maria, dont les exploits étaient dans toutes les bouches. « Si j'étais à côté de José-Maria ? » me disais-je... Je racontai les histoires que je savais de ce héros, toutes à sa louange d'ailleurs, et j'exprimai hautement mon admiration pour sa bravoure et sa générosité.

— José-Maria n'est qu'un drôle, dit froidement l'étranger.

« Se rend-il justice, ou bien est-ce excès de modestie de sa part ? » me demandai-je mentalement ; car, à force de considérer mon compagnon, j'étais parvenu à lui appliquer le signalement de José-Maria, que j'avais lu affiché aux portes de mainte ville d'Andalousie. — Oui, c'est bien lui... Cheveux blonds, yeux bleus, grande bouche, belles dents, les mains petites ; une chemise fine, une veste de velours à boutons d'argent, des guêtres de peau blanche, un cheval bai... Plus de doute ! Mais respectons son incognito.

Nous arrivâmes à la venta. Elle était telle qu'il me l'avait dépeinte, c'est-à-dire une des plus misérables que j'eusse encore rencontrées. Une grande pièce servait de cuisine, de salle à manger et de chambre à coucher. Sur une pierre plate, le feu se faisait au milieu de la chambre et la fumée sortait par un trou pratiqué dans le toit, ou plutôt s'arrêtait, formant un nuage à quelques pieds au-dessus du sol. Le long du mur, on voyait étendues par terre cinq ou six vieilles couvertures de mulets ; c'étaient les lits des voyageurs. A vingt pas de la maison, ou plutôt de l'unique pièce que je viens de décrire, s'élevait une espèce de hangar servant d'écurie. Dans ce charmant séjour, il n'y avait d'autres êtres humains, du moins pour le moment, qu'une vieille femme et une petite fille de dix à douze ans, toutes les deux de couleur de suie et vêtues d'horribles haillons. — Voilà tout ce qui reste, me dis-je, de la population de l'antique Munda Bætica ! O César ! ô Sextus Pompée ! que vous seriez surpris si vous reveniez au monde !

En apercevant mon compagnon, la vieille laissa échapper une exclamation de surprise.

— Ah ! seigneur don José ! s'écria-t-elle.

Don José fronça le sourcil, et leva une main d'un geste d'autorité qui arrêta la vieille aussitôt. Je me tournai vers mon guide, et, d'un signe imperceptible, je lui fis comprendre qu'il n'avait rien à m'apprendre sur le compte de l'homme avec qui j'allais passer la nuit. Le souper fut meilleur que je ne m'y attendais. On nous servit, sur une petite table haute d'un pied, un vieux coq fricassé avec du riz et force piments, puis des piments à l'huile, enfin du *gaspacho*, espèce de salade de piments. Trois plats ainsi épicés nous obligèrent de recourir souvent à une outre de vin de Montilla qui se trouva délicieux.

Après avoir mangé, avisant une mandoline accrochée contre la muraille, — il y a partout des mandolines en Espagne, — je demandai à la petite fille qui nous servait si elle savait en jouer.

— Non, répondit-elle ; mais don José en joue si bien !

— Soyez assez bon, lui dis-je, pour me chanter quelque chose ; j'aime à la passion votre musique nationale.

— Je ne puis rien refuser à un monsieur si honnête qui me donne de si excellents cigares, s'écria don José d'un air de bonne humeur.

Et, s'étant fait donner la mandoline, il chanta en s'accompagnant. Sa voix était rude, mais pourtant agréable, l'air mélancolique et bizarre ; quant aux paroles, je n'en compris pas un mot.

— Si je ne me trompe, lui dis-je, ce n'est pas un air espagnol que vous venez de chanter. Cela ressemble aux *zorzicos*, que j'ai entendus dans les *Provinces*, et les paroles doivent être en langue basque.

— Oui, répondit don José d'un air sombre.

Il posa la mandoline à terre, et, les bras croisés, il se mit à contempler le feu qui s'éteignait, avec une singulière expression de tristesse. Éclairée par une lampe posée sur la petite table, sa figure, à la fois noble et farouche, me rappelait le Satan de Milton. Comme lui peut-être, mon compagnon songeait au séjour qu'il avait quitté, à l'exil qu'il avait encouru par une faute. J'essayai de ranimer la conversation mais il ne répondit pas, absorbé qu'il était dans ses tristes pensées. Déjà la vieille s'était couchée dans un coin de la salle, à l'abri d'une couverture trouée tendue sur une corde. La petite fille l'avait suivie dans cette retraite réservée au beau sexe. Mon guide alors, se levant, m'invita à le suivre à l'écurie ; mais, à ce mot, don José, comme réveillé en sursaut, lui demanda d'un ton brusque où il allait.

— A l'écurie, répondit le guide.

— Pour quoi faire ? les chevaux ont à manger. Couche ici, Monsieur le permettra.

— Je crains que le cheval de Monsieur ne soit malade ; je voudrais que Monsieur le vît : peut-être saura-t-il ce qu'il faut lui faire.

Il était évident qu'Antonio voulait me parler en particulier ; mais je ne me souciais pas de donner des soupçons à don José, et, au point où nous en étions, il me semblait que le meilleur parti à prendre était de montrer la plus grande confiance. Je répondis donc à Antonio que je n'entendais rien aux chevaux et que j'avais envie de dormir. Don José le suivit à l'écurie, d'où bientôt il revint seul. Il me dit que le cheval n'avait rien, mais que mon guide le trouvait un animal si précieux, qu'il le frottait avec sa veste pour le faire transpirer, et qu'il comptait passer la nuit dans cette douce occupation. Cependant je m'étais étendu sur les couvertures de mulets, soigneusement enveloppé dans mon manteau, pour ne pas les toucher. Après m'avoir demandé pardon de la liberté qu'il prenait de se mettre auprès de moi, don José se coucha devant la porte, non sans avoir renouvelé l'amorce de son espingole, qu'il eut soin de placer sous la besace qui lui servait d'oreiller. Cinq minutes après nous être mutuellement souhaité le bonsoir, nous étions l'un et l'autre profondément endormis.

Je me croyais assez fatigué pour pouvoir dormir dans un pareil gîte, mais, au bout d'une heure, de très désagréables démangeaisons m'arrachèrent à mon premier somme. Dès que j'en eus compris la nature, je me levai, persuadé qu'il valait mieux passer le reste de la nuit à la belle étoile que sous ce toit inhospitalier. Marchant sur la pointe du pied, je gagnai la porte, j'enjambai par-dessus la couche de don José, qui dormait du sommeil du juste, et je fis si bien que je sortis de la maison sans qu'il s'éveillât. Auprès de la porte était un large banc de bois ; je m'étendis dessus, et m'arrangeai de mon mieux pour achever ma nuit. J'allais fermer les yeux pour la seconde fois, quand il me sembla voir passer devant moi l'ombre d'un homme et l'ombre d'un cheval, marchant l'un et l'autre sans faire le moindre bruit. Je me mis sur mon séant, et je crus reconnaître Antonio. Surpris de le voir hors de l'écurie à pareille heure, je me levai et marchai à sa rencontre. Il s'était arrêté, m'ayant aperçu d'abord.

— Où est-il ? me demanda Antonio à voix basse.

— Dans la venta ; il dort ; il n'a pas peur des punaises. Pourquoi donc emmenez-vous ce cheval ?

Je remarquai alors que, pour ne pas faire de bruit en sortant du hangar, Antonio avait soigneusement enveloppé les pieds de l'animal avec les débris d'une vieille couverture.

— Parlez plus bas, me dit Antonio, au nom de Dieu ! Vous ne savez pas qui est cet homme-là. C'est José Navarro, le plus insigne bandit de l'Andalousie. Toute la journée je vous ai fait des signes que vous n'avez pas voulu comprendre.

— Bandit ou non, que m'importe ? répondis-je ; il ne nous a pas volés, et je parierais qu'il n'en a pas envie.

— A la bonne heure ; mais il y a deux cents ducats pour qui le livrera. Je sais un poste de lanciers à une lieue et demie d'ici, et avant qu'il soit jour, j'amènerai quelques gaillards solides. J'aurais pris son cheval, mais il est si méchant que nul que le Navarro ne peut en approcher.

— Que le diable vous emporte ! lui dis-je. Quel mal vous a fait ce pauvre homme pour le dénoncer ? D'ailleurs, êtes-vous sûr qu'il soit le brigand que vous dites ?

— Parfaitement sûr ; tout à l'heure, il m'a suivi dans l'écurie et m'a dit : « Tu as l'air de me connaître, si tu dis à ce bon monsieur qui je suis, je te fais sauter la cervelle. » Restez, monsieur, restez auprès de lui ; vous n'avez rien à craindre. Tant qu'il vous saura là, il ne se méfiera de rien.

Tout en parlant, nous nous étions déjà assez éloignés de la venta pour qu'on ne pût entendre les fers du cheval. Antonio l'avait débarrassé en un clin

d'œil des guenilles dont il lui avait envelopp[...]
pieds ; il se préparait à enfourcher sa montu[...]
J'essayai prières et menaces pour le retenir.

— Je suis un pauvre diable, monsieur, me disait-
il ; deux cents ducats ne sont pas à perdre, surtout
quand il s'agit de délivrer le pays de pareille ver-
mine. Mais prenez garde ; si le Navarro se réveille, il
sautera sur son espingole, et gare à vous ! Moi je suis
trop avancé pour reculer ; arrangez-vous comme
vous pourrez.

Le drôle était en selle ; il piqua des deux, et dans
l'obscurité je l'eus bientôt perdu de vue.

J'étais fort irrité contre mon guide et passablement inquiet. Après un instant de réflexion, je me
décidai et rentrai dans la venta. Don José dormait
encore, réparant sans doute en ce moment les
fatigues et les veilles de plusieurs journées aventu-
reuses. Je fus obligé de le secouer rudement pour
l'éveiller. Jamais je n'oublierai son regard farouche
et le mouvement qu'il fit pour saisir son espingole,
que, par mesure de précaution, j'avais mise à quelque distance de sa couche.

— Monsieur, lui dis-je, je vous demande pardon
de vous éveiller ; mais j'ai une sotte question à vous
faire : seriez-vous bien aise de voir arriver ici une
demi-douzaine de lanciers ?

Il sauta en pieds, et d'une voix terrible :

— Qui vous l'a dit ? me demanda-t-il.

— Peu importe d'où vient l'avis, pourvu qu'il soit
bon.

— Votre guide m'a trahi, mais il me le paiera. Où
est-il ?

— Je ne sais... Dans l'écurie, je pense... mais
quelqu'un m'a dit...

— Qui vous a dit ?... Ce ne peut être la vieille...

— Quelqu'un que je ne connais pas... Sans plus de
paroles, avez-vous, oui ou non, des motifs pour ne
pas attendre les soldats ? Si vous en avez, ne perdez
pas de temps, sinon bonsoir, et je vous demande
pardon d'avoir interrompu votre sommeil.

— Ah ! votre guide ! votre guide ! Je m'en étais méfié d'abord... mais... son compte est bon !... Adieu, monsieur. Dieu vous rende le service que je vous dois. Je ne suis pas tout à fait aussi mauvais que vous me croyez... oui, il y a encore en moi quelque chose qui mérite la pitié d'un galant homme... Adieu, monsieur... Je n'ai qu'un regret, c'est de ne pouvoir m'acquitter envers vous.

— Pour prix du service que je vous ai rendu, promettez-moi, don José, de ne soupçonner personne, de ne pas songer à la vengeance. Tenez, voilà des cigares pour votre route ; bon voyage !

Et je lui tendis la main.

Il me la serra sans répondre, prit son espingole et sa besace, et, après avoir dit quelques mots à la vieille dans un argot que je ne pus comprendre, il courut au hangar. Quelques instants après, je l'entendais galoper dans la campagne.

Pour moi, je me recouchai sur mon banc, mais je ne me rendormis point. Je me demandais si j'avais eu raison de sauver de la potence un voleur, et peut-être un meurtrier, et cela seulement parce que j'avais mangé du jambon avec lui et du riz à la valencienne. N'avais-je pas trahi mon guide qui soutenait la cause des lois ; ne l'avais-je pas exposé à la vengeance d'un scélérat ? Mais les devoirs de l'hospitalité !... Préjugé de sauvage, me disais-je ; j'aurai à répondre de tous les crimes que le bandit va commettre... Pourtant est-ce un préjugé que cet instinct de conscience qui résiste à tous les raisonnements ? Peut-être, dans la situation délicate où je me trouvais, ne pouvais-je m'en tirer sans remords. Je flottais encore dans la plus grande incertitude au sujet de la moralité de mon action, lorsque je vis paraître une demi-douzaine de cavaliers avec Antonio, qui se tenait prudemment à l'arrière-garde. J'allai au-devant d'eux, et les prévins que le bandit avait pris la fuite depuis plus de deux heures. La vieille, interrogée par le brigadier, répondit qu'elle connaissait le Navarro, mais que, vivant seule, elle n'aurait jamais osé risquer sa vie en le dénonçant. Elle ajouta que son habitude, lorsqu'il venait chez elle, était de partir toujours au milieu de la nuit. Pour moi, il me fallut aller, à quelques lieues de là, exhiber mon passeport et signer une déclaration devant un alcade, après quoi on me permit de reprendre mes recherches archéologiques. Antonio me gardait rancune, soupçonnant que c'était moi qui l'avais empêché de gagner les deux cents ducats. Pourtant nous nous séparâmes bons amis à Cordoue ; là, je lui donnai une gratification aussi forte que l'état de mes finances pouvait me le permettre.

. . . .

II

Je passai quelques jours à Cordoue. On m'avait indiqué certain manuscrit de la bibliothèque des Dominicains, où je devais trouver des renseignements intéressants sur l'antique Munda. Fort bien accueilli par les bons Pères, je passais les journées dans leur couvent, et le soir je me promenais par la ville. A Cordoue, vers le coucher du soleil, il y a quantité d'oisifs sur le quai qui borde la rive droite du Guadalquivir. Là, on respire les émanations d'une tannerie qui conserve encore l'antique renommée du pays pour la préparation des cuirs ; mais, en revanche, on y jouit d'un spectacle qui a bien son mérite. Quelques minutes avant l'*angélus*, un grand nombre de femmes se rassemblent sur le bord du fleuve, au bas du quai, lequel est assez élevé. Pas un homme n'oserait se mêler à cette troupe. Aussitôt que l'*angélus* sonne, il est censé qu'il fait nuit. Au dernier coup de cloche, toutes ces femmes se déshabillent et entrent dans l'eau. Alors ce sont des cris, des rires, un tapage infernal. Du haut du quai, les hommes contemplent les baigneuses, écarquillent les yeux, et ne voient pas grand-chose. Cependant ces formes blanches et incertaines qui se dessinent sur le sombre azur du fleuve, font travailler les esprits poétiques, et, avec un peu d'imagination, il n'est pas difficile de se représenter Diane et ses nymphes au bain, sans avoir à craindre le sort d'Actéon. — On m'a dit que quelques mauvais garnements se cotisèrent certain jour, pour graisser la patte au sonneur de la cathédrale et lui faire sonner l'*angélus* vingt minutes avant l'heure légale. Bien qu'il fît encore grand jour, les nymphes du Guadalquivir n'hésitèrent pas, et se fiant plus à l'*angélus* qu'au soleil elles firent en sûreté de conscience leur toilette de bain qui est toujours des plus simples. Je n'y étais pas. De mon temps le sonneur était incorruptible, le crépuscule peu clair et un chat seulement aurait pu distinguer la plus vieille marchande d'oranges de la plus jolie grisette de Cordoue.

Un soir, à l'heure où l'on ne voit plus rien, je fumais appuyé sur le parapet du quai, lorsqu'une femme, remontant l'escalier qui conduit à la rivière, vint s'asseoir près de moi. Elle avait dans les cheveux un gros bouquet de jasmin, dont les pétales exhalent le soir une odeur enivrante. Elle était simplement, peut-être pauvrement vêtue, tout en noir, comme la plupart des grisettes dans la soirée. Les femmes comme il faut ne portent le noir que le matin ; le soir, elles s'habillent *a la francese*. En arrivant auprès de moi, ma baigneuse laissa glisser sur ses épaules la mantille qui lui couvrait la tête, et, *à l'obscure clarté qui tombe des étoiles*, je vis qu'elle était petite, jeune, bien faite, et qu'elle avait de très grands yeux. Je jetai mon cigare aussitôt. Elle comprit cette attention d'une politesse toute française, et se hâta de me dire qu'elle aimait beaucoup l'odeur du tabac, et que même elle fumait, quand elle trouvait des *papelitos* bien doux. Par bonheur, j'en avais de tels dans mon étui, et je m'empressai de lui en offrir. Elle daigna en prendre un, et l'alluma à un bout de corde enflammée qu'un enfant nous apporta moyennant un sou. Mêlant nos fumées, nous causâmes si longtemps, la belle baigneuse et moi, que nous nous trouvâmes presque seuls sur le quai. Je crus n'être point indiscret en lui offrant d'aller prendre des glaces à la *neveria*. Après une hésitation modeste elle accepta ; mais avant de se décider, elle désira savoir quelle heure il était. Je fis sonner ma montre, et cette sonnerie parut l'étonner beaucoup.

— Quelles inventions on a chez vous, messieurs les étrangers! De quel pays êtes-vous, monsieur? Anglais sans doute?

— Français et votre grand serviteur. Et vous, mademoiselle, ou madame, vous êtes probablement de Cordoue?

— Non.

— Vous êtes du moins Andalouse. Il me semble le reconnaître à votre doux parler.

— Si vous remarquez si bien l'accent du monde, vous devez bien deviner qui je suis.

— Je crois que vous êtes du pays de Jésus, à deux pas du paradis.

(J'avais appris cette métaphore, qui désigne l'Andalousie, de mon ami Francisco Sevilla, picador bien connu.)

— Bah! le paradis... les gens d'ici disent qu'il n'est pas fait pour nous.

— Alors, vous seriez donc Mauresque, ou... je m'arrêtai, n'osant dire : Juive.

— Allons, allons! vous voyez bien que je suis bohémienne; voulez-vous que je vous dise *la baji*? Avez-vous entendu parler de la Carmencita? C'est moi.

J'étais alors un tel mécréant, il y a de cela quinze ans, que je ne reculai pas d'horreur en me voyant à côté d'une sorcière. « Bon! me dis-je; la semaine passée, j'ai soupé avec un voleur de grand chemin, allons aujourd'hui prendre des glaces avec une servante du diable. En voyage il faut tout voir. » J'avais encore un autre motif pour cultiver sa connaissance. Sortant du collège, je l'avouerai à ma honte, j'avais perdu quelque temps à étudier les sciences occultes et même plusieurs fois j'avais tenté de conjurer l'esprit de ténèbres. Guéri depuis longtemps de la passion de semblables recherches, je n'en conservais pas moins un certain attrait de curiosité pour toutes les superstitions, et me faisais une fête d'apprendre jusqu'où s'était élevé l'art de la magie parmi les bohémiens.

Tout en causant, nous étions entrés dans la *neveria*, et nous nous étions assis à une petite table éclairée par une bougie enfermée dans un globe de verre. J'eus alors tout le loisir d'examiner ma *gitana*, pendant que quelques honnêtes gens s'ébahissaient, en prenant leurs glaces, de me voir en si bonne compagnie.

Je doute fort que mademoiselle Carmen fût de race pure, du moins elle était infiniment plus jolie que toutes les femmes de sa nation que j'aie jamais rencontrées. Pour qu'une femme soit belle, disent les Espagnols, il faut qu'elle réunisse trente *si*, ou, si l'on veut, qu'on puisse la définir au moyen de dix adjectifs applicables chacun à trois parties de sa personne. Par exemple, elle doit avoir trois choses noires : les yeux, les paupières et les sourcils ; trois fines, les doigts, les lèvres, les cheveux, etc. Voyez Brantôme pour le reste. Ma bohémienne ne pouvait prétendre à tant de perfection. Sa peau, d'ailleurs parfaitement unie, approchait fort de la teinte du cuivre. Ses yeux étaient obliques, mais admirablement fendus ; ses lèvres un peu fortes, mais bien dessinées et laissant voir des dents plus blanches que des amandes sans leur peau. Ses cheveux, peut-être un peu gros, étaient noirs, à reflets bleus comme l'aile d'un corbeau, longs et luisants. Pour ne pas vous fatiguer d'une description trop prolixe, je vous dirai en somme qu'à chaque défaut elle réunissait une qualité qui ressortait peut-être plus fortement par le contraste. C'était une beauté étrange et sauvage, une figure qui étonnait d'abord, mais qu'on ne pouvait oublier. Ses yeux surtout avaient une expression à la fois voluptueuse et farouche que je n'ai trouvée depuis à aucun regard humain. Œil de bohémien, œil de loup, c'est un dicton espagnol qui dénote une bonne observation. Si vous n'avez pas le temps d'aller au jardin des Plantes pour étudier le regard d'un loup, considérez votre chat quand il guette un moineau.

On sent qu'il eût été ridicule de se faire tirer la
bonne aventure dans un café. Aussi je priai la jolie
sorcière de me permettre de l'accompagner à son
domicile ; elle y consentit sans difficulté, mais elle
voulut connaître encore la marche du temps, et me
pria de nouveau de faire sonner ma montre.

— Est-elle vraiment d'or ? dit-elle en la considé-
rant avec une excessive attention.

Quand nous nous remîmes en marche, il était nuit
close ; la plupart des boutiques étaient fermées et les
rues presque désertes. Nous passâmes le pont du
Guadalquivir, et à l'extrémité du faubourg, nous
nous arrêtâmes devant une maison qui n'avait nullement l'apparence d'un palais. Un enfant nous ouvrit.
La bohémienne lui dit quelques mots dans une
langue à moi inconnue, que je sus depuis être la
rommani ou *chipe calli*, l'idiome des gitanos. Aussitôt l'enfant disparut, nous laissant dans une
chambre assez vaste, meublée d'une petite table, de
deux tabourets et d'un coffre. Je ne dois point
oublier une jarre d'eau, un tas d'oranges et une botte
d'oignons.

Dès que nous fûmes seuls, la bohémienne tira de
son coffre des cartes qui paraissaient avoir beaucoup servi, un aimant, un caméléon desséché, et
quelques autres objets nécessaires à son art. Puis elle
me dit de faire la croix dans ma main gauche avec
une pièce de monnaie, et les cérémonies magiques
commencèrent. Il est inutile de vous rapporter ses
prédictions, et, quant à sa manière d'opérer, il était
évident qu'elle n'était pas sorcière à demi.

Malheureusement nous fûmes bientôt dérangés.
La porte s'ouvrit tout à coup avec violence, et un
homme, enveloppé jusqu'aux yeux dans un manteau
brun, entra dans la chambre en apostrophant la
bohémienne d'une façon peu gracieuse. Je n'entendais pas ce qu'il disait, mais le ton de sa voix
indiquait qu'il était de fort mauvaise humeur. A sa
vue, la gitane ne montra ni surprise ni colère, mais

elle accourut à sa rencontre et, avec une volubilité
extraordinaire lui adressa quelques phrases dans la
langue mystérieuse dont elle s'était déjà servie
devant moi. Le mot *payllo*, souvent répété, était le
seul mot que je comprisse. Je savais que les bohémiens désignent ainsi tout homme étranger à leur
race. Supposant qu'il s'agissait de moi, je m'attendais à une explication délicate ; déjà j'avais la main
sur le pied d'un des tabourets, et je syllogisais à part
moi pour deviner le moment précis où il convien-
drait de le jeter à la tête de l'intrus. Celui-ci repoussa
rudement la bohémienne, et s'avança vers moi ; puis
reculant d'un pas :

— Ah ! monsieur, dit-il, c'est vous !

Je le regardai à mon tour, et reconnus mon ami
don José. En ce moment, je regrettais un peu de ne
pas l'avoir laissé pendre.

— Eh ! c'est vous, mon brave, m'écriai-je en riant
le moins jaune que je pus ; vous avez interrompu
mademoiselle au moment où elle m'annonçait des
choses bien intéressantes.

— Toujours la même ! Ça finira, dit-il entre ses
dents, attachant sur elle un regard farouche.

Cependant la bohémienne continuait à lui parler
dans sa langue. Elle s'animait par degrés. Son œil
s'injectait de sang et devenait terrible, ses traits se
contractaient, elle frappait du pied. Il me sembla
qu'elle le pressait vivement de faire quelque chose à
quoi il montrait de l'hésitation. Ce que c'était, je
croyais ne le comprendre que trop à la voir passer et
repasser rapidement sa petite main sous son menton. J'étais tenté de croire qu'il s'agissait d'une
gorge à couper, et j'avais quelques soupçons que
cette gorge ne fût la mienne.

A tout ce torrent d'éloquence, don José ne répondit
que par deux ou trois mots prononcés d'un ton bref.
Alors la bohémienne lui lança un regard de profond
mépris ; puis s'asseyant à la turque dans un coin de
la chambre, elle choisit une orange, la pela et se mit
à la manger.

Don José me prit le bras, ouvrit la porte et me conduisit dans la rue. Nous fîmes environ deux cents pas dans le plus profond silence. Puis, étendant la main :

— Toujours tout droit, dit-il, et vous trouverez le pont.

Aussitôt il me tourna le dos et s'éloigna rapidement. Je revins à mon auberge un peu penaud et d'assez mauvaise humeur. Le pire fut qu'en me déshabillant, je m'aperçus que ma montre me manquait.

Diverses considérations m'empêchèrent d'aller la réclamer le lendemain ou de solliciter M. le corrégidor pour qu'il voulût bien la faire chercher. Je terminai mon travail sur le manuscrit des Dominicains et je partis pour Séville. Après plusieurs mois de courses errantes en Andalousie, je voulus retourner à Madrid, et il me fallut repasser par Cordoue. Je n'avais pas l'intention d'y faire un long séjour, car j'avais pris en grippe cette belle ville et les baigneuses du Guadalquivir. Cependant quelques amis à revoir, quelques commissions à faire devaient me retenir au moins trois ou quatre jours dans l'antique capitale des princes musulmans.

Dès que je reparus au couvent des Dominicains, un des pères qui m'avait toujours montré un vif intérêt dans mes recherches sur l'emplacement de Munda, m'accueillit les bras ouverts en s'écriant :

— Loué soit le nom de Dieu ! Soyez le bienvenu, mon cher ami. Nous vous croyions tous morts, et moi, qui vous parle, j'ai récité bien des *pater* et des *ave*, que je ne regrette pas, pour le salut de votre âme. Ainsi vous n'êtes pas assassiné, car pour volé nous savons que vous l'êtes ?

— Comment cela ? lui demandai-je un peu surpris.

— Oui, vous savez bien cette belle montre à répétition que vous faisiez sonner dans la bibliothèque, quand nous vous disions qu'il était temps d'aller

chœur. Eh bien ! elle est retrouvée, on vous la rendra.

— C'est-à-dire, interrompis-je, un peu décontenancé, que je l'avais égarée...

— Le coquin est sous les verrous, et, comme on savait qu'il était homme à tirer un coup de fusil à un chrétien pour lui prendre une piécette, nous mourions de peur qu'il ne vous eût tué. J'irai avec vous chez le corrégidor, et nous vous ferons rendre votre belle montre. Et puis, avisez-vous de dire là-bas que la justice ne sait pas son métier en Espagne !

— Je vous avoue, lui dis-je, que j'aimerais mieux perdre ma montre que de témoigner en justice pour faire pendre un pauvre diable, surtout parce que... parce que...

— Oh ! n'ayez aucune inquiétude ; il est bien recommandé, et on ne peut le pendre deux fois. Quand je dis pendre, je me trompe. C'est un hidalgo que votre voleur ; il sera donc *garrotté* après-demain sans rémission. Vous voyez qu'un vol de plus ou de moins ne changera rien à son affaire. Plût à Dieu qu'il n'eût que volé ! mais il a commis plusieurs meurtres, tous plus horribles les uns que les autres.

— Comment se nomme-t-il ?

— On le connaît dans le pays sous le nom de José Navarro, mais il a encore un autre nom basque que ni vous ni moi ne prononcerons jamais. Tenez, c'est un homme à voir, et vous qui aimez à connaître les singularités du pays, vous ne devez pas négliger d'apprendre comment en Espagne les coquins sortent de ce monde. Il est en chapelle, et le père Martinez vous y conduira.

Mon dominicain insista tellement pour que je visse les apprêts du « *petit pendement bien choli* », que je ne pus m'en défendre. J'allai voir le prisonnier, muni d'un paquet de cigares qui, je l'espérais, devaient lui faire excuser mon indiscrétion.

On m'introduisit auprès de don José, au moment où il prenait son repas. Il me fit un signe de tête assez froid, et me remercia poliment du cadeau que je lui apportais. Après avoir compté les cigares du paquet que j'avais mis entre ses mains, il en choisit un certain nombre, et me rendit le reste, observant qu'il n'avait pas besoin d'en prendre davantage.

Je lui demandai si, avec un peu d'argent, ou par le crédit de mes amis, je pourrais obtenir quelque adoucissement à son sort. D'abord il haussa les épaules en souriant avec tristesse ; bientôt, se ravisant, il me pria de faire dire une messe pour le salut de son âme.

— Voudriez-vous, ajouta-t-il timidement, voudriez-vous en faire dire une autre pour une personne qui vous a offensé ?

— Assurément, mon cher, lui dis-je ; mais personne, que je sache, ne m'a offensé en ce pays.

Il me prit la main et la serra d'un air grave. Après un moment de silence, il reprit :

— Oserai-je encore vous demander un service ?... Quand vous reviendrez dans votre pays, peut-être passerez-vous par la Navarre, au moins vous passerez par Vittoria qui n'en est pas fort éloignée.

— Oui, lui dis-je, je passerai certainement par Vittoria ; mais il n'est pas impossible que je me détourne pour aller à Pampelune, et, à cause de vous, je crois que je ferai volontiers ce détour.

— Eh bien ! si vous allez à Pampelune, vous y verrez plus d'une chose qui vous intéressera... C'est une belle ville... Je vous donnerai cette médaille (il me montrait une petite médaille d'argent qu'il portait au cou), vous l'envelopperez dans du papier... il s'arrêta un instant pour maîtriser son émotion... et vous la remettrez ou vous la ferez remettre à une bonne femme dont je vous dirai l'adresse. — Vous direz que je suis mort, vous ne direz pas comment.

Je promis d'exécuter sa commission. Je le revis le lendemain, et je passai une partie de la journée avec lui. C'est de sa bouche que j'ai appris les tristes aventures qu'on va lire.

III

Je suis né, dit-il, à Élizondo, dans la vallée de Baztan. Je m'appelle don José Lizarrabengoa, et vous connaissez assez l'Espagne, monsieur, pour que mon nom vous dise aussitôt que je suis Basque et vieux chrétien. Si je prends le *don*, c'est que j'en ai le droit, et si j'étais à Élizondo, je vous montrerais ma généalogie sur un parchemin. On voulait que je fusse d'Église, et l'on me fit étudier, mais je ne profitais guère. J'aimais trop à jouer à la paume, c'est ce qui m'a perdu. Quand nous jouons à la paume, nous autres Navarrais, nous oublions tout. Un jour que j'avais gagné, un gars de l'Alava me chercha querelle ; nous prîmes nos *maquilas*, et j'eus encore l'avantage ; mais cela m'obligea de quitter le pays. Je rencontrai des dragons, et je m'engageai dans le régiment d'Almanza, cavalerie. Les gens de nos montagnes apprennent vite le métier militaire. Je devins bientôt brigadier, et on me promettait de me faire maréchal des logis, quand, pour mon malheur, on me mit de garde à la manufacture de tabacs à Séville. Si vous êtes allé à Séville, vous aurez vu ce grand bâtiment-là, hors des remparts, près du Guadalquivir. Il me semble en voir encore la porte et le corps de garde auprès. Quand ils sont de service, les Espagnols jouent aux cartes, ou dorment ; moi, comme un franc Navarrais, je tâchais toujours de m'occuper. Je faisais une chaîne avec du fil de laiton, pour tenir mon épinglette. Tout d'un coup les camarades disent : Voilà la cloche qui sonne ; les filles vont rentrer à l'ouvrage. Vous saurez, monsieur, qu'il y a bien quatre à cinq cents femmes occupées dans la manufacture. Ce sont elles qui roulent les cigares dans une grande salle où les hommes n'entrent pas sans une permission du *Vingt-quatre*, parce qu'elles se mettent à leur aise, les jeunes surtout, quand il fait chaud. A l'heure où les ouvrières rentrent, après leur dîner, bien des jeunes gens vont les voir passer, et leur en content de toutes les couleurs. Il y a peu de ces demoiselles qui refusent une mantille de taffetas, et les amateurs, à cette pêche-là, n'ont qu'à se baisser pour prendre le poisson. Pendant que les autres regardaient, moi, je restais sur mon banc, près de la porte. J'étais jeune alors ; je pensais toujours au pays, et je ne croyais pas qu'il y eût de jolies filles sans jupes bleues et sans nattes tombant sur les épaules. D'ailleurs, les Andalouses me faisaient peur ; je n'étais pas encore fait à leurs manières : toujours à railler, jamais un mot de raison. J'étais donc le nez sur ma chaîne, quand j'entends des bourgeois qui disaient : Voilà la gitanilla ! Je levai les yeux, et je la vis. C'était un vendredi, et je ne l'oublierai jamais. Je vis cette Carmen que vous connaissez, chez qui je vous ai rencontré il y a quelques mois.

Elle avait un jupon rouge fort court qui laissait voir des bas de soie blancs avec plus d'un trou, et des souliers mignons de maroquin rouge attachés avec des rubans couleur de feu. Elle écartait sa mantille afin de montrer ses épaules et un gros bouquet de cassie qui sortait de sa chemise. Elle avait encore une fleur de cassie dans le coin de la bouche, et elle s'avançait en se balançant sur ses hanches comme une pouliche du haras de Cordoue. Dans mon pays, une femme en ce costume aurait obligé le monde à se signer. A séville, chacun lui adressait quelque compliment gaillard sur sa tournure ; elle répondait à chacun, faisant les yeux en coulisse, le poing sur la hanche, effrontée comme une vraie bohémienne qu'elle était. D'abord elle ne me plut pas, et je repris mon ouvrage ; mais elle, suivant l'usage des femmes et des chats qui ne viennent pas quand on les appelle et qui viennent quand on ne les appelle pas, s'arrêta devant moi et m'adressa la parole :

— Compère, me dit-elle à la façon andalouse, veux-tu me donner ta chaîne pour tenir les clefs de mon coffre-fort ?

— C'est pour attacher mon épinglette, lui répondis-je.

— Ton épinglette ! s'écria-t-elle en riant. Ah ! monsieur fait de la dentelle, puisqu'il a besoin d'épingles !

Tout le monde qui était là se mit à rire, et moi je me sentais rougir, et je ne pouvais trouver rien à lui répondre.

— Allons, mon cœur, reprit-elle, fais-moi sept aunes de dentelle noire pour une mantille, épinglier de mon âme !

Et prenant le fleur de cassie qu'elle avait à la bouche, elle me la lança, d'un mouvement du pouce, juste entre les deux yeux. Monsieur, cela me fit l'effet d'une balle qui m'arrivait... Je ne savais où me fourrer, je demeurais immobile comme une planche. Quand elle fut entrée dans la manufacture, je vis la fleur de cassie qui était tombée à terre entre mes pieds ; je ne sais ce qui me prit, mais je la ramassai sans que mes camarades s'en aperçussent et je la mis précieusement dans ma veste. Première sottise !

Deux ou trois heures après, j'y pensais encore, quand arrive dans le corps de garde un portier tout haletant, la figure renversée. Il nous dit que dans la grande salle des cigares il y avait une femme assassinée, et qu'il fallait y envoyer la garde. Le maréchal me dit de prendre deux hommes et d'y aller voir. Je prends mes hommes et je monte. Figurez-vous, monsieur, qu'entré dans la salle je trouve d'abord trois cents femmes en chemise, ou peu s'en faut, toutes criant, hurlant, gesticulant, faisant un vacarme à ne pas entendre Dieu tonner. D'un côté, il y en avait une, les quatre fers en l'air, couverte de sang, avec un X sur la figure qu'on venait de lui marquer en deux coups de couteau. En face de la blessée, que secouraient les meilleures de la bande, je vois Carmen tenue par cinq ou six commères. La femme blessée criait : Confession ! confession ! je suis morte ! Carmen ne disait rien ; elle serrait les dents, et roulait des yeux comme un caméléon. « Qu'est-ce que c'est ? » demandai-je. J'eus grand-peine à savoir ce qui s'était passé, car toutes les ouvrières me parlaient à la fois. Il paraît que la femme blessée s'était vantée d'avoir assez d'argent en poche pour acheter un âne au marché de Triana. « Tiens, dit Carmen, qui avait une langue, tu n'as donc pas assez d'un balai ? » L'autre, blessée du reproche, peut-être parce qu'elle se sentait véreuse sur l'article, lui répond qu'elle ne se connaissait pas en balais, n'ayant pas l'honneur d'être bohémienne ni filleule de Satan, mais que mademoiselle Carmencita ferait bientôt connaissance avec son âne, quand M. le corrégidor la mènerait à la promenade avec deux laquais par-derrière pour l'émoucher. « Eh bien, moi, dit Carmen, je te ferai des abreuvoirs à mouches sur la joue, et je veux y peindre un damier. » Là-dessus, vli vlan ! elle commence, avec le couteau dont elle coupait le bout des cigares, à lui dessiner des croix de Saint-André sur la figure.

Le cas était clair : je pris Carmen par le bras :

— Ma sœur, lui dis-je poliment, il faut me suivre. Elle me lança un regard comme si elle me reconnaissait ; mais elle dit d'un air résigné : — Marchons. Où est ma mantille ? Elle la mit sur sa tête de façon à ne montrer qu'un seul de ses grands yeux, et suivit mes deux hommes, douce comme un mouton. Arrivés au corps de garde, le maréchal des logis dit que c'était grave, et qu'il fallait la mener à la prison. C'était encore moi qui devais la conduire. Je la mis entre deux dragons, et je marchais derrière comme un brigadier doit faire en semblable recontre. Nous nous mîmes en route pour la ville. D'abord la bohémienne avait gardé le silence ; mais dans la rue du Serpent, — vous la connaissez, elle mérite bien son nom par les détours qu'elle fait, — dans la rue du Serpent, elle commence par laisser tomber sa mantille sur ses épaules, afin de me montrer son minois enjôleur, et, se tournant vers moi autant qu'elle pouvait, elle me dit :

— Mon officier, où me menez-vous ?

— A la prison, ma pauvre enfant, lui répondis-je le plus doucement que je pus, comme un bon soldat doit parler à un prisonnier, surtout à une femme.

— Hélas ! que deviendrai-je ? Seigneur officier, ayez pitié de moi. Vous êtes si jeune, si gentil... Puis, d'un ton plus bas : Laissez-moi m'échapper, dit-elle, je vous donnerai un morceau de la *bar lachi*, qui vous fera aimer de toutes les femmes.

La *bar lachi*, monsieur, c'est la pierre d'aimant, avec laquelle les bohémiens prétendent qu'on fait quantité de sortilèges quand on sait s'en servir. Faites-en boire à une femme une pincée râpée dans un verre de vin blanc, elle ne résiste plus. Moi, je lui répondis le plus sérieusement que je pus :

— Nous ne sommes pas ici pour dire des balivernes ; il faut aller à la prison, c'est la consigne, et il n'y a pas de remède.

Nous autres gens du pays basque, nous avons un accent qui nous fait reconnaître facilement des Espagnols ; en revanche il n'y en a pas un qui puisse seulement apprendre à dire *baï, jaona*. Carmen donc n'eut pas de peine à deviner que je venais des provinces. Vous saurez que les bohémiens, monsieur, comme n'étant d'aucun pays, voyageant toujours, parlent toutes les langues, et la plupart sont chez eux en Portugal, en France, dans les provinces, en Catalogne, partout ; même avec les Maures et les Anglais, ils se font entendre. Carmen savait assez bien le basque.

— *Laguna, ene bihotsarena*, camarade de mon cœur, me dit-elle tout à coup, êtes-vous du pays ?

Notre langue, monsieur, est si belle, que, lorsque nous l'entendons en pays étranger, cela nous fait tressaillir...

— Je voudrais avoir un confesseur des provinces, ajouta plus bas le bandit.

Il reprit après un silence :

— Je suis l'Élizondo, lui répondis-je en basque, fort ému de l'entendre parler ma langue.

— Moi, je suis d'Etchalar, dit-elle. (C'est un pays à quatre heures de chez nous.) J'ai été emmenée par des bohémiens à Séville. Je travaillais à la manufacture pour gagner de quoi retourner en Navarre, près de ma pauvre mère qui n'a que moi pour soutien et un petit *barratcea* avec vingt pommiers à cidre. Ah ! si j'étais au pays, devant la montagne blanche ! On m'a insultée parce que je ne suis pas de ce pays de filous, marchands d'oranges pourries ; et ces gueuses se sont mises toutes contre moi, parce que je leur ai dit que tous leurs *jacques* de Séville, avec leurs couteaux, ne feraient pas peur à un gars de chez nous avec son béret bleu et son *maquila*. Camarade, mon ami, ne ferez-vous rien pour une payse ?

Elle mentait, monsieur, elle a toujours menti. Je ne sais pas si dans sa vie cette fille-là a jamais dit un mot de vérité ; mais quand elle parlait, je la croyais : c'était plus fort que moi. Elle estropiait le basque, et je la crus Navarraise ; ses yeux seuls et sa bouche et son teint la disaient bohémienne. J'étais fou, je ne faisais plus attention à rien. Je pensais que, si des Espagnols s'étaient avisés de mal parler du pays, je leur aurais coupé la figure, tout comme elle venait de faire à sa camarade. Bref, j'étais comme un homme ivre ; je commençais à dire des bêtises, j'étais tout près d'en faire.

— Si je vous poussais, et si vous tombiez, mon pays, reprit-elle en basque, ce ne seraient pas ces deux conscrits de Castillans qui me retiendraient...

Ma foi, j'oubliai la consigne et tout, et je lui dis :

— Eh bien, m'amie, ma payse, essayez, et que Notre-Dame de la Montagne vous soit en aide !

En ce moment, nous passions devant une de ces ruelles étroites comme il y en a tant à Séville. Tout à coup Carmen se retourne et me lance un coup de poing dans la poitrine. Je me laissai tomber exprès à la renverse. D'un bond, elle saute par-dessus moi et se met à courir en nous montrant une paire de jambes!...

On dit jambes de Basque : les siennes en valaient bien d'autres... aussi vites que bien tournées. Moi, je me relève aussitôt; mais je mets ma lance en travers, de façon à barrer la rue, si bien que, de prime abord, les camarades furent arrêtés au moment de la poursuite. Puis je me mis moi-même à courir, et eux après moi; mais l'atteindre! Il n'y avait pas de risque, avec nos éperons, nos sabres et nos lances! En moins de temps que je n'en mets à vous le dire, la prisonnière avait disparu. D'ailleurs, toutes les commères du quartier favorisaient sa fuite, et se moquaient de nous, et nous indiquaient la fausse voie. Après plusieurs marches et contre-marches, il fallut nous en revenir au corps de garde sans un reçu du gouverneur de la prison.

Mes hommes, pour n'être pas punis, dirent que Carmen m'avait parlé basque; et il ne paraissait pas trop naturel, pour dire la vérité, qu'un coup de poing d'une tant petite fille eût terrassé si facilement un gaillard de ma force. Tout cela parut louche ou plutôt clair. En descendant la garde, je fus dégradé et envoyé pour un mois à la prison. C'était ma première punition depuis que j'étais au service. Adieu les galons de maréchal des logis que je croyais déjà tenir!

Mes premiers jours de prison se passèrent fort tristement. En me faisant soldat, je m'étais figuré que je deviendrais tout au moins officier. Longa, Mina, mes compatriotes, sont bien capitaines généraux; Chapalangarra, qui est un négro comme Mina, et réfugié comme lui dans votre pays, Chapalangarra était colonel, et j'ai joué à la paume vingt fois avec son frère, qui était un pauvre diable comme moi. Maintenant je me disais : Tout le temps que tu as servi sans punition, c'est du temps perdu. Te voilà mal noté : pour te remettre bien dans l'esprit des chefs, il te faudra travailler dix fois plus que lorsque tu es venu comme conscrit! Et pourquoi me suis-je fait punir? Pour une coquine de bohémienne qui s'est moquée de moi, et qui, dans ce moment, est à voler dans quelque coin de la ville. Pourtant je ne pouvais m'empêcher de penser à elle. Le croiriez-vous, monsieur? ses bas de soie troués qu'elle me faisait voir tout en plein en s'enfuyant, je les avais toujours devant les yeux. Je regardais par les barreaux de la prison dans la rue, et, parmi toutes les femmes qui passaient, je n'en voyais pas une seule qui valût cette diable de fille-là. Et puis, malgré moi, je sentais la fleur de cassie qu'elle m'avait jetée, et qui, sèche, gardait toujours sa bonne odeur... S'il y a des sorcières, cette fille-là en était une!

Un jour, le geôlier entre, et me donne un pain d'Alcalà.

— Tenez, dit-il, voilà ce que votre cousine vous envoie.

Je pris le pain, fort étonné, car je n'avais pas de cousine à Séville. C'est peut-être une erreur, pensai-je en regardant le pain; mais il était si appétissant, il sentait si bon, que sans m'inquiéter de savoir d'où il venait et à qui il était destiné, je résolus de le manger. En voulant le couper mon couteau rencontra quelque chose de dur. Je regarde, et je trouve une petite lime anglaise qu'on avait glissée dans la pâte avant que le pain fût cuit. Il y avait encore dans le pain une pièce d'or de deux piastres. Plus de doute alors, c'était un cadeau de Carmen. Pour les gens de sa race, la liberté est tout, et ils mettraient le feu à une ville pour s'épargner un jour de prison. D'ailleurs la commère était fine, et avec ce pain-là on se moquait des geôliers. En une heure, le plus gros barreau était scié avec la petite lime; et avec la pièce de deux piastres, chez le premier fripier, je changeais ma capote d'uniforme pour un habit bourgeois. Vous pensez bien qu'un homme qui avait déniché maintes fois des aiglons dans nos rochers ne s'embarrassait guère de descendre dans la rue, d'une fenêtre haute de moins de trente pieds; mais je ne voulais pas m'échapper. J'avais encore mon honneur de soldat, et déserter me semblait un grand crime. Seulement je fus touché de cette marque de souvenir. Quand on est en prison, on aime à penser qu'on a dehors un ami qui s'intéresse à vous, La pièce d'or m'offusquait un peu, j'aurais bien voulu la rendre; mais où trouver mon créancier? Cela ne me semblait pas facile.

Après la cérémonie de la dégradation, je croyais n'avoir plus rien à souffrir, mais il me restait encore une humiliation à dévorer : ce fut à ma sortie de prison, lorsqu'on me commanda de service et qu'on me mit en faction comme un simple soldat. Vous ne pouvez vous figurer ce qu'un homme de cœur éprouve en pareille occasion. Je crois que j'aurais aimé autant à être fusillé. Au moins on marche seul, en avant de son peloton; on se sent quelque chose; le monde vous regarde.

Je fus mis en faction à la porte du colonel. C'était un jeune homme riche, bon enfant, qui aimait à s'amuser. Tous les jeunes officiers étaient chez lui, et force bourgeois, des femmes aussi, des actrices, à ce qu'on disait. Pour moi, il me semblait que toute la ville s'était donné rendez-vous à sa porte pour me regarder. Voilà qu'arrive la voiture du colonel avec son valet de chambre sur le siège. Qu'est-ce que je vois descendre?... la gitanilla. Elle était parée, cette fois, comme une châsse, pomponnée, attifée, tout or et tout rubans. Une robe à paillettes, des souliers bleus à paillettes aussi, des fleurs et des galons partout. Elle avait un tambour de basque à la main. Avec elle il y avait deux autres bohémiennes, une jeune et une vieille. Il y a toujours une vieille pour les mener; puis un vieux avec une guitare, bohémien aussi, pour jouer et les faire danser. Vous savez qu'on s'amuse souvent à faire venir des bohémiennes dans les sociétés, afin de leur faire danser la *romalis*, c'est leur danse, et souvent bien autre chose.

Carmen me reconnut, et nous échangeâmes un

regard. Je ne sais, mais, en ce moment, j'aurais voulu être à cent pieds sous terre.

— *Agur laguna*, dit-elle. Mon officier, tu montes la garde comme un conscrit !

Et, avant que j'eusse trouvé un mot à répondre, elle était dans la maison.

Toute la société était dans le patio, et, malgré la foule, je voyais à peu près tout ce qui se passait, à travers la grille. J'entendais les castagnettes, le tambour, les rires et les bravos ; parfois j'apercevais sa tête quand elle sautait avec son tambour. Puis j'entendais encore des officiers qui lui disaient bien des choses qui me faisaient monter le rouge à la figure. Ce qu'elle répondait, je n'en savais rien. C'est de ce jour-là, je pense, que je me mis à l'aimer pour tout de bon ; car l'idée me vint trois ou quatre fois d'entrer dans le patio, et de donner de mon sabre dans le ventre à tous ces freluquets qui lui contaient fleurettes. Mon supplice dura une bonne heure ; puis les bohémiens sortirent, et la voiture les ramena. Carmen, en passant, me regarda encore avec les yeux que vous savez, et me dit très bas :

— Pays, quand on aime la bonne friture, on en va manger à Triana, chez Lillas Pastia.

Légère comme un cabri, elle s'élança dans la voiture, le cocher fouetta ses mules, et toute la bande joyeuse s'en alla je ne sais où.

Vous devinez bien qu'en descendant ma garde j'allai à Triana ; mais d'abord je me fis raser et je me brossai comme pour un jour de parade. Elle était chez Lillas Pastia, un vieux marchand de friture, bohémien, noir comme un Maure, chez qui beaucoup de bourgeois venaient manger du poisson frit, surtout, je crois, depuis que Carmen y avait pris ses quartiers.

— Lillas, dit-elle sitôt qu'elle me vit, je ne fais plus rien de la journée. Demain il fera jour ! Allons, pays, allons nous promener.

Elle mit sa mantille devant son nez, et nous voilà dans la rue, sans savoir où j'allais.

— Mademoiselle, lui dis-je, je crois que j'ai à vous remercier d'un présent que vous m'avez envoyé quand j'étais en prison. J'ai mangé le pain ; la lime me servira pour affiler ma lance, et je la garde comme souvenir de vous ; mais l'argent, le voilà.

— Tiens ! Il a gardé l'argent, s'écria-t-elle en éclatant de rire. Au reste tant mieux, car je ne suis guère en fonds ; mais qu'importe ? chien qui chemine ne meurt pas de famine. Allons, mangeons tout. Tu me régales.

Nous avions repris le chemin de Séville. A l'entrée de la rue du Serpent, elle acheta une douzaine d'oranges, qu'elle me fit mettre dans mon mouchoir. Un peu plus loin, elle acheta encore un pain, du saucisson, une bouteille de manzanilla ; puis enfin elle entra chez un confiseur. Là, elle jeta sur le comptoir la pièce d'or que je lui avais rendue, une autre encore qu'elle avait dans sa poche, avec quelque argent blanc ; enfin elle me demanda tout ce que j'avais. Je n'avais qu'une piécette et quelques cuartos, que je lui donnai, fort honteux de n'avoir pas davantage. Je crus qu'elle voulait emporter toute la boutique. Elle prit tout ce qu'il y avait de plus beau et de plus cher, *yemas*, *turon*, fruits confits, tant que l'argent dura. Tout cela, il fallait encore que je le portasse dans des sacs de papier. Vous connaissez peut-être la rue du Candilejo, où il y a une tête du roi don Pedro le Justicier. Elle aurait dû m'inspirer des réflexions. Nous nous arrêtâmes dans cette rue-là, devant une vieille maison. Elle entra dans l'allée, et frappa au rez-de-chaussée. Une bohémienne, vraie servante de Satan, vint nous ouvrir. Carmen lui dit quelques mots en rommani. La vieille grogna d'abord. Pour l'apaiser, Carmen lui donna deux oranges et une poignée de bonbons et lui permit de goûter au vin. Puis elle lui mit sa mante sur le dos et la conduisit à la porte, qu'elle ferma avec la barre de bois. Dès que nous fûmes seuls, elle se mit à danser et à rire comme une folle, en chantant :

— Tu es mon *rom*, je suis ta *romi*.

Moi, j'étais au milieu de la chambre, chargé de toutes ses emplettes, ne sachant où les poser. Elle jeta tout par terre, et me sauta au cou en me disant :

— Je paie mes dettes, je paie mes dettes ! c'est la loi des Calés !

Ah ! monsieur, cette journée-là ! cette journée-là !... quand j'y pense, j'oublie celle de demain.

Le bandit se tut un instant ; puis, après avoir rallumé son cigare, il reprit :

Nous passâmes ensemble toute la journée, mangeant, buvant, et le reste. Quand elle eut mangé des bonbons comme un enfant de six ans, elle en fourra des poignées dans la jarre d'eau de la vieille. « C'est pour lui faire du sorbet », disait-elle. Elle écrasait des yemas en les lançant contre la muraille. « C'est pour que les mouches nous laissent tranquilles », disait-elle... Il n'y a pas de tour ni de bêtise qu'elle ne fît. Je lui dis que je voudrais la voir danser ; mais où trouver des castagnettes ? Aussitôt elle prend la seule assiette de la vieille, la casse en morceaux, et la voilà qui danse la romalis en faisant claquer les morceaux de faïence aussi bien que si elle avait eu des castagnettes d'ébène ou d'ivoire. On ne s'ennuyait pas auprès de cette fille-là, je vous en réponds. Le soir vint, et j'entendis les tambours qui battaient la retraite.

— Il faut que j'aille au quartier pour l'appel, lui dis-je.

— Au quartier ? dit-elle d'un air de mépris ; tu es donc un nègre, pour te laisser mener à la baguette ? Tu es un vrai canari, d'habit et de caractère. Va, tu as un cœur de poulet.

Je restai, résigné d'avance à la salle de police. Le matin, ce fut elle qui parla la première de nous séparer.

— Écoute, Joseíto, dit-elle ; t'ai-je payé ? D'après notre loi, je ne te devais rien, puisque tu es un *payllo* ; mais tu es un joli garçon, et tu m'as plu. Nous sommes quittes. Bonjour.

Je lui demandai quand je la reverrais.

— Quand tu seras moins niais, répondit-elle en riant. Puis, d'un ton plus sérieux : Sais-tu, mon fils, que je crois que je t'aime un peu ? Mais cela ne peut durer. Chien et loup ne font pas longtemps bon ménage. Peut-être que, si tu prenais la loi d'Égypte, j'aimerais à devenir ta romi. Mais ce sont des bêtises : cela ne se peut pas. Bah ! mon garçon, crois-moi, tu en es quitte à bon compte. Tu as rencontré le diable, oui, le diable ; il n'est pas toujours noir, et il ne t'a pas tordu le cou. Je suis habillée de laine, mais je ne suis pas mouton. Va mettre un cierge devant ta *majari* ; elle l'a bien gagné. Allons, adieu encore une fois. Ne pense plus à Carmencita, ou elle te ferait épouser une veuve à jambe de bois.

En parlant ainsi, elle défaisait la barre qui fermait la porte, et une fois dans la rue elle s'enveloppa dans sa mantille et me tourna les talons.

Elle disait vrai. J'aurais été sage de ne plus penser à elle ; mais, depuis cette journée dans la rue du Candilejo, je ne pouvais plus songer à autre chose. Je me promenais tout le jour, espérant la rencontrer. J'en demandais des nouvelles à la vieille et au marchand de friture. L'un et l'autre répondaient qu'elle était partie pour Laloro, c'est ainsi qu'ils appellent le Portugal. Probablement c'était d'après les instructions de Carmen qu'ils parlaient de la sorte, mais je ne tardai pas à savoir qu'ils mentaient. Quelques semaines après ma journée de la rue du Candilejo, je fus de faction à une des portes de la ville. A peu de distance de cette porte, il y avait une brèche qui s'était faite dans le mur d'enceinte ; on y travaillait pendant le jour, et la nuit on y mettait un factionnaire pour empêcher les fraudeurs. Pendant le jour, je vis Lillas Pastia passer et repasser autour du corps de garde, et causer avec quelques-uns de mes camarades ; tous le connaissaient, et ses poissons et ses beignets encore mieux. Il s'approcha de moi et me demanda si j'avais des nouvelles de Carmen.

— Non, lui dis-je.

— Eh bien, vous en aurez, compère.

Il ne se trompait pas. La nuit, je fus mis de faction à la brèche. Dès que le brigadier se fut retiré, je vis venir à moi une femme. Le cœur me disait que c'était Carmen. Cependant je criai :

— Au large! On ne passe pas!

— Ne faites donc pas le méchant, me dit-elle en se faisant connaître à moi.

— Quoi! vous voilà, Carmen!

— Oui, mon pays. Parlons peu, parlons bien. Veux-tu gagner un douro? Il va venir des gens avec des paquets; laisse-les faire.

— Non, répondis-je. Je dois les empêcher de passer; c'est la consigne.

— La consigne! la consigne! Tu n'y pensais pas rue du Candilejo.

— Ah! répondis-je, tout bouleversé par ce seul souvenir, cela valait bien la peine d'oublier la consigne; mais je ne veux pas de l'argent des contrebandiers.

— Voyons, si tu ne veux pas d'argent, veux-tu que nous allions encore dîner chez la vieille Dorothée?

— Non! dis-je à moitié étranglé par l'effort que je faisais. Je ne puis pas.

— Fort bien. Si tu es si difficile, je sais à qui m'adresser. J'offrirai à ton officier d'aller chez Dorothée. Il a l'air d'un bon enfant, et il fera mettre en sentinelle un gaillard qui ne verra que ce qu'il faudra voir. Adieu, canari. Je rirai bien le jour où la consigne sera de te pendre.

J'eus la faiblesse de la rappeler, et je promis de laisser passer toute la bohême, s'il le fallait, pourvu que j'obtinsse la seule récompense que je désirais. Elle me jura aussitôt de me tenir parole dès le lendemain, et courut prévenir ses amis qui étaient à deux pas. Il y en avait cinq, dont était Pastia, tous bien chargés de marchandises anglaises. Carmen faisait le guet. Elle devait avertir avec ses castagnettes dès qu'elle apercevrait la ronde, mais elle n'en eut pas besoin. Les fraudeurs firent leur affaire en un instant.

Le lendemain, j'allai rue du Candilejo. Carmen se fit attendre, et vint d'assez mauvaise humeur.

— Je n'aime pas les gens qui se font prier, dit-elle. Tu m'as rendu un plus grand service la première fois, sans savoir si tu y gagnerais quelque chose. Hier, tu as marchandé avec moi. Je ne sais pas pourquoi je suis venue, car je ne t'aime plus. Tiens, va-t'en, voilà un douro pour ta peine.

Peu s'en fallut que je ne lui jetasse la pièce à la tête, et je fus obligé de faire un effort violent sur moi-même pour ne pas la battre. Après nous être disputés pendant une heure, je sortis furieux. J'errai quelque temps par la ville, marchant deçà et delà comme un fou; enfin j'entrai dans une église, et m'étant mis dans le coin le plus obscur, je pleurai à chaudes larmes. Tout d'un coup j'entends une voix :

— Larmes de dragon! j'en veux faire un philtre.

Je lève les yeux, c'était Carmen en face de moi.

— Eh bien, mon pays, m'en voulez-vous encore? me dit-elle. Il faut bien que je vous aime, malgré que j'en aie, car, depuis que vous m'avez quittée, je ne sais ce que j'ai. Voyons, maintenant, c'est moi qui te demande si tu veux venir rue du Candilejo.

Nous fîmes donc la paix; mais Carmen avait l'humeur comme est le temps chez nous. Jamais l'orage n'est si près dans nos montagnes que lorsque le soleil est le plus brillant. Elle m'avait promis de me revoir une autre fois chez Dorothée, et elle ne vint pas. Et Dorothée me dit de plus belle qu'elle était allée à Laloro pour les affaires d'Égypte.

Sachant déjà par expérience à quoi m'en tenir là-dessus, je cherchais Carmen partout où je croyais qu'elle pouvait être, et je passais vingt fois par jour dans la rue du Candilejo. Un soir, j'étais chez Dorothée, que j'avais presque apprivoisée en lui payant de temps à autre quelque verre d'anisette, lorsque Carmen entra suivie d'un jeune homme, lieutenant dans notre régiment.

— Va-t'en vite, me dit-elle en basque.

Je restai stupéfait, la rage dans le cœur.

— Qu'est-ce que tu fais ici ? me dit le lieutenant. Décampe, hors d'ici !

Je ne pouvais faire un pas ; j'étais comme perclus. L'officier, en colère, voyant que je ne me retirais pas, et que je n'avais pas même ôté mon bonnet de police, me prit au collet et me secoua rudement. Je ne sais ce que je lui dis. Il tira son épée, et je dégainai. La vieille me saisit le bras, le lieutenant me donna un coup au front, dont je porte encore la marque. Je reculai, et d'un coup de coude je jetai Dorothée à la renverse ; puis, comme le lieutenant me poursuivait, je mis la pointe au corps, et il s'enferra. Carmen alors éteignit la lampe, et dit dans sa langue à Dorothée de s'enfuir. Moi-même je me sauvai dans la rue, et me mis à courir sans savoir où. Il me semblait que quelqu'un me suivait. Quand je revins à moi, je trouvai que Carmen ne m'avait pas quitté.

— Grand niais de canari ! me dit-elle, tu ne sais faire que des bêtises. Aussi bien, je te l'ai dit que je te porterais malheur. Allons, il y a remède à tout, quand on a pour bonne amie une Flamande de Rome. Commence à mettre ce mouchoir sur ta tête, et jette-moi ce ceinturon. Attends-moi dans cette allée. Je reviens dans deux minutes.

Elle disparut, et me rapporta bientôt une mante rayée qu'elle était allée chercher je ne sais où. Elle me fit quitter mon uniforme, et mettre la mante par-dessus ma chemise. Ainsi accoutré, avec le mouchoir dont elle avait bandé la plaie que j'avais à la tête, je ressemblais assez à un paysan valencien, comme il y en a à Séville, qui viennent vendre leur orgeat de *chufas*. Puis elle me mena dans une maison assez semblable à celle de Dorothée, au fond d'une petite ruelle. Elle et une autre bohémienne me lavèrent, me pansèrent mieux que n'eût pu le faire un chirurgien-major, me firent boire je ne sais quoi ; enfin, on me mit sur un matelas, et je m'endormis.

Probablement ces femmes avaient mêlé dans ma

boisson quelques-unes de ces drogues assoupissantes dont elles ont le secret, car je ne m'éveillai que fort tard le lendemain. J'avais un grand mal de tête et un peu de fièvre. Il fallut quelque temps pour que le souvenir me revînt de la terrible scène où j'avais pris part la veille. Après avoir pansé ma plaie, Carmen et son amie, accroupies toutes les deux sur les talons auprès de mon matelas, échangèrent quelques mots en *chipe calli*, qui paraissaient être une consultation médicale. Puis toutes deux m'assurèrent que je serais guéri avant peu, mais qu'il fallait quitter Séville le plus tôt possible : car, si l'on m'y attrapait, j'y serais fusillé sans rémission.

— Mon garçon, me dit Carmen, il faut que tu fasses quelque chose ; maintenant que le roi ne te donne plus ni riz ni merluche, il faut que tu songes à gagner ta vie. Tu es trop bête pour voler *à pastesas*, mais tu es leste et fort : si tu as du cœur, va-t'en à la côte, et fais-toi contrebandier. Ne t'ai-je pas promis de te faire pendre ? Cela vaut mieux que d'être fusillé. D'ailleurs, si tu sais t'y prendre, tu vivras comme un prince, aussi longtemps que les miñons et les gardes-côtes ne te mettront pas la main sur le collet.

Ce fut de cette façon engageante que cette diable de fille me montra la nouvelle carrière qu'elle me destinait, la seule, à vrai dire, qui me restât, maintenant que j'avais encouru la peine de mort. Vous le dirai-je, monsieur ? elle me détermina sans beaucoup de peine. Il me semblait que je m'unissais à elle plus intimement par cette vie de hasards et de rébellion. Désormais je crus m'assurer son amour. J'avais entendu souvent parler de quelques contrebandiers qui parcouraient l'Andalousie, montés sur un bon cheval, l'espingole au poing, leur maîtresse en croupe. Je me voyais déjà trottant par monts et par vaux avec la gentille bohémienne derrière moi. Quand je lui parlais de cela, elle riait à se tenir les côtés, et me disait qu'il n'y a rien de si beau qu'une nuit passée au bivouac, lorsque chaque rom se retire avec sa romi sous sa petite tente formée de trois cerceaux, avec une couverture par-dessus.

— Si je te tiens jamais dans la montagne, lui disais-je, je serai sûr de toi. Là, il n'y a pas de lieutenant pour partager avec moi.

— Ah! tu es jaloux, répondait-elle. Tant pis pour toi. Comment es-tu assez bête pour cela? Ne vois-tu pas que je t'aime, puisque je ne t'ai jamais demandé d'argent?

Lorsqu'elle parlait ainsi, j'avais envie de l'étrangler.

Pour le faire court, monsieur, Carmen me procura un habit bourgeois, avec lequel je sortis de Séville sans être reconnu. J'allai à Jerez avec une lettre de Pastia pour un marchand d'anisette chez qui se réunissaient des contrebandiers. On me présenta à ces gens-là, dont le chef, surnommé le Dancaïre, me reçut dans sa troupe. Nous partîmes pour Gaucin, où je retrouvai Carmen, qui m'y avait donné rendez-vous. Dans les expéditions, elle servait d'espion à nos gens, et de meilleur il n'y en eut jamais. Elle revenait de Gibraltar, et déjà elle avait arrangé avec un patron de navire l'embarquement de marchandises anglaises que nous devions recevoir sur la côte. Nous allâmes les attendre près d'Estepona, puis nous en cachâmes une partie dans la montagne; chargés du reste, nous nous rendîmes à Ronda. Carmen nous y avait précédés. Ce fut elle encore qui nous indiqua le moment où nous entrerions en ville. Ce premier voyage et quelques autres après furent heureux. La vie de contrebandier me plaisait mieux que la vie de soldat; je faisais des cadeaux à Carmen. J'avais de l'argent et une maîtresse. Je n'avais guère de remords, car, comme disent les bohémiens : Gale avec plaisir ne démange pas. Partout nous étions bien reçus, mes compagnons me traitaient bien, et même me témoignaient de la considération. La raison, c'était que j'avais tué un homme, et parmi eux il y en avait qui n'avaient pas un pareil exploit sur la conscience. Mais ce qui me touchait davantage dans ma nouvelle vie, c'est que je voyais souvent Carmen. Elle me montrait plus d'amitié que jamais ; cependant, devant les camarades, elle ne convenait pas qu'elle était ma maîtresse ; et même, elle m'avait fait jurer par toutes sortes de serments de ne rien leur dire sur son compte. J'étais si faible devant cette créature, que j'obéissais à tous ses caprices. D'ailleurs, c'était la première fois qu'elle se montrait à moi avec la réserve d'une honnête femme, et j'étais assez simple pour croire qu'elle s'était véritablement corrigée de ses façons d'autrefois.

Notre troupe, qui se composait de huit ou dix hommes, ne se réunissait guère que dans les moments décisifs, et d'ordinaire nous étions dispersés deux à deux, trois à trois, dans les villes et les villages. Chacun de nous prétendait avoir un métier : celui-ci était chaudronnier, celui-là maquignon ; moi, j'étais marchand de merceries, mais je ne me montrais guère dans les gros endroits, à cause de ma mauvaise affaire de Séville. Un jour, ou plutôt une nuit, notre rendez-vous était au bas de Véger. Le Dancaïre et moi nous nous y trouvâmes avant les autres. Il paraissait fort gai.

— Nous allons avoir un camarade de plus, me dit-il. Carmen vient de faire un de ses meilleurs tours. Elle vient de faire échapper son rom qui était au presidio à Tarifa.

Je commençais déjà à comprendre le bohémien, que parlaient presque tous mes camarades, et ce mot de rom me causa un saisissement.

— Comment ! son mari ! elle est donc mariée ? demandai-je au capitaine.

— Oui, répondit-il, à Garcia le Borgne, un bohémien aussi futé qu'elle. Le pauvre garçon était aux galères. Carmen a si bien embobeliné le chirurgien du presidio, qu'elle en a obtenu la liberté de son rom. Ah ! cette fille-là vaut son pesant d'or. Il y a deux ans qu'elle cherche à le faire évader. Rien n'a réussi, jusqu'à ce qu'on s'est avisé de changer le major. Avec celui-ci, il paraît qu'elle a trouvé bien vite le moyen de s'entendre.

Vous vous imaginez le plaisir que me fit cette nouvelle. Je vis bientôt Garcia le Borgne ; c'était bien le plus vilain monstre que la Bohême ait nourri : noir de peau et plus noir d'âme, c'était le plus franc scélérat que j'aie rencontré dans ma vie. Carmen vint avec lui ; et, lorsqu'elle l'appelait son rom devant moi, il fallait voir les yeux qu'elle me faisait, et ses grimaces quand Garcia tournait la tête. J'étais indigné, et je ne lui parlai pas de la nuit. Le matin nous avions fait nos ballots, et nous étions déjà en route, quand nous nous aperçûmes qu'une douzaine de cavaliers étaient à nos trousses. Les fanfarons Andalous qui ne parlaient que de tout massacrer firent aussitôt piteuse mine. Ce fut un sauve-qui-peut général. Le Dancaïre, Garcia, un joli garçon d'Ecija, qui s'appelait le Remendado, et Carmen ne perdirent pas la tête. Le reste avait abandonné les mulets et s'était jeté dans les ravins où les chevaux ne pouvaient les suivre. Nous ne pouvions conserver nos bêtes, et nous nous hâtâmes de défaire le meilleur de notre butin, et de le charger sur nos épaules, puis nous essayâmes de nous sauver au travers des rochers par les pentes les plus raides. Nous jetions nos ballots devant nous, et nous les suivions de notre mieux en glissant sur les talons. Pendant ce temps-là, l'ennemi nous canardait ; c'était la première fois que j'entendais siffler les balles, et cela ne me fit pas grand-chose. Quand on est en vue d'une femme, il n'y a pas de mérite à se moquer de la mort. Nous nous échappâmes, excepté le pauvre Remendado, qui reçut un coup de feu dans les reins. Je jetai mon paquet, et j'essayai de le prendre.

— Imbécile ! me cria Garcia, qu'avons-nous à faire d'une charogne ? achève-le et ne perds pas les bas de coton.

— Jette-le ! Jette-le ! me criait Carmen.

La fatigue m'obligea de le déposer un moment à l'abri d'un rocher. Garcia s'avança, et lui lâcha son espingole dans la tête.

— Bien habile qui le reconnaîtrait maintenant,

dit-il en regardant sa figure que douze balles avaient mise en morceaux.

Voilà, monsieur, la belle vie que j'ai menée. Le soir, nous nous trouvâmes dans un hallier, épuisés de fatigue, n'ayant rien à manger et ruinés par la perte de nos mulets. Que fit cet infernal Garcia ? il tira un paquet de cartes de sa poche, et se mit à jouer avec le Dancaïre à la lueur d'un feu qu'ils allumèrent. Pendant ce temps-là, moi, j'étais couché, regardant les étoiles, pensant au Remendado, et me disant que j'aimerais autant être à sa place. Carmen était accroupie près de moi, et de temps en temps, elle faisait un roulement de castagnettes en chantonnant. Puis, s'approchant comme pour me parler à l'oreille, elle m'embrassa, presque malgré moi, deux ou trois fois.

— Tu es le diable, lui disais-je.

— Oui, me répondait-elle.

Après quelques heures de repos, elle s'en fut à Gaucin, et le lendemain matin un petit chevrier vint nous porter du pain. Nous demeurâmes là tout le jour, et la nuit nous nous rapprochâmes de Gaucin. Nous attendions des nouvelles de Carmen. Rien ne venait. Au jour, nous voyons un muletier qui menait une femme bien habillée, avec un parasol, et une petite fille qui paraissait sa domestique. Garcia nous dit :

— Voilà deux mules et deux femmes que saint Nicolas nous envoie ; j'aimerais mieux quatre mules ; n'importe, j'en fais mon affaire !

Il prit son espingole et descendit vers le sentier en se cachant dans les broussailles. Nous le suivions, le Dancaïre et moi, à peu de distance. Quand nous fûmes à portée, nous nous montrâmes, et nous criâmes au muletier de s'arrêter. La femme, en nous voyant, au lieu de s'effrayer, et notre toilette aurait suffi pour cela, fait un grand éclat de rire.

— Ah ! les *lillipendi* qui me prennent pour une *erani* !

C'était Carmen, mais si bien déguisée, que je ne l'aurais pas reconnue parlant une autre langue. Elle sauta en bas de sa mule, et causa quelque temps à voix basse avec le Dancaïre et Garcia, puis elle me dit :

— Canari, nous nous reverrons avant que tu sois
pendu. Je vais à Gibraltar pour les affaires d'Égypte.
Vous entendrez bientôt parler de moi.

Nous nous séparâmes après qu'elle nous eut indiqué
un lieu où nous pourrions trouver un abri pour quelques jours. Cette fille était la providence de notre
troupe. Nous reçûmes bientôt quelque argent qu'elle
nous envoya, et un avis qui valait mieux pour nous :
c'était que tel jour partiraient deux milords anglais,
allant de Gibraltar à Grenade par tel chemin. A bon
entendeur salut. Ils avaient de belles et bonnes guinées. Garcia voulait les tuer, mais le Dancaïre et moi
nous nous y opposâmes. Nous ne leur prîmes que
l'argent et les montres, outre les chemises, dont nous
avions grand besoin.

Monsieur, on devient coquin sans y penser. Une
jolie fille vous fait perdre la tête, on se bat pour elle, un
malheur arrive, il faut vivre à la montagne, et de
contrebandier on devient voleur avant d'avoir réfléchi. Nous jugeâmes qu'il ne faisait pas bon pour nous
dans les environs de Gibraltar après l'affaire des
milords, et nous nous enfonçâmes dans la sierra de
Ronda. — Vous m'avez parlé de José-Maria ; tenez,
c'est là que j'ai fait connaissance avec lui. Il menait sa
maîtresse dans ses expéditions. C'était une jolie fille,
sage, modeste, de bonnes manières ; jamais un mot
malhonnête, et un dévouement !... En revanche, il la
rendait bien malheureuse. Il était toujours à courir
après toutes les filles, il la malmenait, puis quelquefois il s'avisait de faire le jaloux. Une fois, il lui
donna un coup de couteau. Eh bien, elle ne l'en aimait
que davantage. Les femmes sont ainsi faites, les Andalouses surtout. Celle-là était fière de la cicatrice qu'elle
avait au bras, et la montrait comme la plus belle chose
du monde. Et puis José-Maria, par-dessus le marché,
était le plus mauvais camarade !... Dans une expédition que nous fîmes, il s'arrangea si bien que tout le
profit lui en demeura, à nous les coups et l'embarras
de l'affaire. Mais je reprends mon histoire. Nous
n'entendions plus parler de Carmen. Le Dancaïre dit :

— Il faut qu'un de nous aille à Gibraltar pour en avoir des nouvelles ; elle doit avoir préparé quelque affaire. J'irais bien, mais je suis trop connu à Gibraltar.

Le borgne dit :

— Moi aussi, on m'y connaît, j'y ai fait tant de farces aux Écrevisses ! et, comme je n'ai qu'un œil, je suis difficile à déguiser.

— Il faut donc que j'y aille ? dis-je à mon tour, enchanté à la seule idée de revoir Carmen ; voyons, que faut-il faire ?

Les autres me dirent :

— Fais tant que de t'embarquer ou de passer par Saint-Roc, comme tu aimeras le mieux, et, lorsque tu seras à Gibraltar, demande sur le port où demeure une marchande de chocolat qui s'appelle la Rollona ; quand tu l'auras trouvée, tu sauras d'elle ce qui se passe là-bas.

Il fut convenu que nous partirions tous les trois pour la sierra de Gaucin, que j'y laisserais mes deux compagnons, et que je me rendrais à Gibraltar comme un marchand de fruits. A Ronda, un homme qui était à nous m'avait procuré un passeport ; à Gaucin, on me donna un âne : je le chargeai d'oranges et de melons, et je me mis en route. Arrivé à Gibraltar, je trouvai qu'on y connaissait bien la Rollona, mais elle était morte ou elle était allée à *finibus terrae*, et sa disparition expliquait, à mon avis, comment nous avions perdu notre moyen de correspondre avec Carmen. Je mis mon âne dans une écurie, et, prenant mes oranges, j'allais par la ville comme pour les vendre, mais en effet, pour voir si je ne rencontrerais pas quelque figure de connaissance. Il y a là force canaille de tous les pays du monde, et c'est la tour de Babel, car on ne saurait faire dix pas dans une rue sans entendre parler autant de langues. Je voyais bien des gens d'Égypte, mais je n'osais guère m'y fier ; je les tâtais, et ils me tâtaient. Nous devinions bien que nous étions des coquins, l'important était de savoir si nous

étions de la même bande. Après deux jours passés en
courses inutiles, je n'avais rien appris touchant la
Rollona ni Carmen, et je pensais à retourner auprès de
mes camarades après avoir fait quelques emplettes,
lorsqu'en me promenant dans une rue, au coucher du
soleil, j'entendis une voix de femme d'une fenêtre qui
me dit : « Marchand d'oranges !... » Je lève la tête, et je
vois à un balcon Carmen, accoudée avec un officier en
rouge, épaulettes d'or, cheveux frisés, tournure d'un
gros mylord. Pour elle, elle était habillée superbe-
ment : un châle sur les épaules, un peigne d'or, tout en
soie ; et la bonne pièce, toujours la même ! riait à se
tenir les côtés. L'Anglais, en baragouinant l'espagnol,
me cria de monter, que madame voulait des oranges ;
et Carmen me dit en basque :

— Monte, et ne t'étonne de rien.

Rien, en effet, ne devait m'étonner de sa part. Je ne
sais si j'eus plus de joie que de chagrin en la re-
trouvant. Il y avait à la porte un grand domestique
anglais, poudré, qui me conduisit dans un salon
magnifique. Carmen me dit aussitôt en basque :

— Tu ne sais pas un mot d'espagnol, tu ne me
connais pas.

Puis, se tournant vers l'Anglais :

— Je vous le disais bien, je l'ai tout de suite reconnu
pour un Basque ; vous allez entendre quelle drôle de
langue. Comme il a l'air bête, n'est-ce pas ? On dirait
un chat surpris dans un garde-manger.

— Et toi, lui dis-je dans ma langue, tu as l'air d'une
effrontée coquine, et j'ai bien envie de te balafrer la
figure devant ton galant.

— Mon galant ! dit-elle, tiens, tu as deviné cela tout
seul ? Et tu es jaloux de cet imbécile-là ? Tu es encore
plus niais qu'avant nos soirées de la rue du Candilejo.
Ne vois-tu pas, sot que tu es, que je fais en ce moment
les affaires d'Égypte, et de la façon la plus brillante ?
Cette maison est à moi, les guinées de l'écrevisse
seront à moi ; je le mène par le bout du nez ; je le
mènerai d'où il ne sortira jamais.

— Et moi, lui dis-je, si tu fais encore les affaires d'Égypte de cette manière-là, je ferai si bien que tu ne recommenceras plus.

— Ah! oui-là! Es-tu mon rom, pour me commander? Le Borgne le trouve bon, qu'as-tu à y voir? Ne devrais-tu pas être bien content d'être le seul qui puisse dire mon *minchorrô*?

— Qu'est-ce qu'il dit? demanda l'Anglais.

— Il dit qu'il a soif et qu'il boirait bien un coup, répondit Carmen.

Et elle se renversa sur un canapé en éclatant de rire à sa traduction.

Monsieur, quand cette fille-là riait, il n'y avait pas moyen de parler raison. Tout le monde riait avec elle. Ce grand Anglais se mit à rire aussi, comme un imbécile qu'il était, et ordonna qu'on m'apportât à boire.

Pendant que je buvais :

— Vois-tu cette bague qu'il a au doigt? dit-elle, si tu veux je te la donnerai.

Moi je répondis :

— Je donnerais un doigt pour tenir ton mylord dans la montagne, chacun un maquila au poing.

— Maquila, qu'est-ce que cela veut dire? demanda l'Anglais.

— Maquila, dit Carmen riant toujours, c'est une orange. N'est-ce pas un bien drôle de mot pour une orange? Il dit qu'il voudrait vous faire manger du maquila.

— Oui? dit l'Anglais. Eh bien? apporte encore demain du maquila.

Pendant que nous parlions, le domestique entra et dit que le dîner était prêt. Alors l'Anglais se leva, me donna une piastre, et offrit son bras à Carmen, comme si elle ne pouvait pas marcher seule. Carmen, riant toujours, me dit :

— Mon garçon, je ne puis t'inviter à dîner; mais demain, dès que tu entendras le tambour pour la parade, viens ici avec des oranges. Tu trouveras une

chambre mieux meublée que celle de la rue du Candilejo, et tu verras si je suis toujours ta Carmencita. Et
puis nous parlerons des affaires d'Égypte.

Je ne répondis rien, et j'étais dans la rue que
l'Anglais me criait :

— Apportez demain du maquila ! et j'entendais les
éclats de rire de Carmen.

Je sortis ne sachant ce que je ferais, je ne dormis
guère, le matin je me trouvais si en colère contre cette
traîtresse que j'avais résolu de partir de Gibraltar sans
la revoir ; mais, au premier roulement de tambour,
tout mon courage m'abandonna : je pris ma natte
d'oranges et je courus chez Carmen. Sa jalousie était
entrouverte, et je vis son grand œil noir qui me
guettait. Le domestique poudré m'introduisit aussitôt.
Carmen lui donna une commission, et dès que nous
fûmes seuls, elle partit d'un de ses éclats de rire de
crocodile, et se jeta à mon cou. Je ne l'avais jamais vue
si belle. Parée comme une madone, parfumée... des
meubles de soie, des rideaux brodés... ah !... et moi fait
comme un voleur que j'étais.

— Minchorrô ! disait Carmen, j'ai envie de tout
casser ici, de mettre le feu à la maison et de m'enfuir à
la sierra.

Et c'étaient des tendresses !... et puis des rires !... et
elle dansait, et elle déchirait ses falbalas : jamais singe
ne fit plus de gambades, de grimaces, de diableries.
Quand elle eut repris son sérieux :

— Écoute, me dit-elle, il s'agit de l'Égypte. Je veux
qu'il me mène à Ronda, où j'ai une sœur religieuse...
(Ici nouveaux éclats de rire.) Nous passons par un
endroit que je te ferai dire. Vous tombez sur lui : pillé
rasibus ! Le mieux serait de l'escoffier, mais, ajouta-
t-elle avec un sourire diabolique qu'elle avait dans de
certains moments, et ce sourire-là, personne n'avait
alors envie de l'imiter, — sais-tu ce qu'il faudrait
faire ? Que le Borgne paraisse le premier. Tenez-vous
un peu en arrière ; l'écrevisse est brave et adroit : il a
de bons pistolets... Comprends-tu ?...

Elle s'interrompit par un nouvel éclat de rire qui me fit frissonner.

— Non, lui dis-je : je hais Garcia, mais c'est mon camarade. Un jour peut-être je t'en débarrasserai, mais nous réglerons nos comptes à la façon de mon pays. Je ne suis Égyptien que par hasard ; et pour certaines choses, je serai toujours franc Navarrais, comme dit le proverbe.

Elle reprit :

— Tu es une bête, un niais, un vrai *payllo*. Tu es comme le nain qui se croit grand quand il a pu cracher loin. Tu ne m'aimes pas, va-t'en.

Quand elle me disait : Va-t'en, je ne pouvais m'en aller. Je promis de partir, de retourner auprès de mes camarades et d'attendre l'Anglais ; de son côté, elle me promit d'être malade jusqu'au moment de quitter Gibraltar pour Ronda. Je demeurai encore deux jours à Gibraltar. Elle eut l'audace de me venir voir déguisée dans mon auberge. Je partis ; moi aussi j'avais mon projet. Je retournai à notre rendez-vous, sachant le lieu et l'heure où l'Anglais et Carmen devaient passer. Je trouvai le Dancaïre et Garcia qui m'attendaient. Nous passâmes la nuit dans un bois auprès d'un feu de pommes de pin qui flambait à merveille. Je proposai à Garcia de jouer aux cartes. Il accepta. A la seconde partie je lui dis qu'il trichait ; il se mit à rire. Je lui jetai les cartes à la figure. Il voulut prendre son espingole ; je mis le pied dessus, et je lui dis : « On dit que tu sais jouer du couteau comme le meilleur jaque de Malaga, veux-tu t'essayer avec moi ? » Le Dancaïre voulut nous séparer. J'avais donné deux ou trois coups de poing à Garcia. La colère l'avait rendu brave ; il avait tiré son couteau, moi le mien. Nous dîmes tous deux au Dancaïre de nous laisser place libre et franc jeu. Il vit qu'il n'y avait pas moyen de nous arrêter, et il s'écarta. Garcia était déjà ployé en deux comme un chat prêt à s'élancer contre une souris. Il tenait son chapeau de la main gauche, pour parer, son couteau en avant. C'est leur garde anda-

louse. Moi, je me mis à la navarraise, droit en face de
lui, le bras gauche levé, la jambe gauche en avant, le
couteau le long de la cuisse droite. Je me sentais plus
fort qu'un géant. Il se lança sur moi comme un trait ; je
tournai sur le pied gauche et il ne trouva plus rien
devant lui ; mais je l'atteignis à la gorge, et le couteau
entra si avant, que ma main était sous son menton. Je
retournai la lame si fort qu'elle se cassa. C'était fini. La
lame sortit de la plaie lancée par un bouillon de sang
gros comme le bras. Il tomba sur le nez, raide comme
un pieu.

— Qu'as-tu fait ? me dit le Dancaïre.

— Écoute, lui dis-je ; nous ne pouvions vivre
ensemble. J'aime Carmen, et je veux être seul. D'ailleurs, Garcia était un coquin, et je me rappelle ce qu'il
a fait au pauvre Remendado. Nous ne sommes plus
que deux, mais nous sommes de bons garçons.
Voyons, veux-tu de moi pour ami, à la vie, à la mort ?

Le Dancaïre me tendit la main. C'était un homme
de cinquante ans.

— Au diable les amourettes ! s'écria-t-il. Si tu lui
avais demandé Carmen, il te l'aurait vendue pour une
piastre. Nous ne sommes plus que deux ; comment
ferons-nous demain ?

— Laisse-moi faire tout seul, lui répondis-je. Maintenant je me moque du monde entier.

Nous enterrâmes Garcia, et nous allâmes placer
notre camp deux cents pas plus loin. Le lendemain,
Carmen et son Anglais passèrent avec deux muletiers
et un domestique. Je dis au Dancaïre :

— Je me charge de l'Anglais. Fais peur aux autres,
ils ne sont pas armés.

L'Anglais avait du cœur. Si Carmen ne lui eût
poussé le bras, il me tuait. Bref, je reconquis Carmen
ce jour-là, et mon premier mot fut de lui dire qu'elle
était veuve. Quand elle sut comment cela s'était
passé :

— Tu seras toujours un *lillipendi* ! me dit-elle. Garcia devait te tuer. Ta garde navarraise n'est qu'une

bêtise, et il en a mis à l'ombre de plus habiles que toi. C'est que son temps était venu. Le tien viendra.

— Et le tien, répondis-je, si tu n'es pas pour moi une vraie romi.

— A la bonne heure, dit-elle ; j'ai vu plus d'une fois dans du marc de café que nous devions finir ensemble. Bah ! arrive qui plante !

Et elle fit claquer ses castagnettes, ce qu'elle faisait toujours quand elle voulait chasser quelque idée importune.

On s'oublie quand on parle de soi. Tous ces détails-là vous ennuient sans doute, mais j'ai bientôt fini. La vie que nous menions dura assez longtemps. Le Dancaïre et moi nous nous étions associé quelques camarades plus sûrs que les premiers, et nous nous occupions de contrebande, et aussi parfois, il faut bien l'avouer, nous arrêtions sur la grande route, mais à la dernière extrémité, et lorsque nous ne pouvions faire autrement. D'ailleurs nous ne maltraitions pas les voyageurs, et nous nous bornions à leur prendre leur argent. Pendant quelques mois je fus content de Carmen ; elle continuait à nous être utile pour nos opérations, en nous avertissant des bons coups que nous pourrions faire. Elle se tenait, soit à Malaga, soit à Cordoue, soit à Grenade ; mais, sur un mot de moi, elle quittait tout, et venait me retrouver dans une venta isolée, ou même au bivouac. Une fois seulement, c'était à Malaga, elle me donna quelque inquiétude. Je sus qu'elle avait jeté son dévolu sur un négociant fort riche, avec lequel probablement elle se proposait de recommencer la plaisanterie de Gibraltar. Malgré tout ce que le Dancaïre put me dire pour m'arrêter, je partis et j'entrai dans Malaga en plein jour, je cherchai Carmen et je l'emmenai aussitôt. Nous eûmes une verte explication.

— Sais-tu, me dit-elle, que, depuis que tu es mon rom pour tout de bon, je t'aime moins que lorsque tu étais mon minchorrô ? Je ne veux pas être tourmentée ni surtout commandée. Ce que je veux, c'est être libre et faire ce qui me plaît. Prends garde de me pousser à bout. Si tu m'ennuies, je trouverai quelque bon garçon qui te fera comme tu as fait au borgne.

Le Dancaïre nous raccommoda ; mais nous nous étions dit des choses qui nous restaient sur le cœur et nous n'étions plus comme auparavant. Peu après, un malheur nous arriva. La troupe nous surprit. Le Dancaïre fut tué, ainsi que deux de mes camarades ; deux autres furent pris. Moi, je fus grièvement blessé, et, sans mon bon cheval, je demeurais entre les mains des soldats. Exténué de fatigue, ayant une balle dans le corps, j'allai me cacher dans un bois avec le seul compagnon qui me restât. Je m'évanouis en descendant de cheval, et je crus que j'allais crever dans les broussailles comme un lièvre qui a reçu du plomb. Mon camarade me porta dans une grotte que nous connaissions, puis alla chercher Carmen. Elle était à Grenade, et aussitôt elle accourut. Pendant quinze jours, elle ne me quitta pas d'un instant. Elle ne ferma pas l'œil ; elle me soigna avec une adresse et des attentions que jamais femme n'a eues pour l'homme le plus aimé. Dès que je pus me tenir sur mes jambes, elle me mena à Grenade dans le plus grand secret. Les bohémiennes trouvent partout des asiles sûrs, et je passai plus de six semaines dans une maison, à deux portes du corrégidor qui me cherchait. Plus d'une fois, regardant derrière un volet, je le vis passer. Enfin, je me rétablis ; mais j'avais fait bien des réflexions sur mon lit de douleur, et je projetais de changer de vie. Je parlai à Carmen de quitter l'Espagne, et de chercher à vivre honnêtement dans le Nouveau Monde. Elle se moqua de moi.

— Nous ne sommes pas faits pour planter des choux, dit-elle ; notre destin, à nous, c'est de vivre aux dépens des *payllos*. Tiens, j'ai arrangé une affaire avec Nathan Ben-Joseph de Gibraltar. Il a des cotonnades qui n'attendent que toi pour passer. Il sait que tu es vivant. Il compte sur toi. Que diraient nos correspondants de Gibraltar, si tu leur manquais de parole ?

Je me laissai entraîner, et je repris mon vilain commerce.

Pendant que j'étais caché à Grenade, il y eut des courses de taureaux où Carmen alla. En revenant, elle parla beaucoup d'un picador très adroit nommé Lucas. Elle savait le nom de son cheval, et combien lui coûtait sa veste brodée. Je n'y fis pas attention. Juanito, le camarade qui m'était resté, me dit, quelques jours après, qu'il avait vu Carmen avec Lucas chez un marchand du Zacatin. Cela commença à m'alarmer. Je demandai à Carmen comment et pourquoi elle avait fait connaissance avec le picador.

— C'est un garçon, me dit-elle, avec qui on peut faire une affaire. Rivière qui fait du bruit a de l'eau ou des cailloux. Il a gagné douze cents réaux aux courses. De deux choses l'une : ou bien il faut avoir cet argent ; ou bien, comme c'est un bon cavalier et un gaillard de cœur, on peut l'enrôler dans notre bande. Un tel et un tel sont morts, tu as besoin de les remplacer. Prends-le avec toi.

— Je ne veux, répondis-je, ni de son argent, ni de sa personne, et je te défends de lui parler.

— Prends garde, me dit-elle ; lorsqu'on me défie de faire une chose, elle est bientôt faite !

Heureusement le picador partit pour Malaga, et moi, je me mis en devoir de faire entrer les cotonnades du Juif. J'eus fort à faire dans cette expédition-là, Carmen aussi, et j'oubliai Lucas ; peut-être aussi l'oublia-t-elle, pour le moment du moins. C'est vers ce temps, monsieur, que je vous rencontrai, d'abord près de Montilla, puis après à Cordoue. Je ne vous parlerai pas de notre dernière entrevue. Vous en savez peut-être plus long que moi. Carmen vous vola votre montre ; elle voulait encore votre argent, et surtout cette bague que je vois à votre doigt, et qui, dit-elle, est un anneau magique qu'il lui importait beaucoup de posséder. Nous eûmes une violente dispute, et je la frappai. Elle pâlit et pleura. C'était la première fois que je la voyais pleurer, et cela me fit un effet terrible.

Je lui demandai pardon, mais elle me bouda pendant tout un jour, et, quand je repartis pour Montilla, elle ne voulut pas m'embrasser. J'avais le cœur gros, lorsque, trois jours après, elle vint me trouver l'air riant et gaie comme un pinson. Tout était oublié et nous avions l'air d'amoureux de deux jours. Au moment de nous séparer, elle me dit :

— Il y a une fête à Cordoue, je vais la voir, puis je saurai les gens qui s'en vont avec de l'argent, et je te le dirai.

Je la laissai partir. Seul, je pensai à cette fête et à ce changement d'humeur de Carmen. Il faut qu'elle se soit vengée déjà, me dis-je, puisqu'elle est revenue la première. Un paysan me dit qu'il y avait des taureaux à Cordoue. Voilà mon sang qui bouillonne, et, comme un fou, je pars, et je vais à la place. On me montra Lucas, et sur le banc contre la barrière, je reconnus Carmen. Il me suffit de la voir une minute pour être sûr de mon fait. Lucas, au premier taureau, fit le joli cœur, comme je l'avais prévu. Il arracha la cocarde du taureau et la porta à Carmen, qui s'en coiffa sur-le-champ. Le taureau se chargea de me venger. Lucas fut culbuté avec son cheval sur la poitrine, et le taureau par-dessus tous les deux. Je regardai Carmen, elle n'était déjà plus à sa place. Il m'était impossible de sortir de celle où j'étais, et je fus obligé d'attendre la fin des courses. Alors j'allai à la maison que vous connaissez, et je m'y tins coi toute la soirée et une partie de la nuit. Vers deux heures du matin Carmen revint, et fut un peu surprise de me voir.

— Viens avec moi, lui dis-je.

— Eh bien ! dit-elle, partons.

J'allai prendre mon cheval, je la mis en croupe, et nous marchâmes tout le reste de la nuit sans nous dire un seul mot. Nous nous arrêtâmes au jour dans une venta isolée, assez près d'un petit ermitage. Là je dis à Carmen :

— Écoute, j'oublie tout. Je ne te parlerai de rien ; mais jure-moi une chose : c'est que tu vas me suivre en Amérique, et que tu t'y tiendras tranquille.

— Non, dit-elle d'un ton boudeur, je ne veux pas aller en Amérique. Je me trouve bien ici.

— C'est parce que tu es près de Lucas; mais songes-y bien, s'il guérit, ce ne sera pas pour faire de vieux os. Au reste, pourquoi m'en prendre à lui? Je suis las de tuer tous tes amants; c'est toi que je tuerai.

Elle me regarda fixement de son regard sauvage et me dit :

— J'ai toujours pensé que tu me tuerais. La première fois que je t'ai vu, je venais de rencontrer un prêtre à la porte de ma maison. Et cette nuit, en sortant de Cordoue, n'as-tu rien vu? Un lièvre a traversé le chemin entre les pieds de ton cheval. C'est écrit.

— Carmencita, lui demandai-je, est-ce que tu ne m'aimes plus?

Elle ne répondit rien. Elle était assise les jambes croisées sur une natte et faisait des traits par terre avec son doigt.

— Changeons de vie, Carmen, lui dis-je d'un ton suppliant. Allons vivre quelque part où nous ne serons jamais séparés. Tu sais que nous avons, pas loin d'ici, sous un chêne, cent vingt onces enterrées... Puis, nous avons des fonds encore chez le Juif Ben-Joseph.

Elle se mit à sourire, et me dit :

— Moi d'abord, toi ensuite. Je sais bien que cela doit arriver ainsi.

— Réfléchis, repris-je; je suis au bout de ma patience et de mon courage; prends ton parti ou je prendrai le mien.

Je la quittai et j'allai me promener du côté de l'ermitage. Je trouvai l'ermite qui priait. J'attendis que sa prière fût finie; j'aurais bien voulu prier, mais je ne pouvais pas. Quand il se releva j'allai à lui.

— Mon père, lui dis-je, voulez-vous prier pour quelqu'un qui est en grand péril?

— Je prie pour tous les affligés, dit-il.

— Pouvez-vous dire une messe pour une âme qui va peut-être paraître devant son Créateur?

— Oui, répondit-il en me regardant fixement.

Et, comme il y avait dans mon air quelque chose d'étrange, il voulut me faire parler :

— Il me semble que je vous ai vu, dit-il.

Je mis une piastre sur son banc.

— Quand direz-vous la messe ? lui demandai-je.

— Dans une demi-heure. Le fils de l'aubergiste de là-bas va venir la servir. Dites-moi, jeune homme, n'avez-vous pas quelque chose sur la conscience qui vous tourmente ? voulez-vous écouter les conseils d'un chrétien ?

Je me sentais près de pleurer. Je lui dis que je reviendrais, et je me sauvai. J'allai me coucher sur l'herbe jusqu'à ce que j'entendisse la cloche. Alors, je m'approchai, mais je restai en dehors de la chapelle. Quand la messe fut dite, je retournai à la venta. J'espérais que Carmen se serait enfuie ; elle aurait pu prendre mon cheval et se sauver... mais je la retrouvai. Elle ne voulait pas qu'on pût dire que je lui avais fait peur. Pendant mon absence, elle avait défait l'ourlet de sa robe pour en retirer le plomb. Maintenant, elle était devant une table, regardant dans une terrine pleine d'eau le plomb qu'elle avait fait fondre, et qu'elle venait d'y jeter. Elle était si occupée de sa magie qu'elle ne s'aperçut pas d'abord de mon retour. Tantôt elle prenait un morceau de plomb et le tournait de tous les côtés d'un air triste, tantôt elle chantait quelqu'une de ces chansons magiques où elles invoquent Marie Padilla, la maîtresse de don Pédro, qui fut, dit-on, la *Bari Crallisa*, ou la grande reine des Bohémiens :

— Carmen, lui dis-je, voulez-vous venir avec moi ?

Elle se leva, jeta sa sébile, et mit sa mantille sur sa tête comme prête à partir. On m'amena mon cheval, elle monta en croupe et nous nous éloignâmes.

— Ainsi, lui dis-je, ma Carmen, après un bout de chemin, tu veux bien me suivre, n'est-ce pas ?

— Je te suis à la mort, oui, mais je ne vivrai plus avec toi.

Nous étions dans une gorge solitaire ; j'arrêtai mon cheval.

— Est-ce ici ? dit-elle.

Et d'un bond elle fut à terre. Elle ôta sa mantille, la jeta à ses pieds, et se tint immobile un poing sur la hanche, me regardant fixement.

— Tu veux me tuer, je le vois bien, dit-elle ; c'est écrit, mais tu ne me feras pas céder.

— Je t'en prie, lui dis-je, sois raisonnable. Écoute-moi ! tout le passé est oublié. Pourtant, tu le sais, c'est toi qui m'as perdu ; c'est pour toi que je suis devenu un voleur et un meurtrier. Carmen ! ma Carmen ! laisse-moi te sauver et me sauver avec toi.

— José, répondit-elle, tu me demandes l'impossible. Je ne t'aime plus ; toi, tu m'aimes encore, et c'est pour cela que tu veux me tuer. Je pourrais bien encore te faire quelque mensonge ; mais je ne veux pas m'en donner la peine. Tout est fini entre nous. Comme mon rom, tu as le droit de tuer ta romi ; mais Carmen sera toujours libre. Calli elle est née, calli elle mourra.

— Tu aimes donc Lucas ? lui demandai-je.

— Oui, je l'ai aimé, comme toi, un instant, moins que toi peut-être. A présent, je n'aime plus rien, et je me hais pour t'avoir aimé.

Je me jetai à ses pieds, je lui pris les mains, je les arrosai de mes larmes. Je lui rappelai tous les moments de bonheur que nous avions passés ensemble. Je lui offris de rester brigand pour lui plaire. Tout, monsieur, tout ; je lui offris tout, pourvu qu'elle voulût m'aimer encore !

Elle me dit :

— T'aimer encore, c'est impossible. Vivre avec toi, je ne le veux pas.

La fureur me possédait. Je tirai mon couteau. J'aurais voulu qu'elle eût peur et me demandât grâce, mais cette femme était un démon.

— Pour la dernière fois, m'écriai-je, veux-tu rester avec moi !

— Non ! non ! non ! dit-elle en frappant du pied.

Et elle tira de son doigt une bague que je lui avais donnée, et la jeta dans les broussailles.

Je la frappai deux fois. C'était le couteau du Borgne que j'avais pris, ayant cassé le mien. Elle tomba au second coup sans crier. Je crois voir encore son grand œil noir me regarder fixement ; puis il devint trouble et se ferma. Je restai anéanti une bonne heure devant ce cadavre. Puis, je me rappelai que Carmen m'avait dit souvent qu'elle aimerait à être enterrée dans un bois. Je lui creusai une fosse avec mon couteau, et je l'y déposai. Je cherchai longtemps sa bague et je la trouvai à la fin. Je la mis dans la fosse auprès d'elle avec une petite croix. Peut-être ai-je eu tort. Ensuite je montai sur mon cheval, je galopai jusqu'à Cordoue, et au premier corps de garde je me fis connaître. J'ai dit que j'avais tué Carmen ; mais je n'ai pas voulu dire où était son corps. L'ermite était un saint homme. Il a prié pour elle. Il a dit une messe pour son âme... Pauvre enfant ! Ce sont les *Calés* qui sont coupables pour l'avoir élevée ainsi.

IV

L'Espagne est un des pays où se trouvent aujourd'hui en plus grand nombre encore, ces nomades dispersés dans toute l'Europe, et connus sous les noms de *Bohémiens, Gitanos, Gypsies, Zigeuner*, etc. La plupart demeurent, ou plutôt mènent une vie errante dans les provinces du Sud et de l'Est, en Andalousie, en Estramadure, dans le royaume de Murcie ; il y en a beaucoup en Catalogne. Ces derniers passent souvent en France. On en rencontre dans toutes nos foires du Midi. D'ordinaire, les hommes exercent les métiers de maquignon, de vétérinaire et de tondeur de mulets ; ils y joignent l'industrie de raccommoder les poêlons et les instruments de cuivre, sans parler de la contrebande et autres pratiques illicites. Les femmes disent la bonne aventure, mendient et vendent toutes sortes de drogues innocentes ou non.

Les caractères physiques des Bohémiens sont plus faciles à distinguer qu'à décrire, et lorsqu'on en a vu un seul, on reconnaîtrait entre mille un individu de cette race. La physionomie, l'expression, voilà surtout ce qui les sépare des peuples qui habitent le même pays. Leur teint est très basané, toujours plus foncé que celui des populations parmi lesquelles ils vivent. De là le nom de *Calés*, les noirs, par lequel ils se désignent souvent. Leurs yeux sensiblement obliques, bien fendus, très noirs, sont ombragés par des cils longs et épais. On ne peut comparer leur regard qu'à celui d'une bête fauve. L'audace et la timidité s'y peignent tout à la fois, et sous ce rapport leurs yeux révèlent assez bien le caractère de la nation, rusée, hardie, mais craignant *naturellement les coups* comme Panurge. Pour la plupart les hommes sont bien découplés, sveltes, agiles; je ne crois pas en avoir jamais vu un seul chargé d'embonpoint. En Allemagne, les Bohémiennes sont souvent très jolies; la beauté est fort rare parmi les Gitanas d'Espagne. Très jeunes elles peuvent passer pour des laiderons agréables; mais une fois qu'elles sont mères, elles deviennent repoussantes. La saleté des deux sexes est incroyable, et qui n'a pas vu les cheveux d'une matrone bohémienne s'en fera difficilement une idée, même en se représentant les crins les plus rudes, les plus gras, les plus poudreux. Dans quelques grandes villes d'Andalousie, certaines jeunes filles, un peu plus agréables que les autres, prennent plus de soin de leur personne. Celles-là vont danser pour de l'argent, des danses qui ressemblent fort à celles que l'on interdit dans nos bals publics du carnaval. M. Borrow, missionnaire anglais, auteur de deux ouvrages fort intéressants sur les Bohémiens d'Espagne, qu'il avait entrepris de convertir, aux frais de la Société biblique, assure qu'il est sans exemple qu'une Gitana ait jamais eu quelque faiblesse pour un homme étranger à sa race. Il me semble qu'il y a beaucoup d'exagération dans les éloges qu'il accorde à leur chasteté. D'abord, le plus grand nombre est dans le cas de la laide d'Ovide : *Casta quam nemo rogavit*. Quant aux jolies, elles sont comme toutes les Espagnoles, difficiles dans le choix de leurs amants. Il faut leur plaire, il faut les mériter. M. Borrow cite comme preuve de leur vertu un trait qui fait honneur à la sienne, surtout à sa naïveté. Un homme immoral de sa connaissance offrit, dit-il, inutilement plusieurs onces à une jolie Gitana. Un Andalou, à qui je racontai cette anecdote, prétendit que cet homme immoral aurait eu plus de succès en montrant deux ou trois piastres, et qu'offrir des onces d'or à une bohémienne, était un aussi mauvais moyen de persuader, que de promettre un million ou deux à une fille d'auberge. — Quoi qu'il en soit, il est certain que les Gitanas montrent à leurs maris un dévoûment extraordinaire. Il n'y a pas de danger ni de misères qu'elles ne bravent pour les secourir en leurs nécessités. Un des noms que se donnent les Bohémiens, *Romé* ou les *époux*, me paraît attester le respect de la race pour l'état de mariage. En général on peut dire que leur principale vertu est le patriotisme si l'on peut ainsi appeler la fidélité qu'ils observent dans leurs relations avec les individus de même origine qu'eux, leur empressement à s'entr'aider, le secret inviolable qu'ils se gardent dans les affaires compromettantes. Au reste, dans toutes les associations mystérieuses et en dehors des lois, on observe quelque chose de semblable.

J'ai visité, il y a quelques mois, une horde de Bohémiens établis dans les Vosges. Dans la hutte d'une vieille femme, l'ancienne de sa tribu, il y avait un Bohémien étranger à sa famille, attaqué d'une maladie mortelle. Cet homme avait quitté un hôpital où il était bien soigné, pour aller mourir au milieu de ses compatriotes. Depuis treize semaines il était alité chez ses hôtes, et beaucoup mieux traité que les fils et les gendres qui vivaient dans la même maison. Il avait un bon lit de paille et de mousse avec des draps assez blancs, tandis que le reste de la famille, au nombre de onze personnes, couchaient sur des planches longues de trois pieds. Voilà pour leur hospitalité. La même femme, si humaine pour son hôte, me disait devant le malade : *Singo, singo, homte hi mulo.* Dans peu, dans peu, il faut qu'il meure. Après tout, la vie de ces gens est si misérable, que l'annonce de la mort n'a rien d'effrayant pour eux.

Un trait remarquable du caractère des Bohémiens, c'est leur indifférence en matière de religion ;

non qu'ils soient esprits forts ou sceptiques. Jamais ils n'ont fait profession d'athéisme. Loin de là, la religion du pays qu'ils habitent est la leur ; mais ils en changent en changeant de patrie. Les superstitions qui, chez les peuples grossiers, remplacent les sentiments religieux, leur sont également étrangères. Le moyen, en effet, que des superstitions existent chez des gens qui vivent le plus souvent de la crédulité des autres. Cependant ; j'ai remarqué chez les Bohémiens espagnols une horreur singulière pour le contact d'un cadavre. Il y en a peu qui consentiraient pour de l'argent à porter un mort au cimetière.

J'ai dit que la plupart des Bohémiennes se mêlaient de dire la bonne aventure. Elles s'en acquittent fort bien. Mais ce qui est pour elles une source de grands profits, c'est la vente des charmes et des philtres amoureux. Non seulement elles tiennent des pattes de crapauds pour fixer les cœurs volages, ou de la poudre de pierre d'aimant pour se faire aimer des insensibles ; mais elles font au besoin des conjurations puissantes qui obligent le diable à leur prêter son secours. L'année dernière, une Espagnole me racontait l'histoire suivante : Elle passait un jour dans la rue d'Alcala, fort triste et préoccupée ; une Bohémienne accroupie sur le trottoir lui cria : « Ma belle dame, votre amant vous a trahie. » C'était la vérité. « Voulez-vous que je vous le fasse revenir ? » On comprend avec quelle joie la proposition fut acceptée, et quelle devait être la confiance inspirée par une personne qui devinait ainsi, d'un coup d'œil, les secrets intimes du cœur. Comme il eût été impossible de procéder à des opérations magiques dans la rue la plus fréquentée de Madrid, on convint d'un rendez-vous pour le lendemain. « Rien de plus facile que de ramener l'infidèle à vos pieds, dit la Gitana. Auriez-vous un mouchoir, une écharpe, une mantille qu'il vous ait donnée ? » On lui remit un fichu de soie. « Maintenant cousez avec de la soie cramoisie, une piastre dans un coin du fichu. — Dans un autre coin cousez une demi-piastre ; ici, une piécette ; là, une pièce de deux réaux. Puis il faut coudre au milieu une pièce d'or. Un doublon serait le mieux. » On coud le doublon et le reste. « A présent, donnez-moi le fichu, je vais le porter au Campo-Santo, à minuit sonnant. Venez avec moi, si vous voulez voir une belle diablerie. Je vous promets que dès demain vous reverrez celui que vous aimez. » La Bohémienne partit seule pour le Campo-Santo, car on avait trop peur des diables pour l'accompagner. Je vous laisse à penser si la pauvre amante délaissée a revu son fichu et son infidèle.

Malgré leur misère et l'espèce d'aversion qu'ils inspirent, les Bohémiens jouissent cependant d'une certaine considération parmi les gens peu éclairés, et ils en sont très vains. Ils se sentent une race supérieure pour l'intelligence et méprisent cordialement le peuple qui leur donne l'hospitalité. — Les Gentils sont si bêtes, me disait une Bohémienne des Vosges, qu'il n'y a aucun mérite à les attraper. L'autre jour, une paysanne m'appelle dans la rue, j'entre chez elle. Son poêle fumait, et elle me demande un sort pour le faire aller. Moi, je me fais d'abord donner un bon morceau de lard. Puis, je me mets à marmotter quelques mots en rommani. « Tu es bête, je disais, tu es née bête, bête tu mourras... » Quand je fus près de la porte, je lui dis en bon allemand : « Le moyen infaillible d'empêcher ton poêle de fumer, c'est de n'y pas faire de feu. » Et je pris mes jambes à mon cou.

L'histoire des Bohémiens est encore un problème. On sait à la vérité que leurs premières bandes, fort peu nombreuses, se montrèrent dans l'est de l'Europe, vers le commencement du xve siècle ; mais on ne peut dire ni d'où ils viennent, ni pourquoi ils sont venus en Europe, et, ce qui est plus extra-ordinaire, on ignore comment ils se sont multipliés en peu de temps d'une façon si prodigieuse dans plusieurs contrées fort éloignées les unes des autres. Les Bohémiens eux-mêmes n'ont conservé aucune tradition sur leur origine, et si la plupart d'entre eux parlent de l'Égypte comme de leur patrie primitive, c'est qu'ils ont adopté une fable très anciennement répandue sur leur compte.

La plupart des orientalistes qui ont étudié la langue des Bohémiens, croient qu'ils sont originaires de l'Inde. En effet, il paraît qu'un grand nombre de racines et beaucoup de formes grammaticales du rommani se retrouvent dans des idiomes dérivés du sanscrit. On conçoit que dans leurs longues pérégrinations, les Bohémiens ont adopté beaucoup de mots étrangers. Dans tous les dialectes du rommani, on trouve quantité de mots grecs. Par exemple : *cocal*, os, de κόκκαλον ; *pétalli*, fer de cheval, de πέταλον ; *cafi*, clou, de κάρφι, etc. Aujourd'hui, les Bohémiens ont presque autant de dialectes différents qu'il existe de hordes de leur race séparées les unes des autres. Partout ils parlent la langue du pays qu'ils habitent plus facilement que leur propre idiome, dont ils ne font guère usage que pour pouvoir s'entretenir librement devant des étrangers. Si l'on compare le dialecte des Bohémiens de l'Allemagne avec celui des Espagnols, sans communication avec les premiers depuis des siècles, on reconnaît une très grande quantité de mots communs ; mais la langue originale partout, quoiqu'à différents degrés, s'est notablement altérée par le contact des langues plus cultivées, dont ces nomades ont été contraints de faire usage. L'allemand, d'un côté, l'espagnol, de l'autre, ont tellement modifié le fond du rommani, qu'il serait impossible à un Bohémien de la Forêt Noire de converser avec un de ses frères andalous, bien qu'il leur suffit d'échanger quelques phrases pour reconnaître qu'ils parlent tous les deux un dialecte dérivé du même idiome. Quelques mots d'un usage très fréquent sont communs, je crois, à tous les dialectes ; ainsi, dans tous les vocabulaires que j'ai pu voir : *pani* veut dire de l'eau, *manro*, du pain, *mâs*, de la viande, *lon*, du sel.

Les noms de nombre sont partout à peu près les mêmes. Le dialecte allemand me semble beaucoup plus pur que le dialecte espagnol ; car il a conservé nombre de formes grammaticales primitives, tandis que les Gitanos ont adopté celles du castillan. Pourtant quelques mots font exception pour attester l'ancienne communauté de langage. — Les prétérits du dialecte allemand se forment en ajoutant *ium* à l'impératif qui est toujours la racine du verbe. Les verbes, dans le rommani espagnol, se conjuguent tous sur le modèle des verbes castillans de la première conjugaison. De l'infinitif *jamar*, manger, on devrait régulièrement faire *jamé*, j'ai mangé, de *lillar*, prendre, on devrait faire *lillé*, j'ai pris. Cependant quelques vieux bohémiens disent par exception : *jayon, lillon*. Je ne connais pas d'autres verbes qui aient conservé cette forme antique.

Pendant que je fais ainsi étalage de mes minces connaissances dans la langue rommani, je dois noter quelques mots d'argot français que nos voleurs ont empruntés aux Bohémiens. *Les Mystères de Paris* ont appris à la bonne compagnie que *chourin* voulait dire couteau. C'est du rommani pur ; *tchouri* est un de ces mots communs à tous les dialectes. M. Vidocq appelle un cheval *grès*, c'est encore un mot bohémien *gras, gre, graste, gris*. Ajoutez encore le mot *romanichel* qui dans l'argot parisien désigne les Bohémiens. C'est la corruption de *romané tchave*, gars bohémiens. Mais une étymologie dont je suis fier, c'est celle de *frimousse*, mine, visage, mot que tous les écoliers emploient ou employaient de mon temps. Observez d'abord que Oudin, dans son curieux dictionnaire, écrivait en 1640, *firlimousse*. Or, *firla, fila* en rommani veut dire visage, *mui* a la même signification, c'est exactement *os* des Latins.

La combinaison *firlamui* a été sur-le-champ
comprise par un Bohémien puriste, et je la crois
conforme au génie de sa langue.

En voilà assez pour donner aux lecteurs de *Carmen* une idée avantageuse de mes études sur le
rommani. Je terminerai par ce proverbe qui vient à
propos : *En retudi panda nasti abela macha*. En close
bouche, n'entre point mouche.

L'Abbé Aubain

Il est inutile de dire comment les lettres suivantes sont tombées entre nos mains. Elles nous ont paru curieuses, morales et instructives. Nous les publions sans autre changement que la suppression de certains noms propres et de quelques passages qui ne se rapportent pas à l'aventure de l'abbé Aubain.

LETTRE I

DE MADAME DE P... À MADAME DE G...

Noirmoutiers... novembre 1844.

J'ai promis de t'écrire, ma chère Sophie, et je tiens parole ; aussi bien n'ai-je rien de mieux à faire par ces longues soirées. Ma dernière lettre t'apprenait comment je me suis aperçue tout à la fois que j'avais trente ans et que j'étais ruinée. Au premier de ces malheurs, hélas ! il n'y a pas de remède. Au second, nous nous résignons assez mal, mais enfin, nous nous résignons. Pour rétablir nos affaires, il nous faut passer deux ans, pour le moins, dans le sombre manoir d'où je t'écris. J'ai été sublime. Aussitôt que j'ai su l'état de nos finances, j'ai proposé à Henri d'aller faire des économies à la campagne, et huit jours après nous étions à Noirmoutiers. Je ne te dirai rien du voyage. Il y avait bien des années que je ne m'étais trouvée pour aussi longtemps seule avec mon mari. Naturellement nous étions l'un et l'autre

d'assez mauvaise humeur ; mais comme j'étais parfaitement résolue à faire bonne contenance, tout
s'est bien passé. Tu connais mes grandes *résolutions*,
et tu sais si je les tiens. Nous voilà installés. Par
exemple, Noirmoutiers, pour le pittoresque, ne
laisse rien à désirer. Des bois, des falaises, la mer à
un quart de lieue. Nous avons quatre grosses tours
dont les murs ont quinze pieds d'épaisseur. J'ai fait
un cabinet de travail dans l'embrasure d'une
fenêtre. Mon salon, de soixante pieds de long, est
décoré d'une tapisserie à *personnages de bêtes* ; il est
vraiment magnifique, éclairé par huit bougies : c'est
l'illumination du dimanche. Je meurs de peur toutes
les fois que j'y passe après le soleil couché. Tout cela
est meublé fort mal, comme tu le penses bien. Les
portes ne joignent pas, les boiseries craquent, le vent
siffle et la mer mugit de la façon la plus lugubre du
monde. Pourtant je commence à m'y habituer. Je
range, je répare, je plante ; avant les grands froids je
me serai fait un campement tolérable. Tu peux être
assurée que ta tour sera prête pour le printemps.
Que ne puis-je déjà t'y tenir ! Le mérite de Noirmoutiers, c'est que nous n'avons pas de voisins. Solitude
complète. Je n'ai d'autres visiteurs, grâce à Dieu,
que mon curé, l'abbé Aubain. C'est un jeune homme
fort doux, bien qu'il ait des sourcils arqués et bien
fournis, et de grands yeux noirs comme un traître de
mélodrame. Dimanche dernier, il nous a fait un
sermon, pas trop mal pour un sermon de province,
et qui venait comme de cire : « Que le malheur était
un bienfait de la Providence pour épurer nos âmes. »
Soit ! A ce compte, nous devons des remercîments à
cet honnête agent de change qui a bien voulu nous
épurer en nous emportant notre fortune. Adieu, ma
chère amie. Mon piano arrive avec force caisses. Je
vais voir à faire ranger tout cela.

P.-S. Je rouvre ma lettre pour te remercier de ton
envoi. Tout cela est trop beau. Beaucoup trop beau

pour Noirmoutiers. La capote grise me plaît. J'ai reconnu ton goût. Je la mettrai dimanche pour la messe ; peut-être qu'il passera un commis voyageur pour l'admirer. Mais pour qui me prends-tu avec tes romans ? Je veux être, je *suis* une personne sérieuse. N'ai-je pas de bonnes raisons ? Je vais m'instruire. A mon retour à Paris, dans trois ans d'ici (j'aurai trente-trois ans, juste ciel !), je veux être une Philaminte. Au vrai, je ne sais que te demander en fait de livres. Que me conseilles-tu d'apprendre ? l'allemand ou le latin ? Ce serait bien agréable de lire *Wilhelm Meister* dans l'original, ou les *Contes* d'Hoffmann. Noirmoutiers est le vrai lieu pour les contes fantastiques. Mais comment apprendre l'allemand à Noirmoutiers ? Le latin me plairait assez, car je trouve injuste que les hommes le sachent pour eux seuls. J'ai envie de me faire donner des leçons par mon curé...

LA MÊME À LA MÊME

Noirmoutiers... décembre 1844.

Tu as beau t'en étonner, le temps passe plus vite que tu ne crois, plus vite que je ne l'aurais cru moi-même. Ce qui soutient surtout mon courage, c'est la faiblesse de mon seigneur et maître. En vérité, les hommes sont bien inférieurs à nous. Il est d'un abattement, d'un *avvilimento* qui passe la permission. Il se lève le plus tard qu'il peut, monte à cheval ou va chasser, ou bien fait visite aux plus ennuyeuses gens du monde, notaires ou procureurs du roi qui demeurent à la ville, c'est-à-dire à six lieues d'ici. C'est quand il pleut qu'il faut le voir! Voilà huit jours qu'il a commencé les *Mauprat*, et il en est au premier volume. — « Il vaut mieux se louer soi-même que de médire d'autrui. » C'est un de tes proverbes. Je le laisse donc pour te parler de moi. L'air de la campagne me fait un bien infini. Je me porte à merveille, et quand je me regarde dans ma glace (quelle glace!), je ne me donnerais pas trente ans; et puis, je me promène beaucoup. Hier, j'ai tant fait, que Henri est venu avec moi au bord de la mer. Pendant qu'il tirait des mouettes, j'ai lu le Chant des Pirates dans le *Giaour*. Sur la grève, devant une mer houleuse, ces beaux vers semblent encore plus beaux. Notre mer ne vaut pas celle de Grèce, mais elle a sa poésie comme toutes les mers. Sais-tu ce qui me frappe dans lord Byron? c'est qu'il voit et qu'il comprend la nature. Il ne parle pas de la mer pour avoir mangé du turbot et des huîtres. Il a navigué; il a vu des tempêtes. Toutes ses descriptions sont des daguerréotypes. Pour nos poètes, la rime d'abord, puis le bon sens, s'il y a place dans le vers. Pendant que je me promenais, lisant, regardant et admirant, l'abbé Aubain — je ne sais si je t'ai parlé de mon abbé, c'est le curé de mon village — est venu me joindre. C'est un jeune prêtre qui me revient assez. Il a de l'instruction et sait « parler des choses avec les honnêtes gens ». D'ailleurs, à ses grands yeux noirs et à sa mine pâle et mélancolique, je vois bien qu'il a une histoire intéressante, et je prétends me la faire raconter. Nous avons causé mer, poésie ; et, ce qui te surprendra dans un curé de Noirmoutiers, il en parle bien. Puis il m'a menée dans les ruines d'une vieille abbaye, sur une falaise, et m'a fait voir un grand portail tout sculpté de monstres adorables. Ah ! si j'avais de l'argent, comme je réparerais tout cela ! Après, malgré les représentations de Henri, qui voulait aller dîner, j'ai insisté pour passer par le presbytère, afin de voir un reliquaire curieux que le curé a trouvé chez un paysan. C'est fort beau, en effet : un coffret en émail de Limoges, qui ferait une délicieuse cassette à mettre des bijoux. Mais quelle maison, grand Dieu ! Et nous autres, qui nous trouvons pauvres ! Figure-toi une petite chambre au rez-de-chaussée, mal dallée, peinte à la chaux, meublée d'une table et de quatre chaises, plus un fauteuil en paille avec une petite galette de coussin, rembourrée de je ne sais quels noyaux de pêche, et recouverte en toile à carreaux blancs et rouges. Sur la table, il y avait trois ou quatre grands infolio grecs ou latins. Ce sont des Pères de l'Église, et dessous, comme caché, j'ai surpris *Jocelyn*. Il a rougi. D'ailleurs, il était fort bien à faire les honneurs de son misérable taudis ; ni orgueil, ni mauvaise honte. Je soupçonnais qu'il avait son histoire romanesque. J'en ai la preuve maintenant. Dans le coffre byzantin qu'il nous a montré, il y avait un bouquet fané de cinq ou six ans au moins.

— Est-ce une relique ? lui ai-je demandé.

— Non, a-t-il répondu un peu troublé. Je ne sais comment cela se trouve là.

Puis il a pris le bouquet et l'a serré précieusement dans sa table. Est-ce clair?... Je suis rentrée au château avec de la tristesse et du courage : de la tristesse pour avoir vu tant de pauvreté ; du courage, pour supporter la mienne, qui pour lui serait une opulence asiatique. Si tu avais vu sa surprise quand Henri lui a remis vingt francs pour une femme qu'il nous recommandait! Il faut que je lui fasse un cadeau. Ce fauteuil de paille où je me suis assise est trop dur. Je veux lui donner un de ces fauteuils en fer qui se plient comme celui que j'avais emporté en Italie. Tu m'en choisiras un, et tu me l'enverras au plus vite...

LA MÊME À LA MÊME

Noirmoutiers... février 1845.

Décidément je ne m'ennuie pas à Noirmoutiers. D'ailleurs, j'ai trouvé une occupation intéressante, et c'est à mon abbé que je le dois. Mon abbé sait tout, assurément, et en outre la botanique. Je me suis rappelé les Lettres de Rousseau, en l'entendant nommer en latin un vilain oignon que, faute de mieux, j'avais mis sur ma cheminée.

— Vous savez donc la botanique?

— Fort mal, répondit-il. Assez cependant pour indiquer aux gens de ce pays les simples qui peuvent leur être utiles ; assez surtout, il faut l'avouer, pour donner quelque intérêt à mes promenades solitaires.

J'ai compris tout de suite qu'il serait très amusant de cueillir de belles fleurs dans mes courses, de les faire sécher et de les ranger proprement dans « mon vieux Plutarque à mettre des rabats ».

— Montrez-moi la botanique, lui ai-je dit.

Il voulait attendre au printemps, car il n'y a pas de fleurs dans cette vilaine saison.

— Mais vous avez des fleurs séchées, lui ai-je dit. J'en ai vu chez vous.

Je crois t'avoir parlé d'un vieux bouquet précieusement conservé. — Si tu avais vu sa mine !... Pauvre malheureux ! Je me suis repentie bien vite de mon allusion indiscrète.

Pour la lui faire oublier, je me suis hâtée de lui dire qu'il devait avoir une collection de plantes sèches. Cela s'appelle un herbier. Il en est convenu aussitôt ; et, dès le lendemain, il m'apportait dans un

ballot de papier gris, force jolies plantes, chacune
avec son étiquette. Le cours de botanique est
commencé ; j'ai fait tout de suite des progrès éton-
nants. Mais ce que je ne savais pas, c'est l'immora-
lité de cette botanique, et la difficulté des premières
explications, surtout pour un abbé.

Tu sauras, ma chère, que les plantes se marient
tout comme nous autres, mais la plupart ont beaucoup de maris. On appelle les unes *phanérogames*, si
j'ai bien retenu ce nom barbare. C'est du grec qui
veut dire mariées publiquement, à la municipalité.
Il y a ensuite les *cryptogames*, mariages secrets. Les
champignons que tu manges se marient secrète-
ment.

Tout cela est fort scandaleux, mais il ne s'en tire
pas trop mal, mieux que moi, qui ai eu la sottise de
rire aux éclats, une fois ou deux, aux passages les
plus difficiles. Mais à présent, je suis devenue pru-
dente, et je ne fais plus de questions.

LA MÊME À LA MÊME

Noirmoutiers... février 1845.

Tu veux absolument savoir l'histoire de ce bouquet conservé si précieusement ; mais, en vérité, je n'ose la lui demander. D'abord il est plus que probable qu'il n'y a pas d'histoire là-dessous ; puis, s'il y en avait une, ce serait peut-être une histoire qu'il n'aimerait pas à raconter. Pour moi, je suis bien convaincue...

Allons ! point de menteries. Tu sais bien que je ne puis avoir de secrets avec toi. Je la sais, cette histoire, et je vais te la dire en deux mots ; rien de plus simple.

— Comment se fait-il, monsieur l'abbé, lui ai-je dit un jour, qu'avec l'esprit que vous avez, et tant d'instruction, vous vous soyez résigné à devenir le curé d'un petit village ?

Lui, avec un triste sourire :

— Il est plus facile, a-t-il répondu, d'être le pasteur de pauvres paysans que pasteur de citadins. Chacun doit mesurer sa tâche à ses forces.

— C'est pour cela, dis-je, que vous devriez être mieux placé.

— On m'avait dit, dans le temps, continua-t-il, que monseigneur l'évêque de N***, votre oncle, avait daigné jeter les yeux sur moi pour me donner la cure de Sainte-Marie : c'est la meilleure du diocèse. Ma vieille tante, la seule parente qui me soit restée, demeurant à N***, on disait que c'était pour moi une situation fort désirable. Mais je suis bien ici, et j'ai appris avec plaisir que monseigneur avait fait un autre choix. Que me faut-il? Ne suis-je pas heureux à Noirmoutiers? Si j'y fais un peu de bien, c'est ma place; je ne dois pas la quitter. Et puis la ville me rappelle...

Il s'arrêta, les yeux mornes et distraits; puis, reprenant tout à coup :

— Nous ne travaillons pas, dit-il, et notre botanique?...

Je ne pensais guère alors au vieux foin épars sur la table et je continuai les questions.

— Quand êtes-vous entré dans les ordres?

— Il y a neuf ans.

— Neuf ans... mais il me semble que vous deviez avoir déjà l'âge où l'on a une profession? Je ne sais, mais je me suis toujours figuré que ce n'est pas une vocation de jeunesse qui vous a conduit à vous faire prêtre.

— Hélas! non, dit-il d'un air honteux; mais si ma vocation a été bien tardive, si elle a été déterminée par des causes... par une cause...

Il s'embarrassait et ne pouvait achever. Moi, je pris mon grand courage.

— Gageons, lui dis-je, que certain bouquet que j'ai vu était pour quelque chose dans cette détermination-là.

A peine l'impertinente question était-elle lâchée, que je me mordais la langue pour l'avoir poussée de la sorte; mais il n'était plus temps.

— Eh bien! oui, madame, c'est vrai; je vous dirai tout cela, mais pas à présent... Une autre fois. Voici l'Angélus qui va sonner.

Et il était parti avant le premier coup de cloche.

Je m'attendais à quelque histoire terrible. Il revint le lendemain et ce fut lui qui reprit notre conversation de la veille. Il m'avoua qu'il avait aimé une jeune personne de N***; mais elle avait peu de fortune, et lui, étudiant, n'avait d'autre ressource que son esprit... Il lui dit :

— Je pars pour Paris, où j'espère obtenir une

place; mais vous, pendant que je travaillerai jour et nuit pour me rendre digne de vous, ne m'oublierez-vous pas?

La jeune personne avait seize ou dix-sept ans et était fort romanesque. Elle lui donna son bouquet en signe de sa foi. Un an après, il apprenait son mariage avec le notaire de N***, précisément comme il allait avoir une chaire dans un collège. Ce coup l'accabla, il renonça à poursuivre le concours. Il dit que pendant des années il n'a pu penser à autre chose; et en se rappelant cette aventure si simple, il paraissait aussi ému que si elle venait de lui arriver. Puis, tirant le bouquet de sa poche :

— C'était un enfantillage de le garder, dit-il, peut-être même était-ce mal.

Et il l'a jeté au feu. Lorsque les pauvres fleurs eurent cessé de craquer et de flamber, il reprit avec plus de calme :

— Je vous remercie de m'avoir demandé ce récit. C'est à vous que je dois de m'être séparé d'un souvenir qu'il ne me convenait guère de conserver.

Mais il avait le cœur gros, et l'on voyait sans peine combien le sacrifice lui avait coûté. Quelle vie, mon Dieu, que celle de ces pauvres prêtres! Les pensées les plus innocentes, ils doivent se les interdire. Ils sont obligés de bannir de leur cœur tous ces sentiments qui font le bonheur des autres hommes... jusqu'aux souvenirs qui attachent à la vie. Les prêtres nous ressemblent à nous autres, pauvres femmes : tout sentiment vif est un crime. Il n'y a de permis que de souffrir, encore pourvu qu'il n'y paraisse pas. Adieu, je me reproche ma curiosité comme une mauvaise action, mais c'est toi qui en es la cause.

(Nous omettons plusieurs lettres où il n'est plus question de l'abbé Aubain.)

LA MÊME À LA MÊME

Noirmoutiers... mai 1845.

Il y a bien longtemps que je veux t'écrire, ma chère Sophie, et je ne sais quelle mauvaise honte m'en a toujours empêchée. Ce que j'ai à te dire est si étrange, si ridicule et si triste à la fois, que je ne sais si tu en seras touchée, ou si tu en riras. Moi-même, j'en suis encore à n'y rien comprendre. Sans plus de préambule, j'en viens au fait. Je t'ai parlé plusieurs fois, dans mes lettres, de l'abbé Aubain, le curé de notre village de Noirmoutiers. Je t'ai même conté certaine aventure qui a été la cause de sa profession. Dans la solitude où je vis, et avec les idées assez tristes que tu me connais, la société d'un homme d'esprit, instruit, aimable, m'était extrêmement précieuse. Probablement, je lui ai laissé voir qu'il m'intéressait, et au bout de fort peu de temps il était chez nous comme un ancien ami. C'était, je l'avoue, un plaisir tout nouveau pour moi de causer avec un homme supérieur dont l'ignorance du monde faisait valoir la distinction d'esprit. Peut-être encore, car il faut te dire tout, et ce n'est pas à toi que je puis cacher quelque défaut de mon caractère, peut-être encore ma *naïveté* de coquetterie (c'est ton mot), que tu m'as souvent reprochée, s'est-elle exercée à mon insu. J'aime à plaire aux gens qui me plaisent, je veux être aimée de ceux que j'aime... A cet exorde, je te vois ouvrant de grands yeux, et il me semble t'entendre dire : « Julie !... » Rassure-toi, ce n'est pas à mon âge que l'on commence à faire des folies. Mais je continue. Une sorte d'intimité s'est établie entre

nous, sans que jamais, je me hâte de le dire, il ait
rien dit ou fait qui ne convînt au caractère sacré dont
il est revêtu. Il se plaisait chez moi. Nous causions
souvent de sa jeunesse, et plus d'une fois j'ai eu le
tort de mettre sur le tapis cette romanesque passion
qui lui a valu un bouquet (maintenant en cendres
dans ma cheminée) et la triste robe qu'il porte. Je
n'ai pas tardé à m'apercevoir qu'il ne pensait plus
guère à son infidèle. Un jour il l'avait rencontrée à la
ville, et même lui avait parlé. Il me raconta tout
cela, à son retour, et me dit sans émotion qu'elle
était heureuse et qu'elle avait de charmants enfants.
Le hasard l'a rendu témoin de quelques-unes des
impatiences de Henri. De là des confidences en
quelque sorte forcées de ma part, et de la sienne un
redoublement d'intérêt. Il connaît mon mari comme
s'il l'avait pratiqué dix ans. D'ailleurs, il était aussi
bon conseiller que toi, et plus impartial, car tu crois
toujours que les torts sont partagés. Lui me donnait
toujours raison, mais en me recommandant la prudence et la politique. En un mot, il se montrait un
ami dévoué. Il y a en lui quelque chose de féminin
qui me charme. C'est un esprit qui me rappelle le
tien. Un caractère exalté et ferme, sensible et
concentré, fanatique du devoir... Je couds des
phrases les unes aux autres pour retarder l'explication. Je ne puis parler franc ; ce papier m'intimide.
Que je voudrais te tenir au coin du feu, avec un petit
métier entre nous deux, brodant à la même portière !
— Enfin, enfin, ma Sophie, il faut bien lâcher le
grand mot. Le pauvre malheureux était amoureux
de moi. Ris-tu, ou bien es-tu scandalisée ? Je voudrais te voir en ce moment. Il ne m'a rien dit, bien
entendu, mais nous ne nous trompons guère, et ses
grands yeux noirs !... Pour le coup, je crois que tu ris.
— Que de lions voudraient avoir ces yeux-là qui
parlent sans le vouloir ! J'ai vu tant de ces messieurs
qui voulaient faire parler les leurs et qui ne disaient
que des bêtises. — Lorsque j'ai reconnu l'état du

malade, la malignité de ma nature, je te l'avouerai, s'en est presque réjouie d'abord. Une conquête à mon âge, une conquête innocente comme celle-là!... C'est quelque chose que d'exciter une telle pssion, un amour impossible!... Fi donc! ce vilain sentiment m'a passé bien vite. — Voilà un galant homme, me suis-je dit, dont mon étourderie ferait le malheur. C'est horrible, il faut absolument que cela finisse. Je cherchais dans ma tête comment je pourrais l'éloigner. Un jour, nous nous promenions sur la grève, à marée basse. Il n'osait me dire un mot, et moi j'étais embarrassée aussi. Il y avait de mortels silences de cinq minutes, pendant lesquels, pour me faire une contenance, je ramassais des coquilles. Enfin, je lui dis :

— Mon cher abbé, il faut absolument qu'on vous donne une meilleure cure que celle-ci. J'écrirai à mon oncle l'évêque; j'irai le voir s'il le faut.

— Quitter Noirmoutiers! s'écria-t-il en joignant les mains; mais j'y suis si heureux! Que puis-je désirer depuis que vous êtes ici? Vous m'avez comblé, et mon petit presbytère est devenu un palais.

— Non, repris-je, mon oncle est bien vieux; si j'avais le malheur de le perdre, je ne saurais à qui m'adresser pour vous faire obtenir un poste convenable.

— Hélas! madame, j'aurais tant de regret à quitter ce village!... Le curé de Sainte-Marie est mort... mais ce qui me rassure, c'est qu'il sera remplacé par l'abbé Raton. C'est un bien digne prêtre, et je m'en réjouis; car si monseigneur avait pensé à moi...

— Le curé de Sainte-Marie est mort! m'écriai-je. Je vais aujourd'hui à N***, voir mon oncle.

— Ah! madame, n'en faites rien. L'abbé Raton est bien plus digne que moi; et puis, quitter Normoutiers!...

— Monsieur l'abbé, dis-je d'un ton ferme, *il le faut*!

A ce mot, il baissa la tête et n'osa plus résister. Je revins presque en courant au château. Il me suivait à deux pas en arrière, le pauvre homme, si troublé, qu'il n'osait pas ouvrir la bouche. Il était anéanti. Je n'ai pas perdu une minute. A huit heures, j'étais chez mon oncle. Je l'ai trouvé fort prévenu pour son Raton ; mais il m'aime, et je sais mon pouvoir. Enfin, après de longs débats, j'ai obtenu ce que je voulais. Le Raton est évincé, et l'abbé Aubain est curé de Sainte-Marie. Depuis deux jours il est à la ville. Le pauvre homme a compris mon : *Il le faut*. Il m'a remerciée gravement, et n'a parlé que de sa reconnaissance. Je lui ai su gré de quitter Noirmoutiers au plus vite et de me dire même qu'il avait hâte d'aller remercier Monseigneur. En partant, il m'a envoyé son joli coffret byzantin, et m'a demandé la permission de m'écrire quelquefois. Eh bien ! ma belle ? *Es-tu content, Coucy ?* — C'est une leçon. Je ne l'oublierai pas quand je reviendrai dans le monde. Mais alors j'aurai trente-trois ans, et je n'aurai guère à craindre d'être aimée... et d'un amour comme celui-là !... — Certes, cela est impossible. — N'importe, de toute cette folie, il me reste un joli coffret et un ami véritable. Quand j'aurai quarante ans, quand je serai grand-mère, j'intriguerai pour que l'abbé Aubain ait une cure à Paris. Tu le verras, ma chère, et c'est lui qui fera faire la première communion à ta fille.

L'ABBÉ AUBAIN À L'ABBÉ BRUNEAU,
PROFESSEUR DE THÉOLOGIE
À SAINT-A***

N***, mai 1845.

Mon cher maître, c'est le curé de Sainte-Marie qui vous écrit, non plus l'humble desservant de Noirmoutiers. J'ai quitté mes marécages et me voilà citadin, installé dans une belle cure, dans la grande rue de N***, curé d'une grande église, bien bâtie, bien entretenue, magnifique d'architecture, dessinée dans tous les albums de France. La première fois que j'y ai dit la messe, devant un autel de marbre, tout resplendissant de dorures, je me suis demandé si c'était bien moi. Rien de plus vrai. Une de mes joies, c'est de penser qu'aux vacances prochaines vous viendrez me faire visite ; que j'aurai une bonne chambre à vous donner, un bon lit, sans parler de certain bordeaux, que j'appelle mon bordeaux de Noirmoutiers, et qui, j'ose le dire, est digne de vous. Mais, me demanderez-vous, comment de Noirmoutiers à Sainte-Marie ? Vous m'avez laissé à l'entrée de la nef, vous me retrouvez au clocher.

O Meliboee, deus nobis haec otia fecit.

Mon cher maître, la Providence a conduit à Noirmoutiers une grande dame de Paris, que des malheurs, comme il ne nous en arrivera jamais, ont réduite momentanément à vivre avec dix mille écus par an. C'est une aimable et bonne personne, malheureusement un peu gâtée par des lectures frivoles et par la compagnie des freluquets de la capitale. S'ennuyant à périr avec un mari dont elle a médio-

crement à se louer, elle m'a fait l'honneur de me
prendre en affection. C'étaient des cadeaux sans fin,
des invitations continuelles, puis chaque jour quelque nouveau projet où j'étais nécessaire. « L'abbé, je
veux apprendre le latin... L'abbé, je veux apprendre
la botanique. » *Horresco referens*, n'a-t-elle pas voulu
que je lui montrasse la théologie ? Où étiez-vous,
mon cher maître ? Bref, pour cette soif d'instruction
il eût fallu tous nos professeurs de Saint-A***. Heureusement ses fantaisies ne duraient guère, et rarement le cours se prolongeait jusqu'à la troisième
leçon. Lorsque je lui avais dit qu'en latin *rosa* veut
dire *rose* : « Mais, l'abbé, s'écria-t-elle, vous êtes un
puits de science ! Comment vous êtes-vous laissé
enterrer à Noirmoutiers ? » S'il faut tout vous dire,
mon cher maître, la bonne dame, à force de lire de
ces méchants livres qu'on fabrique aujourd'hui,
s'était mis en tête des idées bien étranges. Un jour
elle me prêta un ouvrage qu'elle venait de recevoir
de Paris et qui l'avait transportée, *Abélard*, par M. de
Rémusat. Vous l'aurez lu, sans doute, et aurez
admiré les savantes recherches de l'auteur, malheureusement dirigées dans un mauvais esprit. Moi,
j'avais d'abord sauté au second volume, à la *Philo-
sophie d'Abélard*, et c'est après l'avoir lu avec le plus
vif intérêt que je revins au premier, à la vie du grand
hérésiarque. C'était, bien entendu, tout ce que ma
grande dame avait daigné lire. Mon cher maître,
cela m'ouvrit les yeux. Je compris qu'il y avait
danger dans la compagnie des belles dames tant
amoureuses de science. Celle-ci rendrait des points à
Héloïse pour l'exaltation. Une situation si nouvelle
pour moi m'embarrassait fort, lorsque tout d'un
coup elle me dit : « L'abbé, il me faut que vous soyez
curé de Sainte-Marie ; le titulaire est mort. *Il le
faut !* » Aussitôt, elle monte en voiture, va trouver
Monseigneur ; et, quelques jours après j'étais curé de
Sainte-Marie, un peu honteux d'avoir obtenu ce titre
par faveur, mais au demeurant enchanté de me voir

loin des griffes d'une *lionne* de la capitale. Lionne,
mon cher maître, c'est, en patois parisien, une
femme à la mode.

Ὦ Ζεῦ, γυναικῶν οἷον ὤπασας γένος.

Fallait-il donc repousser la fortune pour braver le
péril? Quelque sot! Saint Thomas de Cantorbéry
n'accepta-t-il pas les châteaux de Henri II? Adieu,
mon cher maître, j'espère philosopher avec vous
dans quelques mois, chacun dans un bon fauteuil,
devant une poularde grasse et une bouteille de bordeaux, *more philosophorum*. *Vale et me ama*.

Il viccolo
di Madama Lucrezia

J'avais vingt-trois ans quand je partis pour Rome. Mon père me donna une douzaine de lettres de recommandation, dont une seule, qui n'avait pas moins de quatre pages, était cachetée. Il y avait sur l'adresse : « A la marquise Aldobrandi. »

— Tu m'écriras, me dit mon père, si la marquise est encore belle.

Or, depuis mon enfance, je voyais dans son cabinet, suspendu à la cheminée, le portrait en miniature d'une fort jolie femme, la tête poudrée et couronnée de lierre, avec une peau de tigre sur l'épaule. Sur le fond, on lisait : *Roma 18...* Le costume me paraissant singulier, il m'était arrivé bien des fois de demander quelle était cette dame. On me répandait :

— C'est une bacchante.

Mais cette réponse ne me satisfaisait guère ; même je soupçonnais un secret ; car, à cette question si simple, ma mère pinçait les lèvres, et mon père prenait un air sérieux.

Cette fois, en me donnant la lettre cachetée, il regarda le portrait à la dérobée ; j'en fis de même involontairement, et l'idée me vint que cette bacchante poudrée pouvait bien être la marquise Aldobrandi. Comme je commençais à comprendre les choses de ce monde, je tirai toute sorte de conclusions des mines de ma mère et du regard de mon père.

Arrivé à Rome, la première lettre que j'allai rendre fut celle de la marquise. Elle demeurait dans un beau palais près de la place Saint-Marc.

Je donnai ma lettre et ma carte à un domestique en livrée jaune qui m'introduisit dans un vaste salon, sombre et triste, assez mal meublé. Mais, dans tous les palais de Rome, il y a des tableaux de maîtres. Ce salon en contenait un assez grand nombre, dont plusieurs fort remarquables.

Je distinguai tout d'abord un portrait de femme qui me parut être un Léonard de Vinci. A la richesse du cadre, au chevalet de palissandre sur lequel il était posé, on ne pouvait douter que ce ne fût le morceau capital de la collection. Comme la marquise ne venait pas, j'eus tout le loisir de l'examiner. Je le portai même près d'une fenêtre afin de le voir sous un jour plus favorable. C'était évidemment un portrait, non une tête de fantaisie, car on n'invente pas de ces physionomies-là : une belle femme avec les lèvres un peu grosses, les sourcils presque joints, le regard altier et caressant tout à la fois. Dans le fond, on voyait son écusson, surmonté d'une couronne ducale. Mais ce qui me frappa le plus, c'est que le costume, à la poudre près, était le même que celui de la bacchante de mon père.

Je tenais encore le portrait à la main quand la marquise entra.

— Juste comme son père! s'écria-t-elle en s'avançant vers moi. Ah! les Français! les Français! A peine arrivé, et déjà il s'empare de *Madame Lucrèce*.

Je m'empressai de faire mes excuses pour mon indiscrétion, et je me jetai dans des éloges à perte de vue sur le chef-d'œuvre de Léonard que j'avais eu la témérité de déplacer.

— C'est en effet un Léonard, dit la marquise, et c'est le portrait de la trop fameuse Lucrèce Borgia. De tous mes tableaux, c'est celui que votre père admirait le plus... Mais, bon Dieu! quelle ressemblance! Je crois voir votre père comme il était il y a vingt-cinq ans. Comment se porte-t-il? Que fait-il? Ne viendra-t-il pas nous voir un jour à Rome?

Bien que la marquise ne portât ni poudre ni peau de

tigre, du premier coup d'œil, par la force de mon génie, je reconnus en elle la bacchante de mon père. Quelque vingt-cinq ans n'avaient pu faire disparaître entièrement les traces d'une grande beauté. Son expression avait changé seulement, comme sa toilette. Elle était tout en noir, et son triple menton, son sourire grave, son air solennel et radieux, m'avertissaient qu'elle était devenue dévote.

Elle me reçut, d'ailleurs, on ne peut plus affectueusement. En trois mots, elle m'offrit sa maison, sa bourse, ses amis, parmi lesquels elle me nomma plusieurs cardinaux.

— Regardez-moi, dit-elle, comme votre mère...

Elle baissa les yeux modestement.

— Votre père me charge de veiller sur vous et de vous donner des conseils.

Et, pour me prouver qu'elle n'entendait pas que sa mission fût une sinécure, elle commença sur l'heure par me mettre en garde contre les dangers que Rome pouvait offrir à un jeune homme de mon âge, et m'exhorta fort à les éviter. Je devais fuir les mauvaises compagnies, les artistes surtout, ne me lier qu'avec les personnes qu'elle me désignerait. Bref, j'eus un sermon en trois points. J'y répondis respectueusement et avec l'hypocrisie convenable.

Comme je me levais pour prendre congé :

— Je regrette, me dit-elle, que mon fils le marquis soit en ce moment dans nos terres de la Romagne, mais je veux vous présenter mon second fils, don Ottavio, qui sera bientôt un monsignor. J'espère qu'il vous plaira et que vous deviendrez amis comme vous devez l'être...

Elle ajouta précipitamment :

— Car vous êtes à peu près du même âge, et c'est un garçon doux et rangé comme vous.

Aussitôt, elle envoya chercher don Ottavio. Je vis un grand jeune homme pâle, l'air mélancolique, toujours les yeux baissés, sentant déjà son cafard.

Sans lui laisser le temps de parler, la marquise me

fit en son nom toutes les offres de service les plus aimables. Il confirmait par de grandes révérences toutes les phrases de sa mère, et il fut convenu que, dès le lendemain, il irait me prendre pour faire des courses par la ville, et me ramènerait dîner en famille au palais Aldobrandi.

J'avais à peine fait une vingtaine de pas dans la rue, lorsque quelqu'un cria derrière moi d'une voix impérieuse :

— Où donc allez-vous ainsi seul à cette heure, don Ottavio ?

Je me retournai, et vis un gros abbé qui me considérait des pieds à la tête en écarquillant les yeux.

— Je ne suis pas don Ottavio, lui dis-je.

L'abbé, me saluant jusqu'à terre, se confondit en excuses, et, un moment après, je le vis entrer dans le palais Aldobrandi. Je poursuivis mon chemin, médiocrement flatté d'avoir été pris pour un monsignor en herbe.

Malgré les avertissements de la marquise, peut-être même à cause de ses avertissements, je n'eus rien de plus pressé que de découvrir la demeure d'un peintre de ma connaissance, et je passai une heure avec lui dans son atelier à causer des moyens d'amusements, licites ou non, que Rome pouvait me fournir. Je le mis sur le chapitre des Aldobrandi.

La marquise, me dit-il, après avoir été fort légère, s'était jetée dans la haute dévotion, quand elle eut reconnu que l'âge des conquêtes était passé pour elle. Son fils aîné était une brute qui passait son temps à chasser et à encaisser l'argent que lui apportaient les fermiers de ses vastes domaines. On était en train d'abrutir le second fils, don Ottavio, dont on voulait faire un jour un cardinal. En attendant, il était livré aux Jésuites. Jamais il ne sortait seul. Défense de regarder une femme, ou de faire un pas sans avoir à ses talons un abbé qui l'avait élevé pour le service de Dieu, et qui, après avoir été le dernier *amico* de la marquise, gouvernait maintenant sa maison avec une autorité à peu près despotique.

Le lendemain, don Ottavio, suivi de l'abbé Negroni, le même qui, la veille, m'avait pris pour son pupille, vint me chercher en voiture et m'offrit ses services comme cicerone.

Le premier monument où nous nous arrêtâmes était une église. A l'exemple de son abbé, don Ottavio s'y agenouilla, se frappa la poitrine, et fit des signes de croix sans nombre. Après s'être relevé, il me montra les fresques et les statues, et m'en parla en homme de bon sens et de goût. Cela me surprit agréablement. Nous commençâmes à causer et sa conversation me plut. Pendant quelque temps nous avions parlé italien. Tout à coup, il me dit en français :

— Mon gouverneur n'entend pas un mot de votre langue. Parlons français, nous serons plus libres.

On eût dit que le changement d'idiome avait transformé ce jeune homme. Rien dans ses discours ne sentait le prêtre. Je croyais entendre un de nos libéraux de province. Je remarquai qu'il débitait tout d'un même ton de voix monotone, et que souvent ce débit contrastait étrangement avec la vivacité de ses expressions. C'était une habitude prise apparemment pour dérouter le Negroni, qui, de temps à autre, se faisait expliquer ce que nous disions. Bien entendu que nos traductions étaient des plus libres.

Nous vîmes passer un jeune homme en bas violets.

— Voilà, me dit don Ottavio, nos patriciens d'aujourd'hui. Infâme livrée ! et ce sera la mienne dans quelques mois ! Quel bonheur, ajouta-t-il après un moment de silence, quel bonheur de vivre dans un pays comme le vôtre ! Si j'étais Français, peut-être un jour deviendrais-je député !

Cette noble ambition me donna une forte envie de rire, et, notre abbé s'en étant aperçu, je fus obligé de lui expliquer que nous parlions de l'erreur d'un archéologue qui prenait pour antique une statue de Bernin.

Nous revînmes dîner au palais Aldobrandi. Presque aussitôt après le café, la marquise me demanda pardon pour son fils, obligé, par certains devoirs pieux, à se retirer dans son appartement. Je demeurai seul avec elle et l'abbé Negroni, qui, renversé dans un grand fauteuil, dormait du sommeil du juste.

Cependant, la marquise m'interrogeait en détail sur mon père, sur Paris, sur ma vie passée, sur mes projets pour l'avenir. Elle me parut aimable et bonne, mais un peu trop curieuse et surtout trop préoccupée de mon salut. D'ailleurs, elle parlait admirablement l'italien, et je pris avec elle une bonne leçon de prononciation que je me promis bien de répéter.

Je revins souvent la voir. Presque tous les matins, j'allais visiter les antiquités avec son fils et l'éternel Negroni, et, le soir, je dînais avec eux au palais Aldobrandi. La marquise recevait peu de monde, et presque uniquement des ecclésiastiques.

Une fois cependant elle me présenta à une dame allemande, nouvelle convertie et son amie intime. C'était une madame de Strahlenheim, fort belle personne établie depuis longtemps à Rome. Pendant que ces dames causaient entre elles d'un prédicateur renommé, je considérais, à la clarté de la lampe, le portrait de Lucrèce, quand je crus devoir placer mon mot.

— Quels yeux! m'écriai-je; on dirait que ces paupières vont remuer!

A cette hyperbole un peu prétentieuse que je hasardais pour m'établir en qualité de connaisseur auprès de madame de Strahlenheim, elle tressaillit d'effroi et se cacha la figure dans son mouchoir.

— Qu'avez-vous, ma chère? dit la marquise.

— Ah! rien, mais ce que monsieur vient de dire!...

On la pressa de questions, et, une fois qu'elle nous eut dit que mon expression lui rappelait une histoire effrayante, elle fut obligée de la raconter.

La voici en deux mots :

Madame de Strahlenheim avait une belle-sœur nommée Wilhelmine, fiancée à un jeune homme de Westphalie, Julius de Katzenellenbogen, volontaire

dans la division du général Kleist. Je suis bien fâché
d'avoir à répéter tant de noms barbares, mais les
histoires merveilleuses n'arrivent jamais qu'à des personnes dont les noms sont difficiles à prononcer.

Julius était un charmant garçon rempli de patriotisme et de métaphysique. En partant pour l'armée, il
avait donné son portait à Wilhelmine, et Wilhelmine
lui avait donné le sien, qu'il portait toujours sur son
cœur. Cela se fait beaucoup en Allemagne.

Le 13 septembre 1813, Wilhelmine était à Cassel,
vers cinq heures du soir, dans un salon, occupée à
tricoter avec sa mère et sa belle-sœur. Tout en travail-
lant, elle regardait le portrait de son fiancé, placé sur
une petite table à ouvrage en face d'elle. Tout à coup,
elle pousse un cri horrible, porte la main sur son cœur
et s'évanouit. On eut toutes les peines du monde à lui
faire reprendre connaissance, et, dès qu'elle put parler :

— Julius est mort ! s'écria-t-elle, Julius est tué !

Elle affirma, et l'horreur peinte sur tous ses traits
prouvait assez sa conviction, qu'elle avait vu le portrait fermer les yeux et qu'au même instant elle avait
senti une douleur atroce, comme si un fer rouge lui
traversait le cœur.

Chacun s'efforça inutilement de lui démontrer que
sa vision n'avait rien de réel et qu'elle n'y devait
attacher aucune importance. La pauvre enfant était
inconsolable ; elle passait la nuit dans les larmes, et, le
lendemain, elle voulut s'habiller de deuil, comme
assuré déjà du malheur qui lui avait été révélé.

Deux jours après, on reçut la nouvelle de la sanglante bataille de Leipzig. Julius écrivait à sa fiancée
un billet daté du 13 à trois heures de l'après-midi. Il
n'avait pas été blessé, s'était distingué et venait
d'entrer à Leipzig, où il comptait passer la nuit avec le
quartier général, éloigné par conséquent de tout danger. Cette lettre si rassurante ne put calmer Wilhelmine, qui, remarquant qu'elle était datée de trois
heures, persistait à croire que son amant était mort à
cinq.

L'infortunée ne se trompait pas. On sut bientôt que Julius, chargé de porter un ordre, était sorti de Leipzig, à quatre heures et demie, et qu'à trois quarts de lieue de la ville, au-delà de l'Elster, un traînard de l'armée ennemie, embusqué dans un fossé, l'avait tué d'un coup de feu. La balle, en lui perçant le cœur, avait brisé le portrait de Wilhelmine.

— Et qu'est devenue cette pauvre jeune personne ? demandai-je à madame de Strahlenheim.

— Oh ! elle a été bien malade. Elle est mariée maintenant à M. le conseiller de justice de Werner, et, si vous alliez à Dessau, elle vous montrerait le portrait de Julius.

— Tout cela se fait par l'entremise du diable, dit l'abbé, qui n'avait dormi que d'un œil pendant l'histoire de madame de Strahlenheim. Celui qui faisait parler les oracles des païens peut bien faire mouvoir les yeux d'un portrait quand bon lui semble. Il n'y a pas vingt ans qu'à Tivoli, un Anglais a été étranglé par une statue.

— Par une statue ! m'écriai-je ; et comment cela ?

— C'était un milord qui avait fait des fouilles à Tivoli. Il avait trouvé une statue d'impératrice, Agrippine, Messaline..., peu importe. Tant il y a qu'il la fit porter chez lui, et qu'à force de la regarder et de l'admirer, il en devint fou. Tous ces messieurs protestants le sont déjà plus qu'à moitié. Il l'appelait sa femme, sa milady, et l'embrassait, tout de marbre qu'elle était. Il disait que la statue s'animait tous les soirs à son profit. Si bien qu'un matin on trouva mon milord roide mort dans son lit. Eh bien, le croiriez-vous ? Il s'est rencontré un autre Anglais pour acheter cette statue. Moi, j'en aurais fait faire de la chaux.

Quand on a entamé une fois le chapitre des aventures surnaturelles, on ne s'arrête plus. Chacun avait son histoire à raconter. Je fis ma partie moi-même dans ce concert de récits effroyables ; en sorte qu'au moment de nous séparer, nous étions tous passablement émus et pénétrés de respect pour le pouvoir du diable.

Je regagnai à pied mon logement, et, pour tomber dans la rue du Corso, je pris une petite ruelle tortueuse par où je n'étais point encore passé. Elle était déserte. On ne voyait que de longs murs de jardins, ou quelques chétives maisons dont pas une n'était éclairée. Minuit venait de sonner ; le temps était sombre. J'étais au milieu de la rue, marchant assez vite, quand j'entendis au-dessus de ma tête un petit bruit, un *st !* et, au même instant, une rose tomba à mes pieds. Je levai les yeux, et, malgré l'obscurité, j'aperçus une femme vêtue de blanc, à une fenêtre, le bras étendu vers moi. Nous autres, Français, nous sommes fort avantageux en pays étranger, et nos pères, vainqueurs de l'Europe, nous ont bercés de traditions flatteuses pour l'orgueil national. Je croyais pieusement à l'inflammabilité des dames allemandes, espagnoles et italiennes à la seule vue d'un Français. Bref, à cette époque, j'étais encore bien de mon pays, et, d'ailleurs, la rose ne parlait-elle pas clairement ?

— Madame, dis-je à voix basse, en ramassant la rose, vous avez laissé tomber votre bouquet...

Mais déjà la femme avait disparu, et la fenêtre s'était fermée sans faire le moindre bruit. Je fis ce que tout autre eût fait à ma place. Je cherchai la porte la plus proche ; elle était à deux pas de la fenêtre ; je la trouvai, et j'attendis qu'on vînt me l'ouvrir. Cinq minutes se passèrent dans un profond silence. Alors, je toussai, puis je grattai doucement ; mais la porte ne s'ouvrit pas. Je l'examinai avec plus d'attention, espérant trouver une clef ou un loquet ; à ma grande surprise, j'y trouvai un cadenas.

— Le jaloux n'est donc pas rentré, me dis-je.

Je ramassai une petite pierre et la jetai contre la fenêtre. Elle rencontra un contrevent de bois et retomba à mes pieds.

— Diable ! pensai-je, les dames romaines se figurent donc qu'on a des échelles dans sa poche ? On ne m'avait pas parlé de cette coutume.

J'attendis encore plusieurs minutes tout aussi inu-

tilement. Seulement, il me sembla une ou deux fois
voir trembler légèrement le volet, comme si de l'intérieur on eût voulu l'écarter, pour voir dans la rue. Au
bout d'un quart d'heure, ma patience étant à bout,
j'allumai un cigare, et je poursuivis mon chemin, non
sans avoir bien reconnu la situation de la maison au
cadenas.

Le lendemain, en réfléchissant à cette aventure, je
m'arrêtai aux conclusions suivantes : Une jeune dame
romaine, probablement d'une grande beauté, m'avait
aperçu dans mes courses par la ville, et s'était éprise
de mes faibles attraits. Si elle ne m'avait déclaré sa
flamme que par le don d'une fleur mystérieuse, c'est
qu'une honnête pudeur l'avait retenue, ou bien qu'elle
avait été dérangée par la présence de quelque duègne,
peut-être par un maudit tueur comme le Bartolo de
Rosine. Je résolus d'établir un siège en règle devant la
maison habitée par cette infante.

Dans ce beau dessein, je sortis de chez moi après
avoir donné à mes cheveux un coup de brosse conqué-
rant. J'avais mis ma redingote neuve et des gants
jaunes. En ce costume, le chapeau sur l'oreille, la rose
fanée à la boutonnière, je me dirigeai vers la rue dont
je ne savais pas encore le nom, mais que je n'eus pas
de peine à découvrir. Un écriteau au-dessus d'une
madone m'apprit qu'on l'appelait *il viccolo di
Madama Lucrezia*.

Ce nom m'étonna. Aussitôt, je me rappelai le portrait de Léonard de Vinci, et les histoires de pressenti-
ments et de diableries que, la veille, on avait racontées
chez la marquise. Puis je pensai qu'il y avait des
amours prédestinées dans le ciel. Pourquoi mon objet
ne s'appellerait-il pas Lucrèce ? Pourquoi ne ressem-
blerait-il pas à la Lucrèce de la galerie Aldobrandi ?

Il faisait jour, j'étais à deux pas d'une charmante
personne et nulle pensée sinistre n'avait part à l'émotion que j'éprouvais.

J'étais devant la maison. Elle portait le n° 13. Mauvais augure... Hélas ! elle ne répondait guère à l'idée

que je m'en étais faite pour l'avoir vue la nuit. Ce n'était pas un palais, tant s'en faut. Je voyais un enclos de murs noircis par le temps et couverts de mousse, derrière lesquels passaient des branches de quelques arbres à fruits mal échenillés. Dans un angle de l'enclos s'élevait un pavillon à un seul étage, ayant deux fenêtres sur la rue, toutes les deux fermées par de vieux contrevents garnis à l'extérieur de nombreuses bandes de fer. La porte était basse, surmontée d'un écusson effacé, fermée comme la veille d'un gros cadenas attaché d'une chaîne. Sur cette porte on lisait, écrit à la craie : *Maison à vendre ou à louer.*

Pourtant, je ne m'étais pas trompé. De ce côté de la rue, les maisons étaient assez rares pour que toute confusion fût impossible. C'était bien mon cadenas, et, qui plus est, deux feuilles de rose sur le pavé, près de la porte, indiquaient le lieu précis où j'avais reçu la déclaration par signes de ma bien-aimée, et prouvaient qu'on ne balayait guère le devant de sa maison.

Je m'adressai à quelques pauvres gens du voisinage pour savoir où logeait le gardien de cette mystérieuse demeure.

— Ce n'est pas ici, me répondait-on brusquement.

Il semblait que ma question déplût à ceux que j'interrogeais et cela piquait d'autant plus ma curiosité. Allant de porte en porte, je finis par entrer dans une espèce de cave obscure, où se tenait une vieille femme qu'on pouvait soupçonner de sorcellerie, car elle avait un chat noir et faisait cuire je ne sais quoi dans une chaudière.

— Vous voulez voir la maison de madame Lucrèce ? dit-elle, c'est moi qui en ai la clef.

— Eh bien, montrez-la-moi.

— Est-ce que vous voudriez la louer ? demanda-t-elle en souriant d'un air de doute.

— Oui, si elle me convient.

— Elle ne vous conviendra pas. Mais, voyons, me donnerez-vous un paul si je vous la montre ?

— Très volontiers.

Sur cette assurance, elle se leva prestement de son escabeau, décrocha de la muraille une clef toute rouillée et me conduisit devant le n° 13.

— Pourquoi, lui dis-je, appelle-t-on cette maison, la maison de Lucrèce ?

Alors, la vieille en ricanant :

— Pourquoi, dit-elle, vous appelle-t-on étranger ? N'est-ce pas parce que vous êtes étranger ?

— Bien ; mais qui était cette madame Lucrèce ? Était-ce une dame de Rome ?

— Comment ! vous venez à Rome, et vous n'avez pas entendu parler de madame Lucrèce ! Quand nous serons entrés, je vous conterai son histoire. Mais voici bien une autre diablerie ! Je ne sais ce qu'a cette clef, elle ne tourne pas. Essayez vous-même.

En effet le cadenas et la clef ne s'étaient pas vus depuis longtemps. Pourtant, au moyen de trois jurons et d'autant de grincements de dents, je parvins à faire tourner la clef ; mais je déchirai mes gants jaunes et me disloquai la paume de la main. Nous entrâmes dans un passage obscur qui donnait accès à plusieurs salles basses.

Les plafonds, curieusement lambrissés, étaient couverts de toiles d'araignée, sous lesquelles on distinguait à peine quelques traces de dorure. A l'odeur de moisi qui s'exhalait de toutes les pièces, il était évident que, depuis longtemps, elles étaient inhabitées. On n'y voyait pas un seul meuble. Quelques lambeaux de vieux cuir pendaient le long des murs salpêtrés. D'après les sculptures de quelques consoles et la forme des cheminées, je conclus que la maison datait du xve siècle, et il est probable qu'autrefois elle avait été décorée avec quelque élégance. Les fenêtres, à petits carreaux, la plupart brisés, donnaient sur le jardin, où j'aperçus un rosier en fleur, avec quelques arbres fruitiers et quantité de broccoli.

Après avoir parcouru toutes les pièces du rez-de-chaussée, je montai à l'étage supérieur, où j'avais vu mon inconnue. La vieille essaya de me retenir, en me disant qu'il n'y avait rien à voir et que l'escalier était fort mauvais. Me voyant entêté, elle me suivit, mais avec une répugnance marquée. Les chambres de cet étage ressemblaient fort aux autres; seulement, elles étaient moins humides; le plancher et les fenêtres étaient aussi en meilleur état. Dans la dernière pièce où j'entrai, il y avait un large fauteuil en cuir noir, qui, chose étrange, n'était pas couvert de poussière. Je m'y assis, et, le trouvant commode pour écouter une histoire, je priai la vieille de me raconter celle de madame Lucrèce; mais auparavant, pour lui rafraîchir la mémoire, je lui fis présent de quelques pauls. Elle toussa, se moucha et commença de la sorte:

— Du temps des païens, Alexandre était empereur, il avait une fille belle comme le jour, qu'on appelait madame Lucrèce. Tenez la voilà!...

Je me retournai vivement. La vieille me montrait une console sculptée qui soutenait la maîtresse poutre de la salle. C'était une sirène fort grossièrement exécutée.

— Dame, reprit la vieille, elle aimait à s'amuser. Et, comme son père aurait pu y trouver à redire, elle s'était fait bâtir cette maison où nous sommes.

« Toutes les nuits, elle descendait du Quirinal et venait ici pour se divertir. Elle se mettait à cette fenêtre, et, quand il passait par la rue un beau cavalier comme vous voilà, monsieur, elle l'appelait; s'il était bien reçu, je vous le laisse à penser. Mais les hommes sont babillards, au moins quelques-uns, et ils auraient pu lui faire du tort en jasant. Aussi y mettait-elle bon ordre. Quand elle avait dit adieu au galant, ses estafiers se tenaient dans l'escalier par où nous sommes montés. Ils vous le dépêchaient, puis vous l'enterraient dans ces carrés de broccoli. Allez! on y en a trouvé des ossements, dans ce jardin!

« Ce manège-là dura bien quelque temps. Mais voilà qu'un soir son frère, qui s'appelait Sisto Tarquino, passe sous sa fenêtre. Elle ne le reconnaît pas. Elle l'appelle. Il monte. La nuit tous chats sont gris. Il en fut de celui-là comme des autres. Mais il avait oublié son mouchoir, sur lequel il y avait son nom écrit.

« Elle n'eut pas plus tôt vu la méchanceté qu'ils avaient faite, que le désespoir la prend. Elle défait vite sa jarretière et se pend à cette solive-là. Eh bien, en voilà un exemple pour la jeunesse ! »

Pendant que la vieille confondait ainsi tous les temps, mêlant les Tarquins aux Borgias, j'avais les yeux fixés sur le plancher. Je venais d'y découvrir quelques pétales de rose encore frais, qui me donnaient fort à penser.

— Qui est-ce qui cultive ce jardin ? demandai-je à la vieille.

— C'est mon fils, monsieur, le jardinier de M. Vanozzi, celui à qui est le jardin d'à côté. M. Vanozzi est toujours dans la Maremme ; il ne vient guère à Rome. Voilà pourquoi le jardin n'est pas très bien entretenu. Mon fils est avec lui. Et je crains qu'ils ne reviennent pas de sitôt, ajouta-t-elle en soupirant.

— Il est donc fort occupé avec M. Vanozzi ?

— Ah ! c'est un drôle d'homme qui l'occupe à trop de choses... Je crains qu'il ne se passe de mauvaises affaires... Ah ! mon pauvre fils !

Elle fit un pas vers la porte comme pour rompre la conversation.

— Personne n'habite donc ici ? repris-je en l'arrêtant.

— Personne au monde.

— Et pourquoi cela ?

Elle haussa les épaules.

— Écoutez, lui dis-je en lui présentant une piastre, dites-moi la vérité. Il y a une femme qui vient ici.

— Une femme, divin Jésus !

— Oui, je l'ai vue hier au soir. Je lui ai parlé.

— Sainte Madone ! s'écria la vieille en se précipitant vers l'escalier. C'était donc madame Lucrèce ? Sortons, sortons, mon bon monsieur ! On m'avait bien dit qu'elle revenait la nuit, mais je n'ai pas voulu vous

le dire, pour ne pas faire de tort au propriétaire, parce
que je croyais que vous aviez envie de louer.

Il me fut impossible de la retenir. Elle avait hâte de
quitter la maison, pressée, disait-elle, d'aller porter un
cierge à la plus proche église.

Je sortis moi-même et la laissai aller, désespérant
d'en apprendre davantage.

On devine bien que je ne contai pas mon histoire au
palais Aldobrandi : la marquise était trop prude, don
Ottavio trop exclusivement occupé de politique pour
être de bon conseil dans une amourette. Mais j'allai
trouver mon peintre, qui connaissait tout à Rome,
depuis le cèdre jusqu'à l'hysope, et je lui demandai ce
qu'il en pensait.

— Je pense, dit-il, que vous avez vu le spectre de
Lucrèce Borgia. Quel danger vous avez couru ! si
dangereuse de son vivant, jugez un peu ce qu'elle doit
être maintenant qu'elle est morte ! Cela fait trembler.

— Plaisanterie à part, qu'est-ce que cela peut être ?

— C'est-à-dire que monsieur est athée et philosophe et ne croit pas aux choses les plus respectables.
Fort bien ; alors, que dites-vous de cette autre hypothèse ? Supposons que la vieille prête sa maison à des
femmes capables d'appeler les gens qui passent dans
la rue. On a vu des vieilles assez dépravées pour faire
ce métier-là.

— A merveille, dis-je ; mais j'ai donc l'air d'un saint
pour que la vieille ne m'ait pas fait d'offres de services.
Cela m'offense. Et puis, mon cher, rappelez-vous
l'ameublement de la maison. Il faudrait avoir le
diable au corps pour s'en contenter.

— Alors, c'est un revenant à n'en plus douter. Attendez donc ! encore une dernière hypothèse. Vous vous
serez trompé de maison. Parbleu ! j'y pense : près d'un
jardin ! petite porte basse ?... Eh bien, c'est ma grande
amie la Rosina. Il n'y a pas dix-huit mois qu'elle
faisait l'ornement de cette rue. Il est vrai qu'elle est
devenue borgne, mais c'est un détail... Elle a encore
un très beau profil.

Toutes ces explications ne me satisfaisaient point. Le soir venu, je passai lentement devant la maison de Lucrèce. Je ne vis rien. Je repassai, pas davantage. Trois ou quatre soirs de suite, je fis le pied de grue sous ses fenêtres en revenant du palais Aldobrandi, toujours sans succès. Je commençais à oublier l'habitante mystérieuse de la maison n° 13, lorsque, passant vers minuit dans le viccolo, j'entendis distinctement un petit rire de femme derrière le volet de la fenêtre, où la donneuse de bouquets m'était apparue. Deux fois j'entendis ce petit rire, et je ne pus me défendre d'une certaine terreur, quand, en même temps, je vis déboucher à l'autre extrémité de la rue une troupe de pénitents encapuchonnés, des cierges à la main, qui portaient un mort en terre. Lorsqu'ils furent passés, je m'établis en faction sous la fenêtre, mais alors je n'entendis plus rien. J'essayai de jeter des cailloux, j'appelai même plus ou moins distinctement ; personne ne parut, et une averse qui survint m'obligea de faire retraite.

J'ai honte de dire combien de fois je m'arrêtai devant cette maudite maison sans pouvoir parvenir à résoudre l'énigme qui me tourmentait. Une seule fois je passai dans le viccolo di Madama Lucrezia avec don Ottavio et son inévitable abbé.

— Voilà, dis-je, la maison de Lucrèce.

Je le vis changer de couleur.

— Oui, répondit-il, une tradition populaire, fort incertaine, veut que Lucrèce Borgia ait eu ici sa petite maison. Si ces murs pouvaient parler, que d'horreurs ils nous révéleraient ! Pourtant, mon ami, quand je compare ce temps avec le nôtre, je me prends à le regretter. Sous Alexandre VI, il y avait encore des Romains. Il n'y en a plus. César Borgia était un monstre mais un grand homme. Il voulait chasser les barbares de l'Italie, et peut-être, si son père eût vécu, eût-il accompli ce grand dessein. Ah ! que le ciel nous donne un tyran comme Borgia et qu'il nous délivre de ces despotes humains qui nous abrutissent !

Quand don Ottavio se lançait dans les régions politiques, il était impossible de l'arrêter. Nous étions à la
place du Peuple que son panégyrique du despotisme
éclairé n'était pas à sa fin. Mais nous étions à cent
lieues de ma Lucrèce à moi.

Certain soir que j'étais allé fort tard rendre mes
devoirs à la marquise, elle me dit que son fils était
indisposé et me pria de monter dans sa chambre. Je le
trouvai couché sur son lit tout habillé, lisant un journal français que je lui avais envoyé le matin soigneusement caché dans un volume des Pères de l'Église.
Depuis quelque temps, la collection des saints Pères
nous servait à ces communications qu'il fallait cacher
à l'abbé et à la marquise. Les jours de courrier de
France, on m'apportait un in-folio. J'en rendais un
autre dans lequel je glissais un journal, que me prê-
taient les secrétaires de l'ambassade. Cela donnait une
haute idée de ma piété à la marquise et à son directeur, qui parfois voulait me faire parler théologie.

Après avoir causé quelque temps avec don Ottavio,
remarquant qu'il était fort agité et que la politique
même ne pouvait captiver son attention, je lui
recommandai de se déshabiller et je lui dis adieu. Il
faisait froid et je n'avais pas de manteau. Don Ottavio
me pressa de prendre le sien ; je l'acceptai et me fis
donner une leçon dans l'art difficile de se draper en
vrai Romain.

Emmitouflé jusqu'au nez, je sortis du palais Aldobrandi. A peine avais-je fait quelques pas sur le trottoir de la place Saint-Marc, qu'un homme du peuple
que j'avais remarqué, assis sur un banc à la porte du
palais, s'approcha de moi et me tendit un papier
chiffonné.

— Pour l'amour de Dieu, dit-il, lisez ceci.

Aussitôt, il disparut en courant à toutes jambes.

J'avais pris le papier et je cherchais de la lumière
pour le lire. A la lueur d'une lampe allumée devant
une madone, je vis que c'était un billet écrit au crayon
et, comme il semblait, d'une main tremblante. Je
déchiffrai avec beaucoup de peine les mots suivants :

« Ne viens pas ce soir, ou nous sommes perdus ! On sait tout, excepté ton nom, rien ne pourra nous séparer. Ta Lucrèce. »

— Lucrèce ! m'écriai-je, encore Lucrèce ! quelle diable de mystification y a-t-il au fond de tout cela ? « Ne viens pas. » Mais, ma belle, quel chemin prend-on pour aller chez vous ?

Tout en ruminant sur le compte de ce billet, je prenais machinalement le chemin du viccolo di Madama Lucrezia, et bientôt je me trouvai en face de la maison n° 13.

La rue était aussi déserte que de coutume, et le bruit seul de mes pas troublait le silence profond qui régnait dans le voisinage. Je m'arrêtai et levai les yeux vers une fenêtre bien connue. Pour le coup, je ne me trompais pas. Le contrevent s'écartait.

Voilà la fenêtre toute grande ouverte.

Je crus voir une forme humaine qui se détachait sur le fond noir de la chambre.

— Lucrèce, est-ce vous ? dis-je à voix basse.

On ne me répondit pas, mais j'entendis un petit claquement, dont je ne compris pas d'abord la cause.

— Lucrèce, est-ce vous ? repris-je un peu plus haut.

Au même instant, je reçus un coup terrible dans la poitrine, une détonation se fit entendre, et je me trouvai étendu sur le pavé.

Une voix rauque me cria :

— De la part de la signora Lucrèce !

Et le contrevent se referma sans bruit.

Je me relevai aussitôt en chancelant, et d'abord je me tâtai, croyant me trouver un grand trou au milieu de l'estomac. Le manteau était troué, mon habit aussi, mais la balle avait été amortie par les plis du drap, et j'en étais quitte pour une forte contusion.

L'idée me vint qu'un second coup pouvait bien ne pas se faire attendre, et je me traînai aussitôt du côté de cette maison inhospitalière, rasant les murs de façon qu'on ne pût me viser.

Je m'éloignais le plus vite que je pouvais, tout haletant encore, lorsqu'un homme que je n'avais pas remarqué derrière moi me prit le bras et me demanda avec intérêt si j'étais blessé.

A la voix, je reconnus don Ottavio. Ce n'était pas le moment de lui faire des questions, quelque surpris que je fusse de le voir seul et dans la rue à cette heure de la nuit. En deux mots, je lui dis qu'on venait de me tirer un coup de feu de telle fenêtre et que je n'avais qu'une contusion.

— C'est une méprise ! s'écria-t-il. Mais j'entends venir du monde. Pouvez-vous marcher ? Je serais perdu si l'on nous trouvait ensemble. Cependant, je ne vous abandonnerai pas.

Il me prit le bras et m'entraîna rapidement. Nous marchâmes ou plutôt nous courûmes tant que je pus aller; mais bientôt force me fut de m'asseoir sur une borne pour reprendre haleine.

Heureusement, nous nous trouvions alors à peu de distance d'une grande maison où l'on donnait un bal. Il y avait quantité de voiture devant la porte. Don Ottavio alla en chercher une, me fit monter dedans et me reconduisit à mon hôtel. Un grand verre d'eau que je bus m'ayant tout à fait remis, je lui racontai en détail tout ce qui m'était arrivé devant cette maison fatale, depuis le présent d'une rose jusqu'à celui d'une balle de plomb.

Il m'écoutait la tête baissée, à moitié cachée dans une de ses mains. Lorsque je lui montrai le billet que je venais de recevoir, il s'en saisit, le lut avec avidité et s'écria encore :

— C'est une méprise ! une horrible méprise !

— Vous conviendrez, mon cher, lui dis-je, qu'elle est fort désagréable pour moi et pour vous aussi. On manque de me tuer, et l'on vous fait dix ou douze trous dans votre beau manteau. Tudieu, quels jaloux que vos compatriotes !

Don Ottavio me serrait les mains d'un air désolé, et relisait le billet sans me répondre.

— Tâchez donc, lui dis-je, de me donner quelque explication de toute cette affaire. Le diable m'emporte si j'y comprends goutte.

Il haussa les épaules.

— Au moins, repris-je, que dois-je faire ? A qui dois-je m'adresser, dans votre sainte ville, pour avoir justice de ce monsieur, qui canarde les passants sans leur demander seulement comment ils se nomment. Je vous avoue que je serais charmé de le faire pendre.

— Gardez-vous-en bien ! s'écria-t-il. Vous ne connaissez pas ce pays-ci. Ne dites mot à personne de ce qui vous est arrivé. Vous vous exposeriez beaucoup.

— Comment, je m'exposerais ? Morbleu ! je prétends bien avoir ma revanche. Si j'avais offensé le maroufle, je ne dis pas ; mais, pour avoir ramassé une rose... en conscience, je ne méritais pas une balle.

— Laissez-moi faire, dit don Ottavio ; peut-être parviendrai-je à éclaircir ce mystère. Mais je vous le demande comme une grâce, comme une preuve signalée de votre amitié pour moi, ne parlez de cela à personne au monde. Me le promettez-vous ?

Il avait l'air si triste en me suppliant, que je n'eus pas le courage de résister, et je lui promis tout ce qu'il voulut. Il me remercia avec effusion, et, après m'avoir appliqué lui-même une compresse d'eau de Cologne sur la poitrine, il me serra la main et me dit adieu.

— A propos, lui demandai-je comme il ouvrait la porte pour sortir, expliquez-moi donc comment vous vous êtes trouvé là, juste à point pour me venir en aide ?

— J'ai entendu le coup de fusil, répondit-il, non sans quelque embarras, et je suis sorti aussitôt, craignant pour vous quelque malheur.

Il me quitta précipitamment, après m'avoir de nouveau recommandé le secret.

Le matin, un chirurgien, envoyé sans doute par don Ottavio, vint me visiter. Il me prescrivit un cataplasme, mais ne fit aucune question sur la cause qui avait mêlé des violettes aux lis de mon sein. On est discret à Rome et je voulus me conformer à l'usage du pays.

Quelques jours se passèrent sans que je pusse causer librement avec don Ottavio. Il était préoccupé, encore plus sombre que de coutume, et, d'ailleurs, il me paraissait chercher à éviter mes questions. Pendant les rares moments que je passai avec lui, il ne dit pas un mot sur les hôtes étranges du viccolo di Madama Lucrezia. L'époque fixée pour la cérémonie de son ordination approchait, et j'attribuai sa mélancolie à sa répugnance pour la profession qu'on l'obligeait d'embrasser.

Pour moi, je me préparais à quitter Rome pour aller à Florence. Lorsque j'annonçai mon départ à la marquise Aldobrandi, don Ottavio me pria, sous je ne sais quel prétexte, de monter dans sa chambre.

Là, me prenant les deux mains :

— Mon cher ami, dit-il, si vous ne m'accordez la grâce que je vais vous demander, je me brûlerai certainement la cervelle, car je n'ai pas d'autre moyen de sortir de l'embarras. Je suis parfaitement résolu à ne jamais endosser le vilain habit que l'on veut me faire porter. Je veux fuir de ce pays-ci. Ce que j'ai à vous demander, c'est de m'emmener avec vous. Vous me ferez passer pour votre domestique. Il suffira d'un mot ajouté à votre passeport pour faciliter ma fuite.

J'essayai d'abord de le détourner de son dessein en lui parlant du chagrin qu'il allait causer à sa mère ; mais, le trouvant inébranlable dans sa résolution, je finis par lui promettre de le prendre avec moi, et de faire arranger mon passeport en conséquence.

— Ce n'est pas tout, dit-il. Mon départ dépend encore du succès d'une entreprise où je suis engagé. Vous voulez partir après-demain. Après demain, j'aurai réussi peut-être, et alors, je suis tout à vous.

— Seriez-vous assez fou, lui demandai-je, non sans inquiétude, pour vous être fourré dans quelque conspiration ?

— Non, répondit-il ; il s'agit d'intérêts moins graves

que le sort de ma patrie, assez graves pourtant pour
que du succès de mon entreprise dépendent ma vie et
mon bonheur. Je ne puis vous en dire davantage
maintenant. Dans deux jours, vous saurez tout.

Je commençais à m'habituer au mystère, et je me
résignai. Il fut convenu que nous partirions à trois
heures du matin et que nous ne nous arrêterions
qu'après avoir gagné le territoire toscan.

Persuadé qu'il était inutile de me coucher, devant
partir de si bonne heure, j'employai la dernière soirée
que je devais passer à Rome à faire des visites dans
toutes les maisons où j'avais été reçu. J'allai prendre
congé de la marquise, et serrer la main à son fils
officiellement et pour la forme. Je sentis qu'elle tremblait dans la mienne. Il me dit tout bas :

— En cet instant, ma vie se joue à croix ou pile.
Vous trouverez en rentrant à votre hôtel une lettre de
moi. Si à trois heures précises je ne suis pas auprès de
vous, ne m'attendez pas.

L'altération de ses traits me frappa ; mais je l'attribuai à une émotion bien naturelle de sa part, au
moment où, pour toujours peut-être, il allait se séparer de sa famille.

Vers une heure à peu près, je regagnai mon logement. Je voulus repasser encore une fois par le viccolo
di Madama Lucrezia. Quelque chose de blanc pendait
à la fenêtre où j'avais vu deux apparitions si différentes. Je m'approchai avec précaution. C'était une
corde à nœuds. Était-ce une invitation d'aller prendre
congé de la signora ? Cela en avait tout l'air, et la
tentation était forte. Je n'y cédai point pourtant, me
rappelant la promesse faite à don Ottavio, et aussi, il
faut bien le dire, la réception désagréable que m'avait
attirée, quelques jours auparavant, une témérité beaucoup moins grande.

Je poursuivis mon chemin, mais lentement, désolé
de perdre la dernière occasion de pénétrer les mystères de la maison n° 13. A chaque pas que je faisais, je
tournais la tête, m'attendant toujours à voir quelque

forme humaine monter ou descendre le long de la corde. Rien ne paraissait. J'atteignis enfin l'extrémité du viccolo; j'allais entrer dans le Corso.

— Adieu, madame Lucrèce, dis-je en ôtant mon chapeau à la maison que j'apercevais encore. Cherchez, s'il vous plaît, quelque autre que moi pour vous venger du jaloux qui vous tient emprisonnée.

Deux heures sonnaient quand je rentrai dans mon hôtel. La voiture était dans la cour, toute chargée. Un des garçons de l'hôtel me remit une lettre. C'était celle de don Ottavio, et, comme elle me parut longue, je pensai qu'il valait mieux la lire dans ma chambre, et je dis au garçon de m'éclairer.

— Monsieur, me dit-il, votre domestique que vous nous aviez annoncé, celui qui doit voyager avec monsieur...

— Eh bien, est-il venu?

— Non, monsieur...

— Il est à la poste; il viendra avec les chevaux.

— Monsieur, il est venu tout à l'heure une dame qui a demandé à parler au domestique de monsieur. Elle a voulu absolument monter chez monsieur et m'a chargé de dire au domestique de monsieur, aussitôt qu'il viendrait, que madame Lucrèce était dans votre chambre.

— Dans ma chambre? m'écriai-je en serrant avec force la rampe de l'escalier.

— Oui, monsieur. Et il paraît qu'elle part aussi, car elle m'a donné un petit paquet; je l'ai mis sur la vache.

Le cœur me battait fortement. Je ne sais quel mélange de terreur superstitieuse et de curiosité s'était emparé de moi. Je montai l'escalier marche à marche. Arrivé au premier étage (je demeurais au second), le garçon qui me précédait fit un faux pas, et la bougie qu'il tenait à la main tomba et s'éteignit. Il me demanda un million d'excuses, et descendit pour la rallumer. Cependant, je montais toujours.

Déjà, j'avais la main sur la clef de ma chambre. J'hésitais. Quelle nouvelle vision allait s'offrir à moi?

Plus d'une fois, dans l'obscurité, l'histoire de la nonne sanglante m'était revenue à la mémoire. Étais-je possédé d'un démon comme don Alonso? Il me sembla que le garçon tardait horriblement.

J'ouvris ma porte. Grâce au ciel! il y avait de la lumière dans ma chambre à coucher. Je traversai rapidement le petit salon qui la précédait. Un coup d'œil suffit pour me prouver qu'il n'y avait personne dans ma chambre à coucher. Mais aussitôt j'entendis derrière moi des pas légers et le frôlement d'une robe. Je crois que mes cheveux se hérissaient sur ma tête. Je me retournai brusquement.

Une femme vêtue de blanc, la tête couverte d'une mantille noire, s'avançait les bras étendus:

— Te voilà donc enfin, mon bien-aimé! s'écriat-elle en saisissant ma main.

La sienne était froide comme la glace, et ses traits avaient la pâleur de la mort. Je reculai jusqu'au mur.

— Sainte Madone, ce n'est pas lui!... Ah! monsieur, êtes-vous l'ami de don Ottavio?

A ce mot, tout fut expliqué. La jeune femme, malgré sa pâleur, n'avait nullement l'air d'un spectre. Elle baissait les yeux, ce que ne font jamais les revenants, et tenait ses deux mains croisées à hauteur de sa ceinture, attitude modeste, qui me fit croire que mon ami don Ottavio n'était pas un aussi grand politique que je me l'étais figuré. Bref, il était grand temps d'enlever Lucrèce, et, malheureusement, le rôle de confident était le seul qui me fût destiné dans cette aventure.

Un moment après arriva don Ottavio déguisé. Les chevaux vinrent et nous partîmes. Lucrèce n'avait pas de passeport, mais une femme, et une jolie femme, n'inspire guère des soupçons. Un gendarme cependant fit le difficile. Je lui dis qu'il était un brave, et qu'assurément il avait servi sous le grand Napoléon. Il en convint. Je lui fis présent d'un portrait de ce grand homme, en or, et je lui dis que mon habitude était de voyager avec une *amica* pour me tenir compagnie; et que, attendu que j'en changeais fort souvent, je croyais inutile de les faire mettre sur mon passeport.

— Celle-ci, ajoutai-je, me mène à la ville prochaine. On m'a dit que j'en trouverais là d'autres qui la vaudraient.

— Vous auriez tort d'en changer, me dit le gendarme en fermant respectueusement la portière.

S'il faut tout vous dire, madame, ce traître de don Ottavio avait fait la connaissance de cette aimable personne, sœur d'un certain Vanozzi, riche cultivateur, mal noté comme un peu libéral et très contrebandier. Don Ottavio savait bien que, quand même sa famille ne l'eût pas destiné à l'Église, elle n'aurait jamais consenti à lui laisser épouser une fille d'une condition si fort au-dessous de la sienne.

Amour est inventif. L'élève de l'abbé Negroni parvint à établir une correspondance secrète avec sa bien-aimée. Toutes les nuits, il s'échappait du palais Aldobrandi, et, comme il eût été peu sûr d'escalader la maison de Vanozzi, les deux amants se donnaient rendez-vous dans celle de madame Lucrèce, dont la mauvaise réputation les protégeait. Une petite porte cachée par un figuier mettait les deux jardins en communication. Jeunes et amoureux, Lucrèce et Ottavio ne se plaignaient pas de l'insuffisance de leur ameublement, qui se réduisait, je crois l'avoir déjà dit, à un vieux fauteuil de cuir.

Un soir, attendant don Ottavio, Lucrèce me prit pour lui, et me fit le cadeau que j'ai rapporté en son lieu. Il est vrai qu'il y avait quelque ressemblance de taille et de tournure entre don Ottavio et moi, et quelques médisants qui avaient connu mon père à Rome, prétendaient qu'il y avait des raisons pour cela. Advint que le maudit frère découvrit l'intrigue ; mais ses menaces ne purent obliger Lucrèce à révéler le nom de son séducteur. On sait quelle fut sa vengeance et comment je pensai payer pour tous. Il est inutile de vous dire comment les deux amants, chacun de son côté, prirent la clef des champs.

Conclusion. — Nous arrivâmes tous les trois à Florence. Don Ottavio épousa Lucrèce, et partit aussitôt avec elle pour Paris. Mon père lui fit le même accueil que j'avais reçu de la marquise. Il se chargea de négocier sa réconciliation, et il y parvint non sans quelque peine. Le marquis Aldobrandi gagna fort à propos la fièvre des Maremmes, dont il mourut. Ottavio a hérité de son titre et de sa fortune, et je suis le parrain de son premier enfant.

27 avril 1846.

La Chambre bleue

À madame de La Rhune

Un jeune homme se promenait d'un air agité dans le vestibule d'un chemin de fer. Il avait des lunettes bleues, et, quoiqu'il ne fût pas enrhumé, il portait sans cesse son mouchoir à son nez. De la main gauche, il tenait un petit sac noir qui contenait, comme je l'ai appris plus tard, une robe de chambre de soie et un pantalon turc.

De temps en temps, il allait à la porte d'entrée, regardait dans la rue, puis tirait sa montre et consultait le cadran de la gare. Le train ne partait que dans une heure ; mais il y a des gens qui craignent toujours d'être en retard. Ce train n'était pas de ceux que prennent les gens pressés ; peu de voitures de première classe. L'heure n'était pas celle qui permet aux agents de change de partir après les affaires terminées, pour dîner dans leur maison de campagne. Lorsque les voyageurs commencèrent à se montrer, un Parisien eût reconnu à leur tournure des fermiers ou de petits marchands de la banlieue. Pourtant, toutes les fois qu'une femme entrait dans la gare, toutes les fois qu'une voiture s'arrêtait à la porte, le cœur du jeune homme aux lunettes bleues se gonflait comme un ballon, ses genoux tremblotaient, son sac était près d'échapper de ses mains et ses lunettes de tomber de son nez, où, pour le dire en passant, elles étaient placées tout de travers.

Ce fut bien pis quand, après une longue attente, parut par une porte de côté, venant précisément du seul point qui ne fût pas l'objet d'une observation continuelle, une femme vêtue de noir, avec un voile épais sur le visage, et qui tenait à la main un sac de maroquin brun, contenant, comme je l'ai découvert dans la suite, une merveilleuse robe de chambre et des mules de satin bleu. La femme et le jeune homme s'avancèrent l'un vers l'autre, regardant à droite et à gauche, jamais devant eux. Ils se joignirent, se touchèrent la main et demeurèrent quelques minutes sans se dire un mot, palpitants, pantelants, en proie à une de ces émotions poignantes pour lesquelles je donnerais, moi, cent ans de la vie d'un philosophe.

Quand ils trouvèrent la force de parler :

— Léon, dit la jeune femme (j'ai oublié de dire qu'elle était jeune et jolie), Léon, quel bonheur ! Jamais je ne vous aurais reconnu sous ces lunettes bleues.

— Quel bonheur ! dit Léon. Jamais je ne vous aurais reconnue sous ce voile noir.

— Quel bonheur ! reprit-elle. Prenons vite nos places ; si le chemin de fer allait partir sans nous !... (Et elle lui serra le bras fortement.) On ne se doute de rien. Je suis en ce moment avec Clara et son mari, en route pour sa maison de campagne, où je dois *demain* lui faire mes adieux... Et, ajouta-t-elle en riant et baissant la tête, il y a une heure qu'elle est partie, et demain... après avoir passé la *dernière soirée* avec elle... (de nouveau elle lui serra le bras), demain, dans la matinée, elle me laissera à la station, où je trouverai Ursule, que j'ai envoyée devant, chez ma tante... Oh ! j'ai tout prévu ! Prenons nos billets... Il est impossible qu'on nous devine ! Oh ! si on nous demande nos noms dans l'auberge ? j'ai déjà oublié...

— Monsieur et madame Duru.

— Oh ! non. Pas Duru. Il y avait à la pension un cordonnier qui s'appelait comme cela.

— Alors, Dumont ?

— Daumont.

— A la bonne heure, mais on ne nous demandera rien.

La cloche sonna, la porte de la salle d'attente s'ouvrit, et la jeune femme, toujours soigneusement voilée, s'élança dans une diligence avec son jeune compagnon. Pour la seconde fois, la cloche retentit; on ferma la portière de leur compartiment.

— Nous sommes seuls! s'écrièrent-ils avec joie.

Mais, presque au même moment, un homme d'environ cinquante ans, tout habillé de noir, l'air grave et ennuyé, entra dans la voiture et s'établit dans un coin. La locomotive siffla et le train se mit en marche. Les deux jeunes gens, retirés le plus loin qu'ils avaient pu de leur incommode voisin, commencèrent à se parler bas et en anglais par surcroît de précaution.

— Monsieur, dit l'autre voyageur dans la même langue et avec un bien plus pur accent britannique, si vous avez des secrets à vous conter, vous ferez bien de ne pas les dire en anglais devant moi. Je suis Anglais. Désolé de vous gêner, mais, dans l'autre compartiment, il y avait un homme seul, et j'ai pour principe de ne jamais voyager avec un homme seul... Celui-là avait une figure de Jud. Et cela aurait pu le tenter.

Il montra son sac de voyage, qu'il avait jeté devant lui sur un coussin.

— Au reste, si je ne dors pas, je lirai.

En effet, il essaya loyalement de dormir. Il ouvrit son sac, en tira une casquette commode, la mit sur sa tête, et tint les yeux fermés pendant quelques minutes; puis il les rouvrit avec un geste d'impatience, chercha dans son sac des lunettes, puis un livre grec; enfin, il se mit à lire avec beaucoup d'attention. Pour prendre le livre dans le sac, il fallut déranger maint objet entassé au hasard. Entre autres, il tira des profondeurs du sac une assez grosse liasse de billets de la banque d'Angleterre, la déposa sur la banquette en face de lui, et, avant de la replacer dans le sac, il la montra au jeune homme en lui demandant s'il trouverait à changer des banknotes à N***.

— Probablement. C'est sur la route d'Angleterre.

N*** était le lieu où se dirigeaient les deux jeunes gens. Il y a à N*** un petit hôtel assez propret, où l'on ne s'arrête guère que le samedi soir. On prétend que les chambres sont bonnes. Le maître et les gens ne sont pas assez éloignés de Paris pour avoir ce vice provincial. Le jeune homme, que j'ai déjà appelé Léon, avait été reconnaître cet hôtel quelque temps auparavant, sans lunettes bleues, et, sur le rapport qu'il en avait fait, son amie avait paru éprouver le désir de le visiter.

Elle se trouvait, d'ailleurs, ce jour-là, dans une disposition d'esprit telle, que les murs d'une prison lui eussent semblé pleins de charmes, si elle y eût été enfermée avec Léon.

Cependant, le train allait toujours; l'Anglais lisait son grec sans tourner la tête vers ses compagnons, qui causaient si bas, que des amants seuls eussent pu s'entendre. Peut-être ne surprendrai-je pas mes lecteurs en leur disant que c'étaient des amants dans toute la force du terme, et, ce qu'il y avait de déplorable, c'est qu'ils n'étaient pas mariés, et il y avait des raisons qui s'opposaient à ce qu'ils le fussent.

On arriva à N***. L'Anglais descendit le premier. Pendant que Léon aidait son amie à sortir de la diligence sans montrer ses jambes, un homme s'élança sur la plate-forme, du compartiment voisin. Il était pâle, jaune même, les yeux creux et injectés de sang, la barbe mal faite, signe auquel on reconnaît souvent les grands criminels. Son costume était propre, mais usé jusqu'à la corde. Sa redingote, jadis noire, maintenant grise au dos et aux coudes, était boutonnée jusqu'au menton, probablement pour cacher un gilet encore plus râpé. Il s'avança vers l'Anglais, et, d'un ton très humble :

— Uncle!... lui dit-il.

— Leave me alone, you wretch! s'écria l'Anglais, dont l'œil gris s'alluma d'un éclat de colère.

Et il fit un pas pour sortir de la station.

— Don't drive me to despair, reprit l'autre avec un accent à la fois lamentable et presque menaçant.

— Veuillez être assez bon pour garder mon sac un instant, dit le vieil Anglais, en jetant son sac de voyage aux pieds de Léon.

Aussitôt il prit le bras de l'homme qui l'avait accosté, le mena ou plutôt le poussa dans un coin, où il espérait n'être pas entendu, et, là, il lui parla un moment d'un ton fort rude, comme il semblait. Puis il tira de sa poche quelques papiers, les froissa et les mit dans la main de l'homme qui l'avait appelé son oncle. Ce dernier prit les papiers sans remercier et presque aussitôt s'éloigna et disparut.

Il n'y a qu'un hôtel à N***, il ne faut donc pas s'étonner si, au bout de quelques minutes, tous les personnages de cette véridique histoire s'y retrouvèrent. En France, tout voyageur qui a le bonheur d'avoir une femme bien mise à son bras est sûr d'obtenir la meilleure chambre dans tous les hôtels ; aussi est-il établi que nous sommes la nation la plus polie de l'Europe.

Si la chambre qu'on donna à Léon était la meilleure, il serait téméraire d'en conclure qu'elle était excellente. Il y avait un grand lit de noyer, avec des rideaux de perse où l'on voyait imprimée en violet l'histoire magique de Pyrame et de Thisbé. Les murs étaient couverts d'un papier peint représentant une vue de Naples avec beaucoup de personnages ; malheureusement, des voyageurs désœuvrés et indiscrets avaient ajouté des moustaches et des pipes à toutes les figures mâles et femelles ; et bien des sottises en prose et en vers écrites à la mine de plomb se lisaient sur le ciel et sur la mer. Sur ce fond pendaient plusieurs gravures : *Louis-Philippe prêtant serment à la Charte de 1830 ; la Première entrevue de Julie et de Saint-Preux ; l'Attente du Bonheur et les Regrets*, d'après M. Dubuffe. Cette chambre s'appelait la chambre bleue, parce que les deux fauteuils à droite et à gauche de la cheminée étaient en velours d'Utrecht de cette couleur ; mais, depuis bien des années, ils étaient cachés sous des chemises de percaline grise à galons amarante.

Tandis que les servantes de l'hôtel s'empressaient autour de la nouvelle arrivée et lui faisaient leurs offres de service, Léon, qui n'était pas dépourvu de bon sens quoique amoureux, allait à la cuisine commander le dîner. Il lui fallut employer toute sa rhétorique et quelques moyens de corruption pour obtenir la promesse d'un dîner à part ; mais son horreur fut grande lorsqu'il apprit que, dans la principale salle à manger, c'est-à-dire à côté de sa chambre, MM. les officiers du 3e hussards, qui allaient relever MM. les officiers du 3e chasseurs à N***, devaient se réunir à ces derniers, le jour même, dans un dîner d'adieu où régnerait une grande cordialité. L'hôte jura ses grands dieux qu'à part la gaieté naturelle à tous les militaires français, MM. les hussards et MM. les chasseurs étaient connus dans toute la ville pour leur douceur et leur sagesse, et que leur voisinage n'aurait pas le moindre inconvénient pour madame, l'usage de MM. les officiers étant de se lever de table dès avant minuit.

Comme Léon regagnait la chambre bleue, sur cette assurance qui ne le troublait pas médiocrement, il s'aperçut que son Anglais occupait la chambre à côté de la sienne. La porte était ouverte. L'Anglais, assis devant une table sur laquelle étaient un verre et une bouteille, regardait le plafond avec une attention profonde, comme s'il comptait les mouches qui s'y promenaient.

— Qu'importe le voisinage ! se dit Léon. L'Anglais sera bientôt ivre, et les hussards s'en iront avant minuit.

En entrant dans la chambre bleue, son premier soin fut de s'assurer que les portes de communication étaient bien fermées et qu'elles avaient des verrous. Du côté de l'Anglais il y avait double porte ; les murs étaient épais. Du côté des hussards la paroi était plus mince, mais la porte avait serrure et verrou. Après tout, c'était contre la curiosité une barrière bien plus efficace que les stores d'une voiture, et combien de gens se croient isolés du monde dans un fiacre !

Assurément, l'imagination la plus riche ne peut se représenter de félicité plus complète que celle de deux jeunes amants qui, après une longue attente, se trouvent seuls, loin des jaloux et des curieux, en mesure de se conter à loisir leurs souffrances passées et de savourer les délices d'une parfaite réunion. Mais le diable trouve toujours le moyen de verser sa goutte d'absinthe dans la coupe du bonheur.

Johnson a écrit, mais non le premier, et il l'avait pris à un Grec, que nul homme ne peut se dire : « Aujourd'hui je serai heureux. » Cette vérité reconnue, à une époque très reculée, par les plus grands philosophes est encore ignorée d'un certain nombre de mortels et singulièrement par la plupart des amoureux.

Tout en faisant un assez médiocre dîner, dans la chambre bleue, de quelques plats dérobés au banquet des chasseurs et des hussards, Léon et son amie eurent beaucoup à souffrir de la conversation à laquelle se livraient ces messieurs dans la salle voisine. On y tenait des propos étrangers à la stratégie et à la tactique, et que je me garderai bien de rapporter.

C'était une suite d'histoires saugrenues, presque toutes fort gaillardes, accompagnées de rires éclatants, auxquels il était parfois assez difficile à nos amants de ne pas prendre part. L'amie de Léon n'était pas une prude, mais il y a des choses qu'on n'aime pas à entendre, même en tête à tête avec l'homme qu'on aime. La situation devenait de plus en plus embarrassante, et comme on allait apporter le dessert de MM. les officiers, Léon crut devoir descendre à la cuisine pour prier l'hôte de représenter à ces messieurs qu'il y avait une femme souffrante dans la chambre à côté d'eux, et qu'on attendait de leur politesse qu'ils voudraient bien faire un peu moins de bruit.

Le maître d'hôtel, comme il arrive dans les dîners de corps, était tout ahuri et ne savait à qui répondre. Au moment où Léon lui donnait son message pour les officiers, un garçon lui demandait du vin de Champagne pour les hussards, une servante du vin de Porto pour l'Anglais.

— J'ai dit qu'il n'y en avait pas, ajouta-t-elle.

— Tu es une sotte. Il y a tous les vins chez moi. Je vais lui en trouver, du porto! Apporte-moi la bouteille de ratafia, une bouteille à quinze et un carafon d'eau-de-vie.

Après avoir fabriqué du porto en un tour de main, l'hôte entra dans la grande salle et fit la commission que Léon venait de lui donner. Elle excita tout d'abord une tempête furieuse.

Puis une voix de basse qui dominait toutes les autres, demanda quelle espèce de femme était leur voisine. Il se fit une sorte de silence. L'hôte répondit :

— Ma foi! messieurs, je ne sais trop que vous dire. Elle est bien gentille et bien timide, Marie-Jeanne dit qu'elle a une alliance au doigt. Ça se pourrait bien que ce fût une mariée, qui vient ici pour finir la noce, comme il en vient des fois.

— Une mariée? s'écrièrent quarante voix, il faut qu'elle vienne trinquer avec nous! Nous allons boire à sa santé, et apprendre au mari ses devoirs conjugaux!

A ces mots, on entendit un grand bruit d'éperons, et nos amants tressaillirent, pensant que leur chambre allait être prise d'assaut. Mais soudain une voix s'élève qui arrête le mouvement. Il était évident que c'était un chef qui parlait. Il reprocha aux officiers leur impolitesse et leur intima l'ordre de se rasseoir et de parler décemment et sans crier. Puis il ajouta quelques mots trop bas pour être entendus de la chambre bleue. Ils furent écoutés avec déférence, mais non sans exciter pourtant une certaine hilarité contenue. A partir de ce moment, il y eut dans la salle des officiers un silence relatif, et nos amants, bénissant l'empire salutaire de la discipline, commencèrent à se parler avec plus d'abandon... Mais, après tant de tracas, il fallait du temps pour retrouver les tendres émotions que l'inquiétude, les ennuis du voyage, et surtout la grosse joie de leurs voisins, avaient fortement troublées. A leur âge cependant, la chose n'est pas très difficile, et ils eurent bientôt oublié tous les désagréments de leur expédition aventureuse pour ne plus penser qu'aux plus importants de ses résultats.

Ils croyaient la paix faite avec les hussards ; hélas ! ce n'était qu'une trêve. Au moment où ils s'y attendaient le moins, lorsqu'ils étaient à mille lieues de ce monde sublunaire, voilà vingt-quatre trompettes soutenues de quelques trombones qui sonnent l'air connu des soldats français : *La victoire est à nous !* Le moyen de résister à pareille tempête ? Les pauvres amants furent bien à plaindre.

. . . .

Non, pas tant à plaindre, car à la fin les officiers quittèrent la salle à manger, défilant devant la porte de la chambre bleue avec un grand cliquetis de sabres et d'éperons, et criant l'un après l'autre :

— Bonsoir, madame la mariée !

Puis tout bruit cessa. Je me trompe, l'Anglais sortit dans le corridor et cria :

— Garçon ! portez une autre bouteille du même porto.

. . . .

Le calme était rétabli, dans l'hôtel de N***. La nuit était douce, la lune dans son plein. Depuis un temps immémorial, les amants se plaisent à regarder notre satellite. Léon et son amie ouvrirent leur fenêtre, qui donnait sur un petit jardin, et aspirèrent avec plaisir l'air frais qu'embaumait un berceau de clématites.

Ils n'y restèrent pas longtemps toutefois. Un homme se promenait dans le jardin, la tête baissée, les bras croisés, un cigare à la bouche. Léon crut reconnaître le neveu de l'Anglais qui aimait le vin de Porto.

. . . .

Je hais les détails inutiles, et, d'ailleurs, je ne me

crois pas obligé de dire au lecteur tout ce qu'il peut facilement imaginer, ni de raconter, heure par heure, tout ce qui se passa dans l'hôtel de N***. Je dirai donc que la bougie qui brûlait sur la cheminée sans feu de la chambre bleue était plus d'à moitié consumée, quand, dans l'appartement de l'Anglais, naguère silencieux, un bruit étrange se fit entendre, comme un corps lourd peut en produire en tombant. A ce bruit se joignit une sorte de craquement non moins étrange, suivi d'un cri étouffé et de quelques mots indistincts, semblables à une imprécation. Les deux jeunes habitants de la chambre bleue tressaillirent. Peut-être avaient-ils été réveillés en sursaut. Sur l'un et l'autre, ce bruit, qu'ils ne s'expliquaient pas, avait causé une impression presque sinistre.

— C'est notre Anglais qui rêve, dit Léon en s'efforçant de sourire.

Mais il voulait rassurer sa compagne, et il frissonna involontairement. Deux ou trois minutes après, une porte s'ouvrit dans le corridor, avec précaution, comme il semblait; puis elle se referma très doucement. On entendit un pas lent et mal assuré qui, selon toute apparence, cherchait à se dissimuler.

— Maudite auberge! s'écria Léon.

— Ah! c'est le paradis!... répondit la jeune femme en laissant tomber sa tête sur l'épaule de Léon. Je meurs de sommeil...

Elle soupira et se rendormit presque aussitôt.

Un moraliste illustre a dit que les hommes ne sont jamais bavards lorsqu'ils n'ont plus rien à demander. Qu'on ne s'étonne donc point si Léon ne fit aucune tentative pour renouer la conversation, ou disserter sur les bruits de l'hôtel de N***. Malgré lui, il en était préoccupé et son imagination y rattachait maintes circonstances auxquelles, dans une autre disposition d'esprit, il n'eût fait aucune attention. La figure sinistre du neveu de l'Anglais lui revenait en mémoire. Il y avait de la haine dans le regard qu'il jetait à son oncle, tout en lui parlant avec humilité, sans doute parce qu'il lui demandait de l'argent.

Quoi de plus facile à un homme jeune encore et vigoureux, désespéré en outre, que de grimper du jardin à la fenêtre de la chambre voisine ? D'ailleurs, il logeait dans l'hôtel, puisque, la nuit, il se promenait dans le jardin. Peut-être,... probablement même,... indubitablement, il savait que le sac de son oncle renfermait une grosse liasse de billets de banque... Et ce coup sourd, comme un coup de massue sur un crâne chauve !... ce cri étouffé !... ce jurement affreux ! et ces pas ensuite ! Ce neveu avait la mine d'un assassin... Mais on n'assassine pas dans un hôtel plein d'officiers. Sans doute cet Anglais avait mis le verrou en homme prudent, surtout sachant le drôle aux environs... Il s'en défiait, puisqu'il n'avait pas voulu l'aborder avec son sac à la main... Pourquoi se livrer à des pensées hideuses quand on est si heureux ?

Voilà ce que Léon se disait mentalement. Au milieu de ses pensées, que je me garderai d'analyser plus longuement et qui se présentaient à lui presque aussi confuses que les visions d'un rêve, il avait les yeux fixés machinalement vers la porte de communication entre la chambre bleue et celle de l'Anglais.

En France, les portes ferment mal. Entre celle-ci et le parquet, il y avait un intervalle d'au moins deux centimètres. Tout à coup, dans cet intervalle, à peine éclairé par le reflet du parquet, parut quelque chose de noirâtre, plat, semblable à une lame de couteau, car le bord, frappé par la lumière de la bougie, présentait une ligne mince, très brillante. Cela se mouvait lentement dans la direction d'une petite mule de satin bleu, jetée indiscrètement à peu de distance de cette porte. Était-ce quelque insecte comme un mille-pattes ?... Non ; ce n'est pas un insecte. Cela n'a pas de forme déterminée... Deux ou trois traînées brunes, chacune avec sa ligne de lumière sur les bords, ont pénétré dans la chambre. Leur mouvement s'accélère, grâce à la pente du parquet... Elles s'avancent rapidement, elles viennent effleurer la petite mule. Plus de doute ! C'est un liquide, et, ce liquide, on en voyait mainte-

nant distinctement la couleur à la lueur de la bougie,
c'était du sang ! Et tandis que Léon, immobile, regardait avec horreur ces traînées effroyables, la jeune
femme dormait toujours d'un sommeil tranquille, et
sa respiration régulière échauffait le cou et l'épaule de
son amant.

. . . .

Le soin qu'avait eu Léon de commander le dîner dès
en arrivant dans l'hôtel de N*** prouve suffisamment
qu'il avait une assez bonne tête, une intelligence élevée et qu'il savait prévoir. Il ne démentit pas en cette
occasion le caractère qu'on a pu lui reconnaître déjà.
Il ne fit pas un mouvement et toute la force de son
esprit se tendit avec effort pour prendre une résolution
en présence de l'affreux malheur qui le menaçait.

Je m'imagine que la plupart de mes lecteurs, et
surtout mes lectrices, remplis de sentiments
héroïques, blâmeront en cette circonstance la
conduite et l'immobilité de Léon. Il aurait dû, me
dira-t-on, courir à la chambre de l'Anglais et arrêter le
meurtrier, tout au moins tirer sa sonnette et carillon-
ner les gens de l'hôtel. — A cela je répondrai d'abord
que, dans les hôtels, en France, il n'y a de sonnettes
que pour l'ornement des chambres et que leurs cordons ne correspondent à aucun appareil métallique.
J'ajouterai respectueusement, mais avec fermeté, que,
s'il est mal de laisser mourir un Anglais à côté de soi, il
n'est pas louable de lui sacrifier une femme qui dort la
tête sur votre épaule. Que serait-il arrivé si Léon eût
fait un tapage à réveiller l'hôtel ? Les gendarmes, le
procureur impérial et son greffier seraient arrivés
aussitôt. Avant de lui demander ce qu'il avait vu et
entendu, ces messieurs sont, par profession, si curieux
qu'ils lui auraient dit tout d'abord :

— Comment vous nommez-vous ? Vos papiers ? Et
madame ? Que faisiez-vous ensemble dans la chambre
bleue ? Vous aurez à comparaître en cour d'assises
pour dire que le tant de tel mois, à telle heure de nuit,
vous avez été les témoins de tel fait.

Or, c'est précisément cette idée de procureur impérial et de gens de justice qui la première se présenta à l'esprit de Léon. Il y a parfois dans la vie des cas de conscience difficiles à résoudre; vaut-il mieux laisser égorger un voyageur inconnu, ou déshonorer et perdre la femme qu'on aime?

Il est désagréable d'avoir à se poser un pareil problème. J'en donne en dix la solution au plus habile.

Léon fit donc ce que probablement plusieurs eussent fait à sa place : il ne bougea pas.

Les yeux fixés sur la mule bleue et le petit ruisseau rouge qui la touchait, il demeura longtemps comme fasciné, tandis qu'une sueur froide mouillait ses tempes et que son cœur battait dans sa poitrine à la faire éclater.

Une foule de pensées et d'images bizarres et horribles l'obsédaient, et une voix intérieure lui criait à chaque instant : « Dans une heure, on saura tout, et c'est ta faute! » Cependant, à force de se dire : « Qu'allais-je faire dans cette galère? » on finit par apercevoir quelques rayons d'espérance. Il se dit enfin :

— Si nous quittions ce maudit hôtel avant la découverte de ce qui s'est passé dans la chambre à côté, peut-être pourrions-nous faire perdre nos traces. Personne ne nous connaît ici; on ne m'a vu qu'en lunettes bleues; on ne l'a vue que sous son voile. Nous sommes à deux pas d'une station, et en une heure nous serions bien loin de N***.

Puis, comme il avait longuement étudié l'*Indicateur* pour organiser son expédition, il se rappela qu'un train passait à huit heures allant à Paris. Bientôt après, on serait perdu dans l'immensité de cette ville où se cachent tant de coupable. Qui pourrait y découvrir deux innocents? Mais n'entrerait-on pas chez l'Anglais avant huit heures? Toute la question était là.

Bien convaincu qu'il n'avait pas d'autre parti à prendre, il fit un effort désespéré pour secouer la torpeur qui s'était emparée de lui depuis si longtemps ; mais, au premier mouvement qu'il fit, sa jeune compagne se réveilla et l'embrassa à l'étourdie. Au contact de sa joue glacée, elle laissa échapper un petit cri :

— Qu'avez-vous ? lui dit-elle avec inquiétude. Votre front est froid comme un marbre.

— Ce n'est rien, répondit-il d'une voix mal assurée. J'ai entendu un bruit dans la chambre à côté...

Il se dégagea de ses bras et d'abord écarta la mule bleue et plaça un fauteuil devant la porte de communication de manière à cacher à son amie l'affreux liquide qui, ayant cessé de s'étendre, formait maintenant une tache assez large sur le parquet. Puis il entrouvrit la porte qui donnait sur le corridor et écouta avec attention : il osa même s'approcher de la porte de l'Anglais. Elle était fermée. Il y avait déjà quelque mouvement dans l'hôtel. Le jour se levait. Les valets d'écurie pansaient les chevaux dans la cour, et, du second étage, un officier descendait les escaliers en faisant résonner ses éperons. Il allait présider à cet intéressant travail, plus agréable aux chevaux qu'aux humains, et qu'en termes techniques on appelle *la botte*.

Léon rentra dans la chambre bleue, et, avec tous les ménagements que l'amour peut inventer, à grands renforts de circonlocutions et d'euphémismes, il exposa à son amie la situation où il se trouvait.

Danger de rester ; danger de partir trop précipitamment ; danger encore plus grand d'attendre dans l'hôtel que la catasrophe de la chambre voisine fût découverte.

Inutile de dire l'effroi causé par cette communication, les larmes qui la suivirent, les propositons insensées qui furent mises en avant ; que de fois les deux infortunés se jetèrent dans les bras l'un de l'autre, en se disant : « Pardonne-moi ! pardonne-moi » Chacun se croyait plus coupable. Ils se promirent de mourir ensemble, car la jeune femme ne doutait pas que la justice ne les trouvât coupables du meurtre de l'Anglais, et, comme ils n'étaient pas sûrs qu'on leur permît de s'embrasser encore sur l'échafaud, ils s'embrassèrent à s'étouffer, s'arrosant à l'envi de leurs larmes. Enfin, après avoir dit bien des absurdités et bien des mots tendres et déchirants, ils reconnurent au milieu de mille baisers, que le plan médité par Léon, c'est-à-dire le départ par le train de huit heures, était en réalité le seul praticable et le meilleur à suivre. Mais restaient encore deux mortelles heures à passer. A chaque pas dans le corridor, ils frémissaient de tous leurs membres. Chaque craquement de bottes leur annonçait l'entrée du procureur impérial.

Leur petit paquet fut fait en un clin d'œil. La jeune femme voulait brûler dans la cheminée la mule bleue; mais Léon la ramassa, et après l'avoir essuyée à la descente de lit, il la baisa et la mit dans sa poche. Il fut surpris de trouver qu'elle sentait la vanille; son amie avait pour parfum le bouquet de l'impératrice Eugénie.

Déjà tout le monde était réveillé dans l'hôtel. On entendait des garçons qui riaient, des servantes qui chantaient, des soldats qui brossaient les habits des officiers. Sept heures venaient de sonner. Léon voulut obliger son amie à prendre une tasse de café au lait, mais elle déclara que sa gorge était si serrée, qu'elle mourrait si elle essayait de boire quelque chose.

Léon, muni de ses lunettes bleues, descendit pour payer sa note. L'hôte lui demanda pardon du bruit qu'on avait fait, et qu'il ne pouvait encore s'expliquer; ces MM. les officiers étaient toujours si tranquilles! Léon l'assura qu'il n'avait rien entendu et qu'il avait parfaitement dormi.

— Par exemple, votre voisin de l'autre côté, continua l'hôte, n'a pas dû vous incommoder. Il ne fait pas beaucoup de bruit, celui-là. Je parie qu'il dort encore sur les deux oreilles.

Léon s'appuya fortement au comptoir pour ne pas tomber, et la jeune femme, qui avait voulu le suivre, se cramponna à son bras, en serrant son voile devant ses yeux.

— C'est un milord, poursuivit l'hôte impitoyable. Il lui faut toujours du meilleur. Ah ! c'est un homme bien comme il faut ! Mais tous les Anglais ne sont pas comme lui. Il y en avait un ici qui est pingre ! Il trouve tout trop cher, l'appartement, le dîner. Il voulait me compter son billet pour cent vingt-cinq francs, un billet de la banque d'Angleterre de cinq livres sterling... Pourvu encore qu'il soit bon !... Tenez, monsieur, vous devez y connaître, car je vous ai entendu parler anglais avec madame... Est-il bon ?

En parlant ainsi, il lui présentait une banknote de cinq livres sterling. Sur un des angles, il y avait une petite tache rouge que Léon s'expliqua aussitôt.

— Je le crois fort bon, dit-il d'une voix étranglée.

— Oh ! vous avez bien le temps, reprit l'hôte ; le train ne passe qu'à huit heures, et il est toujours en retard. — Veuillez donc vous asseoir, madame ; vous semblez fatiguée...

En ce moment, une grosse servante entra.

— Vite de l'eau chaude, dit-elle, pour le thé de milord ! Apportez aussi une éponge ! Il a cassé sa bouteille et toute sa chambre est inondée.

A ces mots, Léon se laissa tomber sur une chaise ; sa compagne en fit de même. Une forte envie de rire les prit tous les deux, et ils eurent quelque peine à ne pas éclater. La jeune femme lui serra joyeusement la main.

— Décidément, dit Léon à l'hôte, nous ne partirons que par le train de deux heures. Faites-nous un bon déjeuner pour midi.

Biarritz, septembre 1866.

Lokis
Manuscrit du professeur Wittembach

I

. . . .

Théodore, dit M. le professeur Wittembach, veuillez me donner ce cahier relié en parchemin, sur la seconde tablette, au-dessus du secrétaire ; non, pas celui-ci, mais le petit in-octavo. C'est là que j'ai réuni toutes les notes de mon journal de 1866, du moins celles qui se rapportent au comte Szémioth.

Le professeur mit ses lunettes, et, au milieu du plus profond silence, lut ce qui suit :

LOKIS

avec ce proverbe lithuanien pour épigraphe :

Miszka su Lokiu,
Abu du tokiu

Lorsque parut à Londres la première traduction des Saintes Écritures en langue lithuanienne, je publiai, dans la *Gazette scientifique et littéraire* de Kœnigsberg, un article dans lequel, tout en rendant pleine justice aux efforts du docte interprète et aux pieuses intentions de la Société biblique, je crus devoir signaler quelques légères erreurs, et, de plus, je fis remarquer que cette version ne pouvait être utile qu'à une partie seulement des populations lithuaniennes. En effet, le dialecte dont on a fait usage n'est que difficilement intelligible aux habitants des districts où se parle la langue *jomaïtique*, vulgairement appelée *jmoude*, je veux dire dans le palatinat de Samogitie, langue qui se rapproche du sanscrit encore plus peut-être que le haut lithuanien. Cette observation, malgré les critiques furibondes qu'elle m'attira de la part de certain professeur bien connu à l'université de Dorpat, éclaira les honorables membres du conseil d'administration de la Société biblique, et il n'hésita pas à m'adresser l'offre flatteuse de diriger et de surveiller la rédaction de l'Évangile de saint Matthieu en samogitien. J'étais alors trop occupé de mes études sur les langues transouraliennes pour entreprendre un travail plus étendu qui eût compris les quatre Évangiles. Ajournant donc mon mariage avec mademoiselle Gertrude Weber, je me rendis à Kowno (*Kaunas*), avec l'intention de recueillir tous les monuments linguistiques imprimés ou manuscrits en langue jmoude que je pourrais me procurer, sans négliger, bien entendu, les poésies populaires, *daïnos*, les récits ou légendes, *pasakos*, qui me fourniraient des documents pour un vocabulaire jomaïtique, travail qui devait nécessairement précéder celui de la traduction.

On m'avait donné une lettre pour le jeune comte Michel Szémioth, dont le père, à ce qu'on m'assurait, avait possédé le fameux *Catechismus Samogiticus* du père Lawicki, si rare, que son existence même a été contestée, notamment par le professeur de Dorpat auquel je viens de faire allusion. Dans sa bibliothèque se trouvait, selon les renseignements qui m'avaient été donnés, une vieille collection de *daïnos*, ainsi que des poésies dans l'ancienne langue *prussienne*. Ayant écrit au comte Szémioth pour lui exposer le but de ma visite, j'en reçus l'invitation la plus aimable de venir passer dans son château de Médintiltas tout le temps qu'exigeraient mes recherches. Il terminait sa lettre en me disant de la façon la plus gracieuse qu'il se piquait de parler le jmoude presque aussi bien que ses paysans, et qu'il

serait heureux de joindre ses efforts aux miens pour
une entreprise qu'il qualifiait de *grande* et d'intéressante. Ainsi que quelques-uns des plus riches propriétaires de la Lithuanie, il professait la religion
évangélique, dont j'ai l'honneur d'être ministre. On
m'avait prévenu que le comte n'était pas exempt
d'une certaine bizarrerie de caractère, très hospita-
lier, d'ailleurs, ami des sciences et des lettres, et
particulièrement bienveillant pour ceux qui les
cultivent. Je partis donc pour Médintiltas.

Au perron du château, je fus reçu par l'intendant
du comte, qui me conduisit aussitôt à l'appartement
préparé pour me recevoir.

— M. le comte, me dit-il, est désolé de ne pouvoir
dîner aujourd'hui avec M. le professeur. Il est tourmenté de la migraine, maladie à laquelle il est
malheureusement un peu sujet. Si M. le professeur
ne désire pas être servi dans sa chambre, il dînera
avec M. le docteur Frœber, médecin de madame la
comtesse. On dîne dans une heure, on ne fait pas de
toilette. Si M. le professeur a des ordres à donner,
voici le timbre.

Il se retira en me faisant un profond salut.

L'appartement était vaste, bien meublé, orné de
glaces et de dorures. Il avait vue d'un côté sur un
jardin ou plutôt sur le parc du château, de l'autre sur
la grande cour d'honneur. Malgré l'avertissement :
« On ne fait pas de toilette », je crus devoir tirer de
ma malle mon habit noir. J'étais en manches de
chemise, occupé à déballer mon petit bagage,
lorsqu'un bruit de voiture m'attira à la fenêtre qui
donnait sur la cour. Une belle calèche venait
d'entrer. Elle contenait une dame en noir, un monsieur et une femme vêtue comme les paysannes
lithuaniennes, mais si grande et si forte, que d'abord
je fus tenté de la prendre pour un homme déguisé.
Elle descendit la première; deux autres femmes,
non moins robustes en apparence, étaient déjà sur le
perron. Le monsieur se pencha vers la dame en noir,

et, à ma grande surprise, déboucla une large ceinture de cuir qui la fixait à sa place dans la calèche. Je remarquai que cette dame avait de longs cheveux blancs fort en désordre, et que ses yeux, tout grands ouverts, semblaient inanimés : on eût dit une figure de cire. Après l'avoir détachée, son compagnon lui adressa la parole, chapeau bas, avec beaucoup de respect ; mais elle ne parut pas y faire la moindre attention. Alors, il se tourna vers les servantes en leur faisant un léger signe de tête. Aussitôt les trois femmes saisirent la dame en noir, et en dépit de ses efforts pour s'accrocher à la calèche, elles l'enlevèrent comme une plume, et la portèrent dans l'intérieur du château. Cette scène avait pour témoins plusieurs serviteurs de la maison qui semblaient n'y voir rien que de très ordinaire.

L'homme qui avait dirigé l'opération tira sa montre et demanda si on allait bientôt dîner.

— Dans un quart d'heure, monsieur le docteur, lui répondit-on.

Je n'eus pas de peine à deviner que je voyais le docteur Frœber, et que la dame en noir était la comtesse. D'après son âge, je conclus qu'elle était la mère du comte Szémioth, et les précautions prises à son égard annonçaient assez que sa raison était altérée.

Quelques instants après, le docteur lui-même entra dans ma chambre.

— M. le comte étant souffrant, me dit-il, je suis obligé de me présenter moi-même à M. le professeur. Le docteur Frœber, à vous rendre mes devoirs. Enchanté de faire la connaissance d'un savant dont le mérite est connu de tous ceux qui lisent la *Gazette scientifique et littéraire* de Kœnigsberg. Auriez-vous pour agréable qu'on servît ?

Je répondis de mon mieux à ses compliments, et lui dis que, s'il était temps de se mettre à table, j'étais prêt à le suivre.

Dès que nous entrâmes dans la salle à manger, un

maître d'hôtel nous présenta, selon l'usage du Nord,
un plateau d'argent chargé de liqueurs et de quelques mets salés et fortement épicés propres à exciter
l'appétit.

— Permettez-moi, monsieur le professeur, me dit
le docteur, de vous recommander, en ma qualité de
médecin, un verre de cette *starka*, vraie eau-de-vie
de Cognac, depuis quarante ans dans le fût. C'est la
mère des liqueurs. Prenez un anchois de Drontheim,
rien n'est plus propre à ouvrir et préparer le tube
digestif, organe des plus importants... Et maintenant, à table ! Pourquoi ne parlerions-nous pas allemand ? Vous êtes de Kœnigsberg, moi de Memel ;
mais j'ai fait mes études à Iéna. De la sorte nous
serons plus libres, et les domestiques, qui ne savent
que le polonais et le russe, ne nous comprendront
pas.

Nous mangeâmes d'abord en silence ; puis, après
avoir pris un premier verre de vin de Madère, je
demandai au docteur si le comte était fréquemment
incommodé de l'indisposition qui nous privait
aujourd'hui de sa présence.

— Oui et non, répondit le docteur ; cela dépend
des excursions qu'il fait.

— Comment cela ?

— Lorsqu'il va sur la route de Rosienie, par
exemple, il en revient avec la migraine et l'humeur
farouche.

— Je suis allé à Rosienie moi-même sans pareil
accident.

— Cela tient, monsieur le professeur, répondit-il
en riant, à ce que vous n'êtes pas amoureux.

Je soupirai en pensant à mademoiselle Gertrude
Weber.

— C'est donc à Rosienie, dis-je, que demeure la
fiancée de M. le comte ?

— Oui, dans les environs. Fiancée ?... je n'en sais
rien. Une franche coquette ! Elle lui fera perdre la
tête, comme il est arrivé à sa mère.

— En effet, je crois que madame la comtesse est... malade ?

— Elle est folle, mon cher monsieur, folle ! Et le plus grand fou, c'est moi, d'être venu ici !

— Espérons que vos bons soins lui rendront la santé.

Le docteur secoua la tête en examinant avec attention la couleur d'un verre de vin de Bordeaux qu'il tenait à la main.

— Tel que vous me voyez, monsieur le professeur, j'étais chirurgien-major au régiment de Kalouga. A Sébastopol, nous étions du matin au soir à couper des bras et des jambes ; je ne parle pas des bombes qui nous arrivaient comme des mouches à un cheval écorché ; eh bien, mal logé, mal nourri, comme j'étais alors, je ne m'ennuyais pas comme ici, où je mange et bois du meilleur, où je suis logé comme un prince, payé comme un médecin de cour... Mais la liberté, mon cher monsieur !... Figurez-vous qu'avec cette diablesse on n'a pas un moment à soi !

— Y a-t-il longtemps qu'elle est confiée à votre expérience ?

— Moins de deux ans ; mais il y en a vingt-sept au moins qu'elle est folle, dès avant la naissance du comte. On ne vous a pas conté cela à Rosienie ni à Kowno ? Écoutez donc, car c'est un cas sur lequel je veux un jour écrire un article dans le *Journal médical de Saint-Pétersbourg*. Elle est folle de peur...

— De peur ? Comment est-ce possible ?

— D'une peur qu'elle a eue. Elle est de la famille des Keystut... Oh ! dans cette maison-ci, on ne se mésallie pas. Nous descendons, nous, de Gédymin... Donc, monsieur le professeur, trois jours... ou deux jours après son mariage, qui eut lieu dans ce château, où nous dînons (à votre santé !)..., le comte, le père de celui-ci, s'en va à la chasse. Nos dames lithuaniennes sont des amazones comme vous savez. La comtesse va aussi à la chasse... Elle reste en arrière ou dépasse les veneurs..., je ne sais lequel...

Bon ! tout à coup le comte voit arriver bride abattue le petit cosaque de la comtesse, enfant de douze ou quatorze ans.

« Maître, dit-il, un ours emporte la maîtresse !

« — Où cela ? dit le comte.

« — Par là, dit le petit cosaque.

« Toute la chasse accourt au lieu qu'il désigne ; point de comtesse ! Son cheval étranglé d'un côté, de l'autre sa pelisse en lambeaux. On cherche, on bat le bois en tous sens. Enfin un veneur s'écrie : « Voilà l'ours ! » En effet, l'ours traversait une clairière, traînant toujours la comtesse, sans doute pour aller la dévorer tout à son aise dans un fourré, car ces animaux-là sont sur leur bouche. Ils aiment, comme les moines, à dîner tranquilles. Marié de deux jours, le comte était fort chevaleresque, il voulait se jeter sur l'ours, le couteau de chasse au poing ; mais, mon cher monsieur, un ours de Lithuanie ne se laisse pas transpercer comme un cerf. Par bonheur, le porte-arquebuse du comte, un assez mauvais drôle, ivre ce jour-là à ne pas distinguer un lapin d'un chevreuil, fait feu de sa carabine à plus de cent pas, sans se soucier de savoir si la balle toucherait la bête ou la femme...

— Et il tua l'ours ?

— Tout raide. Il n'y a que les ivrognes pour ces coups-là. Il y a aussi des balles prédestinées, monsieur le professeur. Nous avons ici des sorciers qui en vendent à juste prix... La comtesse était fort égratignée, sans connaissance, cela va sans dire, une jambe cassée. On l'emporte, elle revient à elle ; mais la raison était partie. On la mène à Saint-Pétersbourg. Grande consultation, quatre médecins chamarrés de tous les ordres. Ils disent : « Madame la comtesse est grosse, il est probable que sa délivrance déterminera une crise favorable. Qu'on la tienne en bon air, à la campagne, du petit-lait, de la codéine... » On leur donne cent roubles à chacun. Neuf mois après, la comtesse accouche d'un garçon bien constitué; mais la crise favorable? ah bien, oui!... Redoublement de rage. Le comte lui montre son fils. Cela ne manque jamais son effet... dans les romans. « Tuez-le! tuez la bête! » qu'elle s'écrie; peu s'en fallut qu'elle ne lui tordît le cou. Depuis lors, alternatives de folie stupide ou de manie furieuse. Forte propension au suicide. On est obligé de l'attacher pour lui faire prendre l'air. Il faut trois vigoureuses servantes pour la tenir. Cependant, monsieur le professeur, veuillez noter ce fait : quand j'ai épuisé mon latin auprès d'elle sans pouvoir m'en faire obéir, j'ai un moyen pour la calmer. Je la menace de lui couper les cheveux. Autrefois, je pense, elle les avait très beaux. La coquetterie! voilà le dernier sentiment humain qui est demeuré. N'est-ce pas drôle? Si je pouvais l'instrumenter à ma guise, peut-être la guérirais-je.

— Comment cela?

— En la rouant de coups. J'ai guéri de la sorte vingt paysannes dans un village où s'était déclarée cette curieuse folie russe, le *hurlement*; une femme se met à hurler, sa commère hurle. Au bout de trois jours, tout un village hurle. A force de les rosser, j'en suis venu à bout. (Prenez une gélinotte, elles sont tendres.) Le comte n'a jamais voulu que j'essayasse.

— Comment! vous vouliez qu'il consentît à votre abominable traitement?

— Oh! il a si peu connu sa mère, et puis c'est pour son bien; mais dites-moi, monsieur le professeur, auriez-vous jamais cru que la peur pût faire perdre la raison?

— La situation de la comtesse était épouvantable... Se trouver entre les griffes d'un animal si féroce!

— Eh bien, son fils ne lui ressemble pas. Il y a moins d'un an qu'il s'est trouvé exactement dans la même position, et, grâce à son sang-froid, il s'en est tiré à merveille.

— Des griffes d'un ours?

— D'une ourse, et la plus grande qu'on ait vue depuis longtemps. Le comte a voulu l'attaquer l'épieu à la main. Bah! d'un revers, elle écarte l'épieu, elle empoigne M. le comte et le jette par terre aussi facilement que je renverserais cette bouteille. Lui, malin, fait le mort... L'ourse l'a flairé, flairé, puis, au lieu de le déchirer, lui donne un coup de langue. Il a eu la présence d'esprit de ne pas bouger, et elle a passé son chemin.

— L'ourse a cru qu'il était mort. En effet, j'ai ouï dire que ces animaux ne mangent pas les cadavres.

— Il faut le croire et s'abstenir d'en faire l'expérience personnelle; mais, à propos de peur, laissez-moi vous conter une histoire de Sévastopol. Nous étions cinq ou six autour d'une cruche de bière qu'on venait de nous apporter derrière l'ambulance du fameux bastion n° 5. La vedette crie : « Une bombe! » Nous nous mettons tous à plat ventre; non, pas tous : un nommé..., mais il est inutile de dire son nom..., un jeune officier qui venait de nous arriver resta debout, tenant son verre plein, juste au moment où la bombe éclata. Elle emporta la tête de mon pauvre camarade André Speranski, un brave garçon, et cassa la cruche; heureusement, elle était à peu près vide. Quand nous nous relevâmes après l'explosion, nous voyons au milieu de la fumée notre ami qui avalait la dernière gorgée de sa bière, comme si de rien n'était. Nous le crûmes un héros. Le lendemain, je rencontre le capitaine Ghédéonof, qui sortait de l'hôpital. Il me dit : « Je dîne avec vous autres aujourd'hui, et, pour célébrer ma rentrée, je paye le champagne. » Nous nous mettons à table. Le jeune officier de la bière y était. Il ne s'attendait pas au champagne. On décoiffe une bouteille près de lui... Paf! le bouchon vient le frapper à la tempe. Il pousse un cri et se trouve mal. Croyez que mon héros avait eu diablement peur la première fois, et que, s'il avait bu sa bière au lieu de se garer, c'est qu'il avait perdu la tête, et il ne lui restait plus qu'un mouvement machinal dont il n'avait pas conscience. En effet, monsieur le professeur, la machine humaine...

— Monsieur le docteur, dit un domestique en entrant dans la salle, la Jdanova dit que madame la comtesse ne veut pas manger.

— Que le diable l'emporte! grommela le docteur. J'y vais. Quand j'aurai fait manger ma diablesse, monsieur le professeur, nous pourrions, si vous l'aviez pour agréable, faire une petite partie à la *préférence* ou aux *douratchki?*

Je lui exprimai mes regrets de mon ignorance, et lorsqu'il alla voir sa malade, je passai dans ma chambre et j'écrivis à mademoiselle Gertrude.

II

La nuit était chaude, et j'avais laissé ouverte la fenêtre donnant sur le parc. Ma lettre écrite, ne me trouvant encore aucune envie de dormir, je me mis à repasser les verbes irréguliers lithuaniens et à rechercher dans le sanscrit les causes de leurs différentes irrégularités. Au milieu de ce travail qui m'absorbait, un arbre assez voisin de ma fenêtre fut violemment agité. J'entendis craquer des branches mortes, et il me sembla que quelque animal fort lourd essayait d'y grimper. Encore tout préoccupé des histoires d'ours que le docteur m'avait racontées, je me levai, non sans un certain émoi, et à quelques pieds de ma fenêtre, dans le feuillage de l'arbre, j'aperçus une tête humaine, éclairée en plein par la lumière de ma lampe. L'apparition ne dura qu'un instant, mais l'éclat singulier des yeux qui rencontrèrent mon regard me frappa plus que je ne saurais dire. Je fis involontairement un mouvement de corps en arrière, puis je courus à la fenêtre et, d'un ton sévère, je demandai à l'intrus ce qu'il voulait. Cependant, il descendait en toute hâte, et, saisissant une grosse branche entre ses mains, il se laissa pendre, puis tomber à terre, et disparut aussitôt. Je sonnai ; un domestique entra. Je lui racontai ce qui venait de se passer.

— Monsieur le professeur se sera trompé sans doute.

— Je suis sûr de ce que je dis, repris-je. Je crains qu'il n'y ait un voleur dans le parc.

— Impossible, monsieur.

— Alors, c'est donc quelqu'un de la maison ?

Le domestique ouvrait de grands yeux sans me répondre. A la fin, il me demanda si j'avais des ordres à lui donner. Je lui dis de fermer la fenêtre et je me mis au lit.

Je dormis fort bien, sans rêver d'ours ni de voleurs. Le matin, j'achevais ma toilette, quand on frappa à ma porte. J'ouvris et me trouvai en face d'un très grand et beau jeune homme, en robe de chambre boukhare, et tenant à la main une longue pipe turque.

— Je viens vous demander pardon, monsieur le professeur, dit-il, d'avoir si mal accueilli un hôte tel que vous. Je suis le comte Szémioth.

Je me hâtai de répondre que j'avais, au contraire, à le remercier humblement de sa magnifique hospitalité, et je lui demandai s'il était débarrassé de sa migraine.

— A peu près, dit-il. Jusqu'à une nouvelle crise, ajouta-t-il avec une expression de tristesse. Êtes-vous tolérablement ici ? Veuillez vous rappeler que vous êtes chez les barbares. Il ne faut pas être difficile en Samogitie.

Je l'assurai que je me trouvais à merveille. Tout en lui parlant, je ne pouvais m'empêcher de le considérer avec une curiosité que je trouvais moi-même impertinente. Son regard avait quelque chose d'étrange qui me rappelait malgré moi celui de l'homme que la veille j'avais vu grimpé sur l'arbre... Mais quelle apparence, me disais-je, que M. le comte Szémioth grimpe aux arbres la nuit ?

Il avait le front haut et bien développé, quoique un peu étroit. Ses traits étaient d'une grande régularité ; seulement ses yeux étaient trop rapprochés, et il me sembla que, d'une glandule lacrymale à l'autre, il n'y avait pas la place d'un œil, comme l'exige le canon des sculpteurs grecs. Son regard était perçant. Nos yeux se rencontrèrent plusieurs

fois malgré nous, et nous les détournions l'un de
l'autre avec un certain embarras. Tout à coup le
comte éclatant de rire s'écria :

— Vous m'avez reconnu !

— Reconnu ?

— Oui, vous m'avez surpris, hier, faisant le franc
polisson.

— Oh ! monsieur le comte !...

— J'avais passé toute la journée très souffrant,
enfermé dans mon cabinet. Le soir, me trouvant
mieux, je me suis promené dans le jardin. J'ai vu de
la lumière chez vous, et j'ai cédé à un mouvement de
curiosité... J'aurais dû me nommer et me présenter,
mais la situation était si ridicule... J'ai eu honte et je
me suis enfui... Me pardonnez-vous de vous avoir
dérangé au milieu de votre travail ?

Tout cela était dit d'un ton qui voulait être badin ;
mais il rougissait et était évidemment mal à son
aise. Je fis tout ce qui dépendait de moi pour lui
persuader que je n'avais gardé aucune impression
fâcheuse de cette première entrevue, et, pour couper
court à ce sujet, je lui demandai s'il était vrai qu'il
possédât le *Catéchisme* samogitien du père Lawicki ?

— Cela se peut ; mais, à vous dire la vérité, je ne
connais pas trop la bibliothèque de mon père. Il
aimait les vieux livres et les raretés. Moi, je ne lis
guère que des ouvrages modernes ; mais nous cher-
cherons, monsieur le professeur. Vous voulez donc
que nous lisions l'Évangile en jmoude ?

— Ne pensez-vous pas, monsieur le comte, qu'une
traduction des Écritures dans la langue de ce pays
ne soit très désirable ?

— Assurément ; pourtant, si vous voulez bien me
permettre une petite observation, je vous dirai que,
parmi les gens qui ne savent d'autre langue que le
jmoude, il n'y en a pas un seul qui sache lire.

— Peut-être ; mais je demande à Votre Excellence
la permission de lui faire remarquer que la plus
grande des difficultés pour apprendre à lire, c'est le

manque de livres. Quand les pays samogitiens auront un texte imprimé, ils voudront le lire, et ils apprendront à lire... C'est ce qui est arrivé déjà à bien des sauvages..., non que je veuille appliquer cette qualification aux habitants de ce pays... D'ailleurs, ajoutai-je, n'est-ce pas une chose déplorable qu'une langue disparaisse sans laisser de traces ? Depuis une trentaine d'années, le *prussien* n'est plus qu'une langue morte. La dernière personne qui savait le *cornique* est morte l'autre jour.

— Triste ! interrompit le comte. Alexandre de Humboldt racontait à mon père qu'il avait connu en Amérique un perroquet qui seul savait quelques mots de la langue d'une tribu aujourd'hui entièrement détruite par la petite vérole. Voulez-vous permettre qu'on apporte le thé ici ?

Pendant que nous prenions le thé, la conversation roula sur la langue jmoude. Le comte blâmait la manière dont les Allemands ont imprimé le lithuanien, et il avait raison.

— Votre alphabet, disait-il, ne convient pas à notre langue. Vous n'avez ni notre J, ni notre L, ni notre Y, ni notre E. J'ai une collection de *daïnos* publiée l'année passée à Kœnigsberg, et j'ai toutes les peines du monde à deviner les mots, tant ils sont étrangement figurés.

— Votre Excellence parle sans doute des *daïnos* de Lessner ?

— Oui. C'est de la poésie bien plate, n'est-ce pas ?

— Peut-être eût-il trouvé mieux. Je conviens que, tel qu'il est, ce recueil n'a qu'un intérêt purement philologique ; mais je crois qu'en cherchant bien, on parviendrait à recueillir des fleurs plus suaves parmi vos poésies populaires.

— Hélas ! j'en doute fort, malgré tout mon patriotisme.

— Il y a quelques semaines, on m'a donné à Wilno une ballade vraiment belle, de plus historique... La poésie en est remarquable... Me permettriez-vous de vous la lire ? Je l'ai dans mon portefeuille.

— Très volontiers.

Il s'enfonça dans son fauteuil après m'avoir demandé la permission de fumer.

— Je ne comprends la poésie qu'en fumant, dit-il.

— Cela est intitulé *les Trois Fils de Boudrys*.

— *Les Trois Fils de Boudrys ?* s'écria le comte avec un mouvement de surprise.

— Oui. Boudrys, Votre Excellence le sait mieux que moi, est un personnage historique.

Le comte me regardait fixement avec son regard singulier. Quelque chose d'indéfinissable, à la fois timide et farouche, qui produisait une impression presque pénible, quand on n'y était pas habitué. Je me hâtai de lire pour y échapper.

LES TROIS FILS DE BOUDRYS

« Dans la cour de son château, le vieux Boudrys appelle ses trois fils, trois vrais Lithuaniens comme lui. Il leur dit :

« — Enfants, faites manger vos chevaux de guerre, apprêtez vos selles ; aiguisez vos sabres et vos javelines. On dit qu'à Wilno la guerre est déclarée contre les trois coins du monde. Olgerd marchera contre les Russes ; Skirghello contre nos voisins les Polonais ; Keystut tombera sur les Teutons. Vous êtes jeunes, forts, hardis, allez combattre : que les dieux de la Lithuanie vous protègent ! Cette année, je ne ferai pas campagne, mais je veux vous donner un conseil. Vous êtes trois, trois routes s'offrent à vous.

« Qu'un de vous accompagne Olgerd en Russie, aux bords du lac Ilmen, sous les murs de Novgorod. Les peaux d'hermine, les étoffes brochées s'y trouvent à foison. Chez les marchands autant de roubles que de glaçons dans le fleuve.

« Que le second suive Keystut dans sa chevauchée. Qu'il mette en pièces la racaille porte-croix ! L'ambre, là, c'est leur sable de mer ; leurs draps, par leur lustre et leurs couleurs, sont sans pareils. Il y a des rubis dans les vêtements de leurs prêtres.

« Que le troisième passe le Niémen avec Skirghello. De l'autre côté, il trouvera de vils instruments de labourage. En revanche, il pourra choisir de bonnes lances, de forts boucliers, et il m'en ramènera une bru.

« Les filles de Pologne, enfants, sont les plus belles de nos captives. Folâtres comme des chattes, blanches comme la crème! sous leurs noirs sourcils, leurs yeux brillent comme deux étoiles. Quand j'étais jeune, il y a un demi-siècle, j'ai ramené de Pologne une belle captive qui fut ma femme. Depuis longtemps, elle n'est plus, mais je ne puis regarder de ce côté du foyer sans penser à elle! »

« Il donne sa bénédiction aux jeunes gens, qui déjà sont armés et en selle. Ils partent; l'automne vient, puis l'hiver... Ils ne reviennent pas. Déjà le vieux Boudrys les tient pour morts.

« Vient une tourmente de neige; un cavalier s'approche, couvrant de sa bourka noire quelque précieux fardeau.

« — C'est un sac, dit Boudrys. Il est plein de roubles de Novgorod?...

« — Non, père. Je vous amène une bru de Pologne. »

« Au milieu d'une tourmente de neige, un cavalier s'approche et sa bourka se gonfle sur quelque précieux fardeau.

« — Qu'est cela, enfant? De l'ambre jaune d'Allemagne?

« — Non, père. Je vous ramène une bru de Pologne. »

« La neige tombe en rafales; un cavalier s'avance cachant sous sa bourka quelque fardeau précieux... Mais avant qu'il ait montré son butin, Boudrys a convié ses amis à une troisième noce. »

— Bravo! monsieur le professeur, s'écria le comte : vous prononcez le jmoude à merveille; mais qui vous a communiqué cette jolie *daïna*?

— Une demoiselle dont j'ai eu l'honneur de faire
la connaissance à Wilno, chez la princesse Katazyna
Paç.

— Et vous l'appelez ?

— La *panna* Iwinska.

— Mademoiselle Ioulka ! s'écria le comte. La
petite folle ! J'aurais dû la deviner ! Mon cher professeur, vous savez le jmoude et toutes les langues
savantes, vous avez lu tous les vieux livres ; mais
vous vous êtes laissé mystifier par une petite fille qui
n'a lu que des romans. Elle vous a traduit, en
jmoude plus ou moins correct, une des jolies bal-
lades de Mickiewicz, que vous n'avez pas lue, parce
qu'elle n'est pas plus vieille que moi. Si vous le
désirez, je vais vous la montrer en polonais, ou, si
vous préférez une excellente traduction russe, je
vous donnerai Pouchkine.

J'avoue que je demeurai tout interdit. Quelle joie
pour le professeur de Dorpat, si j'avais publié
comme originale la *daïna* des fils de Boudrys !

Au lieu de s'amuser de mon embarras, le comte,
avec une exquise politesse, se hâta de détourner la
conversation.

— Ainsi dit-il, vous connaissez mademoiselle
Ioulka !

— J'ai eu l'honneur de lui être présenté.

— Et qu'en pensez-vous ? Soyez franc.

— C'est une demoiselle fort aimable.

— Cela vous plaît à dire.

— Elle est très jolie.

— Hon !

— Comment ! n'a-t-elle pas les plus beaux yeux du
monde ?

— Oui...

— Une peau d'une blancheur vraiment extraordinaire ?... Je me rappelle un ghazel persan où un
amant célèbre la finesse de la peau de sa maîtresse :
« Quand elle boit du vin rouge, dit-il, on le voit
passer le long de sa gorge. » La *panna* Iwinska m'a
fait penser à ces vers persans.

— Peut-être mademoiselle Ioulka présente-t-elle ce phénomène ; mais je ne sais trop si elle a du sang dans les veines... Elle n'a point de cœur... Elle est blanche comme la neige et froide comme elle !...

Il se leva et se promena quelque temps par la chambre sans parler et, comme il me semblait, pour cacher son émotion ; puis, s'arrêtant tout à coup :

— Pardon, dit-il ; nous parlions, je crois, de poésies populaires...

— En effet, monsieur le comte.

— Il faut convenir après tout qu'elle a très joliment traduit Mickiewicz... « Folâtre comme une chatte..., blanche comme la crème..., ses yeux brillent comme deux étoiles... » C'est son portrait. Ne trouvez-vous pas ?

— Tout à fait, monsieur le comte.

— Et quant à cette espièglerie... très déplacée sans doute..., la pauvre enfant s'ennuie chez une vieille tante... Elle mène une vie de couvent...

— A Wilno, elle allait dans le monde. Je l'ai vue dans un bal donné par les officiers du régiment de...

— Ah oui, de jeunes officiers, voilà la société qui lui convient ! Rire avec l'un, médire avec l'autre, faire des coquetteries à tous... Voulez-vous voir la bibliothèque de mon père, monsieur le professeur ?

Je le suivis jusqu'à une grande galerie où il y avait beaucoup de livres bien reliés, mais rarement ouverts, comme on en pouvait juger à la poussière qui en couvrait les tranches. Qu'on juge de ma joie lorsqu'un des premiers volumes que je tirai d'une armoire se trouva être le *Catechismus Samogiticus !* Je ne pus m'empêcher de jeter un cri de plaisir. Il faut qu'une sorte de mystérieuse attraction exerce son influence à notre insu... Le comte prit le livre, et, après l'avoir feuilleté négligemment, écrivit sur la garde : *A M. le professeur Wittembach, offert par Michel Szémioth.* Je ne saurais exprimer ici le transport de ma reconnaissance, et je me promis mentalement qu'après ma mort ce livre précieux ferait l'ornement de la bibliothèque de l'université où j'ai pris mes grades.

— Veuillez considérer cette bibliothèque comme votre cabinet de travail, me dit le comte, vous n'y serez jamais dérangé.

III

Le lendemain, après le déjeuner, le comte me proposa de faire une promenade. Il s'agissait de visiter un *kapas* (c'est ainsi que les Lithuaniens appellent les tumulus auxquels les Russes donnent le nom de *kourgâne*) très célèbre dans le pays, parce qu'autrefois les poètes et les sorciers, c'était tout un, s'y réunissaient en certaines occasions solennelles.

— J'ai, me dit-il, un cheval fort doux à vous offrir ; je regrette de ne pouvoir vous mener en calèche ; mais, en vérité, le chemin où nous allons nous engager n'est nullement carrossable.

J'aurais préféré demeurer dans la bibliothèque à prendre des notes, mais je ne crus pas devoir exprimer un autre désir que celui de mon généreux hôte, et j'acceptai. Les chevaux nous attendaient au bas du perron ; dans la cour, un valet tenait un chien en laisse. Le comte s'arrêta un instant, et, se tournant vers moi :

— Monsieur le professeur, vous connaissez-vous en chiens ?

— Fort peu, Votre Excellence.

— Le staroste de Zorany, où j'ai une terre, m'envoie cet épagneul, dont il dit merveille. Permettez-vous que je le voie ?

Il appela le valet, qui lui amena le chien. C'était une fort belle bête. Déjà familiarisé avec cet homme, le chien sautait gaiement et semblait plein de feu ; mais, à quelques pas du comte, il mit la queue entre les jambes, se rejeta en arrière et parut frappé d'une

terreur subite. Le comte le caressa, ce qui le fit
hurler d'une façon lamentable, et, après l'avoir
considéré quelque temps avec l'œil d'un connaisseur, il dit :

— Je crois qu'il sera bon. Qu'on en ait soin.

Puis il se mit en selle.

— Monsieur le professeur, me dit le comte, dès
que nous fûmes dans l'avenue du château, vous
venez de voir la peur de ce chien. J'ai voulu que vous
en fussiez témoin par vous-même... En votre qualité
de savant, vous devez expliquer les énigmes... Pourquoi les animaux ont-ils peur de moi ?

— En vérité, monsieur le comte, vous me faites
l'honneur de me prendre pour un Œdipe. Je ne suis
qu'un pauvre professeur de linguistique comparée.
Il se pourrait...

— Notez, interrompit-il, que je ne bats jamais les
chevaux ni les chiens. Je me ferais scrupule de
donner un coup de fouet à une pauvre bête qui fait
une sottise sans le savoir. Pourtant, vous ne sauriez
croire l'aversion que j'inspire aux chevaux et aux
chiens. Pour les habituer à moi, il me faut deux fois
plus de peine et deux fois plus de temps que n'en
mettrait un autre. Tenez, le cheval que vous montez,
j'ai été longtemps avant de le réduire ; maintenant, il
est doux comme un mouton.

— Je crois, monsieur le comte, que les animaux
sont physionomistes, et qu'ils découvrent tout de
suite si une personne qu'ils voient pour la première
fois a ou non du goût pour eux. Je soupçonne que
vous n'aimez les animaux que pour les services
qu'ils vous rendent ; au contraire, quelques personnes ont une partialité naturelle pour certaines
bêtes, qui s'en aperçoivent à l'instant. Pour moi, par
exemple, j'ai, depuis mon enfance, une prédiction
instinctive pour les chats. Rarement ils s'enfuient
quand je m'approche pour les caresser ; jamais un
chat ne m'a griffé.

— Cela est fort possible, dit le comte. En effet, je

n'ai pas ce qui s'appelle du goût pour les animaux...
Ils ne valent guère mieux que les hommes. Je vous
mène, monsieur le professeur, dans une forêt où, à
cette heure, existe florissant l'empire des bêtes, la
matecznik, la grande matrice, la grande fabrique des
êtres. Oui, selon nos traditions nationales, personne
n'en a sondé les profondeurs, personne n'a pu
atteindre le centre de ces bois et de ces marécages,
excepté, bien entendu, MM. les poètes et les sorciers,
qui pénètrent partout... Là vivent en république les
animaux... ou sous un gouvernement constitutionnel, je ne saurais dire lequel des deux. Les lions, les
ours, les élans, les *joubrs*, ce sont nos urus, tout cela
fait très bon ménage. Le mammouth, qui s'est
conservé là, jouit d'une très grande considération. Il
est, je crois, maréchal de la diète. Ils ont une police
très sévère, et, quand ils trouvent quelque bête
vicieuse, ils la jugent et l'exilent. Elle tombe alors de
fièvre en chaud mal. Elle est obligée de s'aventurer
dans le pays des hommes. Peu en réchappent.

— Fort curieuse légende, m'écriai-je ; mais, monsieur le comte, vous parlez de l'urus ; ce noble animal que César a décrit dans ses *Commentaires*, et que
les rois mérovingiens chassaient dans la forêt de
Compiègne, existe-t-il réellement encore en Lithuanie, ainsi que je l'ai ouï dire ?

— Assurément. Mon père a tué lui-même un
joubr, avec une permission du gouvernement, bien
entendu. Vous avez pu en voir la tête dans la grande
salle. Moi, je n'en ai jamais vu, je crois que les joubrs
sont très rares. En revanche, nous avons ici des
loups et des ours à foison. C'est pour une rencontre
possible avec un de ces messieurs que j'ai apporté
cet instrument (il montrait une *tchékhole* circas-
sienne qu'il avait en bandoulière), et mon groom
porte à l'arçon une carabine à deux coups.

Nous commencions à nous engager dans la forêt.
Bientôt le sentier fort étroit que nous suivions disparut. A tout moment, nous étions obligés de tourner

autour d'arbres énormes, dont les branches basses
nous barraient le passage. Quelques-uns, morts de
vieillesse et renversés, nous présentaient comme un
rempart couronné par une ligne de chevaux de frise
impossible à franchir. Ailleurs, nous rencontrions
des mares profondes couvertes de nénuphars et de
lentilles d'eau. Plus loin, nous voyions des clairières
dont l'herbe brillait comme des émeraudes; mais
malheur à qui s'y aventurerait, car cette riche et
trompeuse végétation cache d'ordinaire des gouffres
de boue où cheval et cavalier disparaîtraient à
jamais... Les difficultés de la route avaient interrompu notre conversation. Je mettais tous mes soins
à suivre le comte, et j'admirais l'imperturbable
sagacité avec laquelle il se guidait sans boussole, et
retrouvait toujours la direction idéale qu'il fallait
suivre pour arriver au *kapas*. Il était évident qu'il
avait longtemps chassé dans ces forêts sauvages.

Nous aperçûmes enfin le tumulus au centre d'une
large clairière. Il était fort élevé, entouré d'un fossé
encore bien reconnaissable malgré les broussailles
et les éboulements. Il paraît qu'on l'avait déjà
fouillé. Au sommet, je remarquai les restes d'une
construction en pierres, dont quelques-unes étaient
calcinées. Une quantité notable de cendres mêlées
de charbon et çà et là des tessons de poteries grossières attestaient qu'on avait entretenu du feu au
sommet du tumulus pendant un temps considérable. Si on ajoute foi aux traditions vulgaires, des
sacrifices humains auraient été célébrés autrefois
sur les *kapas* ; mais il n'y a guère de religion éteinte à
laquelle on n'ai imputé ces rites abominables, et je
doute qu'on pût justifier pareille opinion à l'égard
des anciens Lithuaniens par des témoignages historiques.

Nous descendions le tumulus, le comte et moi,
pour retrouver nos chevaux, que nous avions laissés
de l'autre côté du fossé, lorsque nous vîmes s'avancer vers nous une vieille femme s'appuyant sur un
bâton et tenant une corbeille à la main.

— Mes bons seigneurs, nous dit-elle en nous joignant, veuillez me faire la charité pour l'amour du bon Dieu. Donnez-moi de quoi acheter un verre d'eau-de-vie pour réchauffer mon pauvre corps.

Le comte lui jeta une pièce d'argent et lui demanda ce qu'elle faisait dans les bois, si loin de tout endroit habité. Pour toute réponse, elle lui montra son panier, qui était rempli de champignons. Bien que mes connaissances en botanique soient fort bornées, il me sembla que plusieurs de ces champignons appartenaient à des espèces vénéneuses.

— Bonne femme, lui dis-je, vous ne comptez pas, j'espère, manger cela ?

— Mon bon Seigneur, répondit la vieille avec un sourire triste, les pauvres gens mangent tout ce que le bon Dieu leur donne.

— Vous ne connaissez pas nos estomacs lithuaniens, reprit le comte ; ils sont doublés de fer-blanc. Nos paysans mangent tous les champignons qu'ils trouvent, et ne s'en portent que mieux.

— Empêchez-la du moins de goûter de l'*agaricus necator*, que je vois dans son panier, m'écriai-je.

Et j'étendis la main pour prendre un champignon des plus vénéneux ; mais la vieille retira vivement le panier.

— Prends garde, dit-elle d'un ton d'effroi ; ils sont gardés... *Pirkuns ! Pirkuns !*

Pirkuns, pour le dire en passant, est le nom samogitien de la divinité que les Russes appellent *Péroune* ; c'est le Jupiter *tonans* des Slaves. Si je fus surpris d'entendre la vieille invoquer un dieu du paganisme, je le fus bien davantage de voir les champignons se soulever. La tête noire d'un serpent en sortit et s'éleva d'un pied au moins hors du panier. Je fis un saut en arrière, et le comte cracha par-dessus son épaule selon l'habitude superstitieuse des Slaves, qui croient détourner ainsi les maléfices, à l'exemple des anciens Romains. La

vieille posa le panier à terre, s'accroupit à côté ; puis,
la main étendue vers le serpent, elle prononça quelques mots inintelligibles qui avaient l'air d'une
incantation. Le serpent demeura immobile pendant
une minute ; puis, s'enroulant autour du bras
décharné de la vieille, disparut dans la manche de sa
capote en peau de mouton, qui, avec une mauvaise
chemise, composait, je crois, tout le costume de cette
Circé lithuanienne. La vieille nous regardait avec un
petit rire de triomphe, comme un escamoteur qui
vient d'exécuter un tour difficile. Il y avait dans sa
physionomie ce mélange de finesse et de stupidité
qui n'est pas rare chez les prétendus sorciers, pour la
plupart à la fois dupes et fripons.

— Voici, me dit le comte en allemand, un échan-
tillon de *couleur locale* ; une sorcière qui charme un
serpent, au pied d'un *kapas*, en présence d'un savant
professeur et d'un ignorant gentilhomme lithuanien. Cela ferait un joli sujet de tableau de genre
pour votre compatriote Knauss... Avez-vous envie de
vous faire tirer votre bonne aventure ? Vous avez ici
une belle occasion.

Je lui répondis que je me garderais bien d'encou-
rager de semblables pratiques.

— J'aime mieux, ajoutai-je, lui demander si elle
ne sait pas quelque détail sur la curieuse tradition
dont vous m'avez parlé. — Bonne femme, dis-je à la
vieille, n'as-tu pas entendu parler d'un canton de
cette forêt où les bêtes vivent en communauté, ignorant l'empire de l'homme ?

La vieille fit un signe de tête affirmatif, et, avec
son petit rire moitié niais, moitié malin :

— J'en viens, dit-elle. Les bêtes ont perdu leur roi.
Noble, le lion, est mort ; les bêtes vont élire un autre
roi. Vas-y, tu seras roi, peut-être.

— Que dis-tu là, la mère, s'écria le comte éclatant
de rire. Sais-tu bien à qui tu parles ? Tu ne sais donc
pas que monsieur est... (comment diable dit-on un
professeur en jmoude ?) monsieur est un grand
savant, un sage, un *waidelote*.

La vieille le regarda avec attention.

— J'ai tort, dit-elle ; c'est toi qui dois aller là-bas.
Tu seras leur roi, non pas lui ; tu es grand, tu es fort,
tu as griffes et dents...

— Que dites-vous des épigrammes qu'elle nous
décoche ? me dit le comte. — Tu sais le chemin, ma
petite mère ? lui demanda-t-il.

Elle lui indiqua de la main une partie de la forêt.

— Oui-da ? reprit le comte, et le marais, comment
fais-tu pour le traverser ? — Vous saurez, monsieur
le professeur, que du côté qu'elle indique est un
marais infranchissable, un lac de boue liquide
recouvert d'herbe verte. L'année dernière, un cerf
blessé par moi s'est jeté dans ce diable de marécage.
Je l'ai vu s'enfoncer lentement, lentement... Au bout
de deux minutes, je ne voyais plus que son bois ;
bientôt tout a disparu ; et deux de mes chiens avec
lui.

— Mais, moi, je ne suis pas lourde, dit la vieille en
ricanant.

— Je crois que tu traverses le marécage sans
peine, sur un manche à balai.

Un éclair de colère brilla dans les yeux de la
vieille.

— Mon bon seigneur, dit-elle en reprenant le ton
traînant et nasillard des mendiants, n'aurais-tu pas
une pipe de tabac à donner à une pauvre femme ? —
Tu ferais mieux, ajouta-t-elle en baissant la voix, de
chercher le passage du marais, que d'aller à Dowghielly.

— Dowghielly ! s'écria le comte en rougissant.
Que veux-tu dire ?

Je ne pus m'empêcher de remarquer que ce mot
produisait sur lui un effet singulier. Il était évidemment embarrassé ; il baissa la tête, et, afin de cacher
son trouble, se donna beaucoup de peine pour ouvrir
son sac à tabac, suspendu à la poignée de son couteau de chasse.

— Non, ne va pas à Dowghielly, reprit la vieille.

La petite colombe blanche n'est pas ton fait. N'est-ce pas, Pirkuns ?

En ce moment, la tête du serpent sortit par le collet de la vieille capote et s'allongea jusqu'à l'oreille de sa maîtresse. Le reptile, dressé sans doute à ce manège, remuait les mâchoires comme s'il parlait.

— Il dit que j'ai raison, ajouta la vieille.

Le comte lui mit dans la main une poignée de tabac.

— Tu me connais ? lui demanda-t-il.

— Non, mon bon seigneur.

— Je suis le propriétaire de Médintiltas. Viens me voir un de ces jours. Je te donnerai du tabac et de l'eau-de-vie.

La vieille lui baisa la main, et s'éloigna à grands pas. En un instant nous l'eûmes perdue de vue. Le comte demeura pensif, nouant et dénouant les cordons de son sac, sans trop savoir ce qu'il faisait.

— Monsieur le professeur, me dit-il après un assez long silence, vous allez vous moquer de moi. Cette vieille drôlesse me connaît mieux qu'elle ne le prétend, et le chemin qu'elle vient de me montrer... Après tout, il n'y a rien de bien étonnant dans tout cela. Je suis connu dans le pays comme le loup blanc. La coquine m'a vu plus d'une fois sur le chemin du château de Dowghielly... Il y a là une demoiselle à marier : elle a conclu que j'en étais amoureux... Puis quelque joli garçon lui aura graissé la patte pour qu'elle m'annonçât sinistre aventure... Tout cela saute aux yeux ; pourtant..., malgré moi, ses paroles me touchent. J'en suis presque effrayé... Vous riez et vous avez raison... La vérité est que j'avais projeté d'aller demander à dîner au château de Dowghielly, et maintenant j'hésite... Je suis un grand fou ! Voyons, monsieur le professeur, décidez vous-même. Irons-nous ?

— Je me garderai bien d'avoir un avis, lui répondis-je en riant. En matière de mariage, je ne donne jamais de conseil.

Nous avions rejoint nos chevaux. Le comte sauta lestement en selle, et, laissant tomber les rênes, il s'écria :

— Le cheval choisira pour nous !

Le cheval n'hésita pas ; il entra sur-le-champ dans un petit sentier qui, après plusieurs détours, tomba dans une route ferrée, et cette route menait à Dowghielly. Une demi-heure après, nous étions au perron du château.

Au bruit que firent nos chevaux, une jolie tête blonde se montra à une fenêtre entre deux rideaux. Je reconnus la perfide traductrice de Mickiewicz.

— Soyez le bienvenu ! dit-elle. Vous ne pouviez venir plus à propos, comte Szémioth. Il m'arrive à l'instant une robe de Paris. Vous ne me reconnaîtrez pas, tant je serai belle.

Les rideaux se refermèrent. En montant le perron, le comte disait entre ses dents :

— Assurément, ce n'est pas pour moi qu'elle étrennait cette robe...

Il me présenta à madame Dowghiello, la tante de la *panna* Iwinska, qui me reçut obligeamment et me parla de mes derniers articles dans la *Gazette scientifique et littéraire* de Kœnigsberg.

— M. le professeur, dit le comte, vient se plaindre à vous de mademoiselle Julienne, qui lui a joué un tour très méchant.

— C'est une enfant, monsieur le professeur. Il faut lui pardonner. Souvent elle me désespère avec ses folies. A seize ans, moi, j'étais plus raisonnable qu'elle ne l'est à vingt ; mais c'est une bonne fille au fond, et elle a toutes les qualités solides. Elle est très bonne musicienne, elle peint divinement les fleurs, elle parle également bien le français, l'allemand, l'italien... Elle brode...

— Et elle fait des vers jmoudes ! ajouta le comte en riant.

— Elle en est incapable ! s'écria madame Dowghiello, à qui il fallut expliquer l'espièglerie de sa nièce.

Madame Dowghiello était instruite et connaissait les antiquités de son pays. Sa conversation me plut singulièrement. Elle lisait beaucoup nos revues allemandes et avait des notions très saines sur la linguistique. J'avoue que je ne m'aperçus pas du temps que mademoiselle Iwinska mit à s'habiller; mais il parut long au comte Szémioth, qui se levait, se rasseyait, regardait à la fenêtre, et tambourinait de ses doigts sur les vitres comme un homme qui perd patience.

Enfin, au bout de trois quarts d'heure parut, suivie de sa gouvernante française, mademoiselle Julienne, portant avec grâce et fierté une robe dont la description exigerait des connaissances bien supérieures aux miennes.

— Ne suis-je pas belle? demanda-t-elle au comte en tournant lentement sur elle-même pour qu'il pût la voir de tous les côtés.

Elle ne regardait ni le comte ni moi, elle regardait sa robe.

— Comment, Ioulka, dit madame Dowghiello, tu ne dis pas bonjour à M. le professeur, qui se plaint de toi?

— Ah! monsieur le professeur! s'écria-t-elle avec une petite moue charmante, qu'ai-je donc fait? Est-ce que vous allez me mettre en pénitence?

— Nous nous y mettrions nous-mêmes, mademoiselle, lui répondis-je, si nous nous privions de votre présence. Je suis loin de me plaindre; je me félicite, au contraire, d'avoir appris, grâce à vous, que la muse lithuanienne renaît plus brillante que jamais.

Elle baissa la tête et, mettant ses mains devant son visage, en prenant soin de ne pas déranger ses cheveux :

— Pardonnez-moi, je ne le ferai plus! dit-elle du ton d'un enfant qui vient de voler des confitures.

— Je ne vous pardonnerai, chère Pani, lui dis-je, que lorsque vous aurez rempli certaine promesse

que vous avez bien voulu me faire à Wilno, chez la
princesse Katazyna Paç.

— Quelle promesse? dit-elle, relevant la tête et en
riant.

— Vous l'avez déjà oubliée? Vous m'avez promis
que si nous nous rencontrions en Samogitie, vous
me feriez voir une certaine danse du pays dont vous
disiez merveille.

— Oh! la roussalka! J'y suis ravissante, et voilà
justement l'homme qu'il me faut.

Elle courut à une table où il y avait des cahiers de
musique, en feuilleta un précipitamment, le mit sur
le pupitre d'un piano, et, s'adressant à sa gouvernante :

— Tenez, chère âme, *allegro presto*.

Et elle joua elle-même, sans s'asseoir, la ritour-
nelle pour indiquer le mouvement.

— Avancez ici, comte Michel; vous êtes trop
Lithuanien pour ne pas bien danser la roussalka...;
mais dansez comme un paysan, entendez-vous?

Madame Dowghiello essaya d'une remontrance,
mais en vain. Le comte et moi, nous insistâmes. Il
avait ses raisons, car son rôle dans ce pas était des
plus agréables, comme l'on verra bientôt. La gouvernante, après quelques essais, dit qu'elle croyait
pouvoir jouer cette espèce de valse, quelque étrange
qu'elle fût, et mademoiselle Iwinska, ayant rangé
quelques chaises et une table qui auraient pu la
gêner, prit son cavalier par le collet de l'habit et
l'amena au milieu du salon.

— Vous saurez, monsieur le professeur, que je
suis une roussalka, pour vous servir.

Elle fit une grande révérence.

— Une roussalka est une nymphe des eaux. Il y en
a une dans toutes ces mares pleines d'eau noire qui
embellissent nos forêts. Ne vous en approchez pas!
La roussalka sort, encore plus jolie que moi, si c'est
possible; elle vous emporte au fond, où, selon toute
apparence, elle vous croque...

— Une vraie sirène! m'écriai-je.

— Lui, continua mademoiselle Iwinska en montrant le comte Szémioth, est un jeune pêcheur, fort niais, qui s'expose à mes griffes, et moi, pour faire durer le plaisir, je vais le fasciner en dansant un peu autour de lui... Ah! mais, pour bien faire, il me faudrait un sarafane. Quel dommage!... Vous voudrez bien excuser cette robe, qui n'a pas de caractère, pas de couleur locale... Oh! et j'ai des souliers! impossible de danser la roussalka avec des souliers!... et à talons encore!

Elle souleva sa robe, et, secouant avec beaucoup de grâce un joli pied, au risque de montrer un peu sa jambe, elle envoya son soulier au bout du salon. L'autre suivit le premier, et elle resta sur le parquet avec ses bas de soie.

— Tout est prêt, dit-elle à la gouvernante.

Et la danse commença.

La roussalka tourne et retourne autour de son cavalier. Il étend les bras pour la saisir, elle passe par-dessous lui et lui échappe. Cela est très gracieux, et la musique a du mouvement et de l'originalité. La figure se termine lorsque, le cavalier croyant saisir la roussalka pour lui donner un baiser, elle fait un bond, le frappe sur l'épaule, et il tombe à ses pieds comme mort... Mais le comte improvisa une variante, qui fut d'étreindre l'espiègle dans ses bras et de l'embrasser bel et bien. Mademoiselle Iwinska poussa un petit cri, rougit beaucoup et alla tomber sur un canapé d'un air boudeur, en se plaignant qu'il l'eût serrée comme un ours qu'il était. Je vis que la comparaison ne plut pas au comte, car elle lui rappelait un malheur de famille; son front se rembrunit. Pour moi, je remerciai vivement mademoiselle Iwinska, et donnai des éloges à sa danse, qui me parut avoir un caractère tout antique, rappelant les danses sacrées des Grecs. Je fus interrompu par un domestique annonçant le général et la princesse Véliaminof. Mademoiselle Iwinska fit un bond du canapé à ses souliers, y enfonça à la hâte ses petits pieds et courut au-devant de la princesse, à qui elle fit coup sur coup deux profondes révérences. Je remarquai qu'à chacune elle relevait adroitement le quartier de son soulier. Le général amenait deux aides de camp, et, comme nous, venait demander la fortune du pot. Dans tout autre pays, je pense qu'une maîtresse de maison eût été un peu embarrassée de recevoir à la fois six hôtes inattendus et de bon appétit ; mais telle est l'abondance et l'hospitalité des maisons lithuaniennes, que le dîner ne fut pas retardé, je pense, de plus d'une demi-heure. Seulement, il y avait trop de pâtés chauds et froids.

IV

Le dîner fut fort gai. Le général nous donna des détails très intéressants sur les langues qui se parlent dans le Caucase, et dont les unes sont *aryennes* et les autres *touraniennes*, bien qu'entre les différentes peuplades il y ait une remarquable conformité de mœurs et de coutumes. Je fus obligé moi-même de parler de mes voyages, parce que, le comte Szémioth m'ayant félicité sur la manière dont je montais à cheval, et ayant dit qu'il n'avait jamais rencontré de ministre ni de professeur qui pût fournir si lestement une traite telle que celle que nous venions de faire, je dus lui expliquer que, chargé par la Société biblique d'un travail sur la langue des *Charruas*, j'avais passé trois ans et demi dans la république de l'Uruguay, presque toujours à cheval et vivant dans les pampas, parmi les Indiens. C'est ainsi que je fus conduit à raconter qu'ayant été trois jours égaré dans ces plaines sans fin, n'ayant pas de vivres ni d'eau, j'avais été réduit à faire comme les *gauchos* qui m'accompagnaient, c'est-à-dire à saigner mon cheval et boire son sang.

Toutes les dames poussèrent un cri d'horreur. Le général remarqua que les Kalmouks en usaient de même en de semblables extrémités. Le comte me demanda comment j'avais trouvé cette boisson.

— Moralement, répondis-je, elle me répugnait fort ; mais, physiquement, je m'en trouvai fort bien, et c'est à elle que je dois l'honneur de dîner ici aujourd'hui. Beaucoup d'Européens, je veux dire de blancs qui ont longtemps vécu avec les Indiens, s'y habituent et même y prennent goût. Mon excellent ami, don Fructuoso Rivero, président de la république, perd rarement l'occasion de le satisfaire. Je me souviens qu'un jour, allant au congrès en grand uniforme, il passa devant un *rancho* où l'on saignait un poulain. Il s'arrêta, descendit de cheval pour demander un *chupon*, une sucée ; après quoi, il prononça un de ses plus éloquents discours.

— C'est un affreux monstre que votre président ! s'écria mademoiselle Iwinska.

— Pardonnez-moi, chère Pani, lui dis-je, c'est un homme très distingué, d'un esprit supérieur. Il parle merveilleusement plusieurs langues indiennes fort difficiles, surtout le *charrua*, à cause des innombrables formes que prend le verbe, selon son régime direct ou indirect, et même selon les rapports sociaux existant entre les personnes qui le parlent.

J'allais donner quelques détails assez curieux sur le mécanisme du verbe *charrua*, mais le comte m'interrompit pour me demander où il fallait saigner les chevaux quand on voulait boire leur sang.

— Pour l'amour de Dieu, mon cher professeur, s'écria mademoiselle Iwinska avec un air de frayeur comique, ne le lui dites pas. Il est homme à tuer toute son écurie, et à nous manger nous-mêmes quand il n'aura plus de chevaux !

Sur cette saillie, les dames quittèrent la table en riant, pour aller préparer le thé et le café, tandis que nous fumerions. Au bout d'un quart d'heure, on envoya demander au salon M. le général. Nous voulions le suivre tous ; mais on nous dit que ces dames ne voulaient qu'un homme à la fois. Bientôt, nous entendîmes au salon de grands éclats de rire et des battements de mains.

— Mademoiselle Ioulka fait des siennes, dit le comte.

On vint le demander lui-même ; nouveaux rires, nouveaux applaudissements. Ce fut mon tour après lui. Quand j'entrai dans le salon, toutes les figures avaient pris un semblant de gravité qui n'était pas de trop bon augure. Je m'attendais à quelque niche.

— Monsieur le professeur, me dit le général de son air le plus officiel, ces dames prétendent que nous avons fait trop d'accueil à leur champagne, et ne veulent nous admettre auprès d'elles qu'après une épreuve. Il s'agit de s'en aller les yeux bandés du milieu du salon à cette muraille, et de la toucher du doigt. Vous voyez que la chose est simple, il suffit de marcher droit. Êtes-vous en état d'observer la ligne droite ?

— Je le pense, monsieur le général.

Aussitôt, mademoiselle Iwinska me jeta un mouchoir sur les yeux et le serra de toute sa force par-derrière.

— Vous êtes au milieu du salon, dit-elle, étendez la main... Bon ! Je parie que vous ne toucherez pas la muraille.

— En avant, marche ! dit le général.

Il n'y avait que cinq ou six pas à faire. Je m'avançai fort lentement, persuadé que je rencontrerais quelque corde ou quelque tabouret, traîtreusement placé sur mon chemin pour me faire trébucher. J'entendais des rires étouffés qui augmentaient mon embarras. Enfin, je me croyais tout à fait près du mur lorsque mon doigt, que j'étendais en avant, entra tout à coup dans quelque chose de froid et de visqueux. Je fis une grimace et un saut en arrière, qui fit éclater tous les assistants. J'arrachai mon bandeau, et j'aperçus près de moi mademoiselle Iwinska tenant un pot de miel où j'avais fourré le doigt, croyant toucher la muraille. Ma consolation fut de voir les deux aides de camp passer par la même épreuve, et ne pas faire meilleure contenance que moi.

Pendant le reste de la soirée, mademoiselle Iwinska ne cessa de donner carrière à son humeur folâtre. Toujours moqueuse, toujours espiègle, elle prenait tantôt l'un tantôt l'autre pour objet de ses plaisanteries. Je remarquai cependant qu'elle s'adressait le plus souvent au comte, qui, je dois le dire, ne se piquait jamais, et même semblait prendre plaisir à ses agaceries. Au contraire, quand elle s'attaquait à l'un des aides de camp, il fronçait le sourcil, et je voyais son œil briller de ce feu sombre qui en réalité avait quelque chose d'effrayant. « Folâtre comme une chatte et blanche comme la crème. » Il me semblait qu'en écrivant ce vers Mickiewicz avait voulu faire le portrait de la *panna* Iwinska.

V

On se retira assez tard. Dans beaucoup de grandes maisons lithuaniennes, on voit une argenterie magnifique, de beaux meubles, des tapis de Perse précieux, et il n'y a pas, comme dans notre chère Allemagne, de bons lits de plume à offrir à un hôte fatigué. Riche ou pauvre, gentilhomme ou paysan, un Slave sait fort bien dormir sur une planche. Le château de Dowghielly ne faisait point exception à la règle générale. Dans la chambre où l'on nous conduisit, le comte et moi, il n'y avait que deux canapés recouverts en maroquin. Cela ne m'effrayait guère, car, dans mes voyages, j'avais couché souvent sur la terre nue, et je me moquai un peu des exclamations du comte sur le manque de civilisation de ses compatriotes. Un domestique vint nous tirer nos bottes et nous donna des robes de chambre et des pantoufles. Le comte, après avoir ôté son habit, se promena quelque temps en silence ; puis, s'arrêtant devant le canapé où déjà je m'étais étendu :

— Que pensez-vous, me dit-il, de Ioulka ?

— Je la trouve charmante.

— Oui, mais si coquette !... Croyez-vous qu'elle ait du goût réellement pour ce petit capitaine blond ?

— L'aide de camp ?... Comment pourrais-je le savoir ?

— C'est un fat !... donc, il doit plaire aux femmes.

— Je nie la conclusion, monsieur le comte. Voulez-vous que je vous dise la vérité ? mademoiselle

Iwinska pense beaucoup plus à plaire au comte Szémioth qu'à tous les aides de camp de l'armée.

Il rougit sans me répondre ; mais il me sembla que mes paroles lui avaient fait un sensible plaisir. Il se promena encore quelque temps sans parler ; puis, ayant regardé à sa montre :

— Ma foi, dit-il, nous ferions bien de dormir, car il est tard.

Il prit son fusil et son couteau de chasse, qu'on avait déposés dans notre chambre, et les mit dans une armoire dont il retira la clef.

— Voulez-vous la garder ? me dit-il en me la remettant à ma grande surprise ; je pourrais l'oublier. Assurément, vous avez plus de mémoire que moi.

— Le meilleur moyen de ne pas oublier vos armes, lui dis-je, serait de les mettre sur cette table, près de votre sofa.

— Non... Tenez, à parler franchement, je n'aime pas à avoir des armes près de moi quand je dors... Et la raison, la voici. Quand j'étais aux hussards de Grodno, je couchais un jour dans une chambre avec un camarade, mes pistolets étaient sur une chaise auprès de moi. La nuit, je suis réveillé par une détonation. J'avais un pistolet à la main ; j'avais fait feu et la balle avait passé à deux pouces de la tête de mon camarade... je ne me suis jamais rappelé le rêve que j'avais eu.

Cette anecdote me troubla un peu. J'étais bien assuré de n'avoir pas de balle dans la tête ; mais, quand je considérais la taille élevée, la carrure herculéenne de mon compagnon, ses bras nerveux couverts d'un noir duvet, je ne pouvais m'empêcher de reconnaître qu'il était parfaitement en état de m'étrangler avec ses mains, s'il faisait un mauvais rêve. Toutefois, je me gardai de lui montrer la moindre inquiétude ; seulement, je plaçai une lumière sur une chaise auprès de mon canapé, et je me mis à lire le *Catéchisme* de Lawicki, que j'avais apporté. Le comte me souhaita le bonsoir, s'étendit sur son sofa, s'y retourna cinq ou six fois ; enfin, il parut s'assoupir, bien qu'il fût pelotonné comme l'amant d'Horace, qui, renfermé dans un coffre, touche sa tête de ses genoux repliés :

> *... Turpi clausus in arca,*
> *Contractum genibus tangas caput...*

De temps en temps, il soupirait avec force, ou faisait entendre une sorte de râle nerveux que j'attribuais à l'étrange position qu'il avait prise pour dormir. Une heure peut-être se passa de la sorte. Je m'assoupissais moi-même. Je fermai mon livre, et je m'arrangeais de mon mieux sur ma couche, lorsqu'un ricanement étrange de mon voisin me fit tressaillir. Je regardai le comte. Il avait les yeux fermés, tout son corps frémissait, et de ses lèvres entrouvertes s'échappaient quelques mots à peine articulés.

— Bien fraîche !... bien blanche !... Le professeur ne sait ce qu'il dit... Le cheval ne vaut rien... Quel morceau friand !...

Puis il se mit à mordre à belles dents le coussin où posait sa tête, et, en même temps, il poussa une sorte de rugissement si fort qu'il se réveilla.

Pour moi, je demeurai immobile sur mon canapé et fis semblant de dormir. Je l'observais pourtant. Il s'assit, se frotta les yeux, soupira tristement et demeura près d'une heure sans changer de posture, absorbé, comme il semblait, dans ses réflexions. J'étais cependant fort mal à mon aise, et je me promis intérieurement de ne jamais coucher à côté de M. le comte. A la longue pourtant, la fatigue triompha de l'inquiétude, et, lorsqu'on entra le matin dans notre chambre, nous dormions l'un et l'autre d'un profond sommeil.

VI

Après le déjeuner, nous retournâmes à Médintiltas. Là, ayant trouvé le docteur Frœber seul, je lui dis que je croyais le comte malade, qu'il avait des rêves affreux, qu'il était peut-être somnambule, et qu'il pouvait être dangereux dans cet état.

— Je me suis aperçu de tout cela, me dit le médecin. Avec une organisation athlétique, il est nerveux comme une jolie femme. Peut-être tient-il cela de sa mère... Elle a été diablement méchante ce matin... Je ne crois pas beaucoup aux histoires de peurs et d'envies de femmes grosses ; mais ce qui est certain, c'est que la comtesse est maniaque, et la manie est transmissible par le sang...

— Mais le comte, repris-je, est parfaitement raisonnable ; il a l'esprit juste, il est instruit beaucoup plus que je ne l'aurais cru, je vous l'avoue ; il aime la lecture...

— D'accord, d'accord, mon cher monsieur ; mais il est souvent bizarre. Il s'enferme quelquefois pendant plusieurs jours ; souvent il rôde la nuit ; il lit des livres incroyables..., de la métaphysique allemande..., de la physiologie, que sais-je ? Hier encore, il lui en est arrivé un ballot de Leipsig. Faut-il parler net ? un Hercule a besoin d'une Hébé. Il y a ici des paysannes très jolies... Le samedi soir, après le bain, on les prendrait pour des princesses... Il n'y en a pas une qui ne fût fière de distraire monseigneur. A son âge, moi, le diable m'emporte !... Non, il n'a pas de maîtresse, il ne se marie pas, il a tort. Il lui faudrait un dérivatif.

Le matérialisme grossier du docteur me choquant au dernier point, je terminai brusquement l'entretien en lui disant que je faisais des vœux pour que le comte Szémioth trouvât une épouse digne de lui. Ce n'est pas sans surprise, je l'avoue, que j'avais appris du docteur ce goût du comte pour les études philosophiques. Cet officier de hussards, ce chasseur passionné lisant de la métaphysique allemande et s'occupant de physiologie, cela renversait mes idées. Le docteur avait dit vrai cependant, et, dès le jour même, j'en eus la preuve.

— Comment expliquez-vous, monsieur le professeur, me dit-il brusquement vers la fin du dîner, comment expliquez-vous la *dualité* ou la *duplicité* de notre nature?...

Et, comme il s'aperçut que je ne le comprenais pas parfaitement, il reprit :

— Ne vous êtes-vous jamais trouvé au haut d'une tour ou bien au bord d'un précipice, ayant à la fois la tentation de vous élancer dans le vide et un sentiment de terreur absolument contraire?...

— Cela peut s'expliquer par des causes toutes physiques, dit le docteur; 1º la fatigue qu'on éprouve après une marche ascensionnelle détermine un afflux de sang au cerveau qui...

— Laissons là le sang, docteur, s'écria le comte avec impatience, et prenons un autre exemple. Vous tenez une arme à feu chargée. Votre meilleur ami est là. L'idée vous vient de lui mettre une balle dans la tête. Vous avez la plus grande horreur d'un assassinat, et pourtant vous en avez la pensée. Je crois, messieurs, que, si toutes les pensées qui nous viennent en tête dans l'espace d'une heure..., je crois que si toutes *vos* pensées, monsieur le professeur, que je tiens pour un sage, étaient écrites, elles formeraient un volume in-folio peut-être, d'après lequel il n'y a pas un avocat qui ne plaidât avec succès votre interdiction, pas un juge qui ne vous mît en prison ou bien dans une maison de fous.

— Ce juge, monsieur le comte, ne me condamnerait

pas assurément pour avoir cherché ce matin, pendant plus d'une heure, la loi mystérieuse d'après laquelle les verbes slaves prennent un sens futur en se combinant avec une préposition ; mais, si par hasard j'avais eu quelque autre pensée, quelle preuve en tirer contre moi ? Je ne suis pas plus maître de mes pensées que des accidents extérieurs qui me les suggèrent. De ce qu'une pensée surgit en moi, on ne peut pas conclure un commencement d'exécution, ni même une résolution. Jamais je n'ai eu l'idée de tuer personne ; mais, si la pensée d'un meurtre me venait, ma raison n'est-elle pas là pour l'écarter ?

— Vous parlez de la raison bien à votre aise ; mais est-elle toujours là, comme vous dites, pour nous diriger ? Pour que la raison parle et se fasse obéir, il faut de la réflexion, c'est-à-dire du temps et du sang-froid ? A-t-on toujours l'un et l'autre ? Dans un combat, je vois arriver sur moi un boulet qui ricoche, je me détourne et je découvre mon ami, pour lequel j'aurais donné ma vie, si j'avais eu le temps de réfléchir...

J'essayai de lui parler de nos devoirs d'homme et de chrétien, de la nécessité où nous sommes d'imiter le guerrier de l'Écriture, toujours prêt au combat ; enfin je lui fis voir qu'en luttant sans cesse contre nos passions, nous acquérions des forces nouvelles pour les affaiblir et les dominer. Je ne réussis, je le crains, qu'à le réduire au silence, et il ne paraissait pas convaincu.

Je demeurai encore une dizaine de jours au château. Je fis une autre visite à Dowghielly, mais nous n'y couchâmes point. Comme la première fois, mademoiselle Iwinska se montra espiègle et enfant gâtée. Elle exerçait sur le comte une sorte de fascination, et je ne doutai pas qu'il n'en fût fort amoureux. Cependant, il connaissait bien ses défauts, et ne se faisait pas d'illusions. Il la savait coquette, frivole, indifférente à tout ce qui n'était pas pour elle un amusement. Souvent je m'apercevais qu'il souffrait intérieurement de la savoir si peu raisonnable ; mais, dès qu'elle lui avait fait quelque petite mignardise, il oubliait tout, sa figure s'illuminait, il rayonnait de joie. Il voulut m'amener une dernière fois à Dowghielly la veille de mon départ, peut-être parce que je restais à causer avec la tante pendant qu'il allait se promener au jardin avec la nièce ; mais j'avais fort à travailler, et je dus m'excuser, quelle que fût son insistance. Il revint dîner, bien qu'il nous eût dit de ne pas l'attendre. Il se mit à table, et ne put manger. Pendant tout le repas, il fut sombre et de mauvaise humeur. De temps à autre, ses sourcils se rapprochaient et ses yeux prenaient une expression sinistre. Lorsque le docteur sortit pour se rendre auprès de la comtesse, le comte me suivit dans ma chambre, et me dit tout ce qu'il avait sur le cœur.

— Je me repens bien, s'écria-t-il, de vous avoir quitté pour aller voir cette petite folle, qui se moque de moi et qui n'aime que les nouveaux visages ; mais, heureusement tout est fini entre nous, j'en suis profondément dégoûté, et je ne la reverrai jamais...

Il se promena quelque temps de long en large selon son habitude, puis il reprit :

— Vous avez cru peut-être que j'en étais amoureux ? C'est ce que pense cet imbécile de docteur. Non, je ne l'ai jamais aimée. Sa mine rieuse m'amusait. Sa peau blanche me faisait plaisir à voir... Voilà tout ce qu'il y a de bon chez elle... la peau surtout. De cervelle, point. Jamais je n'ai vu en elle autre chose qu'une jolie poupée, bonne à regarder quand on s'ennuie et qu'on n'a pas de livre nouveau... Sans doute on peut dire que c'est une beauté... Sa peau est merveilleuse !... monsieur le professeur, le sang qui est sous cette peau doit être meilleur que celui d'un cheval ?... Qu'en pensez-vous ?

Et il se mit à éclater de rire, mais ce rire faisait mal à entendre.

Je pris congé de lui le lendemain pour continuer mes explorations dans le nord du palatinat.

VII

Elles durèrent environ deux mois, et je puis dire qu'il n'y a guère de village en Samogitie où je ne me sois arrêté et où je n'aie recueilli quelques documents. Qu'il me soit permis de saisir cette occasion pour remercier les habitants de cette province, et en particulier MM. les ecclésiastiques, pour le concours vraiment empressé qu'ils ont accordé à mes recherches et les excellentes contributions dont ils ont enrichi mon dictionnaire.

Après un séjour d'une semaine à Szawlé, je me proposais d'aller m'embarquer à Klaypeda (port que nous appelons Memel) pour retourner chez moi, lorsque je reçus du comte Szémioth la lettre suivante, apportée par un de ses chasseurs :

« Monsieur le professeur,
« Permettez-moi de vous écrire en allemand. Je ferais encore plus de solécismes, si je vous écrivais en jmoude, et vous perdriez toute considération pour moi. Je ne sais si vous en avez déjà beaucoup, et la nouvelle que j'ai à vous communiquer ne l'augmentera peut-être pas. Sans plus de préface, je me marie, et vous devinez bien à qui. *Jupiter se rit des serments des amoureux.* Ainsi fait Pirkuns, notre Jupiter samogitien. C'est donc mademoiselle Julienne Iwinska que j'épouse le 8 du mois prochain. Vous seriez le plus aimable des hommes si vous veniez assister à la cérémonie. Tous les paysans de Médintiltas et lieux circonvoisins viendront chez

moi manger quelques bœufs et d'innombrables cochons, et, quand ils seront ivres, ils danseront dans ce pré, à droite de l'avenue que vous connaissez. Vous verrez des costumes et des coutumes dignes de votre observation. Vous me ferez le plus grand plaisir et à Julienne aussi. J'ajouterai que votre refus nous jetterait dans le plus triste embarras. Vous savez que j'appartiens à la communion évangélique, de même que ma fiancée; or, notre ministre, qui demeure à une trentaine de lieues, est perclus de la goutte et j'ai osé espérer que vous voudriez bien officier à sa place. Croyez-moi, mon cher professeur, votre bien dévoué,

Michel Szémioth. »

Au bas de la lettre, en forme de *post-scriptum*, une assez jolie main féminine avait ajouté en jmoude :

« Moi, muse de la Lithuanie, j'écris en jmoude. Michel est un impertinent de douter de votre approbation. Il n'y a que moi, en effet, qui sois assez folle pour vouloir d'un garçon comme lui. Vous verrez, monsieur le professeur, le 8 du mois prochain, une mariée un peu *chic*. Ce n'est pas du jmoude, c'est du français. N'allez pas au moins avoir des distractions pendant la cérémonie ! »

Ni la lettre ni le *post-scriptum* ne me plurent. Je trouvai que les fiancés montraient une impardonnable légèreté dans une occasion si solennelle. Cependant, le moyen de refuser ? J'avouerai encore que le spectacle annoncé ne laissait pas de me donner des tentations. Selon toute apparence, dans le grand nombre des gentilshommes qui se réuniraient au château de Médintiltas, je ne manquerais pas de trouver des personnes instruites qui me fourniraient des renseignements utiles. Mon glossaire jmoude était très riche ; mais le sens d'un certain nombre de mots appris de la bouche de paysans grossiers demeurait encore pour moi enveloppé d'une obscurité relative. Toutes ces considérations réunies eurent assez de force pour m'obliger à consentir à la demande du comte, et je lui répondis que, dans la matinée du 8, je serais à Médintiltas.

Combien j'eus lieu de m'en repentir !

VIII

En entrant dans l'avenue du château, j'aperçus un grand nombre de dames et de messieurs en toilette du matin, groupés sur le perron ou circulant dans les allées du parc. La cour était pleine de paysans endimanchés. Le château avait un air de fête ; partout des fleurs, des guirlandes, des drapeaux et des festons. L'intendant me conduisit à la chambre qui m'avait été préparée au rez-de-chaussée, en me demandant pardon de ne pas m'en offrir une plus belle ; mais il y avait tant de monde au château, qu'il avait été impossible de me conserver l'appartement que j'avais occupé à mon premier séjour, et qui était destiné à la femme du maréchal de la noblesse ; mà nouvelle chambre, d'ailleurs, était très convenable, ayant vue sur le parc, et au-dessous de l'appartement du comte. Je m'habillai en hâte pour la cérémonie, je revêtis ma robe ; mais ni le comte ni sa fiancée ne paraissaient. Le comte était allé la chercher à Dowghielly. Depuis longtemps ils auraient dû être arrivés ; mais la toilette d'une mariée n'est pas une petite affaire, et le docteur avertissait les invités que le déjeuner ne devant avoir lieu qu'après le service religieux, les appétits trop impatients feraient bien de prendre leurs précautions à un certain buffet garni de gâteaux et de toute sorte de liqueurs. Je remarquai à cette occasion combien l'attente excite à la médisance ; deux mères de jolies demoiselles invitées à la fête ne tarissaient pas en épigrammes contre la mariée.

Il était plus de midi quand une salve de boîtes et de coups de fusil signala son arrivée, et, bientôt après, une calèche de gala entra dans l'avenue, traînée par quatre chevaux magnifiques. A l'écume qui couvrait leur poitrail, il était facile de voir que le retard n'était pas de leur fait. Il n'y avait dans la calèche que la mariée, madame Dowghiello et le comte. Il descendit et donna la main à madame Dowghiello. Mademoiselle Iwinska, par un mouvement plein de grâce et de coquetterie enfantine, fit mine de vouloir se cacher sous son châle pour échapper aux regards curieux qui l'entouraient de tous les côtés. Pourtant, elle se leva debout dans la calèche, et elle allait prendre la main du comte, quand les chevaux du brancard, effrayés peut-être de la pluie de fleurs que les paysans lançaient à la mariée, peut-être aussi éprouvant cette étrange terreur que le comte Szémioth inspirait aux animaux, se cabrèrent en s'ébrouant; une roue heurta la borne au pied du perron, et on put croire pendant un moment qu'un accident allait avoir lieu. Mademoiselle Iwinska laissa échapper un petit cri... On fut bientôt rassuré. Le comte, la saisissant dans ses bras, l'emporta jusqu'au haut du perron aussi facilement que s'il n'avait tenu qu'une colombe. Nous applaudissions tous à son adresse et à sa galanterie chevaleresque. Les paysans poussaient des *vivat* formidables, la mariée, toute rouge, riait et tremblait à la fois. Le comte, qui n'était nullement pressé de se débarrasser de son charmant fardeau, semblait triompher en le montrant à la foule qui l'entourait...

Tout à coup, une femme de haute taille, pâle, maigre, les vêtements en désordre, les cheveux épars, et tout les traits contractés par la terreur, parut au haut du perron, sans que personne pût savoir d'où elle venait.

— A l'ours! criait-elle d'une voix aiguë; à l'ours! des fusils!... Il emporte une femme! tuez-le! Feu! Feu!

C'était la comtesse. L'arrivée de la mariée avait attiré tout le monde au perron, dans la cour, ou aux fenêtres du château. Les femmes mêmes qui surveillaient la pauvre folle avaient oublié leur consigne ; elle s'était échappée, et, sans être observée de personne, était arrivée jusqu'au milieu de nous. Ce fut une scène très pénible. Il fallut l'emporter malgré ses cris et sa résistance. Beaucoup d'invités ne connaissaient pas sa maladie. On dut leur donner des explications. On chuchota longtemps à voix basse. Tous les visages étaient attristés. « Mauvais présage ! » disaient les personnes supertitieuses ; et le nombre en est grand en Lithuanie.

Cependant, mademoiselle Iwinska demanda cinq minutes pour faire sa toilette et mettre son voile de mariée, opération qui dura une bonne heure. C'était plus qu'il ne fallait pour que les personnes qui ignoraient la maladie de la comtesse en apprissent la cause et les détails.

Enfin, la mariée reparut, magnifiquement parée et couverte de diamants. Sa tante la présenta à tous les invités, et lorsque le moment fut venu de passer à la chapelle, à ma grande surprise, en présence de toute la compagnie, madame Dowghiello appliqua un soufflet sur la joue de sa nièce, assez fort pour faire retourner ceux qui auraient eu quelque distraction. Ce soufflet fut reçu avec la plus parfaite résignation, et personne ne parut s'en étonner ; seulement, un homme en noir écrivit quelque chose sur un papier qu'il avait apporté et quelques-uns des assistants y apposèrent leur signature de l'air le plus indifférent. Ce ne fut qu'à la fin de la cérémonie que j'eus le mot de l'énigme. Si je l'eusse deviné, je n'aurais pas manqué de m'élever avec toute la force de mon ministère sacré contre cette odieuse pratique, laquelle a pour but d'établir un cas de divorce en simulant que le mariage n'a eu lieu que par suite de violence matérielle exercée contre une des parties contractantes.

Après le service religieux, je crus de mon devoir d'adresser quelques paroles au jeune couple, m'attachant à leur mettre devant les yeux la gravité et la sainteté de l'engagement qui venait de les unir, et, comme j'avais encore sur le cœur le *post-scriptum* déplacé de mademoiselle Iwinska, je lui rappelai qu'elle entrait dans une vie nouvelle, non plus accompagnée d'amusements et de joies juvéniles, mais pleine de devoirs sérieux et de graves épreuves. Il me semble que cette partie de mon allocution produisit beaucoup d'effet sur la mariée, comme sur toutes les personnes qui comprenaient l'allemand.

Des salves d'armes à feu et des cris de joie accueillirent le cortège au sortir de la chapelle, puis on passa dans la salle à manger. Le repas était magnifique, les appétits fort aiguisés, et d'abord on n'entendit d'autre bruit que celui des couteaux et des fourchettes ; mais bientôt, avec l'aide des vins de Champagne et de Hongrie, on commença à causer, à rire et même à crier. La santé de la mariée fut portée avec enthousiasme. A peine venait-on de se rasseoir, qu'un vieux *pane* à moustaches blanches se leva et, d'une voix formidable :

— Je vois avec douleur, dit-il, que nos vieilles coutumes se perdent. Jamais nos pères n'eussent porté ce toast avec des verres de cristal. Nous buvions dans le soulier de la mariée, et même dans sa botte ; car, de mon temps, les dames portaient des bottes en maroquin rouge. Montrons, amis, que nous sommes encore de vrais Lithuaniens. — Et toi, madame, daigne me donner ton soulier.

La mariée lui répondit en rougissant, avec un petit rire étouffé :

— Viens le prendre, monsieur... ; mais je ne te ferai pas raison dans ta botte.

Le *pane* ne se le fit pas dire deux fois, se mit galamment à genoux, ôta un petit soulier de satin blanc à talon rouge, l'emplit de vin de Champagne et but si vite et si adroitement, qu'il n'y en eut pas plus de la moitié qui coula sur ses habits. Le soulier passa de main en main, et tous les hommes y burent, mais non sans peine. Le vieux gentilhomme réclama le soulier comme une relique précieuse, et madame Dowghiello fit prévenir une femme de chambre de venir réparer le désordre de la toilette de sa nièce.

Ce toast fut suivi de beaucoup d'autres, et bientôt les convives devinrent si bruyants, qu'il ne me parut plus convenable de demeurer parmi eux. Je m'échappai de la table sans que personne fît attention à moi, et j'allai respirer l'air en dehors du château ; mais, là encore, je trouvai un spectacle peu édifiant. Les domestiques et les paysans, qui avaient eu de la bière et de l'eau-de-vie à discrétion, étaient déjà ivres pour la plupart. Il y avait eu des disputes et des têtes cassées. Çà et là, sur le pré, des ivrognes se vautraient privés de sentiment, et l'aspect général de la fête tenait beaucoup d'un champ de bataille. J'aurais eu quelque curiosité de voir de près les danses populaires ; mais la plupart étaient menées par des bohémiennes effrontées, et je ne crus pas qu'il fût bienséant de me hasarder dans cette bagarre. Je rentrai donc dans ma chambre, je lus quelque temps, puis me déshabillai et m'endormis bientôt.

Lorsque je m'éveillai, l'horloge du château sonnait trois heures. La nuit était claire, bien que la lune fût un peu voilée par une légère brume. J'essayai de retrouver le sommeil ; je ne pus y parvenir. Selon mon usage en pareille occasion, je voulus prendre un livre et étudier, mais je ne pus trouver les allumettes à ma portée. Je me levai et j'allai tâtonnant dans ma chambre, quand un corps opaque, très gros, passa devant ma fenêtre, et tomba avec un bruit sourd dans le jardin. Ma première impression fut que c'était un homme, et je crus qu'un de nos ivrognes était tombé par la fenêtre. J'ouvris la mienne et regardai ; je ne vis rien. J'allumai enfin une bougie, et, m'étant remis au lit, je repassai mon glossaire jusqu'au moment où l'on m'apporta mon thé.

Vers onze heures, je me rendis au salon, où je trouvai beaucoup d'yeux battus et de mines défaites ; j'appris en effet qu'on avait quitté la table fort tard. Ni le comte ni la jeune comtesse n'avaient encore paru. A onze heures et demie, après beaucoup de méchantes plaisanteries, on commençait à murmurer, tout bas d'abord, bientôt assez haut. Le docteur Froeber prit sur lui d'envoyer le valet de chambre du comte frapper à la porte de son maître. Au bout d'un quart d'heure, cet homme redescendit, et, un peu ému, rapporta au docteur Froeber qu'il avait frappé plus d'une douzaine de fois, sans obtenir de réponse. Nous nous consultâmes, madame Dowghiello, le docteur et moi. L'inquiétude du valet de chambre m'avait gagné. Nous montâmes tous les trois avec lui. Devant la porte, nous trouvâmes la femme de chambre de la jeune comtesse tout effarée, assurant que quelque malheur devait être arrivé, car la fenêtre de madame était toute grande ouverte. Je me rappelai avec effroi ce corps pesant tombé devant ma fenêtre. Nous frappâmes à grands coups. Point de réponse. Enfin, le valet de chambre apporta une barre de fer et nous enfonçâmes la porte... Non ! le courage me manque pour décrire le spectacle qui s'offrit à nos yeux. La jeune comtesse était étendue morte sur son lit, la figure horriblement lacérée, la gorge ouverte, inondée de sang. Le comte avait disparu, et personne depuis n'a eu de ses nouvelles.

Le docteur considéra l'horrible blessure de la jeune femme.

— Ce n'est pas une lame d'acier, s'écria-t-il, qui a fait cette plaie... C'est une morsure ! . . . .

Le professeur ferma son livre, et regarda le feu d'un air pensif.

— Et l'histoire est finie ? demanda Adélaïde.

— Finie ! répondit le professeur d'une voix lugubre.

— Mais, reprit-elle, pourquoi l'avez-vous intitulée *Lokis* ? Pas un seul des personnages ne s'appelle ainsi.

— Ce n'est pas un nom d'homme, dit le professeur. — Voyons, Théodore, comprenez-vous ce que veut dire *Lokis* ?

— Pas le moins du monde.

— Si vous vous étiez bien pénétré de la loi de transformation du sanscrit au lithuanien, vous auriez reconnu dans *lokis* le sanscrit *arkcha* ou *rikscha*. On appelle *lokis*, en lithuanien, l'animal que les Grecs ont nommé ἄρκτος, les Latins *ursus* et les Allemands *bär*.

Vous comprenez maintenant mon épigraphe :

> *Miszka su Lokiu,*
> *Abu du tokiu.*

Vous savez que, dans le roman de Renard, l'ours s'appelle *damp Brun*. Chez les Slaves, on le nomme Michel, Miszka en lithuanien, et ce surnom remplace presque toujours le nom générique, *lokis*. C'est ainsi que les Français ont oublié leur mot néolatin de *goupil* ou *gorpil* pour y substituer celui de *renard*. Je vous en citerai bien d'autres exemples.

Mais Adélaïde remarqua qu'il était tard, et on se sépara.

Federigo

Il y avait une fois un jeune seigneur nommé Federigo, beau, bien fait, courtois et débonnaire, mais de mœurs fort dissolues, car il aimait avec excès le jeu, le vin et les femmes, surtout le jeu ; n'allait jamais à confesse, et ne hantait les églises que pour y chercher des occasions de péché. Or, il advint que Federigo, après avoir ruiné au jeu douze fils de famille (qui se firent ensuite malandrins et périrent sans confession dans un combat acharné avec les condottieri du roi), perdit lui-même, en moins de rien, tout ce qu'il avait gagné, et, de plus, tout son patrimoine, sauf un petit manoir, où il alla cacher sa misère derrière les collines de Cava.

Trois ans s'étaient écoulés depuis qu'il vivait dans la solitude, chassant le jour et faisant le soir sa partie d'hombre avec le métayer. Un jour qu'il venait de rentrer au logis après une chasse, la plus heureuse qu'il eût encore faite, Jésus-Christ, suivi des saints apôtres, vint frapper à sa porte et lui demanda l'hospitalité. Federigo, qui avait l'âme généreuse, fut charmé de voir arriver des convives, en un jour où il avait amplement de quoi les régaler. Il fit donc entrer les pèlerins dans sa case, leur offrit de la meilleure grâce du monde la table et le couvert, et les pria de l'excuser s'il ne les traitait pas selon leur mérite, se trouvant pris au dépourvu. Notre-Seigneur, qui savait à quoi s'en tenir sur l'opportunité de sa visite, pardonna à Federigo ce petit trait de vanité en faveur de ses dispositions hospitalières.

— Nous nous contenterons de ce que vous avez, lui
dit-il ; mais faites apprêter votre souper le plus promptement possible, vu qu'il est tard, et que celui-ci a
grand faim, ajouta-t-il en montrant saint Pierre.

Federigo ne se le fit pas répéter, et voulant offrir à
ses hôtes quelque chose de plus que le produit de sa
chasse, il ordonna au métayer de faire main basse sur
son dernier chevreau, qui fut incontinent mis à la
broche.

Lorsque le souper fut prêt et la compagnie à table,
Federigo n'avait qu'un regret, c'est que son vin ne fût
pas meilleur.

— Sire, dit-il à Jésus-Christ,

Sire, je voudrais bien que mon vin fût meilleur :
Néanmoins, tel qu'il est, je l'offre de grand cœur.

Sur quoi, Notre-Seigneur ayant goûté le vin :
— De quoi vous plaignez-vous ? dit-il à Federigo ;
votre vin est parfait ; je m'en rapporte à cet homme
(désignant du doigt l'apôtre saint Pierre).

Saint Pierre l'ayant savouré, le déclara excellent
(*proprio stupendo*), et pria son hôte de boire avec lui.

Federigo, qui prenait tout cela pour de la politesse, fit néanmoins raison à l'apôtre ; mais quelle
fut sa surprise en trouvant ce vin plus délicieux
qu'aucun de ceux qu'il eût jamais goûtés au temps
de sa plus grande fortune ! Reconnaissant à ce
miracle la présence du Sauveur, il se leva aussitôt
comme indigne de manger en si sainte compagnie ;
mais Notre-Seigneur lui ordonna de se rasseoir : ce
qu'il fit sans trop de façon. Après le souper, durant
lequel ils furent servis par le métayer et sa femme,
Jésus-Christ se retira avec les apôtres dans l'appartement qui leur avait été préparé. Pour Federigo,
demeuré seul avec le métayer, il fit sa partie
d'hombre comme à l'ordinaire, en buvant ce qui
restait du vin miraculeux.

Le jour suivant, les saints voyageurs étant réunis

dans la salle basse avec le maître du logis, Jésus-Christ dit à Federigo :

— Nous sommes très contents de l'accueil que tu nous as fait, et voulons t'en récompenser. Demande-nous trois grâces à ton choix, et elles te seront accordées ; car toute puissance nous a été donnée au ciel, sur la terre et dans les enfers.

Lors, Federigo tirant de sa poche le jeu de cartes qu'il portait toujours sur lui :

— Maître, dit-il, faites que je gagne infaillible-ment toutes les fois que je jouerai avec ces cartes.

— Ainsi, soit-il ! dit Jésus-Christ. (*Ti sia concesso.*)

Mais saint Pierre, qui était auprès de Federigo, lui disait à voix basse :

— A quoi penses-tu, malheureux pécheur ? tu devrais demander au maître le salut de ton âme.

— Je m'en inquiète peu, répondit Federigo.

— Tu as encore deux grâces à obtenir, dit Jésus-Christ.

— Maître, poursuivit l'hôte, puisque vous avez tant de bonté, faites, s'il vous plaît, que quiconque montera dans l'oranger qui ombrage ma porte, n'en puisse descendre sans ma permission.

— Ainsi soit-il ! dit Jésus-Christ.

A ces mots, l'apôtre saint Pierre, donnant un grand coup de coude à son voisin :

— Malheureux pécheur, lui dit-il, ne crains-tu pas l'enfer réservé à tes méfaits ? demande donc au maître une place dans son saint paradis ; il en est encore temps...

— Rien ne presse, repartit Federigo en s'éloignant de l'apôtre ; et Notre-Seigneur ayant dit :

— Que souhaites-tu pour troisième grâce ?

— Je souhaite, répondit-il, que quiconque s'assiéra sur cet escabeau, au coin de ma cheminée, ne puisse s'en relever qu'avec mon congé.

Notre-Seigneur, ayant exaucé ce vœu comme les deux premiers, partit avec ses disciples.

Le dernier apôtre ne fut pas plus tôt hors du logis,

que Federigo, voulant éprouver la vertu de ses cartes, appela son métayer, et fit une partie d'hombre avec lui sans regarder son jeu. Il la gagna d'emblée, ainsi qu'une seconde et une troisième. Sûr alors de son fait, il partit pour la ville, et descendit dans la meilleure hôtellerie, dont il loua le plus bel appartement. Le bruit de son arrivée s'étant aussitôt répandu, ses anciens compagnons de débauche vinrent en foule lui rendre visite.

— Nous te croyions perdu pour jamais, s'écria don Giuseppe ; on assurait que tu t'étais fait ermite.

— Et l'on avait raison, répondit Federigo.

— A quoi diable as-tu passé ton temps depuis trois ans qu'on ne te voit plus ? demandèrent à la fois tous les autres.

— En prières, mes très chers frères, repartit Federigo d'un ton dévot ; et voici mes *Heures*, ajouta-t-il en tirant de sa poche le paquet de cartes qu'il avait précieusement conservé.

Cette réponse excita un rire général, et chacun demeura convaincu que Federigo avait réparé sa fortune en pays étranger aux dépens de joueurs moins habiles que ceux avec lesquels il se retrouvait alors, et qui brûlaient de le ruiner pour la seconde fois. Quelques-uns voulaient, sans plus attendre, l'entraîner à une table de jeu. Mais Federigo, les ayant priés de remettre la partie au soir, fit passer la compagnie dans une salle où l'on avait servi, par son ordre, un repas délicat, qui fut parfaitement accueilli.

Ce dîner fut plus gai que le souper des apôtres : il est vrai qu'on n'y but que du malvoisie et du lacryma ; mais les convives, excepté un, ne connaissaient pas de meilleur vin.

Avant l'arrivée de ses hôtes, Federigo s'était muni d'un jeu de cartes parfaitement semblable au premier, afin de pouvoir, au besoin, le substituer à l'autre, et, en perdant une partie sur trois ou quatre, écarter tout soupçon de l'esprit de ses adversaires. Il avait mis l'un à sa droite et l'autre à sa gauche.

Lorsqu'on eut dîné, la noble bande étant assise autour d'un tapis vert, Federigo mit d'abord sur table les cartes profanes, et fixa les enjeux à une somme raisonnable pour toute la durée de la séance. Voulant alors se donner l'intérêt du jeu, et connaître la mesure de sa force, il joua de son mieux les deux premières parties, et les perdit l'une et l'autre, non sans un dépit secret. Il fit ensuite apporter du vin, et profita du moment où les gagnants buvaient à leurs succès passés et futurs, pour reprendre d'une main les cartes profanes et les remplacer de l'autre par les bénites.

Quand la troisième partie fut commencée, Federigo ne donnant plus aucune attention à son jeu, eut le loisir d'observer celui des autres, et le trouva déloyal. Cette découverte lui fit grand plaisir. Il pouvait dès lors vider en conscience les bourses de ses adversaires. Sa ruine avait été l'ouvrage de leur fraude, non de leur bien-jouer ou de leur fortune. Il pouvait donc concevoir une meilleure opinion de sa force relative, opinion justifiée par des succès antérieurs. L'estime de soi (car à quoi ne s'accroche-t-elle pas?), la certitude de la vengeance et celle du gain, sont trois sentiments bien doux au cœur de l'homme. Federigo les éprouva tous à la fois; mais, songeant à sa fortune passée, il se rappela les douze fils de famille aux dépens desquels il s'était enrichi; et, persuadé que ces jeunes gens étaient les seuls honnêtes joueurs auxquels il eût jamais eu affaire, il se repentit pour la première fois des victoires remportées sur eux. Un nuage sombre succéda sur son visage aux rayons de la joie qui perçait, et il poussa un profond soupir en gagnant la troisième partie.

Elle fut suivie de plusieurs autres, dont Federigo s'arrangea pour gagner le plus grand nombre, en sorte qu'il recueillit dans cette première soirée de quoi payer son dîner et un mois du loyer de son appartement. C'était tout ce qu'il voulait pour ce jour-là. Ses compagnons désappointés promirent, en le quittant, de revenir le lendemain.

Le lendemain et les jours suivants, Federigo sut gagner et perdre si à propos, qu'il acquit en peu de temps une fortune considérable sans que personne en soupçonnât la véritable cause. Alors il quitta son hôtel pour aller habiter un grand palais où il donnait de temps à autre des fêtes magnifiques. Les plus belles femmes se disputaient un de ses regards ; les vins les plus exquis couvraient tous les jours sa table, et le palais de Federigo était réputé le centre des plaisirs.

Au bout d'un an de jeu discret, il résolut de rendre sa vengeance complète, en mettant à sec les principaux seigneurs du pays. A cet effet, ayant converti en pierreries la plus grande partie de son or, il les invita huit jours d'avance à une fête extraordinaire pour laquelle il mit en réquisition les meilleurs musiciens, baladins, etc., et qui devait se terminer par un jeu des mieux nourris. Ceux qui manquaient d'argent en extorquèrent aux juifs ; les autres apportèrent ce qu'ils avaient et tout fut raflé. Federigo partit dans la nuit avec son or et ses diamants.

De ce moment, il se fit une règle de ne jouer à coup sûr qu'avec les joueurs de mauvaise foi, se trouvant assez fort pour se tirer d'affaire avec les autres. Il parcourut ainsi toutes les villes de la terre, jouant partout, gagnant toujours, et consommant en chaque lieu ce que le pays produisait de plus excellent.

Cependant le souvenir de ses douze victimes se présentaient sans cesse à son esprit et empoisonnait toutes ses joies. Enfin, il résolut un beau jour de les délivrer ou de se perdre avec elles.

Cette résolution prise, il partit pour les enfers un bâton à la main et un sac sur le dos, sans autre escorte que sa levrette favorite, qui s'appelait Marchesella. Arrivé en Sicile, il gravit le mont Gibel, et descendit ensuite dans le volcan, autant au-dessous du pied de la montagne que la montagne elle-même s'élève au-dessus de Piamonte. De là, pour aller chez

Pluton, il faut traverser une cour gardée par Cerbère. Federigo la franchit sans difficulté, pendant que Cerbère faisait fête à sa levrette, et vint frapper à la porte de Pluton.

Lorsqu'on l'eut conduit en sa présence :

— Qui es-tu ? lui demanda le roi de l'abîme.

— Je suis le joueur Federigo.

— Que diable viens-tu faire ici ?

— Pluton, répondit Federigo, si tu estimes que le premier joueur de la terre soit digne de faire ta partie d'hombre, voici ce que je te propose : nous jouerons autant de parties que tu voudras ; que j'en perde une seule, et mon âme te sera légitimement acquise, avec toutes celles qui peuplent tes États ; mais, si je gagne, j'aurai le droit d'en choisir une parmi tes sujettes, pour chaque partie que j'aurai gagnée, et de l'emporter avec moi.

— Soit, dit Pluton.

Et il demanda un paquet de cartes.

— En voici un, dit aussitôt Federigo en tirant de sa poche le jeu miraculeux.

Et ils commencèrent à jouer.

Federigo gagna une première partie, et demanda à Pluton l'âme de Stefano Pagani, l'un des douze qu'il voulait sauver. Elle lui fut aussitôt livrée ; et, l'ayant reçue, il la mit dans son sac. Il gagna de même une seconde partie, puis une troisième, et jusqu'à douze, se faisant livrer chaque fois, et mettant dans son sac une des âmes auxquelles il s'intéressait. Lorsqu'il eut complété la douzaine, il offrit à Pluton de continuer.

— Volontiers, dit Pluton (qui pourtant s'ennuyait de perdre) ; mais sortons un instant ; je ne sais quelle odeur fétide vient de se répandre ici.

Or, il cherchait un prétexte pour se débarrasser de Federigo ; car à peine celui-ci était-il dehors avec son sac et ses âmes, que Pluton cria de toute sa force qu'on fermât la porte sur lui.

Federigo, ayant de nouveau traversé la cour des

enfers, sans que Cerbère y prît garde, tant il était
charmé de sa levrette, regagna péniblement la cime
du mont Gibel. Il appela ensuite Marchesella, qui ne
tarda pas à le rejoindre, et redescendit vers Messine,
plus joyeux de sa conquête spirituelle qu'il ne l'avait
jamais été d'aucun succès mondain. Arrivé à Messine, il s'y embarqua pour retourner en terre ferme
et terminer sa carrière dans son antique manoir.

. . . .

(A quelques mois de là, Marchesella mit bas une
portée de petits monstres, dont quelques-uns
avaient jusqu'à trois têtes. On les jeta tous à l'eau.)

. . . .

Au bout de trente ans (Federigo en avait alors
soixante-dix), la Mort entra chez lui, et l'avertit de
mettre sa conscience en règle, parce que son heure
était venue.

— Je suis prêt, dit le moribond ; mais, avant de
m'enlever, ô Mort, donne-moi, je te prie, un fruit de
l'arbre qui ombrage ma porte. Encore ce petit plaisir, et je mourrai content.

— S'il ne te faut que cela, dit la Mort, je veux bien
te satisfaire.

Et elle monta dans l'oranger pour cueillir une
orange. Mais, lorsqu'elle voulut descendre, elle ne le
put pas : Federigo s'y opposait.

— Ah ! Federigo, tu m'as trompée, s'écria-t-elle ; je
suis maintenant en ta puissance ; mais rends-moi la
liberté, et je te promets dix ans de vie.

— Dix ans ! voilà grand-chose ! dit Federigo. Si tu
veux descendre, ma mie, il faut être plus libérale.

— Je t'en donnerai vingt.

— Tu te moques !

— Je t'en donnerai trente.

— Tu n'es pas tout à fait au tiers.

— Tu veux donc vivre un siècle ?

— Tout autant, ma chère.

— Federigo, tu n'es pas raisonnable.

— Que veux-tu ! j'aime à vivre.

— Allons, va pour cent ans, dit la Mort, il faut bien en passer par là.

Et elle put aussitôt descendre.

Dès qu'elle fut partie, Federigo se leva dans un état de santé parfaite, et commença une nouvelle vie avec la force d'un jeune homme et l'expérience d'un vieillard. Tout ce que l'on sait de cette nouvelle existence est qu'il continua à satisfaire curieusement toutes ses passions, et particulièrement ses appétits charnels, faisant un peu de bien quand l'occasion s'en présentait, mais sans plus songer à son salut que pendant sa première vie.

Les cent ans révolus, la Mort vint de nouveau frapper à sa porte, et le trouva dans son lit.

— Es-tu prêt ? lui dit-elle.

— J'ai envoyé chercher mon confesseur, répondit Federigo ; assieds-toi près du feu jusqu'à ce qu'il vienne. Je n'attends que l'absolution pour m'élancer avec toi dans l'éternité.

La Mort, qui était bonne personne, alla s'asseoir sur l'escabeau, et attendit une heure entière sans voir arriver le prêtre. Commençant alors à s'ennuyer, elle dit à son hôte :

— Vieillard, pour la seconde fois, n'as-tu pas eu le temps de te mettre en règle, depuis un siècle que nous ne nous sommes vus ?

— J'avais, par ma foi, bien autre chose à faire, dit le vieillard avec un sourire moqueur.

— Eh bien, reprit la Mort indignée de son impiété, tu n'as plus une minute à vivre.

— Bah ! dit Federigo, tandis qu'elle cherchait en vain à se lever, je sais par expérience que tu es trop accommodante pour ne pas m'accorder encore quelques années de répit.

— Quelques années ! misérable ! (Et elle faisait d'inutiles efforts pour sortir de la cheminée.)

— Oui, sans doute ; mais, cette fois-ci, je ne serai point exigeant, et, comme je ne tiens plus à la vieillesse, je me contenterai de quarante ans pour ma troisième course.

La Mort vit bien qu'elle était retenue sur l'escabeau, comme autrefois sur l'oranger, par une puissance surnaturelle ; mais, dans sa fureur, elle ne voulait rien accorder.

— Je sais un moyen de te rendre raisonnable, dit Federigo.

Et il fit jeter trois fagots sur le feu. La flamme eut, en un moment, rempli la cheminée, en sorte que la Mort était au supplice.

— Grâce ! grâce ! s'écria-t-elle en sentant brûler ses vieux os ; je te promets quarante ans de santé.

A ces mots, Federigo dénoua le charme, et la Mort s'enfuit, à demi rôtie.

Au bout du terme, elle revint chercher son homme, qui l'attendait de pied ferme, un sac sur le dos.

— Pour le coup, ton heure est venue, lui dit-elle en entrant brusquement ; il n'y a plus à reculer. Mais que veux-tu faire de ce sac ?

— Il contient les âmes de douze joueurs de mes amis, que j'ai autrefois délivrés de l'enfer.

— Qu'ils y rentrent avec toi ! dit la Mort.

Et, saisissant Federigo par les cheveux, elle s'élança dans les airs, vola vers le Midi, et s'enfonça avec sa proie dans les gouffres du mont Gibel. Arrivée aux portes de l'enfer, elle frappa trois coups.

— Qui est là ? dit Pluton.

— Federigo le joueur, répondit la Mort.

— N'ouvrez pas, s'écria Pluton, qui se rappela aussitôt les douze parties qu'il avait perdues ; ce coquin-là dépeuplerait mon empire.

Pluton refusant d'ouvrir, la Mort transporta son prisonnier aux portes du purgatoire ; mais l'ange de garde lui en interdit l'entrée, ayant reconnu qu'il se trouvait en état de péché mortel. Il fallut donc à toute force, et au grand regret de la Mort, qui en voulait à Federigo, diriger le convoi vers les régions célestes.

— Qui es-tu ? dit saint Pierre à Federigo, quand la Mort l'eut déposé à l'entrée du paradis.

— Votre ancien hôte, répondit-il, celui qui vous régala jadis du produit de sa chasse.

— Oses-tu bien te présenter ici dans l'état où je te vois ? s'écria saint Pierre. Ne sais-tu pas que le ciel est fermé à tes pareils ? Quoi ! tu n'es pas même digne du purgatoire, et tu veux une place dans le paradis !

— Saint Pierre, dit Federigo, est-ce ainsi que je vous reçus quand vous vîntes avec votre divin maître, il y a environ cent quatre-vingts ans, me demander l'hospitalité ?

— Tout cela est bel et bon, repartit saint Pierre d'un ton grondeur, quoique attendri ; mais je ne puis prendre sur moi de te laisser entrer. Je vais informer Jésus-Christ de ton arrivée ; nous verrons ce qu'il dira.

Notre-Seigneur, étant averti, vint à la porte du paradis, où il trouva Federigo à genoux sur le seuil, avec ses douze âmes, six de chaque côté. Lors, se laissant toucher de compassion :

— Passe encore pour toi, dit-il à Federigo ; mais ces douze âmes que l'enfer réclame, je ne saurais en conscience les laisser entrer.

— Eh quoi ! Seigneur, dit Federigo, lorsque j'eus l'honneur de vous recevoir dans ma maison, n'étiez-vous pas accompagné de douze voyageurs que j'accueillis, ainsi que vous, du mieux qu'il me fut possible ?

— Il n'y a pas moyen de résister à cet homme, dit Jésus-Christ. Entrez donc, puisque vous voilà ; mais ne vous vantez pas de la grâce que je vous fais ; elle serait de mauvais exemple.

1829.

Djoûmane

Le 21 mai 18..., nous rentrions à Tlemcen. L'expédition avait été heureuse ; nous ramenions bœufs, moutons, chameaux, des prisonniers et des otages.

Après trente-sept jours de campagne ou plutôt de chasse incessante, nos chevaux étaient maigres, efflanqués, mais il avaient encore l'œil vif et plein de feu ; pas un n'était écorché sous la selle. Nos hommes, bronzés par le soleil, les cheveux longs, les buffleteries sales, les vestes râpées, montraient cet air d'insouciance au danger et à la misère qui caractérise le vrai soldat.

Pour fournir une belle charge, quel général n'eût préféré nos chasseurs aux plus pimpants escadrons habillés de neuf ?

Depuis le matin, je pensais à tous les petits bonheurs qui m'attendaient.

Comme j'allais dormir dans mon lit de fer, après avoir couché trente-sept nuits sur un rectangle de toile cirée ! Je dînerais assis sur une chaise, j'aurais du pain tendre et du sel à discrétion ! Puis je me demandais si mademoiselle Concha aurait une fleur de grenadier ou de jasmin dans ses cheveux, et si elle aurait tenu les serments prêtés à mon départ ; mais, fidèle ou inconstante, je sentais qu'elle pouvait compter sur le grand fond de tendresse qu'on rapporte du désert. Il n'y avait personne dans notre escadron qui n'eût ses projets pour la soirée.

Le colonel nous reçut fort paternellement, et même il nous dit qu'il était content de nous ; puis, il prit à part notre commandant et, pendant cinq minutes, lui tint à voix basse des discours médiocrement agréables, autant que nous en pouvions juger sur l'expression de leurs physionomies.

Nous observions le mouvement des moustaches du colonel, qui s'élevaient à la hauteur de ses sourcils, tandis que celles du commandant descendaient piteusement défrisées jusque sur sa poitrine. Un jeune chasseur, que je fis semblant de ne pas entendre, prétendit que le nez du commandant s'allongeait à vue d'œil ; mais bientôt les nôtres s'allongèrent aussi, lorsque le commandant revint nous dire : « Qu'on fasse manger les chevaux et qu'on soit prêt à partir au coucher du soleil ! Les officiers dînent chez le colonel à cinq heures, tenue de campagne ; on monte à cheval après le café... Est-ce que, par hasard, vous ne seriez pas contents, messieurs ?... »

Nous n'en convînmes pas et nous le saluâmes en silence, l'envoyant à tous les diables à part nous, ainsi que le colonel.

Nous n'avions que peu de temps pour faire nos petits préparatifs. Je m'empressai de me changer, et, après avoir fait ma toilette, j'eus la pudeur de ne pas m'asseoir dans ma bergère, de peur de m'y endormir.

A cinq heures, j'entrai chez le colonel. Il demeurait dans une grande maison moresque, dont je trouvai le patio rempli de monde, Français et indigènes, qui se pressaient autour d'une bande de pèlerins ou de saltimbanques arrivant du Sud.

Un vieillard, laid comme un singe, à moitié nu sous un burnous troué, la peau couleur de chocolat à l'eau, tatoué sur toutes les coutures, les cheveux crépus et si touffus, qu'on aurait cru de loin qu'il avait un colback sur la tête, la barbe blanche et hérissée, dirigeait la représentation.

C'était, disait-on, un grand saint et un grand sorcier.

Devant lui, un orchestre composé de deux flûtes et de trois tambours faisait un tapage infernal digne de la pièce qui allait se jouer. Il disait qu'il avait reçu d'un marabout fort renommé tout pouvoir sur les démons et les bêtes féroces, et, après un petit compliment à l'adresse du colonel et du respectable public, il procéda à une sorte de prière ou d'incantation, appuyée par sa musique, tandis que les acteurs sous ses ordres sautaient, dansaient, tournaient sur un pied et se frappaient la poitrine à grands coups de poing.

Cependant, les tambours et les flûtes allaient toujours précipitant la mesure.

Lorsque la fatigue et le vertige eurent fait perdre à ces gens le peu de cervelle qu'ils avaient, le sorcier en chef tira de quelques paniers placés autour de lui des scorpions et des serpents, et, après avoir montré qu'ils étaient pleins de vie, il les jetait à ses farceurs, qui tombaient dessus comme des chiens sur un os, et les mettaient en pièces à belles dents, s'il vous plaît.

Nous regardions d'une galerie haute le singulier spectacle que nous donnait le colonel, pour nous préparer sans doute à bien dîner. Pour moi, détournant les yeux de ces coquins qui me dégoûtaient, je m'amusais à regarder une jolie petite fille de treize ou quatorze ans qui se faufilait dans la foule pour se rapprocher du spectacle.

Elle avait les plus beaux yeux du monde, et ses cheveux tombaient sur ses épaules en tresses menues terminées par de petites pièces d'argent, qu'elle faisait tinter en remuant la tête avec grâce. Elle était habillée avec plus de recherche que la plupart des filles du pays : mouchoir de soie et d'or sur la tête, veste de velours brodée, pantalons courts en satin bleu, laissant voir ses jambes nues entourées d'anneaux d'argent. Point de voile sur la figure. Était-ce une juive, une idolâtre ? ou bien appartenait-elle à ce hordes errantes dont l'origine est inconnue et que ne troublent pas de préjugés religieux ?

Tandis que je suivais tous ses mouvements avec je ne sais quel intérêt, elle était parvenue au premier rang du cercle où ces enragés exécutaient leurs exercices.

En voulant s'approcher encore davantage, elle fit tomber un long panier à base étroite qu'on n'avait pas ouvert. Presque en même temps, le sorcier et l'enfant firent entendre un cri terrible, et un grand mouvement s'opéra dans le cercle, chacun reculant avec effroi.

Un serpent très gros venait de s'échaper du panier, et la petite fille l'avait pressé de son pied. En un instant, le reptile s'était enroulé autour de sa jambe. Je vis couler quelques gouttes de sang sous l'anneau qu'elle portait à la cheville. Elle tomba à la renverse, pleurant et grinçant des dents. Une écume blanche couvrit ses lèvres, tandis qu'elle se roulait dans la poussière.

— Courez donc, cher docteur! criai-je à notre chirurgien-major. Pour l'amour de Dieu, sauvez ce pauvre enfant.

— Innocent! répondit le major en haussant les épaules. Ne voyez-vous pas que c'est dans le programme? D'ailleurs, mon métier est de vous couper les bras et les jambes. C'est l'affaire de mon confrère là-bas de guérir les filles mordues par les serpents.

Cependant le vieux sorcier était accouru, et son premier soin fut de s'emparer du serpent.

— Djoûmane! Djoûmane! lui disait-il d'un ton de reproche amical.

Le serpent se déroula, quitta sa proie et se mit à ramper. Le sorcier fut leste à le saisir par le bout de la queue, et, le tenant à bout de bras, il fit le tour du cercle, montrant le reptile qui se tordait et sifflait sans pouvoir se redresser.

Vous n'ignorez pas qu'un serpent qu'on tient par la queue est fort empêché de sa personne. Il ne peut relever qu'un quart tout au plus de sa longueur, et, par conséquent, ne peut mordre la main qui l'a saisi.

Au bout d'une minute, le serpent fut remis dans son panier, le couvercle bien assujetti, et le magicien s'occupa de la petite fille, qui criait et gigotait toujours. Il lui mit sur la plaie une pincée de poudre blanche qu'il tira de sa ceinture, puis murmura à l'oreille de l'enfant une incantation dont l'effet ne se fit pas attendre. Les convulsions cessèrent ; la petite fille s'essuya la bouche, ramassa son mouchoir de soie, en secoua la poussière, le remit sur sa tête, se leva, et bientôt on la vit sortir.

Un instant après, elle montait dans notre galerie pour faire sa quête, et nous collions sur son front et sur ses épaules force pièces de cinquante centimes.

Ce fut la fin de la représentation, et nous allâmes dîner.

J'avais bon appétit et je me préparais à faire honneur à une magnifique anguille à la tartare, quand notre docteur, auprès de qui j'étais assis, me dit qu'il reconnaissait le serpent de tout à l'heure. Il me fut impossible d'en manger une bouchée.

Le docteur, après s'être bien moqué de mes préjugés, réclama ma part de l'anguille et m'assura que le serpent avait un goût délicieux.

— Ces coquins que vous venez de voir, me dit-il, sont des connaisseurs. Ils vivent dans des cavernes comme des Troglodytes, avec leurs serpents ; ils ont de jolies filles, témoin la petite aux culottes bleues. On ne sait quelle religion ils ont, mais ce sont des malins, et je veux faire connaissance de leur cheik.

Pendant le dîner, nous apprîmes pour quel motif nous reprenions la compagne. Sidi-Lala, poursuivi chaudement par le colonel R***, cherchait à gagner les montagnes du Maroc.

Deux routes à choisir : une au sud de Tlemcen en passant à gué la Moulaïa, sur le seul point où des escarpements ne la rendent pas inaccessible ; l'autre par la plaine, au nord de notre cantonnement. Là, il devait trouver notre colonel et le gros du régiment.

Notre escadron était chargé de l'arrêter au passage de la rivière, s'il le tentait ; mais cela était peu probable.

Vous saurez que la Moulaïa coule entre deux murs de rochers, et il n'y a qu'un seul point, comme une sorte de brèche assez étroite, où des chevaux puissent passer. Le lieu m'était bien connu, et je ne comprends pas pourquoi on n'y a pas encore élevé un blockhaus. Tant il y a que, pour le colonel, il y avait toutes chances de rencontrer l'ennemi, et, pour nous, de faire une course inutile.

Avant la fin du dîner, plusieurs cavaliers du Maghzen avaient apporté des dépêches du colonel R***. L'ennemi avait pris position et montrait comme une envie de se battre. Il avait perdu du temps. L'infanterie du colonel R*** allait arriver et le culbuter.

Mais par où s'enfuirait-il? Nous n'en savions rien, et il fallait le prévenir sur les deux routes. Je ne parle pas d'un dernier parti qu'il pouvait prendre, se jeter dans le désert; ses troupeaux et sa smala y seraient bientôt morts de faim et de soif. On convint de quelques signaux pour s'avertir du mouvement de l'ennemi.

Trois coups de canon tirés à Tlemcen nous préviendraient que Sidi-Lala paraissait dans la plaine, et nous emportions, nous, des fusées pour faire savoir que nous avions besoin d'être soutenus. Selon toute vraisemblance, l'ennemi ne pourrait pas se montrer avant le point du jour, et nos deux colonnes avaient plusieurs heures d'avance sur lui.

La nuit était faite quand nous montâmes à cheval. Je commandais le peloton d'avant-garde. Je me sentais fatigué, j'avais froid; je mis mon manteau, j'en relevai le collet, je chaussai mes étriers, et j'allai tranquillement au grand pas de ma jument, écoutant avec distraction le maréchal des logis Wagner, qui me racontait l'histoire de ses amours, malheureusement terminées par la fuite d'une infidèle qui lui avait emporté avec son cœur une montre d'argent et une paire de bottes neuves. Je savais déjà cette histoire, et elle me semblait encore plus longue que de coutume.

La lune se levait comme nous nous mettions en route. Le ciel était pur, mais du sol s'élevait un petit brouillard blanc, rasant la terre, qui semblait couverte de cardes de coton. Sur ce fond blanc la lune lançait de longues ombres, et tous les objets prenaient

un aspect fantastique. Tantôt je croyais voir des cavaliers arabes en vedette : en m'approchant, je trouvais
des tamaris en fleur ; tantôt je m'arrêtais, croyant
entendre les coups de canon de signal : Wagner me
disait que c'était un cheval qui courait.

Nous arrivâmes au gué, et le commandant prit ses
dispositions.

Le lieu était merveilleux pour la défense, et notre
escadron aurait suffi pour arrêter là un corps considérable. Solitude complète de l'autre côté de la rivière.

Après une assez longue attente, nous entendîmes le
galop d'un cheval, et bientôt parut un Arabe monté
sur un magnifique cheval qui se dirigeait vers nous. A
son chapeau de paille surmonté de plumes
d'autruche, à sa selle brodée d'où pendait une *djebira*
ornée de corail et de fleurs d'or, on reconnaissait un
chef ; notre guide nous dit que c'était Sidi-Lala en
personne. C'était un beau jeune homme, bien décou-
plé, qui maniait son cheval à merveille. Il le faisait
galoper, jetait en l'air son long fusil et le rattrapait en
nous criant je ne sais quels mots de défi.

Les temps de la chevalerie sont passés, et Wagner
demandait un fusil pour *décrocher* le marabout, à ce
qu'il disait ; mais je m'y opposai, et, pour qu'il ne fût
pas dit que les Français eussent refusé de combattre
en champ clos avec un Arabe, je demandai au
commandant la permission de passer le gué et de
croiser le fer avec Sidi-Lala. La permission me fut
accordée, et aussitôt je passai la rivière, tandis que le
chef ennemi s'éloignait au petit galop pour reprendre
du champ.

Dès qu'il me vit sur l'autre bord, il courut sur moi le
fusil à l'épaule.

— Méfiez-vous ! me cria Wagner.

Je ne crains guère les coups de fusil d'un cavalier, et,
après la fantasia qu'il venait d'exécuter, le fusil de
Sidi-Lala ne devait pas être en état de faire feu. En
effet, il pressa la détente à trois pas de moi, mais le
fusil rata, comme je m'y attendais. Aussitôt mon

homme fit tourner son cheval de la tête à la queue si rapidement qu'au lieu de lui planter mon sabre dans la poitrine, je n'attrapai que son burnous flottant.

Mais je le talonnais de près, le tenant toujours à ma droite et le rabattant bon gré mal gré vers les escarpements qui bordent la rivière. En vain essaya-t-il de faire des crochets, je le serrais de plus en plus.

Après quelques minutes d'une course enragée, je vis son cheval se cabrer tout à coup, et lui, tirant les rênes à deux mains. Sans me demander pourquoi il faisait ce mouvement singulier, j'arrivai sur lui comme un boulet, je lui plantai ma latte au beau milieu du dos en même temps que le sabot de ma jument frappait sa cuisse gauche. Homme et cheval disparurent; ma jument et moi, nous tombâmes après eux.

Sans nous en être aperçus, nous étions arrivés au bord d'un précipice et nous étions lancés... Pendant que j'étais encore en l'air, — la pensée va vite ! — je me dis que le corps de l'Arabe amortirait ma chute. Je vis distinctement sous moi un burnous blanc avec une grande tache rouge : c'est là que je tombai à pile ou face.

Le saut ne fut pas si terrible que je l'avais cru, grâce à la hauteur de l'eau; j'en eus par-dessus les oreilles, je barbotai un instant tout étourdi, et je ne sais trop comment je me trouvai debout au milieu de grands roseaux au bord de la rivière.

Ce qu'étaient devenus Sidi-Lala et les chevaux, je n'en sais rien. J'étais trempé, grelottant, dans la boue, entre deux murs de rochers. Je fis quelques pas, espérant trouver un endroit où les escarpements seraient moins roides; plus j'avançais, plus ils me semblaient abrupts et inaccessibles.

Tout à coup, j'entendis au-dessus de ma tête des pas de chevaux et le cliquetis des fourreaux de sabre heurtant contre les étriers et les éperons. Évidemment, c'était notre escadron. Je voulus crier, mais pas un son ne sortit de ma gorge; sans doute, dans ma chute, je m'étais brisé la poitrine.

Figurez-vous ma situation ! J'entendais les voix de nos gens, je les reconnaissais, et je ne pouvais les appeler à mon aide. Le vieux Wagner disait :

— S'il m'avait laissé faire, il aurait vécu pour être colonel.

Bientôt le bruit diminua, s'affaiblit, je n'entendis plus rien.

Au-dessus de ma tête pendait une grosse racine, et j'espérais, en la saisissant, me guinder sur la berge. D'un effort désespéré, je m'élançai, et... sss !... la racine se tord et m'échappe avec un sifflement affreux... C'était un énorme serpent...

Je retombai dans l'eau : le serpent, glissant entre mes jambes, se jeta dans la rivière, où il me sembla qu'il laissait comme une traînée de feu...

Une minute après, j'avais retrouvé mon sang-froid, et cette lumière tremblotant sur l'eau n'avait pas disparu. C'était, comme je m'en aperçus, le reflet d'une torche. A une vingtaine de pas de moi, une femme emplissait d'une main une cruche à la rivière, et de l'autre tenait un morceau de bois résineux qui flambait. Elle ne se doutait pas de ma présence. Elle posa tranquillement sa cruche sur sa tête, et, sa torche à la main, disparut dans les roseaux. Je la suivis et me trouvai à l'entrée d'une caverne.

La femme s'avançait fort tranquillement et montait une pente assez raide, une espèce d'escalier taillé contre la paroi d'une salle immense. A la lueur de la torche, je voyais le sol de cette salle, qui ne dépassait guère le niveau de la rivière, mais je ne pouvais découvrir quelle en était l'étendue. Sans trop savoir ce que je faisais, je m'engageai sur la rampe après la femme qui portait la torche et je la suivis à distance. De temps en temps, sa lumière disparaissait derrière quelque anfractuosité de rocher, et je la retrouvais bientôt.

Je crus apercevoir encore l'ouverture sombre de grandes galeries en communication avec la salle principale. On eût dit une ville souterraine avec ses rues et

ses carrefours. Je m'arrêtai, jugeant qu'il était dangereux de m'aventurer seul dans cet immense laby-
rinthe.

Tout à coup, une des galeries au-dessous de moi
s'illumina d'une vive clarté. Je vis un grand nombre
de flambeaux qui semblaient sortir des flancs du
rocher pour former comme une grande procession. En
même temps s'élevait un chant monotone qui rappelait la psalmodie des Arabes récitant leurs prières.

Bientôt je distinguai une grande multitude qui
s'avançait avec lenteur. En tête marchait un homme
noir, presque nu, la tête couverte d'une énorme masse
de cheveux hérissés. Sa barbe blanche tombant sur sa
poitrine tranchait sur la couleur brune de sa poitrine
tailladée de tatouages bleuâtres. Je reconnus aussitôt
mon sorcier de la veille, et, bientôt après, je retrouvai
auprès de lui la petite fille qui avait joué le rôle
d'Eurydice, avec ses beaux yeux, ses pantalons de soie
et son mouchoir brodé sur la tête.

Des femmes, des enfants, des hommes de tout âge
les suivaient, tous avec des torches, tous avec des
costumes bizarres à couleurs vives, des robes traî-
nantes, de hauts bonnets, quelques-uns en métal, qui
reflétaient de tous côtés la lumière des flambeaux.

Le vieux sorcier s'arrêta juste au-dessous de moi, et
toute la procession avec lui. Il se fit un grand silence.
Je me trouvais à une vingtaine de pieds au-dessus de
lui, protégé par de grosses pierres derrière lesquelles
j'espérais tout voir sans être aperçu. Aux pieds du
vieillard, j'aperçus une large dalle à peu près ronde,
ayant au centre un anneau de fer.

Il prononça quelques mots dans une langue à moi
inconnue, qui, je crois en être sûr, n'était ni de l'arabe
ni du kabyle. Une corde avec des poulies, suspendue je
ne sais où, tomba à ses pieds ; quelques-uns des assistants l'engagèrent dans l'anneau, et, à un signal, vingt
bras vigoureux faisant effort à la fois, la pierre, qui
semblait très lourde, se souleva, et on la rangea de
côté.

J'aperçus alors comme l'ouverture d'un puits, dont l'eau était à moins d'un mètre du bord. L'eau, ai-je dit ? je ne sais quel affreux liquide c'était, recouvert d'une pellicule irisée, interrompue et brisée par places, et laissant voir une boue noire et hideuse.

Debout, près de la margelle du puits, le sorcier tenait la main gauche sur la tête de la petite fille, de la droite, il faisait des gestes étranges pendant qu'il prononçait une espèce d'incantation au milieu du recueillement général.

De temps en temps, il élevait la voix comme s'il appelait quelqu'un : « Djoûmane ! Djoûmane ! » criait-il ; mais personne ne venait. Cependant, il roulait les yeux, grinçait des dents, et faisait entendre des cris rauques qui ne semblaient pas sortir d'une poitrine humaine. Les mômeries de ce vieux coquin m'agaçaient et me transportaient d'indignation ; j'étais tenté de lui jeter sur la tête une des pierres que j'avais sous la main. Pour la trentième fois peut-être, il venait de hurler ce nom de Djoûmane, quand je vis trembler la pellicule irisée du puits, et à ce signe toute la foule se rejeta en arrière ; le vieillard et la petite fille demeurèrent seuls au bord du trou.

Soudain un gros bouillon de boue bleuâtre s'éleva du puits et de cette boue sortit la tête énorme d'un serpent, d'un gris livide, avec des yeux phosphorescents...

Involontairement, je fis un haut-le-corps en arrière ; j'entendis un petit cri et le bruit d'un corps pesant qui tombait dans l'eau...

Quand je reportai la vue en bas, un dixième de seconde après peut-être, j'aperçus le sorcier seul au bord du puits, dont l'eau bouillonnait encore. Au milieu des fragments de la pellicule irisée flottait le mouchoir qui couvrait les cheveux de la petite fille.

Déjà la pierre était en mouvement et retombait sur l'ouverture de l'horrible gouffre. Alors, tous les flambeaux s'éteignirent à la fois, et je restai dans les ténèbres au milieu d'un silence si profond que j'entendais distinctement les battements de mon cœur...

Dès que je fus un peu remis de cette horrible scène, je voulus sortir de la caverne, jurant que, si je parvenais à rejoindre mes camarades, je reviendrais exterminer les abominables hôtes de ces lieux, hommes et serpents.

Il s'agissait de trouver son chemin ; j'avais fait, à ce que je croyais, une centaine de pas dans l'intérieur de la caverne, ayant le mur de rocher à ma droite.

Je fis demi-tour, mais je n'aperçus aucune lumière qui indiquât l'ouverture du souterrain ; mais il ne s'étendait pas en ligne droite, et, d'ailleurs, j'avais toujours monté depuis le bord de la rivière ; de ma main gauche je tâtais le rocher, de la droite je tenais mon sabre et je sondais le terrain, avançant lentement et avec précaution. Pendant un quart d'heure, vingt minutes..., une demi-heure peut-être, je marchai sans trouver l'entrée.

L'inquiétude me prit. Me serais-je engagé, sans m'en apercevoir, dans quelque galerie latérale, au lieu de revenir par le chemin que j'avais suivi d'abord ?...

J'avançais toujours, tâtant le rocher, lorsque au lieu du froid de la pierre, je sentis une tapisserie, qui, cédant sous ma main, laissa échapper un rayon de lumière. Redoublant de précaution, j'écartai sans bruit la tapisserie et me trouvai dans un petit couloir qui donnait dans une chambre fort éclairée dont la porte était ouverte. Je vis que cette chambre était tendue d'une étoffe à fleurs de soie et d'or. Je distinguai un tapis de Turquie, un bout de divan en velours. Sur le tapis, il y avait un narghileh d'argent et des cassolettes. Bref, un appartement somptueusement meublé dans le goût arabe.

Je m'approchai à pas de loup jusqu'à la porte. Une jeune femme était accroupie sur ce divan, près duquel était posée une petit table basse en marqueterie, supportant un grand plateau de vermeil chargé de tasses, de flacons et de bouquets de fleurs.

En entrant dans ce boudoir souterrain, on se sentait enivré de je ne sais quel parfum délicieux.

Tout respirait la volupté dans ce réduit; partout je voyais briller de l'or, de riches étoffes, des fleurs rares et des couleurs variées. D'abord, la jeune femme ne m'aperçut pas; elle penchait la tête et d'un air pensif roulait entre ses doigts les grains d'ambre jaune d'un long chapelet. C'était une vraie beauté. Ses traits ressemblaient à ceux de la malheureuse enfant que je venais de voir, mais plus formés, plus réguliers, plus voluptueux. Noire comme l'aile d'un corbeau, sa chevelure,

> Longue comme un manteau de roi,

s'étalait sur ses épaules, sur le divan et jusque sur le tapis à ses peids. Une chemise de soie transparente, à larges raies, laissait deviner des bras et une gorge admirables. Une veste de velours soutachée d'or serrait sa taille, et de ses pantalons courts en satin bleu sortait un pied merveilleusement petit, auquel était suspendue une babouche dorée qu'elle faisait danser d'un mouvement capricieux et plein de grâce.

Mes bottes craquèrent, elle releva la tête et m'aperçut.

Sans se déranger, sans montrer la moindre surprise de voir entrer chez elle un étranger le sabre à la main, elle frappa dans ses mains avec joie et me fit signe d'approcher. Je la saluai en portant la main à mon cœur et à ma tête, pour lui montrer que j'étais au fait de l'étiquette musulmane. Elle me sourit, et de ses deux mains écarta ses cheveux, qui couvraient le divan; c'était me dire de prendre place à côté d'elle. Je crus que tous les parfums de l'Arabie sortaient de ces beaux cheveux.

D'un air modeste, je m'assis à l'extrémité du divan en me promettant bien de me rapprocher tout à l'heure. Elle prit une tasse sur le plateau, et, la tenant par la soucoupe en filigrane, elle y versa une mousse de café, et, après l'avoir effleurée de ses lèvres, elle me la présenta :

— Ah! Roumi, Roumi!... dit-elle...

— Est-ce que nous ne tuons pas le ver, mon lieutenant?...

A ces mots, j'ouvris les yeux comme des portes cochères. Cette jeune femme avait des moustaches énormes, c'était le vrai portrait du maréchal des logis Wagner... En effet, Wagner était debout devant moi et me présentait une tasse de café, tandis que, couché sur le cou de mon cheval, je le regardais tout ébaubi.

— Il paraît que nous avons pioncé tout de même, mon lieutenant. Nous voilà au gué et le café est bouillant.

Lettres
adressées d'Espagne
AU DIRECTEUR DE LA REVUE DE PARIS

I

LES COMBATS DE TAUREAUX

Madrid, 25 octobre 1830.

Monsieur,

Les courses de taureaux sont encore très en vogue en Espagne ; mais, parmi les Espagnols de la classe élevée, il en est peu qui n'éprouvent une espèce de honte à avouer leur goût pour un genre de spectacle certainement fort cruel ; aussi cherchent-ils plusieurs graves raisons pour le justifier. D'abord c'est un amusement national. Ce mot *national* suffirait seul, car le patriotisme d'antichambre est aussi fort en Espagne qu'en France. Ensuite, disent-ils, les Romains étaient encore plus barbares que nous, puisqu'ils faisaient combattre des hommes contre des hommes. Enfin, ajoutent les économistes, l'agriculture profite de cet usage ; car le haut prix de taureaux de combat engage les propriétaires à élever de nombreux troupeaux. Il faut savoir que tous les taureaux n'ont point le mérite de courir sus aux hommes et aux chevaux, et que, sur vingt, il s'en trouve à peine un assez brave pour figurer dans un cirque ; les dix-neuf autres servent à l'agriculture. Le seul argument que l'on n'ose présenter, et qui serait pourtant sans réplique, c'est que, cruel ou non, ce spectacle est si intéressant, si attachant, produit des émotions si puissantes, qu'on ne peut y renoncer lorsqu'on a résisté à l'effet de la première séance. Les étrangers, qui n'entrent dans le cirque la première fois qu'avec une certaine horreur, et seulement afin de s'acquitter en conscience des devoirs de voyageur, les étrangers, dis-je, se passionnent bientôt pour les courses de taureaux autant que les Espagnols eux-mêmes. Il faut en convenir, à la honte de l'humanité, la guerre avec toutes ses horreurs a des charmes extraordinaires, surtout pour ceux qui la contemplent à l'abri.

Saint Augustin raconte que, dans sa jeunesse, il avait une répugnance extrême pour les combats de gladiateurs, qu'il n'avait jamais vus. Forcé par un de ses amis de l'accompagner à une de ces pompeuses boucheries, il s'était juré à lui-même de fermer les yeux pendant tout le temps de la représentation. D'abord il tint assez bien sa promesse et s'efforça de penser à autre chose; mais, à un cri que poussa tout le peuple en voyant tomber un gladiateur célèbre, il ouvrit les yeux; il les ouvrit et ne put les refermer. Depuis lors, et jusqu'à sa conversion, il fut un des amateurs les plus passionnés des jeux du cirque.

Après un aussi grand saint, j'ai honte de me citer; pourtant vous savez que je n'ai pas les goûts d'un anthropophage. La première fois que j'entrai dans le cirque de Madrid, je craignis de ne pouvoir supporter la vue du sang que l'on y fait libéralement couler; je craignais surtout que ma sensibilité, dont je me défiais, ne me rendît ridicule devant les amateurs endurcis qui m'avaient donné une place dans leur loge. Il n'en fut rien. Le premier taureau qui parut fut tué; je ne pensais plus à sortir. Deux heures s'écoulèrent sans le moindre entr'acte, et je n'étais pas encore fatigué. Aucune tragédie au monde ne m'avait intéressé à ce point. Pendant mon séjour en Espagne je n'ai pas manqué un seul combat, et, je l'avoue en rougissant, je préfère les combats à mort à ceux où l'on se contente de harceler les taureaux qui portent des boules à l'extrémité de leurs cornes. Il y a la même différence qu'entre les combats à outrance et les tournois à lances mornées. Pourtant les deux espèces de courses se ressemblent beaucoup; mais seulement, dans la seconde, le danger pour les hommes est presque nul.

La veille d'une course est déjà une fête. Pour éviter

les accidents, on ne conduit les taureaux dans l'écurie du cirque (*encierro*) que la nuit ; et, la veille du jour fixé pour le combat, ils paissent dans un pâturage à peu de distance de Madrid (*el arroyo*). C'est un but de promenade que d'aller voir ces taureaux qui viennent souvent de très loin. Un grand nombre de voitures, de cavaliers et de piétons se rendent à l'arroyo. Beaucoup de jeunes gens portent dans cette occasion l'élégant costume de *majo* andalou, et déploient une magnificence et un luxe que ne permet point la simplicité de nos habillements ordinaires. Au reste, cette promenade n'est point sans danger : les taureaux sont en liberté, leurs conducteurs ne s'en font pas facilement obéir, c'est l'affaire des curieux d'éviter les coups de corne.

Il y a des cirques (*plazas*) dans presque toutes les grandes villes d'Espagne. Ces édifices sont très simplement, pour ne pas dire très grossièrement, construits. Ce ne sont en général que de grandes baraques en planches, et on cite comme une merveille l'amphithéâtre de Ronda, parce qu'il est entièrement bâti en pierre. C'est le plus beau de l'Espagne, comme le château de Thunder-ten-Tronkh était le plus beau de Westphalie, parce qu'il avait une porte et des fenêtres. Mais qu'importe la décoration d'un théâtre, quand le spectacle est excellent ?

Le cirque de Madrid peut contenir environ sept mille spectateurs, qui entrent et sortent sans confusion par un grand nombre de portes. On s'assied sur des bancs de bois ou de pierre ; quelques loges ont des chaises. Celle de Sa Majesté Catholique est la seule qui soit assez élégamment décorée.

L'arène est entourée d'une forte palissade, haute d'environ cinq pieds et demi. A deux pieds de terre règne tout alentour, et des deux côtés de la palissade, une saillie en bois, une espèce de marche-pied ou d'étrier qui sert au toréador poursuivi à passer plus facilement par-dessus la barrière. Un corridor étroit la sépare des gradins des spectateurs, aussi élevés que la

barrière, et garantis en outre par une double corde
retenue par de forts piquets. C'est une précaution qui
ne date que de quelques années. Un taureau avait non
seulement sauté la barrière, ce qui arrive fréquemment, mais encore s'était élancé jusque sur les gradins, où il avait tué ou estropié nombre de curieux. La
corde tendue est censée suffisante pour prévenir le
retour d'un semblable accident.

Quatre portes débouchent dans l'arène. L'une
communique à l'écurie des tareaux (*toril*); l'autre
mène à la boucherie (*matadero*), où l'on écorche et
dissèque les taureaux. Les deux autres servent aux
acteurs humains de cette tragédie.

Un peu avant la course, les toréadors se réunissent
dans une salle attenante au cirque. Tout auprès sont
les écuries des chevaux. Plus loin, on trouve une
infirmerie. Un chirurgien et un prêtre se tiennent dans
le voisinage, tout prêts à donner leurs soins aux bles-
sés.

La salle qui sert de foyer est ornée d'une madone
peinte, devant laquelle brûlent quelques bougies; au-
dessous, on voit une table avec un petit réchaud
contenant des charbons allumés. En entrant, chaque
torero ôte d'abord son chapeau à l'image, marmotte à
la hâte un bout de prière, puis tire un cigare de sa
poche, l'allume au réchaud, et fume en causant avec
ses camarades et les amateurs qui viennent discuter
avec eux le mérite des taureaux qu'ils vont combattre.

Cependant, dans une cour intérieure, les cavaliers
qui doivent jouter à cheval se préparent au combat en
essayant leurs chevaux. A cet effet, ils les lancent au
galop contre un mur qu'ils choquent d'une longue
perche en guise de pique; sans quitter ce point
d'appui, ils exercent leurs montures à tourner rapidement et le plus près possible du mur. Vous verrez tout
à l'heure que cet exercice n'est pas inutile. Les chevaux dont on se sert sont des rosses de réforme que
l'on achète à bas prix. Avant d'entrer dans l'arène, de
peur que les cris de la multitude et que la vue des

taureaux ne les effarouchent, on leur bande les yeux et l'on emplit leurs oreilles d'étoupes mouillées.

L'aspect du cirque est très animé. L'arène, dès avant le combat, est remplie de monde, et les gradins et les loges offrent une masse confuse de têtes. Il y a deux sortes de places : du côté de l'ombre sont les plus chères et les plus commodes, mais le côté du soleil est toujours garni d'intrépides amateurs. On voit beaucoup moins de femmes que d'hommes, et la plupart sont de la classe des *manolas* (grisettes). Dans les loges, on remarque pourtant quelques toilettes élégantes, mais peu de jeunes femmes. Les romans français et anglais ont perverti depuis peu les Espagnols, et leur ôtent le respect pour leurs vieilles coutumes. Je ne crois pas qu'il soit défendu aux ecclésiastiques d'assister à ces spectacles ; cependant, je n'en ai jamais vu qu'un seul en costume (à Séville). On m'a dit que plusieurs s'y rendaient déguisés.

A un signal donné par le président de la course, un alguazil mayor, accompagné de deux alguazils en costume de Crispin, tous les trois à cheval, et suivis d'une compagnie de cavalerie, font évacuer l'arène et le corridor étroit qui la sépare des gradins. Quand ils se sont retirés avec leur suite, un héraut, escorté d'un notaire et d'autres alguazils à pied, vient lire au milieu de la place un ban qui défend de rien jeter dans l'arène, de troubler les combattants par des cris ou des signes, etc. A peine a-t-il paru, que, malgré la formule respectable : *Au nom du roi, notre seigneur, que Dieu garde longtemps...* des huées et des sifflets s'élèvent de toutes parts, et durent autant que la lecture de la défense, qui d'ailleurs n'est jamais observée. Dans le cirque, et là seulement, le peuple commande en souverain, et peut dire et faire tout ce qu'il veut.

Il y a deux classes principales de toreros : les *picadors*, qui combattent à cheval, armés d'une lance ; et les *chulos*, à pied, qui harcèlent le taureau en agitant des draperies de couleurs brillantes. Parmi ces derniers sont les *banderilleros* et les *matadors*, dont je vous parlerai bientôt. Tous portent le costume andalou, à peu près celui de Figaro dans *le Barbier de Séville*; mais, au lieu de culottes et de bas de soie, les picadors ont des pantalons de cuir épais, garnis de bois et de fer, afin de préserver leurs jambes et leurs cuisses des coups de corne. A pied, ils marchent écarquillés comme des compas; et, s'ils sont renversés, ils ne peuvent guère se relever qu'à l'aide des chulos. Leurs selles sont très hautes, de forme turque, avec des étriers en fer, semblables à des sabots, et qui couvrent entièrement le pied. Pour se faire obéir de leurs rosses, ils ont des éperons armés de pointes de deux pouces de longueur. Leur lance est grosse, très forte, terminée par une pointe de fer très aiguë; mais, comme il faut faire durer le plaisir, cette pointe est garnie d'un bourrelet de corde qui ne laisse pénétrer dans le corps du taureau qu'un pouce de fer environ.

Un des alguazils à cheval reçoit dans son chapeau une clef que lui jette le président des jeux. Cette clef n'ouvre rien; mais il la porte cependant à l'homme chargé d'ouvrir le toril, et s'échappe aussitôt au grand galop, accompagné des huées de la multitude, qui lui crie que le taureau est déjà dehors et qu'il le poursuit. Cette plaisanterie se renouvelle à toutes les courses.

Cependant les picadors ont pris leurs places. Il y en a d'ordinaire deux à cheval dans l'arène; deux ou trois autres se tiennent en dehors prêts à les remplacer en cas d'accidents, tels que mort, fractures graves, etc. Une douzaine de chulos à pied sont distribués dans la place, à portée de s'entr'aider mutuellement.

Le taureau, préalablement irrité à dessein dans sa cage, sort furieux. Ordinairement il arrive d'un élan jusqu'au milieu de la place, et là s'arrête tout court, étonné du bruit qu'il entend et du spectacle qui l'entoure. Il porte sur la nuque un nœud de rubans fixé par un petit crochet qui entre dans la peau. La couleur de ces rubans indique de quel troupeau (*vacada*) il sort; mais un amateur exercé reconnaît, à la seule vue de l'animal, à quelle province et à quelle race il appartient.

Les chulos s'approchent, agitent leurs capes éclatantes, et tâchent d'attirer le taureau vers l'un des picadors. Si la bête est brave, elle attaque sans hésiter. Le picador, tenant son cheval bien rassemblé, s'est placé, la lance sous le bras, précisément en face du taureau; il saisit le moment où il baisse la tête, prêt à le frapper de ses cornes, pour lui porter un coup de lance sur la nuque, et *non ailleurs*; il appuie sur le coup de toute la force de son corps, et en même temps il fait partir le cheval par la gauche, de manière à laisser le taureau à droite. Si tous ces mouvements sont bien exécutés, si le picador est robuste et son cheval maniable, le taureau, emporté par sa propre impétuosité, le dépasse sans le toucher. Alors le devoir des chulos est d'occuper le taureau, de manière à laisser au picador le temps de s'éloigner; mais souvent l'animal reconnaît trop bien celui qui l'a blessé : il se retourne brusquement, gagne le cheval de vitesse, lui enfonce ses cornes dans le ventre, et le renverse avec son cavalier. Celui-ci est aussitôt secouru par les chulos; les uns le relèvent, les autres en lançant leurs capes à la tête du taureau le détournent, l'attirent sur eux, et lui échappent en gagnant à la course la barrière qu'ils escaladent avec une légèreté surprenante. Les taureaux espagnols courent aussi vite qu'un cheval; et, si le chulo était fort éloigné de la barrière, il échapperait difficilement. Aussi est-il rare que les cavaliers, dont la vie dépend toujours de l'adresse des chulos, se hasardent vers le milieu de la place; quand ils le font, cela passe pour un trait d'audace extraordinaire.

Une fois remis sur pieds, le picador remonte aussitôt son cheval, s'il peut le relever aussi. Peu importe que la pauvre bête perde des flots de sang, que ses entrailles traînent à terre et s'entortillent dans ses jambes; tant qu'un cheval peut marcher, il doit se présenter au taureau. Reste-t-il abattu, le picador sort de la place, et y rentre à l'instant monté sur un cheval frais.

J'ai dit que les coups de lance ne peuvent faire qu'une légère blessure au taureau, et ils n'ont d'autre effet que de l'irriter. Pourtant les chocs du cheval et du cavalier, le mouvement qu'il se donne, surtout les réactions qu'il reçoit en s'arrêtant brusquement sur ses jarrets, le fatiguent assez promptement. Souvent aussi la douleur des coups de lance le décourage, et alors il n'ose plus attaquer les chevaux, ou pour parler le jargon tauromachique, il refuse d'*entrer*. Cependant, s'il est vigoureux, il a déjà tué quatre ou cinq chevaux. Les picadors se reposent alors, et l'on donne le signal de planter les *banderillas*.

Ce sont des bâtons d'environ deux pieds et demi, enveloppés de papier découpé, et terminés par une pointe aiguë, barbelée pour qu'elle reste dans la plaie. Les chulos tiennent un des dards de chaque main. La manière la plus sûre de s'en servir, c'est de s'avancer doucement derrière le taureau, puis de l'exciter tout à coup en frappant avec bruit les banderilles l'une contre l'autre. Le taureau étonné se retourne, et charge son ennemi sans hésiter. Au moment où il le touche presque, lorsqu'il baisse la tête pour frapper, le chulo lui enfonce à la fois les deux banderilles de chaque côté du cou, ce qu'il ne peut faire qu'en se tenant pour un instant tout près et vis-à-vis du taureau et presque entre ses cornes; puis il s'efface, le laisse passer et gagne la barrière pour se mettre en sûreté. Une distraction, un mouvement d'hésitation ou de frayeur suffiraient pour le perdre. Les connaisseurs regardent pourtant les fonctions de banderillero comme les moins dangereuses de toutes. Si, par malheur, il tombe, en plantant les banderilles, il ne faut pas qu'il essaye de se relever; il se tient immobile à la place où il est tombé. Le taureau ne frappe à terre que rarement, non point par générosité, mais parce qu'en chargeant il ferme les yeux et passe sur l'homme sans l'apercevoir. Quelquefois pourtant il s'arrête, le flaire comme pour s'assurer qu'il est bien mort; puis, reculant de quelques pas, il baisse la tête pour l'enle-

ver sur ses cornes ; mais alors les camarades du banderillero l'entourent et l'occupent si bien, qu'il est
forcé d'abandonner le cadavre prétendu.

Lorsque le taureau a montré de la lâcheté, c'est-à-
dire quand il n'a pas reçu gaillardement quatre coups
de lance, c'est le nombre de rigueur, les spectateurs,
juges souverains, le condamnent par acclamation à
une espèce de supplice qui est à la fois un châtiment et
un moyen de réveiller sa colère. De tous côtés s'élève le
cri de *fuego ! fuego !* (Du feu ! Du feu !) On distribue
alors aux chulos, au lieu de leurs armes ordinaires, des
banderilles dont le manche est entouré de pièces
d'artifice. La pointe est garnie d'un morceau d'amadou allumé. Aussitôt qu'elle pénètre dans la peau,
l'amadou est repoussé sur la mèche des fusées ; elles
prennent feu, et la flamme, qui est dirigée vers le
taureau, le brûle jusqu'au vif et lui fait faire des sauts
et des bonds qui amusent extrêmement le public. C'est
en effet un spectacle admirable que de voir cet animal
énorme écumant de rage, secouant les banderilles
ardentes et s'agitant au milieu du feu et de la fumée.
En dépit de messieurs les poètes, je dois dire que de
tous les animaux que j'ai observés, aucun n'a moins
d'expression dans les yeux que le taureau. Il faudrait
dire ne *change* moins d'expression ; car la sienne est
presque toujours celle de la stupidité brutale et
farouche. Rarement il exprime sa douleur par des
gémissements : les blessures l'irritent ou l'effrayent ;
mais jamais, passez-moi l'expression, il n'a l'air de
réfléchir sur son sort ; jamais il ne pleure comme le
cerf. Aussi n'inspire-t-il de pitié que lorsqu'il s'est fait
remarquer par son courage.

Quand le taureau porte au cou trois ou quatre paires
de banderilles, il est temps d'en finir avec lui. Un
roulement de tambours se fait entendre ; aussitôt un
des chulos désigné d'avance, c'est le *matador*, sort du
groupe de ses camarades. Richement vêtu, couvert
d'or et de soie, il tient une longue épée et un manteau
écarlate, attaché à un bâton, pour qu'on puisse le

manier plus commodément. Cela s'appelle la *muleta*.
Il s'avance sous la loge du président et lui demande
avec une révérence profonde la permission de tuer le
taureau. C'est une formalité qui le plus souvent n'a
lieu qu'une seule fois pour toute la course. Le président, bien entendu, répond affirmativement d'un
signe de tête. Alors le matador pousse un *viva*, fait une
pirouette, jette son chapeau à terre et marche à la
rencontre du taureau.

Dans ces courses, il y a des lois aussi bien que dans
un duel ; les enfreindre serait aussi infâme que de tuer
son adversaire en traître. Par exemple, le matador ne
peut frapper le taureau qu'à l'endroit de la réunion de
la nuque avec le dos, ce que les Espagnols appellent la
croix. Le coup doit être porté de haut en bas, comme
on dirait *en seconde* ; jamais en dessous. Mieux vau-
drait mille fois perdre la vie que de frapper un taureau
en dessous, de côté ou par-derrière. L'épée dont se
servent les matadors est longue, forte, tranchante des
deux côtés ; la poignée, très courte, est terminée par
une boule que l'on appuie contre la paume de la main.
Il faut une grande habitude et une adresse particulière
pour se servir de cette arme.

Pour bien tuer un taureau, il faut connaître à fond
son caractère. De cette connaissance dépend non seulement la gloire, mais la vie du matador. On le
conçoit, il y a autant de caractères différents parmi les
taureaux que parmi les hommes ; pourtant ils se dis-
tinguent en deux divisions bien tranchées : les *clairs* et
les *obscurs*. Je parle ici la langue du cirque. Les clairs
attaquent franchement ; les obscurs, au contraire, sont
rusés et cherchent à prendre leur homme en traître.
Ces derniers sont extrêmement dangereux.

Avant d'essayer de donner le coup d'épée à un
taureau, le matador lui présente la muleta, l'excite, et
observe avec attention s'il se précipite dessus franchement aussitôt qu'il l'aperçoit, ou s'il s'en approche
doucement pour gagner du terrain, et ne charger son
adversaire qu'au moment où il paraît être trop près

pour éviter le choc. Souvent on voit un taureau secouer la tête d'un air de menace, gratter la terre du pied sans vouloir avancer, ou même reculer à pas lents, tâchant d'attirer l'homme vers le milieu de la place, où celui-ci ne pourra lui échapper. D'autres, au lieu d'attaquer en ligne droite, s'approchent par une marche oblique, lentement et feignant d'être fatigués ; mais, dès qu'ils ont jugé leur distance, ils partent comme un trait.

Pour quelqu'un qui entend un peu la tauromachie, c'est un spectacle intéressant que d'observer les approches du matador et du taureau, qui, comme deux généraux habiles, semblent deviner les intentions l'un de l'autre et varient leurs manœuvres à chaque instant. Un mouvement de tête, un regard de côté, une oreille qui s'abaisse, sont pour un matador exercé autant de signes non équivoques des projets de son ennemi. Enfin le taureau impatient s'élance contre le drapeau rouge dont le matador se couvre à dessein. Sa vigueur est telle, qu'il abattrait une muraille en la choquant de ses cornes ; mais l'homme l'esquive par un léger mouvement de corps ; il disparaît comme par enchantement et ne lui laisse qu'une draperie légère qu'il élève au-dessus de ses cornes en défiant sa fureur. L'impétuosité du taureau lui fait dépasser de beaucoup son adversaire ; il s'arrête alors brusquement en roidissant ses jambes, et ces réactions brusques et violentes le fatiguent tellement que, si ce manège était prolongé, il suffirait seul pour le tuer. Aussi, Romero, le fameux professeur, dit-il qu'un bon matador doit tuer huit taureaux en sept coups d'épée. Un des huit meurt de fatigue et de rage.

Après plusieurs passes, quand le matador croit bien connaître son antagoniste, il se prépare à lui donner le dernier coup. Affermi sur ses jambes, il se place bien en face de lui et l'attend, immobile, à la distance convenable. Le bras droit, armé de l'épée, est replié à la hauteur de la tête ; le gauche, étendu en avant, tient la muleta qui, touchant presque à terre, excite le taureau à baisser la tête. C'est dans ce moment que le matador lui porte le coup mortel, de toute la force de son bras, augmentée du poids de son corps et de l'impétuosité même du taureau. L'épée, longue de trois pieds, entre souvent jusqu'à la garde ; et, si le coup est bien dirigé, l'homme n'a plus rien à craindre : le taureau s'arrête tout court ; le sang coule à peine ; il relève la tête ; ses jambes tremblent, et tout d'un coup il tombe comme une lourde masse. Aussitôt de tous les gradins partent des *viva* assourdissants ; les mouchoirs s'agitent ; les chapeaux des majos volent dans l'arène, et le héros vainqueur envoie modestement des baise-mains de tous les côtés.

Autrefois, dit-on, jamais il ne se donnait plus d'une estocade ; mais tout dégénère, et maintenant il est rare qu'un taureau tombe du premier coup. Si cependant il paraît mortellement blessé, le matador ne redouble pas ; aidé des chulos, il le fait tourner en cercle en l'excitant avec les manteaux de manière à l'étourdir en peu de temps. Dès qu'il tombe, un chulo l'achève d'un coup de poignard asséné sur la nuque ; l'animal expire à l'instant.

On a remarqué que presque tous les taureaux ont un endroit dans le cirque auquel ils reviennent toujours. On le nomme la *querencia*. D'ordinaire, c'est la porte par où ils sont entrés dans l'arène.

Souvent on voit le taureau, emportant dans le cou l'épée fatale dont la garde seule sort de son épaule, traverser la place à pas lents, dédaignant les chulos et leurs draperies dont ils le poursuivent. Il ne pense plus qu'à mourir commodément. Il cherche l'endroit qu'il affectionne, s'agenouille, se couche, étend la tête et meurt tranquillement si un coup de poignard ne vient pas hâter sa fin.

Si le taureau refuse d'attaquer, le matador court à lui et, toujours au moment où l'animal baisse la tête, il le perce de son épée (*estocada de volapié*) ; mais, s'il ne baisse pas la tête, ou s'il s'enfuit toujours, il faut, pour le tuer, employer un moyen bien cruel. Un homme,

armé d'une longue perche terminée par un fer tran-
chant en forme de croissant (*media luna*), lui coupe
traîtreusement les jarrets par-derrière, et, dès qu'il est
abattu, on l'achève d'un coup de poignard. C'est le
seul épisode de ces combats qui répugne à tout le
monde. C'est une espèce d'assassinat. Heureusement
il est rare qu'il soit nécessaire d'en venir là pour tuer
un taureau.

Des fanfares annoncent sa mort. Aussitôt trois
mules attelées entrent au grand trot dans le cirque ; un
nœud de cordes est fixé entre les cornes du taureau, on
y passe un crochet, et les mules l'entraînent au galop.
En deux minutes, les cadavres des chevaux et celui du
taureau disparaissent de l'arène.

Chaque combat dure à peu près vingt minutes, et,
d'ordinaire, on tue huit taureaux dans un après-midi.
Si le divertissement a été médiocre, à la demande du
public, le président des courses accorde un ou deux
combats de supplément.

Vous voyez que le métier de torero est assez dangereux. Il en meurt, année moyenne, deux ou trois dans
toute l'Espagne. Peu d'entre eux parviennent à un âge
avancé. S'ils ne meurent pas dans le cirque, ils sont
obligés d'y renoncer de bonne heure par suite de leurs
blessures. Le fameux Pepe Illo reçut dans sa vie vingt-
six coups de corne ; le dernier le tua. Le salaire assez
élevé de ces gens n'est pas le seul mobile qui leur fasse
embrasser leur dangereux métier. La gloire, les
applaudissements leur font braver la mort. Il est si
doux de triompher devant cinq ou six mille personnes ! Aussi n'est-il pas rare de voir des amateurs
d'une naissance distinguée partager les dangers et la
gloire des toreros de profession. J'ai vu à Séville un
marquis et un comte remplir dans une course
publique les fonctions de picador.

Bien est-il vrai que le public ne se montre guère
indulgent pour les toreros. La moindre marque de
timidité est punie de huées et de sifflets. Les injures les
plus atroces pleuvent de toutes parts ; quelquefois

même par l'ordre du peuple, et c'est la plus terrible
marque de son indignation, un alguazil s'approche du
toréador et lui enjoint, sous peine de la prison, d'attaquer au plus vite le taureau.

Un jour, l'acteur Maïquez, indigné de voir un matador hésiter en présence du plus *obscur* de tous les
taureaux, l'accablait d'injures. — « Monsieur Maïquez, lui dit le matador, voyez-vous, ce ne sont pas ici
des menteries comme sur vos planches. »

Les applaudissements et l'envie de se faire une
renommée ou de conserver celle qu'ils ont acquise
obligent les toréadors à renchérir sur les dangers
auxquels ils sont naturellement exposés. Pepe Illo, et
Romero après lui, se présentaient au taureau avec des
fers aux pieds. Le sang-froid de ces hommes dans les
dangers les plus pressants a quelque chose de miraculeux. Dernièrement, un picador, nommé Francisco
Sevilla, fut renversé et son cheval éventré par un
taureau andalou, d'une force et d'une agilité prodi-
gieuses. Ce taureau, au lieu de se laisser distraire par
les chulos, s'acharna sur l'homme, le piétina et lui
donna un grand nombre de coups de corne dans les
jambes, mais, s'apercevant qu'elles étaient trop bien
défendues par le pantalon de cuir garni de fer, il se
retourna et baissa la tête pour lui enfoncer sa corne
dans la poitrine. Alors Sevilla, se soulevant d'un effort
désespéré, saisit d'une main le taureau par l'oreille, de
l'autre il lui enfonça les doigts dans les naseaux,
pendant qu'il tenait sa tête collée sous celle de cette
bête furieuse. En vain le taureau le secoua, le foula aux
pieds, le heurta contre terre ; jamais il ne put lui faire
lâcher prise. Nous regardions avec un serrement de
cœur cette lutte inégale. C'était l'agonie d'un brave :
on regrettait presque qu'elle se prolongeât ; on ne
pouvait ni crier, ni respirer, ni détourner les yeux de
cette scène horrible : elle dura près de *deux minutes*.
Enfin le taureau, vaincu par l'homme dans ce combat
corps à corps, l'abandonna pour poursuivre des chulos. Tout le monde s'attendait à voir Sevilla emporté à

bras hors de l'enceinte. On le relève; à peine est-il sur ses pieds qu'il saisit une cape et veut attirer le taureau, malgré ses grosses bottes et son incommode armure de jambes. Il fallut lui arracher la cape, autrement il se faisait tuer à cette fois. On lui amène un cheval; il s'élance dessus, bouillant de colère, et attaque le taureau au milieu de la place. Le choc de ces deux vaillants adversaires fut si terrible, que cheval et taureau tombèrent sur les genoux. Oh! si vous aviez entendu les *viva*, si vous aviez vu la joie frénétique, l'espèce d'enivrement de la foule en voyant tant de courage et tant de bonheur, vous eussiez envié comme moi le sort de Sevilla! Cet homme est devenu immortel à Madrid...

Juin 1842.

P.-S. Hélas! que vient-on de m'apprendre! Francisco Sevilla est mort l'année dernière. Il est mort, non dans le cirque, où il devait finir, mais emporté par une maladie de foie. C'est à Caravanchel, près de ces beaux arbres que j'aime tant, qu'il est mort, loin d'un public pour lequel il avait tant de fois risqué sa vie.

Je le revis en 1840, à Madrid, aussi brave, aussi téméraire qu'à l'époque où j'écrivais la lettre qu'on vient de lire. Je l'ai vu encore plus de vingt fois rouler dans la poussière sous son cheval éventré; je lui ai vu casser maintes lances, et faire assaut de force avec les terribles taureaux de Gavira. « Si Francesco Sevilla avait des cornes, disait-on dans le cirque, il n'y aurait pas un toréador qui osât se mettre devant lui. » L'habitude de la victoire lui avait inspiré une audace inouïe. Quand il se présentait devant un taureau, il s'indignait que la bête n'eût pas peur de lui. « Tu ne me connais donc pas? » lui criait-il avec fureur. Certes il leur montrait bien vite à qui ils avaient affaire.

Mes amis me procurèrent le plaisir de dîner avec Sevilla; il mangeait et buvait comme un héros d'Homère, et c'était le plus gai compagnon qui se pût rencontrer. Ses façons andalouses, son humeur joviale et son patois rempli de métaphores pittoresques avaient un agrément tout particulier dans ce colosse, qui semblait n'avoir été créé par la nature que pour tout exterminer.

Une dame espagnole, fuyant de Madrid au moment où le choléra y exerçait ses ravages, se rendait à Barcelone dans une diligence où se trouvait Sevilla, qui allait dans la même ville pour une course annoncée longtemps à l'avance. Pendant la route, la politesse, la galanterie, les petits soins de Sevilla ne se démentirent pas un instant. Arrivés devant Barcelone, la junte de santé, bête comme elles le sont toutes, annonça aux voyageurs qu'ils feraient une quarantaine de dix jours, excepté Sevilla, dont la présence était trop désirée pour que les lois sanitaires lui fussent applicables ; mais le généreux picador rejeta bien loin cette exception si avantageuse pour lui. « Si madame et mes compagnons n'ont pas libre pratique, dit-il résolument, *je ne piquerai pas !* »

Entre la crainte de la contagion et celle de manquer une belle course, on ne pouvait hésiter. La junte céda, et fit bien : car, si elle s'était obstinée, le peuple eût brûlé le lazaret et les gens de la quarantaine.

Après avoir payé mon tribut de louanges et de regrets aux mânes de Sevilla, je dois parler d'une autre illustration qui règne aujourd'hui sans rivale dans le cirque. On connaît si mal en France ce qui se passe en Espagne, qu'il y a peut-être, en deçà des Pyrénées, des gens à qui le nom de Montès est encore inconnu.

Tout ce que la renommée a publié de vrai ou de faux au sujet des matadors classiques, Pepe Illo et Pablo Romero, Montès le fait voir tous les lundis dans le cirque *national*, comme on dit aujourd'hui. Courage, grâce, sang-froid, adresse merveilleuse, il réunit tout. Sa présence dans le cirque anime, transporte acteurs et spectateurs. Il n'y a plus de mauvais taureaux, plus de chulos timides ; chacun se surpasse. Les toréadors

d'un courage douteux deviennent des héros lorsque
Montès les guide, car ils savent qu'avec lui personne
ne court de danger. Un geste de lui suffit pour détourner le taureau le plus furieux au moment où il va
percer un picador renversé. Jamais on n'a vu de *media
luna* dans une place où Montès a combattu. Clairs,
obscurs, tous les taureaux lui sont bons ; il les fascine,
il les transforme, il les tue quand et comment il lui
plaît. C'est le premier matador que j'aie vu *gallear el
toro*, c'est-à-dire se présenter de dos à l'animal en
fureur pour le faire passer sous son bras. A peine
daigne-t-il tourner la tête quand le taureau se précipite sur lui. Quelquefois, jetant un manteau sur ses
épaules, il traverse le cirque suivi par le taureau ; la
bête, enragée, le poursuit sans pouvoir l'atteindre, et
cependant elle est si près de Montès que chaque coup
de corne relève le bout du manteau. Telle est la
confiance que Montès inspire, que pour les spectateurs
l'idée du danger a disparu, ils n'ont plus d'autre
sentiment que l'admiration.

Montès passe pour avoir des opinions peu favo-
rables à l'ordre de choses actuel. On dit qu'il a été
volontaire royaliste, et qu'il est *écrevisse*, *cangrejo*,
c'est-à-dire modéré. Si les bons patriotes s'en affligent,
ils ne peuvent se soustraire à l'enthousiasme général.
J'ai vu des *descalzos* (sans-culottes) lui jeter leurs
chapeaux avec transport et le supplier de les mettre
un instant sur sa tête : voilà les mœurs du XVIe siècle.
— Brantôme dit quelque part : « J'ai connu force
gentilshommes qui, premier que porter leurs bas de
soie, prioient leurs dames et maîtresses de les essayer
et porter devant eux quelque huit ou dix jours de plus
que de moins ; et puis les portoient en très grande
vénération et contentement d'esprit et de corps. »

Montès a la tournure d'un homme comme il faut. Il
vit noblement, et se consacre à sa famille, dont il a par
son talent assuré l'avenir. Ses manières aristocratiques déplaisent à quelques toréadors qui le
jalousent. Je me souviens qu'il refusa de dîner avec

nous lorsque nous engageâmes Sevilla. A cette occasion, Sevilla nous donna son opinion sur le compte de Montès avec sa franchise ordinaire. — « *Montes no fue realista ; es buen compañero, luciente matador, atiende a los picadores, pero es un p...* » Cela veut dire qu'il porte un frac hors du cirque, qu'il ne va jamais au cabaret, et qu'il a de trop bonnes façons.

Sevilla est le Marius de la tauromachie, Montès en est le César.

II

UNE EXÉCUTION

Valence, 15 novembre 1830.

Monsieur,

Après vous avoir décrit les combats de taureaux, je n'ai plus, pour suivre l'admirable règle du théâtre des marionnettes, « toujours de plus en plus fort », je n'ai plus, dis-je, qu'à vous parler d'une exécution. Je viens d'en voir une, et je vous en rendrai compte, si vous avez le courage de me lire.

D'abord il faut que je vous explique pourquoi j'ai assisté à une exécution. En pays étranger, on est obligé de tout voir, et l'on craint toujours qu'un moment de paresse ou de dégoût ne vous fasse perdre un trait de mœurs curieux. D'ailleurs l'histoire du malheureux qu'on a pendu m'avait intéressé : je voulais voir sa physionomie ; enfin j'étais bien aise de faire une expérience sur mes nerfs.

Voici l'histoire de mon pendu. (J'ai oublié de m'informer de son nom.) C'était un paysan des environs de Valence, estimé et redouté pour son caractère hardi et entreprenant. C'était le coq de son village. Personne ne dansait mieux, ne jetait plus loin la barre, ne savait de plus vieilles romances. Il n'était pas querelleur, mais on savait qu'il fallait peu de chose pour lui échauffer les oreilles. S'il accompagnait des voyageurs son escopette sur l'épaule, pas un voleur n'eût osé les arrêter, leurs valises eussent-elles été remplies de doublons. Aussi c'était un plaisir de voir ce jeune homme, sa veste de velours sur l'épaule, se prélassant par les chemins et se dandinant d'un air de supériorité. En un mot, c'était un *majo* dans toute la force du terme. Un majo, c'est tout à la fois un dandy de la classe inférieure et un homme excessivement délicat sur le point d'honneur.

Les Castillans ont un proverbe contre les Valenciens, proverbe, suivant moi, de toute fausseté. Le voici : « A Valence, la viande, c'est de l'herbe ; l'herbe, de l'eau. Les hommes sont des femmes, et les femmes — rien. » Je certifie que la cuisine de Valence est excellente, et que les femmes y sont extrêmement jolies et plus blanches qu'en aucun autre royaume de l'Espagne. Vous allez voir ce que sont les hommes de ce pays-là.

On donnait un combat de taureaux. Le majo veut le voir ; mais il n'avait pas un réal dans sa ceinture. Il comptait qu'un volontaire royaliste son ami, de garde ce jour-là, le laisserait entrer. Point. Le volontaire était inflexible sur sa consigne. Le majo insiste, le volontaire persiste : injures de part et d'autre. Bref, le volontaire le repousse rudement avec un coup de crosse dans l'estomac. Le majo se retira ; mais ceux qui remarquèrent la pâleur répandue sur sa figure, qui observèrent ses poings fermés avec violence, ses narines gonflées et l'expression de ses yeux, ces gens-là pensèrent bien qu'il arriverait bientôt quelque malheur.

A quinze jours de là, le volontaire brutal fut envoyé avec un détachement à la poursuite de quelques contrebandiers. Il coucha dans une auberge isolée (*venta*). La nuit, une voix se fait entendre qui appelle le volontaire : « Ouvrez, c'est de la part de votre femme. » Le volontaire descend à demi vêtu. A peine avait-il ouvert la porte, qu'un coup d'espingole met le feu à sa chemise et lui envoie une douzaine de balles dans la poitrine. Le meurtrier disparaît. Qui a fait le coup ? Personne ne peut le deviner. Certainement ce n'est pas le majo qui l'a tué ; car il se trouvera une douzaine de femmes dévotes et bonnes royalistes qui jureront par le nom de leur saint et en baisant leur pouce, qu'elles ont vu le susdit, chacune dans son village, exactement à l'heure et à la minute où le crime a été commis.

Et le majo se montrait en public avec un front ouvert et l'air serein d'un homme qui vient de se débarrasser d'un souci importun. C'est ainsi qu'à Paris on se montre chez Tortoni le soir d'un duel où l'on a bravement cassé le bras à un impertinent. Remarquez en passant que l'assassinat est ici le duel des pauvres gens ; duel bien autrement sérieux que le nôtre, puisque généralement, il est suivi de deux morts, tandis que les gens de la bonne compagnie s'égratignent plus souvent qu'ils ne se tuent.

Tout alla bien jusqu'à ce qu'un certain alguazil, outrant le zèle (suivant les uns, parce qu'il était nouvellement en fonctions, — suivant d'autres, parce qu'il était amoureux d'une femme qui lui préférait le majo), s'avisa de vouloir arrêter cet homme aimable. Tant qu'il se borna à des menaces, son rival ne fit qu'en rire ; mais, quand enfin il voulut le saisir au collet, il lui fit *avaler une langue de bœuf*. C'est une expression du pays pour un coup de couteau. La légitime défense permettait-elle de rendre ainsi vacante une place d'alguazil ?

On respecte beaucoup les alguazils en Espagne, presque autant que les constables en Angleterre. En maltraiter un est un cas pendable. Aussi le majo fut-il appréhendé au corps, mis en prison, jugé et condamné après un procès fort long ; car les formes de la justice sont encore plus lentes ici que chez nous.

Avec un peu de bonne volonté, vous conviendrez ainsi que moi que cet homme ne méritait pas son sort, qu'il a été victime d'une fatalité malheureuse, et que, sans se trop charger la conscience, les juges pouvaient le rendre à la société, dont il devait faire l'ornement (style d'avocat). Mais les juges n'ont guère de ces considérations poétiques et élevées : ils l'ont condamné à mort à l'unanimité.

Un soir, passant par hasard sur la place du Marché, j'avais vu des ouvriers occupés à élever aux
flambeaux des solives bizarrement agencées, formant à peu près un II. Des soldats en cercle autour
d'eux repoussaient les curieux. Voici pour quelle
raison. La potence (car c'en était une) est élevée par
corvée, et les ouvriers mis en réquisition ne peuvent,
sans se rendre coupables de rébellion, se refuser à ce
service. Par une espèce de compensation, l'autorité
prend soin qu'ils remplissent leur tâche, que l'opinion publique rend presque déshonorante, à peu
près en secret. Pour cela, on les entoure de soldats
qui écartent la foule, et ils ne travaillent que la nuit :
de manière qu'il n'est pas possible de les
reconnaître, et qu'ils ne risquent pas le lendemain
d'être appelés charpentiers de potence.

A Valence, c'est une vieille tour gothique qui sert
de prison. Son architecture est assez belle, surtout la
façade, qui donne sur la rivière. Elle est située à une
des extrémités de la ville, et c'est une de ses principales portes. On l'appelle *la puerta de los Serranos*.
Du haut de la plate-forme on découvre le cours du
Guadalaviar, les cinq ponts qui le traversent, les
promenades de Valence et la riante campagne qui
l'entoure. C'est un assez triste plaisir que de voir les
champs quand on est enfermé entre quatre
murailles, mais enfin c'est un plaisir, et il faut savoir
gré au geôlier qui permet aux détenus de monter sur
cette plate-forme. Pour des prisonniers, la plus
petite jouissance a du prix.

C'est de cette prison que devait sortir le condamné
pour se rendre, à travers les rues les plus fréquentées
de la ville, monté sur un âne, à la place du Marché,
où il quitterait ce monde.

Je me suis trouvé de bonne heure devant *la puerta
de los Serranos* avec un de mes amis espagnols qui
avait la bonté de m'accompagner. Je m'attendais à
trouver une foule considérable rassemblée dès le
matin ; mais je m'étais trompé. Les artisans travail-

laient tranquillement dans leurs boutiques, les paysans sortaient de la ville après avoir vendu leurs
légumes. Rien n'annonçait que quelque chose
d'extraordinaire allait se passer, si ce n'est une
douzaine de dragons rangés auprès de la porte de la
prison. Le peu d'empressement des Valenciens à
voir des exécutions ne doit pas être attribué, je crois,
à un excès de sensibilité. Je ne sais pas non plus si je
dois penser, comme mon guide, qu'ils sont tellement
blasés sur ce spectacle, qu'il n'a plus d'attrait pour
eux. Peut-être cette indifférence vient-elle des habitudes laborieuses du peuple de Valence. L'amour du
travail et du gain le distingue non seulement parmi
toutes les populations de l'Espagne, mais encore
parmi celles de l'Europe.

A onze heures, la porte de la prison s'est ouverte.
Aussitôt s'est présentée une assez nombreuse procession de franciscains. Elle était précédée d'un grand
crucifix porté par un pénitent escorté de deux aco-
lytes, chacun avec une lanterne emmanchée au bout
d'un grand bâton. Le crucifix, de grandeur naturelle, était de carton peint avec un talent d'imitation
extraordinaire. Les Espagnols, qui cherchent à faire
la religion terrible, excellent à rendre les blessures,
les contusions, les traces des tortures endurées par
leurs martyrs. Sur ce crucifix, qui devait figurer à un
supplice, on n'avait pas épargné le sang, la sanie, les
tumeurs livides. C'était la plus hideuse pièce d'ana-
tomie qu'on pût voir. Le porteur de cette horrible
figure s'est arrêté devant la porte. Les soldats
s'étaient un peu rapprochés. Une centaine de
curieux, à peu près, étaient groupés derrière, assez
près pour ne rien perdre de ce qui allait se faire et se
dire, lorsque le condamné a paru accompagné de
son confesseur.

Jamais je n'oublierai la figure de cet homme. Il
était très grand et très maigre, et paraissait âgé de
trente ans. Son front était élevé, ses cheveux épais,
noirs comme du jais et droits comme les crins d'une

brosse. Ses yeux grands, mais enfoncés dans sa tête, semblaient flamboyants. Il était pieds nus, habillé d'une longue robe noire sur laquelle on avait cousu à la place du cœur une croix bleue et rouge. C'est l'insigne des agonisants. Le collet de sa chemise, plissé comme une fraise, tombait sur ses épaules et sa poitrine. Une corde menue, blanchâtre, qui se distinguait parfaitement sur l'étoffe noire de sa robe, faisait plusieurs fois le tour de son corps, et par des nœuds compliqués lui attachait les bras et les mains dans la position qu'on prend en priant. Entre ses mains, il tenait un petit crucifix et une image de la Vierge. Son confesseur était gros, court, replet, haut en couleur, ayant l'air d'un bon homme, mais d'un homme qui depuis longtemps fait ce métier-là et qui en a vu bien d'autres.

Derrière le condamné se tenait un homme pâle, faible et grêle, d'une physionomie douce et timide. Il avait une veste brune avec la culotte et les bas noirs. Je l'aurais pris pour un notaire ou un alguazil en négligé, s'il n'avait eu sur la tête un chapeau gris à grands bords, comme en portent les picadors aux combats de taureaux. A la vue du crucifix, il ôta ce chapeau avec respect, et je remarquai alors une petite échelle en ivoire fixée sur la forme comme une cocarde. C'était l'exécuteur des hautes œuvres.

En mettant la tête hors de la porte, le condamné, qui avait été obligé de se courber pour passer sous le guichet, se redressa de toute sa hauteur, ouvrit des yeux d'une grandeur démesurée, embrassa la foule d'un regard rapide et respira profondément. Il me sembla qu'il humait l'air avec plaisir, comme celui qui a été longtemps dans un cachot étroit et étouffant. Son expression était étrange : ce n'était point de la peur, mais de l'inquiétude. Il paraissait résigné. Point de morgue ni d'affection de courage. Je me dis qu'en pareille occasion, je voudrais faire une aussi bonne contenance.

Son confesseur lui dit de se mettre à genoux

devant le crucifix : il obéit et baisa les pieds de cette hideuse image. En ce moment, tous les assistants étaient émus et gardaient un profond silence. Le confesseur, s'en apercevant, leva les mains pour les dégager de ses longues manches qui l'auraient gêné dans ses mouvements oratoires, et commença à débiter un discours qui lui avait probablement servi plus d'une fois, d'une voix forte et accentuée, mais pourtant monotone par la répétition périodique des mêmes intonations. Il prononçait chaque mot clairement, son accent était pur, et il s'exprimait en bon castillan, que le condamné n'entendait peut-être que très imparfaitement. Il commençait chaque phrase d'un ton de voix glapissant, et s'élevait au fausset, mais il finissait sur un ton grave et bas.

En substance, il disait au condamné qu'il appelait son frère : « Vous avez bien mérité la mort ; on a même été indulgent pour vous en ne vous condamnant qu'à la potence, car vos crimes sont énormes. » Ici, il dit un mot des meurtres commis ; mais il s'étendit longuement sur l'irréligion dans laquelle le pénitent avait passé sa jeunesse, et qui seule l'avait poussé à sa perte. Puis, s'animant par degrés : « Mais qu'est-ce que le supplice justement mérité que vous allez endurer, comparé avec les souffrances inouïes que votre divin Sauveur a endurées pour vous ? Regardez ce sang, ces plaies, etc. » Détail très long de toutes les douleurs de la Passion, décrites avec toute l'exagération que comporte la langue espagnole, et commentées au moyen de la vilaine statue dont je vous ai parlé. La péroraison valait mieux que l'exorde. Il disait, mais trop longuement, que la miséricorde de Dieu était infinie, et qu'un repentir véritable pouvait désarmer sa colère.

Le condamné se leva, regarda le prêtre d'un air un peu farouche et lui dit : « Mon père, il suffisait de me dire que je vais à la gloire ; marchons ! »

Le confesseur rentra dans la prison fort satisfait de son discours. Deux franciscains prirent sa place auprès du condamné; ils ne devaient l'abandonner qu'au dernier moment.

D'abord on l'étendit sur une natte que le bourreau tira à lui quelque peu, mais sans violence, et comme d'un accord tacite entre le patient et l'exécuteur. C'est une pure cérémonie, afin de paraître exécuter à la lettre la sentence qui porte : « Pendu après avoir été traîné sur la claie. »

Cela fait, le malheureux fut guindé sur un âne que le bourreau conduisait par le licou. A ses côtés marchaient les deux franciscains, précédés de deux longues files de moines de cet ordre et de laïques faisant partie de la confrérie des *Desamparados*. Les bannières, les croix n'étaient pas oubliées. Derrière l'âne venaient un notaire et deux alguazils en habit noir à la française, culotte et bas de soie, l'épée au côté, et montés sur de mauvais bidets très mal harnachés. Un piquet de cavalerie fermait la marche. Pendant que la procession s'avançait fort lentement, les moines chantaient des litanies d'une voix sourde, et des hommes en manteau circulaient autour du cortège, tendant des plats d'argent aux spectateurs et demandant une aumône pour le pauvre malheureux (*por el pobre*). Cet argent sert à dire des messes pour le repos de son âme ; et pour un bon catholique qu'on va pendre ce doit être une consolation de voir les plats s'emplir assez rapidement de gros sous. Tout le monde donne. Impie comme je suis, je donnai mon offrande avec un sentiment de respect.

En vérité, j'aime ces cérémonies catholiques, et je voudrais y croire. Dans cette occasion, elles ont l'avantage de frapper la foule infiniment plus que notre charrette, nos gendarmes, et ce cortège mesquin et ignoble qui accompagne en France les exécutions. Ensuite, et c'est pour cela surtout que j'aime ces croix et ces processions, elles doivent contribuer puissamment à adoucir les derniers moments d'un condamné. Cette pompe lugubre flatte d'abord sa vanité, ce sentiment qui meurt en nous le dernier. Puis ces moines qu'il révère depuis son enfance et qui prient pour lui, les chants, et la voix des hommes qui quêtent pour qu'on lui dise des messes, tout cela doit l'étourdir, le distraire, l'empêcher de réfléchir sur le sort qui l'attend. Tourne-t-il la tête à droite, le franciscain de ce côté lui parle de l'infinie miséricorde de Dieu. A gauche, un autre franciscain est tout prêt à lui vanter la puissante intercession de monseigneur saint François. Il marche au supplice comme un conscrit entre deux officiers qui le surveillent et l'exhortent. Il n'a pas un instant de repos, s'écriera le philosophe. Tant mieux. L'agitation continuelle où on le tient l'empêche de se livrer à ses pensées, qui le tourmenteraient bien davantage.

J'ai compris alors pourquoi les moines, et surtout ceux des ordres mendiants, exercent tant d'influence sur le bas peuple. N'en déplaise aux libéraux intolérants, ils sont en réalité l'appui et la consolation des malheureux depuis leur naissance jusqu'à leur mort. Quelle horrible corvée, par exemple, que celle-ci : entretenir pendant trois jours un homme qu'on va faire mourir ! Je crois que si j'avais le malheur d'être pendu, je ne serais pas fâché d'avoir deux franciscains pour causer avec moi.

La route que suivait la procession était très tortueuse, afin de passer par les rues les plus larges. Je pris avec mon guide un chemin plus direct afin de me trouver encore une fois sur le passage du condamné. Je remarquai que, dans l'intervalle de temps qui s'était écoulé entre sa sortie de prison et son arrivée dans la rue où je le revoyais, sa taille s'était courbée considérablement. Il s'affaissait peu à peu ; sa tête tombait sur sa poitrine, comme si elle n'eût été soutenue que par la peau du cou. Pourtant je n'observais pas sur ses traits l'expression de la peur. Il regardait fixement l'image qu'il avait entre les mains ; et, s'il détournait les yeux, c'était pour les

reporter sur les deux franciscains, qu'il paraissait
écouter avec intérêt.

J'aurais dû me retirer alors; mais on me pressa
d'aller sur la grande place, de monter chez un marchand, où j'aurais toute liberté de regarder le supplice du haut d'un balcon, ou bien de me soustraire à
ce spectacle en rentrant dans l'intérieur de l'appartement. J'allai donc.

La place était loin d'être remplie. Les marchandes
de fruits et d'herbes ne s'étaient pas dérangées. On
circulait partout facilement. La potence, surmontée
des armes d'Aragon, était placée en face d'un élégant
bâtiment moresque, la Bourse de la Soie (*la Lonja de
Seda*). La place du Marché est longue. Les maisons
qui la bordent sont petites quoique surchargées
d'étages, et chaque rang de fenêtres a son balcon en
fer. De loin, on dirait de grandes cages. Un assez bon
nombre de ces balcons n'étaient point garnis de
spectateurs.

Sur celui où je devais prendre place, je trouvai
deux jeunes demoiselles de seize à dix-huit ans,
commodément établies sur des chaises, et s'éventant
de l'air du monde le plus dégagé. Toutes les deux
étaient fort jolies, et, à leurs robes de soie noire fort
propres, à leurs souliers de satin et à leurs mantilles
garnies de dentelles, je jugeai qu'elles devaient être
les filles de quelque bourgeois aisé. Je fus confirmé
dans cette opinion parce que, bien qu'elle se ser-
vissent entre elles du dialecte valencien, elles enten-
daient et parlaient correctement l'espagnol.

Dans un coin de la place, on avait élevé une petite
chapelle. Cette chapelle et la potence, qui n'en était
pas fort éloignée, étaient enfermées dans un grand
carré formé par des volontaires royalistes et des
troupes de ligne.

Les soldats ayant ouvert leurs rangs pour recevoir
la procession, le condamné fut descendu de son âne
et mené devant l'autel dont je viens de vous parler.
Les moines l'entouraient; il était à genoux, baisait

souvent les marches de l'autel ; j'ignore ce qu'on lui disait. Cependant le bourreau examinait sa corde, son échelle, et, cet examen fait, il s'approcha du patient toujours prosterné, lui mit la main sur l'épaule, et lui dit suivant l'usage : « Frère, il est temps. »

Tous les moines, un seul excepté, l'avaient abandonné, et le bourreau était, à ce qu'il paraissait, mis en possession de sa victime. En le conduisant vers l'échelle (ou plutôt l'escalier de planches), il avait soin, avec son grand chapeau qu'il lui mettait devant les yeux, de lui cacher la vue de la potence ; mais le condamné semblait chercher à repousser le chapeau avec des coups de tête, voulant montrer qu'il avait bien le courage d'envisager l'instrument de son supplice.

Midi sonnait quand le bourreau montait à l'escalier fatal, traînant après lui le patient, qui ne montait qu'avec difficulté, parce qu'il allait à reculons. L'escalier est large, et n'a de rampe que d'un côté. Le moine était du côté de la rampe, le bourreau et le condamné montaient de l'autre. Le moine parlait continuellement et en faisant beaucoup de gestes. Arrivés au haut de l'escalier, en même temps que l'exécuteur passait la corde autour du cou du patient avec une promptitude extraordinaire, on me dit que le moine lui faisait réciter le *Credo*. Puis, élevant la voix, il s'écria : « Mes frères, joignez vos prières à celles du pauvre pécheur. » J'entendis une voix douce prononcer à côté de moi avec émotion : *Amen* ; je tournai la tête, et je vis une de mes jolies Valenciennes dont les joues étaient un peu plus colorées, et qui agitait son éventail précipitamment. Elle regardait avec beaucoup d'attention du côté de la potence. Je dirigeai mes yeux de ce côté : le moine descendait l'escalier, et le condamné était suspendu en l'air, le bourreau sur ses épaules, et son valet lui tirait les pieds.

P.-S. Je ne sais si votre patriotisme me pardonnera

ma partialité pour l'Espagne. Puisque nous en sommes sur le chapitre des supplices, je vous dirai que, si j'aime mieux les exécutions espagnoles que les nôtres, je préfère aussi de beaucoup leurs galères à celles où nous envoyons chaque année environ douze cents coquins. Remarquez que je ne parle pas des *presidios* d'Afrique, que je n'ai pas vus. À Tolède, à Séville, à Grenade, à Cadix, j'ai vu un grand nombre de *presidiarios* (galériens) qui ne m'ont pas paru trop malheureux. Ils travaillaient à faire ou à réparer des routes. Ils étaient assez mal vêtus ; mais leurs physionomies n'exprimaient point ce sombre désespoir que j'ai remarqué chez nos galériens. Ils mangeaient dans de grandes marmites un *puchero* semblable à celui des soldats qui les gardaient, et fumaient ensuite leur cigare à l'ombre. Mais surtout ce qui m'a plu, c'est que le peuple ici ne les repousse pas comme il fait en France. La raison en est simple : en France, tout homme qui a été aux galères a volé ou fait pis ; en Espagne, au contraire, de très honnêtes gens, à différentes époques, ont été condamnés à y passer leur vie pour n'avoir pas eu des opinions conformes à celles de leurs gouvernants. Quoique le nombre de ces victimes politiques soit infiniment petit, cela suffit pourtant pour changer l'opinion à l'égard de tous les galériens. Il vaut mieux bien traiter un coquin que de manquer d'égards à un galant homme. Aussi on leur donne du feu pour allumer leurs cigares, on les appelle mon ami, camarade. Leurs gardiens ne leur font pas sentir qu'ils sont des hommes d'une autre espèce.

Si cette lettre ne vous paraît pas énormément longue, je vous conterai une rencontre que j'ai faite il y a peu de temps, et qui vous montrera quelles sont les manières du peuple avec les presidiarios.

En quittant Grenade pour aller à Baylen, je rencontrai par le chemin un grand homme chaussé d'alpargates qui marchait d'un bon pas militaire. Il était suivi par un petit chien barbet. Ses habits étaient d'une forme singulière, et différents de ceux des paysans que j'avais rencontrés. Bien que mon cheval fût au trot, il me suivait sans peine, et il lia conversation avec moi. Nous devînmes bientôt bons amis. Mon guide lui disait « monsieur », « Votre Grâce » (*Usted*). Ils parlaient entre eux de monsieur un tel de Grenade, commandant le presidio, qu'ils connaissaient tous deux. L'heure du déjeuner venue, nous nous arrêtâmes devant une maison où nous trouvâmes du vin. L'homme au chien tira d'un sac un morceau de morue salée et me l'offrit. Je lui dis de joindre son déjeuner au mien, et nous mangeâmes tous les trois de bon appétit. Je dois vous avouer que nous buvions à la même bouteille, par la raison qu'il n'y avait pas de verre à une lieue aux environs. Je lui demandai pourquoi il s'était embarrassé d'un chien si jeune en voyage. Il me dit qu'il voyageait seulement pour ce chien, et que son commandant l'envoyait à Jaen le remettre à un de ses amis. Le voyant sans uniforme et l'entendant parler de commandant : « Vous êtes donc miquelet ? lui dis-je. — Non ; presidiario. » Je fus un peu surpris. « Comment ne l'avez-vous pas vu à son habit ? » demanda mon guide.

Au reste, les manières de cet homme, qui était un honnête muletier, ne changèrent pas le moins du monde. Il me donnait la bouteille d'abord, en ma qualité de *caballero* ; puis l'offrait au galérien, et buvait après lui ; enfin il le traitait avec toute la politesse que les gens du peuple ont entre eux en Espagne.

— Pourquoi donc avez-vous été aux galères ? demandai-je à mon compagnon de voyage.

— Oh ! monsieur, pour un malheur. Je me suis trouvé à quelques morts. (*Fué por una desgracia. Me hallé en unas muertes.*)

— Comment diable ?

— Voici comment la chose se passa. J'étais miquelet. Avec une vingtaine de mes camarades, j'escortais un convoi de presidiarios de Valence. Sur le chemin, leurs amis voulurent les délivrer, et en même temps nos prisonniers se révoltèrent. Notre capitaine était bien embarrassé. Si les prisonniers étaient lâchés, il était responsable de tous les désordres qu'ils commettraient. Il prit son parti et nous cria : « Feu sur les prisonniers ! » Nous tirâmes, et nous en tuâmes quinze, après quoi nous repoussâmes leurs camarades. Cela se passait du temps de cette fameuse constitution. Quand les Français sont revenus et qu'ils l'ont ôtée, on nous fit notre procès, à nous autres miquelets, parce que, parmi les presidiarios morts, il y avait plusieurs messieurs (*caballeros*) royalistes que les constitutionnels avaient mis là. Notre capitaine était mort, et on s'en prit à nous. Mon temps va bientôt finir ; et, comme mon commandant a confiance en moi parce que je me conduis bien, il m'envoie à Jaen pour remettre cette lettre et ce chien au commandant du presidio.

Mon guide était royaliste, et il était évident que le galérien était constitutionnel ; cependant ils demeurèrent dans la meilleure intelligence. Quand nous nous remîmes en route, le barbet était si fatigué, que le galérien fut obligé de le porter sur son dos enveloppé dans sa veste. La conversation de cet homme m'amusait extrêmement ; de son côté, les cigares que je lui donnais, et le déjeuner qu'il avait partagé avec moi, me l'avaient tellement attaché, qu'il voulait me suivre jusqu'à Baylen.

— La route n'est pas sûre, me disait-il, je trouverai un fusil à Jaen, chez un de mes amis, et, quand bien même nous rencontrerions une demi-douzaine de brigands, ils ne vous prendraient pas un mouchoir.

— Mais, lui dis-je, si vous ne rentrez pas au presidio, vous risquez d'avoir une augmentation de temps, d'une année peut-être ?

— Bah ! qu'importe ? Et puis vous me donnerez

un certificat attestant que je vous ai accompagné. D'ailleurs, je ne serais pas tranquille si je vous laissais aller tout seul par cette route-là...

J'aurais consenti qu'il m'accompagnât, s'il ne s'était pas brouillé avec mon guide. Voici à quelle occasion. Après avoir suivi, pendant près de huit lieues d'Espagne, nos chevaux, qui allaient au trot toutes les fois que le chemin le permettait, il s'avisa de dire qu'il les suivrait encore quand même ils prendraient le galop. Mon guide se moqua de lui. Nos chevaux n'étaient pas tout à fait des rosses ; nous avions un quart de lieue de plaine devant nous, et le galérien portait son chien sur son dos. Il fut mis au défi. Nous partîmes, mais ce diable d'homme avait véritablement des jambes de miquelet, et nos chevaux ne purent le dépasser. L'amour-propre de leur maître ne put jamais pardonner au presidiario l'affront qu'il lui avait fait. Il cessa de lui parler ; et, arrivés que nous fûmes à Campillo de Arenas, il fit si bien que le galérien, avec la discrétion qui caracté- rise l'Espagnol, comprit que sa présence était importune, et se retira.

III

LES VOLEURS

Madrid, novembre 1830.

Monsieur,

Me voici de retour à Madrid, après avoir parcouru pendant plusieurs mois, et dans tous les sens, l'Andalousie, cette terre classique des voleurs, sans en rencontrer un seul. J'en suis presque honteux. Je m'étais arrangé pour une attaque de voleurs, non pas pour me défendre, mais pour causer avec eux et les questionner bien poliment sur leur genre de vie. En regardant mon habit usé aux coudes et mon mince bagage, je regrette d'avoir manqué ces messieurs. Le plaisir de les voir n'était pas payé trop cher par la perte d'un léger porte-manteau.

Mais, si je n'ai pas vu de voleurs, en revanche je n'ai pas entendu parler d'autre chose. Les postillons, les aubergistes vous racontent des histoires lamentables de voyageurs assassinés, de femmes enlevées, à chaque halte que l'on fait pour changer de mules. L'événement qu'on raconte s'est toujours passé la veille et sur la partie de la route que vous allez parcourir. Le voyageur qui ne connaît point encore l'Espagne et qui n'a pas eu le temps d'acquérir la sublime insouciance castillane, *la flema castellana*, quelque incrédule qu'il soit d'ailleurs, ne laisse pas de recevoir une certaine impression de tous ces récits. Le jour tombe, et avec beaucoup plus de rapidité que dans nos climats du Nord; ici, le crépuscule ne dure qu'un moment : survient alors, surtout dans le voisinage des montagnes, un vent qui serait sans doute chaud à Paris, mais qui, par la comparaison que l'on en fait avec la chaleur brûlante du jour, vous paraît froid et désagréable. Pendant que vous vous enveloppez dans votre manteau, que vous enfoncez sur vos yeux votre bonnet de voyage, vous remarquez que les hommes de votre escorte (*escopeteros*) jettent l'amorce de leurs fusils sans la renouveler. Étonné de cette singulière manœuvre, vous en demandez la raison et les braves qui vous accompagnent répondent, du haut de l'impériale où ils sont perchés, qu'ils ont bien tout le courage possible, mais qu'ils ne peuvent pas résister seuls à toute une bande de voleurs. « Si l'on est attaqué, nous n'aurons de quartier qu'en prouvant que nous n'avons jamais eu l'intention de nous défendre. »

— Alors à quoi bon s'embarrasser de ces hommes et de leurs inutiles fusils ? — Oh ! ils sont excellents contre les *rateros*, c'est-à-dire les amateurs brigands qui détroussent les voyageurs quand l'occasion se présente ; on ne les rencontre jamais qu'au nombre de deux ou de trois.

Le voyageur se repent alors d'avoir pris tant d'argent sur lui. Il regarde l'heure à sa montre de Bréguet, qu'il croit consulter pour la dernière fois. Il serait bien heureux de la savoir tranquillement pendue à sa cheminée de Paris. Il demande au *mayoral* (conducteur) si les voleurs prennent les habits des voyageurs.

— Quelquefois, monsieur. Le mois passé, la diligence de Séville a été arrêtée auprès de la Carlota, et tous les voyageurs sont entrés à Ecija comme de petits anges.

— De petits anges ! Que voulez-vous dire ?

— Je veux dire que les bandits leur avaient pris tous leurs habits, et ne leur avaient pas même laissé la chemise.

— Diable ! s'écria le voyageur en boutonnant sa redingote.

Mais il se rassure un peu, et sourit même en remarquant une jeune Andalouse, sa compagne de voyage,

qui baise dévotement son pouce en soupirant : *Jésus,
Jésus!* (On sait que ceux qui baisent leur pouce après
avoir fait le signe de la croix ne manquent pas de s'en
trouver bien.)

La nuit est tout à fait venue; mais heureusement la
lune se lève brillante sur un ciel sans nuages. On
commence à découvrir de loin l'entrée d'une gorge
affreuse qui n'a pas moins d'une demi-lieue de longueur.

— Mayoral, est-ce là l'endroit où l'on a déjà arrêté
la diligence?

— Oui, monsieur, et tué un voyageur. — Postillon,
poursuit le mayoral, ne fais pas claquer ton fouet, de
peur de les avertir.

— Qui? demande le voyageur.

— Les voleurs, répond le mayoral.

— Diable! s'écrie le voyageur.

— Monsieur, regardez donc là-bas, au tournant de
la route... Ne sont-ce pas des hommes? ils se cachent
dans l'ombre de ce grand rocher.

— Oui, madame; un, deux, trois, six hommes à
cheval!

— Ah! Jésus, Jésus!... (Signe de croix et baisement
de pouce.)

— Mayoral, voyez-vous là-bas?

— Oui.

— En voici un qui tient un grand bâton, peut-être
un fusil?

— C'est un fusil.

— Croyez-vous que ce soit de bonnes gens (*buena
gente*)? demande avec anxiété la jeune Andalouse.

— Qui sait! répond le mayoral en haussant les
épaules et abaissant le coin de sa bouche.

— Alors, que Dieu nous pardonne à tous! et elle se
cache la figure dans le gilet du voyageur, doublement
ému.

La voiture va comme le vent : huit mules vigoureuses au grand trot. Les cavaliers s'arrêtent : ils se
forment sur une ligne, — c'est pour barrer le passage.

— Non, ils s'ouvrent ; trois prennent à gauche, trois à droite de la route : c'est qu'ils veulent entourer la voiture de tous les côtés.

— Postillon, arrêtez vos mules si ces gens-là vous le commandent ; n'allez pas nous attirer une volée de coups de fusil !

— Soyez tranquille, monsieur, j'y suis plus intéressé que vous.

Enfin, l'on est si près, que déjà l'on distingue les grands chapeaux, les selles turques et les guêtres de cuir blanc des six cavaliers. Si l'on pouvait voir leurs traits, quels yeux, quelles barbes ! quelles cicatrices on apercevrait ! Il n'y a plus de doute, ce sont des voleurs, car ils ont tous des fusils.

Le premier voleur touche le bord de son grand chapeau et dit d'un ton de voix grave et doux : *Vayan Vds. con Dios* (allez avec Dieu) ! C'est le salut que les voyageurs échangent sur la route. *Vayan Vds. con Dios !* disent à leur tour les autres cavaliers s'écartant poliment pour que la voiture passe ; car ce sont d'honnêtes fermiers attardés au marché d'Écija, qui retournent dans leur village et qui voyagent en troupe et armés, par suite de la grande préoccupation des voleurs dont j'ai déjà parlé.

Après quelques rencontres de cette espèce, on arrive promptement à ne plus croire du tout aux voleurs. On s'accoutume si bien à la mine un peu sauvage des paysans, que des brigands véritables ne vous paraîtraient plus que d'honnêtes laboureurs qui n'ont pas fait leur barbe depuis longtemps. Un jeune Anglais, avec qui j'ai lié connaissance à Grenade, avait longtemps parcouru sans accident les plus mauvais chemins de l'Espagne, il en était venu à nier opiniâtrement l'existence des voleurs. Un jour, il est arrêté par deux hommes de mauvaise mine, armés de fusils. Il s'imagina aussitôt que c'étaient des paysans en gaieté qui voulaient s'amuser à lui faire peur. A toutes leurs injonctions de leur donner de l'argent, il répondait en riant et en disant qu'il n'était pas leur dupe. Il fallut, pour le tirer d'erreur, qu'un des véritables bandits lui donnât sur la tête un coup de crosse dont il montrait encore la cicatrice trois mois après.

Excepté quelques cas fort rares, les brigands espagnols ne maltraitent jamais les voyageurs. Souvent ils se contentent de leur enlever l'argent qu'ils ont sur eux, sans ouvrir leurs malles, ou même sans les fouiller. Pourtant il ne faut pas s'y fier. — Un jeune élégant de Madrid se rendait à Cadix avec deux douzaines de belles chemises qu'il avait fait venir de Londres. Les brigands l'arrêtent auprès de la Carolina, et, après lui avoir pris toutes les onces qu'il avait dans sa bourse, sans compter les bagues, chaînes, souvenirs amoureux qu'un homme aussi répandu ne pouvait manquer d'avoir, le chef des voleurs lui fit remarquer poliment que le linge de sa bande, obligée qu'elle était d'éviter les endroits habités, avait grand besoin de blanchissage. Les chemises sont déployées, admirées, et le capitaine disant, comme Hali du *Sicilien* : « Entre cavaliers, telle liberté est permise », en mit quelques-unes dans son bissac, puis ôta les noires guenilles qu'il portait depuis six semaines au moins, et se couvrit avec joie de la plus belle batiste de son prisonnier. Chaque voleur en fit autant ; en sorte que l'infortuné voyageur se trouva en un instant dépouillé de toute sa garde-robe et en possession d'un tas de chiffons qu'il n'aurait pas osé toucher du bout de sa canne. Encore lui fallut-il endurer les plaisanteries des brigands. Le capitaine, avec ce sérieux goguenard que les Andalous affectent si bien, lui dit, en le congédiant, qu'il n'oublierait jamais le service qu'il venait de recevoir, qu'il s'empresserait de lui rendre les chemises qu'il avait bien voulu lui prêter, et qu'il reprendrait les siennes aussitôt qu'il aurait l'honneur de le revoir.

— Surtout, ajouta-t-il, n'oubliez pas de faire blanchir les chemises de ces messieurs. Nous les reprendrons à votre retour à Madrid.

Le jeune homme qui me racontait ce vol, dont il avait été la victime, m'avouait qu'il avait plutôt pardonné aux voleurs l'enlèvement de ses chemises que leurs méchantes plaisanteries.

A différentes époques, le gouvernement espagnol s'est occupé sérieusement de purger les grandes routes des voleurs, qui, depuis un temps immémorial, sont en possession de les parcourir. Ses efforts n'ont jamais pu avoir des résultats décisifs. Une bande a été détruite, mais une autre s'est formée aussitôt. Quelquefois un capitaine général est parvenu à force de soins à chasser tous les voleurs de son gouvernement ; mais alors les provinces voisines en ont regorgé.

La nature du pays, hérissé de montagnes, sans routes frayées, rend bien difficile l'entière destruction des brigands. En Espagne comme dans la Vendée, il y a un grand nombre de métairies isolées, *aldeas*, éloignées de plusieurs milles de tout endroit habité. En garnisonnant toutes ces métairies, tous les petits hameaux, on obligerait promptement les voleurs à se livrer à la justice sous peine de mourir de faim ; mais où trouver assez d'argent, assez de soldats ?

Les propriétaires des aldéas sont intéressés, on le sent, à conserver de bons rapports avec les brigands, dont la vengeance est redoutable. D'un autre côté, ceux-ci, qui comptent sur eux pour leur subsistance, les ménagent, leur payent bien les objets dont ils ont besoin, et quelquefois même les associent au partage du butin. Il faut encore ajouter que la profession de voleur n'est point regardée généralement comme déshonorante. Voler sur les grandes routes, aux yeux de bien des gens, *c'est faire de l'opposition*, c'est protester contre des lois tyranniques. Or l'homme qui, n'ayant qu'un fusil, se sent assez de hardiesse pour jeter le défi à un gouvernement, c'est un héros que les hommes respectent et que les femmes admirent. Il est glorieux certes de pouvoir s'écrier, comme dans la vieille romance :

> A todos los desafio,
> Pues á nadie tengo miedo !

Un voleur commence en général par être contrebandier. Son commerce est troublé par les employés de la douane. C'est une injustice criante pour les neuf dixièmes de la population, que l'on tourmente un galant homme qui vend, à bon compte, de meilleurs cigares que ceux du roi, qui rapporte aux femmes des soieries, des marchandises anglaises et tout le commérage de dix lieues à la ronde. Qu'un douanier vienne à tuer ou à prendre son cheval, voilà le contrebandier ruiné; il a d'ailleurs une vengeance à exercer : il se fait voleur. — On demande ce qu'est devenu un beau garçon qu'on a remarqué quelques mois auparavant et qui était le coq de son village.

— Hélas! répond une femme, on l'a obligé de se jeter dans la montagne. Ce n'est pas sa faute, pauvre garçon! il était si doux! Dieu le protège!

Les bonnes âmes rendent le gouvernement responsable de tous les désordres commis par les voleurs. C'est lui, dit-on, qui pousse à bout les pauvres gens qui ne demandent qu'à rester tranquilles et à vivre de leur métier.

Le modèle du brigand espagnol, le prototype du héros de grand chemin, le Robin Hood, le Roque Guinar de notre temps, c'est le fameux José Maria, surnommé *el Tempranito*, le Matinal. C'est l'homme dont on parle le plus de Madrid à Séville, de Séville à Malaga. Beau, brave, courtois autant qu'un voleur peut l'être, tel est José Maria. S'il arrête une diligence, il donne la main aux dames pour descendre et prend soin qu'elles soient commodément assises à l'ombre, car c'est de jour que se font la plupart de ses exploits. Jamais un juron, jamais un mot grossier; au contraire, des égards presque respectueux et une politesse naturelle qui ne se dément jamais. Ote-t-il une bague de la main d'une femme : « Ah! madame, dit-il, une si belle main n'a pas besoin d'ornements. » Et, tout en faisant glisser la bague hors du doigt, il baise la main d'un air à faire croire, suivant l'expression d'une dame espagnole, que le baiser avait pour lui plus de prix que la bague. La bague, il la prenait comme par distraction ; mais le baiser, au contraire, il le faisait durer longtemps. On m'a assuré qu'il laisse toujours aux voyageurs assez d'argent pour arriver à la ville la plus proche, et que jamais il n'a refusé à personne la permission de garder un bijou que des souvenirs rendaient précieux.

On m'a dépeint José Maria comme un grand jeune homme de vingt-cinq à trente ans, bien fait, la physionomie ouverte et riante, des dents blanches comme des perles et des yeux remarquablement expressifs. Il porte ordinairement un costume de majo, d'une très grande richesse. Son linge est toujours éclatant de blancheur, et ses mains feraient honneur à un élégant de Paris ou de Londres.

Il n'y a guère que cinq ou six ans qu'il court les grands chemins. Il était destiné par ses parents à l'Église, et il étudiait la théologie à l'université de Grenade ; mais sa vocation n'était pas fort grande, comme on va le voir, car il s'introduisit la nuit chez une demoiselle de bonne famille... L'amour fait, dit-on, excuser bien des choses... ; mais on parle de violence, d'un domestique blessé..., je n'ai jamais pu tirer cette histoire au clair. Le père fit grand bruit, et un procès criminel fut commencé. José Maria fut obligé de prendre la fuite et de s'exiler à Gibraltar. Là, comme l'argent lui manquait, il fit marché avec un négociant anglais pour introduire en contrebande une forte partie de marchandises prohibées. Il fut trahi par un homme à qui il avait fait confidence de son projet. Les douaniers surent la route qu'il devait tenir et s'embusquèrent sur son passage. Tous les mulets qu'il conduisait furent pris ; mais il ne les abandonna qu'après un combat acharné dans lequel il tua ou blessa plusieurs douaniers. Dès ce moment, il n'eut plus d'autre ressource que de rançonner les voyageurs.

Un bonheur extraordinaire l'a constamment

accompagné jusqu'à ce jour. Sa tête est mise à prix, son signalement est affiché à la porte de toutes les villes, avec promesse de huit mille réaux à celui qui le livrera mort ou vif, fût-il un de ses complices. Pourtant José Maria continue impunément son dangereux métier, et ses courses s'étendent depuis les frontières du Portugal jusqu'au royaume de Murcie. Sa bande n'est pas nombreuse, mais elle est composée d'hommes dont la fédilité et la résolution sont depuis longtemps éprouvées. Un jour, à la tête d'une douzaine d'hommes de son choix, il surprit à la *venta de Gazin* soixante-dix volontaires royalistes envoyés à sa poursuite, et les désarma tous. On le vit ensuite regagner les montagnes à pas lents, chassant devant lui deux mulets chargés des soixante-dix escopettes qu'il emportait comme pour en faire un trophée.

On conte des merveilles de son adresse à tirer à balle. Sur un cheval lancé au galop, il touche un tronc d'olivier à cent cinquante pas. Le trait suivant fera connaître à la fois son adresse et sa générosité.

Un capitaine Castro, officier rempli de courage et d'activité, qui poursuit, dit-on, les voleurs, autant pour satisfaire une vengeance personnelle que pour remplir son devoir de militaire, apprit par un de ses espions que José Maria se trouverait un tel jour dans une aldéa écartée où il avait une maîtresse. Castro, au jour indiqué, monte à cheval, et, pour ne pas éveiller les soupçons en mettant trop de monde en campagne, il ne prend avec lui que quatre lanciers. Quelques précautions qu'il mît en usage pour cacher sa marche, il ne put si bien faire que José Maria n'en fût instruit. Au moment où Castro, après avoir passé une gorge profonde, entrait dans la vallée où était située l'aldéa de la maîtresse de son ennemi, douze cavaliers bien montés paraissent tout à coup sur son flanc, et beaucoup plus près que lui de la gorge par où semlement il pouvait faire sa retraite. Les lanciers se crurent perdus. Un homme monté sur un

cheval bai se détache au galop de la troupe des
voleurs, et arrête son cheval tout court à cent pas de
Castro.

— On ne surprend pas José Maria, s'écrie-t-il.
Capitaine Castro, que vous ai-je fait pour que vous
vouliez me livrer à la justice? Je pourrais vous tuer;
mais les hommes de cœur sont devenus rares, et je
vous donne la vie. Voici un souvenir qui vous
apprendra à m'éviter. A votre schako!

En parlant ainsi, il l'ajuste, et, d'une balle, il
traverse le haut du schako du capitaine. Aussitôt il
tourna bride et disparut avec ses gens.

Voici un autre exemple de sa courtoisie.

On célébrait une noce dans une métairie des environs d'Andujar. Les mariés avaient déjà reçu les
compliments de leurs amis, et l'on allait se mettre à
table sous un grand figuier devant la porte de la
maison; chacun était en disposition de bien faire, et
les émanations des jasmins et des orangers en fleur
se mêlaient agréablement aux parfums plus subs-
tantiels s'exhalant de plusieurs plats qui faisaient
plier la table sous leur poids. Tout d'un coup parut
un homme à cheval, sortant d'un bouquet de bois à
portée de pistolet de la maison. L'inconnu sauta
lestement à terre, salua les convives de la main, et
conduisit son cheval à l'écurie. On n'attendait personne; mais, en Espagne, tout passant est bienvenu
à partager un repas de fête. D'ailleurs, l'étranger, à
son habillement, paraissait être un homme d'importance. Le marié se détacha aussitôt pour l'inviter à
dîner.

Pendant qu'on se demandait tout bas quel était cet
étranger, le notaire d'Andujar, qui assistait à la
noce, était devenu pâle comme la mort. Il essayait de
se lever de la chaise qu'il occupait auprès de la
mariée; mais ses genoux pliaient sous lui, et ses
jambes ne pouvaient plus le supporter. Un des
convives, soupçonné depuis longtemps de s'occuper
de contrebande, s'approcha de la mariée :

— C'est José Maria, dit-il ; je me trompe fort, ou il vient ici pour faire quelque malheur (*para hacer una muerte*). C'est au notaire qu'il en veut. Mais que faire ? Le faire échapper ? — Impossible ; José Maria l'aurait bientôt rejoint. — Arrêter le brigand ? Mais sa bande est sans doute aux environs ; d'ailleurs, il porte des pistolets à sa ceinture et son poignard ne le quitte jamais. — Mais, monsieur le notaire, que lui avez-vous donc fait ?

— Hélas ! rien, absolument rien !

Quelqu'un murmura tout bas que le notaire avait dit à son fermier, deux mois auparavant, que, si José Maria venait jamais lui demander à boire, il devrait mettre un gros d'arsenic dans son vin.

On délibérait encore sans entamer la *olla*, quand l'inconnu reparut suivi du marié. Plus de doute, c'était José Maria. Il jeta en passant un coup d'œil de tigre au notaire, qui se mit à trembler comme s'il avait eu le frisson de la fièvre ; puis il salua la mariée avec grâce, et lui demanda la permission de danser à sa noce. Elle n'eut garde de refuser ou de lui faire mauvaise mine. José Maria prit aussitôt un tabouret de liège, l'approcha de la table, et s'assit sans façon à côté de la mariée, entre elle et le notaire, qui paraissait à tout moment sur le point de s'évanouir.

On commença à manger. José Maria était rempli d'attentions et de petits soins pour sa voisine. Lorsqu'on servit du vin d'extra, la mariée, prenant un verre de montilla (qui vaut mieux que le xérès, selon moi), le toucha de ses lèvres, et le présenta ensuite au bandit. C'est une politesse que l'on fait à table aux personnes que l'on estime. Cela s'appelle *una fineza*. Malheureusement cet usage se perd dans la bonne société, aussi empressée ici qu'ailleurs de se dépouiller de toutes les coutumes nationales.

José Maria prit le verre, remercia avec effusion et déclara à la mariée qu'il la priait de le tenir pour son serviteur, et qu'il ferait avec joie tout ce qu'elle voudrait bien lui commander.

Alors celle-ci, toute tremblante et se penchant timidement à l'oreille de son terrible voisin :

— Accordez-moi une grâce, dit-elle.

— Mille ! s'écria José Maria.

— Oubliez, je vous en conjure, les mauvais vouloirs que vous avez peut-être apportés ici. Promettez-moi que, pour l'amour de moi, vous pardonnerez à vos ennemis, et qu'il n'y aura pas de scandale à ma noce.

— Notaire ! dit José Maria se tournant vers l'homme de loi tremblant, remerciez madame ; sans elle, je vous aurais tué avant que vous eussiez digéré votre dîner. N'ayez plus peur, je ne vous ferai pas de mal.

Et, lui versant un verre de vin, il ajouta avec un sourire un peu méchant : « Allons, notaire, à ma santé ! ce vin est bon et il n'est pas empoisonné. » Le malheureux notaire croyait avaler un cent d'épingles. « Allons, enfants ! s'écria le voleur, de la gaieté ! (*vaya de broma*) vive la mariée ! »

Et, se levant avec vivacité, il courut chercher une guitare et se mit à improviser un couplet en l'honneur des nouveaux époux.

Bref, pendant le reste du dîner et le bal qui le suivit, il se rendit tellement aimable, que les femmes avaient les larmes aux yeux en pensant qu'un aussi charmant garçon finirait peut-être un jour à la potence. Il dansa, il chanta, il se fit tout à tous. Vers minuit, une petite fille de douze ans, à demi vêtue de mauvaises guenilles, s'approcha de José Maria, et lui dit quelques mots dans l'argot des bohémiens. José Maria tressaillit : il courut à l'écurie, d'où il revint bientôt emmenant son bon cheval. Puis, s'avançant vers la mariée, un bras passé dans la bride :

— Adieu ! dit-il, enfant de mon âme (*hija de mi alma*), jamais je n'oublierai les moments que j'ai passés auprès de vous. Ce sont les plus heureux que j'aie vus depuis bien des années. Soyez assez bonne pour acceter cette bagatelle d'un pauvre diable qui voudrait avoir une mine à vous offrir.

Il lui présentait en même temps une jolie bague.

— José Maria, s'écria la mariée, tant qu'il y aura un pain dans cette maison, la moitié vous appartiendra.

Le voleur serra la main à tous les convives, celle même du notaire, embrassa toutes les femmes ; puis, sautant lestement en selle, il regagna ses montagnes. Alors seulement, le notaire respira librement. Une demi-heure après arriva un détachement de miquelets ; mais personne n'avait vu l'homme qu'ils cherchaient.

Le peuple espagnol, qui sait par cœur les romances des Douze Pairs, qui chante les exploits de Renaud de Montauban, doit nécessairement s'intéresser beaucoup au seul homme qui, dans un temps aussi prosaïque que le nôtre, fait revivre les vertus chevaleresques des anciens preux. Un autre motif contribue encore à augmenter la popularité de José Maria : il est extrêmement généreux. L'argent ne lui coûte guère à gagner, et il le dépense facilement avec les malheureux. Jamais, dit-on, un pauvre ne s'est adressé à lui sans en recevoir une aumône abondante.

Un muletier me racontait qu'ayant perdu un mulet qui faisait toute sa fortune, il était sur le point de se jeter la tête la première dans le Guadalquivir, quand une boîte, contenant six onces d'or, fut remise à sa femme par un inconnu. Il ne doutait pas que ce ne fût un présent de José Maria, à qui il avait indiqué un gué un jour qu'il était poursuivi de près par les miquelets.

Je finirai cette longue lettre par un trait de la bienfaisance de mon héros.

Certain pauvre colporteur des environs de Campillo de Arenas conduisait à la ville une charge de vinaigre. Ce vinaigre était contenu dans des outres, suivant l'usage du pays, et porté par un âne maigre, tout pelé, à moitié mort de faim. Dans un étroit sentier, un étranger, qu'à son costume on aurait pris pour un chasseur, rencontre le vinaigre ; et d'abord qu'il voit l'âne, il éclate de rire.

— Quelle haridelle as-tu, camarade! s'écrie-t-il. Sommes-nous en carnaval pour la promener de la sorte?

Et les rires ne cessaient pas.

— Monsieur, répondit tristement l'ânier piqué au vif, cette bête, toute laide qu'elle est, me gagne encore mon pain. Je suis un malheureux, moi, et je n'ai pas d'argent pour en acheter une autre.

— Comment! s'écria le rieur, c'est cette hideuse bourrique qui t'empêche de mourir de faim? mais elle sera crevée avant une semaine. — Tiens, continua-t-il en lui présentant un sac assez lourd, il y a chez le vieux Herrera un beau mulet à vendre; il en veut quinze cents réaux, les voici. Achète ce mulet dès aujourd'hui, pas plus tard, et ne marchande pas. Si demain je te trouve par les chemins avec cette effroyable bourrique, aussi vrai qu'on me nomme José Maria, je vous jetterai tous les deux dans un précipice.

L'ânier, resté seul, le sac à la main, croyait rêver. Les quinze cents réaux étaient bien comptés. Il savait ce que valait un serment de José Maria, et se rendit aussitôt chez Herrera, où il se hâta d'échanger ses réaux contre un beau mulet.

La nuit suivante, Herrera est éveillé en sursaut. Deux hommes lui présentaient un poignard et une lanterne sourde à la figure.

— Allons, vite ton argent!

— Hélas! mes bons seigneurs, je n'ai pas un quarto chez moi.

— Tu mens; tu as vendu hier un mulet quinze cents réaux que t'a payés un tel de Campillo.

Ils avaient des arguments tellement irrésistibles, que les quinze cents réaux furent bientôt donnés, ou si l'on veut, rendus.

P.-S. José Maria est mort depuis plusieurs années. En 1833, à l'occasion de la prestation de serment à la jeune reine Isabelle, le roi Ferdinand accorda une amnistie générale, dont le célèbre bandit voulut bien profiter. Le gouvernement lui fit même une pension de deux réaux par jour pour qu'il se tînt tranquille. Comme cette somme n'était pas suffisante pour les besoins d'un homme qui avait beaucoup de vices élégants, il fut obligé d'accepter une place que lui offrit l'administration des diligences. Il devint *escopetero* et se chargea de faire respecter les voitures qu'il avait si souvent dévalisées. Tout alla bien pendant quelque temps : ses anciens camarades le craignaient ou le ménageaient. Mais, un jour, quelques bandits plus résolus arrêtèrent la diligence de Séville, bien qu'elle portât José Maria. Du haut de l'impériale, il les harangua ; et l'ascendant qu'il avait sur ses anciens complices était tel, qu'ils paraissaient disposés à se retirer sans violence, lorsque le chef des voleurs, connu sous le nom du *Bohémien (el Gitano)*, autrefois lieutenant de José Maria, lui tira un coup de fusil à bout portant et le tua sur la place.

1842.

IV

LES SORCIÈRES ESPAGNOLES

Valence, 1830.

Les antiquités, surtout les antiquités romaines, me touchent peu. Je ne sais comment je me suis laissé persuader d'aller à Murviedro, voir ce qui reste de Sagonte.

J'y ai gagné beaucoup de fatigue, j'ai fait de mauvais dîners, et je n'ai rien vu du tout. En voyage on est sans cesse tourmenté par la crainte de ne pouvoir répondre oui à cette inévitable question qui vous attend au retour : « Vous avez vu sans doute...? » Pourquoi serais-je forcé de voir ce que les autres ont vu ? Je ne voyage pas dans un but déterminé ; je ne suis pas antiquaire. Mes nerfs sont endurcis aux émotions sentimentales, et je ne sais si je me rappelle avec plus de plaisir le vieux cyprès des Zegris au Généralife que les grenades et l'excellent raisin sans pépins que j'ai mangés sous cet arbre vénérable.

Mon excursion à Murviedro ne m'a point ennuyé pourtant. J'ai loué un cheval et un paysan valencien pour m'accompagner à pied. Je l'ai trouvé (le Valencien) grand bavard, passablement fripon, mais en somme bon compagnon et assez amusant. Il dépensait prodigieusement d'éloquence et de diplomatie pour me tirer un réal de plus que le prix convenu entre nous pour la location du cheval, et en même temps il soutenait mes intérêts dans les auberges avec tant de vivacité et de chaleur qu'on eût dit qu'il payait la carte de ses propres deniers. Le compte qu'il me présentait tous les matins offrait une terrible suite d'*items* pour raccommodages de courroies, clous remis, vin pour

frotter le cheval, et qu'il buvait sans doute, et avec tout
cela jamais je n'ai payé moins cher. Il avait l'art de me
faire acheter partout où nous passions je ne sais
combien de bagatelles inutiles, surtout des couteaux
du pays. Il m'apprenait comment on doit mettre le
pouce sur la lame pour éventrer convenablement son
homme sans se couper les doigts. Puis ces diables de
couteaux me paraissaient bien lourds. Ils s'entrecho-
quaient dans mes poches, battaient sur mes jambes,
bref, me gênaient tellement que pour m'en débarrasser je n'avais d'autre ressource que d'en faire cadeau à
Vicente. Son refrain était : « Comme les amis de Votre
Seigneurie seront contents quand ils verront toutes les
belles choses qu'elle leur apportera d'Espagne! » Je
n'oublierai jamais un sac de glands doux que Ma
Seigneurie acheta pour rapporter à ses amis, et qu'elle
mangea tout entier, avec l'aide de son guide fidèle,
avant même d'être arrivée à Murviedro.

Vicente, quoiqu'il eût couru le monde, car il avait
vendu de l'orgeat à Madrid, avait sa bonne part des
superstitions de ses compatriotes. Il était fort dévot, et
pendant trois jours que nous passâmes ensemble, j'eus
l'occasion de voir quelle drôle de religion était la
sienne. Le bon Dieu ne l'inquiétait guère et il n'en
parlait jamais qu'avec indifférence. Mais les saints et
surtout la Vierge avaient tous ses hommages. Il me
faisait penser à ces vieux solliciteurs consommés dans
le métier, et dont la maxime est qu'il vaut mieux avoir
des amis dans les bureaux que la protection du
ministre lui-même.

Pour comprendre sa dévotion à la bonne Vierge il
faut savoir qu'en Espagne il y a Vierge et Vierge.
Chaque ville a la sienne et se moque de celle des
voisins. La Vierge de Peniscola, petite ville qui avait
donné naissance à l'honorable Vicente, valait mieux,
selon lui, que toutes les autres ensemble.

— Mais, lui dis-je un jour, il y a donc plusieurs
Vierges?

— Sans doute; chaque province en a une.

— Et dans le ciel, combien y en a-t-il?

La question l'embarrassa évidemment, mais son catéchisme vint à son aide. « Il n'y en a qu'une », répondit-il avec l'hésitation d'un homme qui répète une phrase qu'il ne comprend pas.

— Eh bien! poursuivis-je, si vous vous cassiez une jambe, à quelle Vierge vous adresseriez-vous? A celle du ciel ou à une autre?

— A la très sainte Vierge Notre-Dame de Peniscola, apparemment *(por supuesto)*.

— Mais pourquoi pas à celle du Pilier, à Saragosse, qui fait tant de miracles?

— Bah! elle est bonne pour des Aragonais.

Je voulus le prendre par son côté faible, le patriotisme provincial.

— Si la Vierge de Peniscola, lui dis-je, est plus puissante que celle du Pilier, cela prouverait que les Valenciens sont de plus grands coquins que les Aragonais, puisqu'il leur faut une patronne si bien en cour pour que leurs péchés leur soient remis.

— Ah! monsieur, les Aragonais ne sont pas meilleurs que d'autres; seulement, nous autres Valenciens, nous connaissons le pouvoir de Notre-Dame de Peniscola, et nous nous y fions trop quelquefois.

— Vicente, dites-moi : ne croyez-vous pas que Notre-Dame de Peniscola parle valencien au bon Dieu quand elle prie *Sa Majesté* de ne pas vous damner pour vos méfaits?

— Valencien! Non, monsieur, répliqua vivement Vicente. Votre Seigneurie sait bien quelle langue parle la Vierge.

— Non, en vérité.

— Mais latin apparemment!

... Les montagnes peu élevées du royaume de Valence sont couronnées souvent de châteaux en ruines. Je m'avisai un jour, passant auprès d'une de ces masures, de demander à Vicente s'il y avait là des revenants. Il se mit à sourire, et me répondit qu'il n'y en avait pas dans le pays; puis il ajouta, en clignant

l'œil de l'air d'un homme qui riposte à une plaisanterie : « Votre Seigneurie sans doute en a vu dans son
pays ? »

En espagnol il n'y a pas de mot qui traduise exactement celui de revenant. *Duende*, que vous trouvez
dans le dictionnaire, correspond plutôt à notre mot de
lutin, et s'applique, comme en français, à un enfant
espiègle. *Duendecito* (petit *duende*) se dirait très bien
d'un jeune homme qui se cache derrière un rideau
dans la chambre d'une jeune fille pour lui faire peur,
ou dans toute autre intention. Mais quant à ces grands
spectres pâles, drapés d'un linceul et traînant des
chaînes, on n'en voit point en Espagne et l'on n'en
parle pas. Il y a encore des Maures enchantés dont on
conte des tours aux environs de Grenade, mais ce sont
en général de bons revenants, paraissant d'ordinaire
au grand jour pour demander bien humblement le
baptême qu'ils n'ont point eu le loisir de se faire
administrer de leur vivant. Si on leur accorde cette
grâce, ils vous montrent pour la peine un beau trésor.
Ajoutez à cela une espèce de loup-garou tout velu que
l'on nomme *el velludo*, lequel est peint dans l'Alhambra, et un certain cheval sans tête qui, ce nonobstant,
galope fort vite au milieu des pierres qui encombrent
le ravin entre l'Alhambra et le Généralife, — vous
aurez une liste à peu près complète de tous les fantômes dont on effraie ou dont on amuse les enfants.

Heureusement, l'on croit encore aux sorciers, et
surtout aux sorcières.

A une lieue de Murviedro il y a un petit cabaret
isolé. Je mourais de soif, et je m'arrêtai à la porte. Une
très jolie fille, point trop basanée, m'apporta un grand
pot de cette terre poreuse qui rafraîchit l'eau. Vicente,
qui ne passait jamais devant un cabaret sans avoir soif
et me donner quelque bonne raison pour entrer, ne
paraissait pas avoir envie de s'arrêter dans cet
endroit-là. Il se faisait tard, disait-il; nous avions
beaucoup de chemin à faire; à un quart de lieue de là
il y avait une bien meilleure auberge où nous trouve-

rions le plus fameux vin du royaume, celui de Peniscola excepté. Je fus inflexible. Je bus l'eau qu'on me
présentait, je mangeai du gazpacho préparé par les
mains de Mlle Carmencita, et même je fis son portrait
sur mon livre de croquis. Cependant, Vicente frottait
son cheval devant la porte, sifflait d'un air d'impatience, et semblait éprouver de la répugnance à entrer
dans la maison.

Nous nous remîmes en route. Je parlais souvent de
Carmencita, Vicente secouait la tête. « Mauvaise maison ! » disait-il.

— Mauvaise ! pourquoi ? Le gazpacho était
excellent.

— Cela n'est pas extraordinaire, c'est peut-être le
diable qui l'a fait.

— Le diable ! Dites-vous cela parce qu'elle
n'épargne pas le piment, ou bien cette brave femme
aurait-elle le diable pour cuisinier ?

— Qui sait ?

— Ainsi... elle est sorcière ?

Vicente tourna la tête d'un air d'inquiétude pour
voir s'il n'était pas observé ; il hâta le pas du cheval
d'un coup de houssine, et tout en courant à côté de moi
il haussait légèrement la tête, ouvrant la bouche et
levant les yeux en l'air, signe d'affirmation ordinaire à
des gens qu'on serait tenté de croire silencieux à la
difficulté que l'on éprouve pour en tirer une réponse à
une question précise. Ma curiosité était excitée et je
voyais avec un vif plaisir que mon guide n'était pas,
comme je l'avais craint, un esprit fort.

« Ainsi elle est sorcière ? dis-je en remettant mon
cheval au pas. Et la fille, qu'est-elle ?

— Votre Seigneurie connaît le proverbe : *Primero
p..., luego alcahueta, pues bruja*. La fille commence, la
mère est déjà arrivée au port.

— Comment savez-vous qu'elle est sorcière ? qu'a-
t-elle fait qui vous l'ait prouvé ?

— Ce qu'elles font toutes. Elle donne le mal d'yeux,
qui fait dessécher les enfants ; elle brûle les oliviers,

elle fait mourir les mules, et bien d'autres méchance-
tés.

— Mais connaissez-vous quelqu'un qui ait été victime de ses maléfices?

— Si j'en connais? J'ai mon cousin germain, par
exemple, à qui elle a joué un maître tour.

— Racontez-moi cela, je vous prie.

— Mon cousin n'aime pas trop qu'on raconte cette
histoire. Mais il est à Cadix maintenant, et j'espère
qu'il ne lui en arriverait pas malheur si je vous disais...

J'apaisai les scrupules de Vicente en lui faisant
présent d'un cigare. Il trouva l'argument irrésistible et
commença de la sorte :

« Vous saurez, monsieur, que mon cousin se nomme
Henriquez, et qu'il est natif du Grao de Valence, marin
et pêcheur de son état, honnête homme et père de
famille, vieux chrétien comme toute sa race ; et je puis
me vanter de l'être, tout pauvre que je suis, quand il y
a tant de gens plus riches que moi qui sentent le
marrane. Mon cousin donc était pêcheur dans un petit
hameau auprès de Peniscola, parce que, quoique né au
Grao, il avait sa famille à Peniscola. Il était né dans la
barque de son père ; ainsi étant né sur mer il ne faut
pas s'étonner qu'il fût bon marin. Il avait été aux
Indes, en Portugal, partout enfin. Quand il n'était pas
embarqué sur un gros vaisseau, il avait sa barque à lui
et allait pêcher. A son retour il attachait sa barque
avec une amarre bien solide à un gros pieu, puis il
allait se coucher tranquille. Voilà qu'un matin, partant pour la pêche, il va pour défaire le nœud de
l'amarre ; que voit-il?... Au lieu du nœud qu'il avait
fait, nœud tel qu'en pourrait faire un bon matelot, il
voit un nœud comme une vieille femme en ferait un
pour attacher sa bourrique. « Les petits polissons se
seront amusés dans ma barque hier soir, pensa-t-il ; si
je les attrape, je les étrillerai d'importance. » Il
s'embarque, pêche et revient. Il attache son bateau, et,
par précaution, cette fois il fait un double nœud. Bon !
Le lendemain, le nœud défait. Mon cousin enrageait ;

mais devine qui a fait le coup ?... Pourtant, il prend
une corde neuve, et, sans se décourager, il amarre
encore solidement son bateau. Bah ! le lendemain,
plus de corde neuve, et en place un mauvais morceau
de ficelle, débris d'un câble tout pourri. De plus, sa
voile était déchirée, preuve qu'on l'avait déployée
pendant la nuit. Mon cousin se dit : « Ce ne sont pas
des polissons qui vont la nuit dans mon bateau ; ils
n'oseraient pas déployer la voile de peur de chavirer.
Sûrement c'est un voleur. » Que fait-il ? Il s'en va le
soir se cacher dans sa barque, il se couche dans
l'endroit où il serrait son pain et son riz quand il
s'embarquait pour plusieurs jours. Il jette sur lui, pour
mieux se cacher, une mauvaise mante, et le voilà
tranquille. A minuit, remarquez bien l'heure, tout à
coup il entend des voix comme si beaucoup de personnes s'en venaient courant au bord de la mer. Il lève
un peu le bout du nez et voit... non pas des voleurs,
Jésus ! mais une douzaine de vieilles femmes pieds nus
et les cheveux au vent. Mon cousin est un homme
résolu, et il avait un bon couteau bien affilé dans sa
ceinture pour s'en servir contre les voleurs ; mais
quand il vit que c'était à des sorcières qu'il allait avoir
affaire, son courage l'abandonna ; il mit la mante sur
sa tête et se recommanda à Notre-Dame de Peniscola,
pour qu'elle empêchât ces vilaines femmes de le voir.

« Il était donc tout ramassé, tout pelotonné dans son
coin, et fort en peine de sa personne. Voilà les sorcières
qui détachent la corde, larguent la voile et se lancent
en mer. Si la barque eût été un cheval, on aurait bien
pu dire qu'elle prenait le mors aux dents. Ce qu'il y a
de sûr, c'est qu'elle semblait voler sur la mer. Elle
allait, elle allait avec tant de vitesse que le sifflement
de l'eau fendait les oreilles, et que le goudron s'en
fondait ! Et il n'y a pas là de quoi s'étonner, car les
sorcières ont du vent quand elles en veulent, puisque
c'est le diable qui le souffle. Cependant, mon cousin
les entendait causer, rire, se trémousser, se vanter de
tout le mal qu'elles avaient fait. Il y en avait quelques-

unes qu'il connaissait, d'autres qui apparemment venaient de loin et qu'il n'avait jamais vues. La Ferrer, cette vieille sorcière chez qui vous vous êtes arrêté si longtemps, tenait le gouvernail. Enfin, au bout d'un certain temps, on s'arrête, on touche la terre, les sorcières sautent hors de la barque et l'attachent au rivage à une grosse pierre. Quand mon cousin Henriquez n'entendit plus leurs voix, il se hasarda à sortir de son trou. La nuit n'était pas très claire, mais il vit pourtant fort bien, à un jet de pierre du rivage, de grands roseaux que le vent agitait, et plus loin un grand feu. Soyez sûr que c'était là que se tenait le sabbat. Henriquez eut le courage de sauter à terre et de couper quelques-uns de ces roseaux, puis il se remit dans sa cache avec les roseaux qu'il avait pris, et attendit tranquillement le retour des sorcières. Au bout d'une heure, plus ou moins, elles reviennent, se rembarquent, tournent le bateau, et voguent aussi vite que la première fois. « Du train dont nous allons, se disait mon cousin, nous serons bientôt à Peniscola. » Tout allait bien lorsque tout d'un coup l'une de ces femmes se mit à dire : « Mes sœurs, voilà trois heures qui sonnent. » Elle n'eut pas plus tôt dit cela qu'elles s'envolent toutes et disparaissent. Pensez que c'est jusqu'à cette heure-là seulement qu'elles ont le pouvoir de courir le pays. La barque n'allait plus, et mon cousin fut obligé de ramer. Dieu sait combien de temps il fut en mer avant de pouvoir rentrer à Peniscola. Plus de deux jours. Il arriva épuisé. Dès qu'il eut mangé un morceau de pain et bu un verre d'eau-de-vie, il alla chez l'apothicaire de Peniscola, qui est un homme bien savant et qui connaît tous les simples. Il lui montre les roseaux qu'il avait apportés. « D'où cela vient-il ? qu'il demande à l'apothicaire. — D'Amérique, répond l'apothicaire. Il n'en pousse de pareils qu'en Amérique, et vous auriez beau en semer la graine ici, elle ne produirait rien. » Mon cousin, sans dire un mot de plus à l'apothicaire, s'en va droit chez la Ferrer : « Paca, dit-il en entrant, tu es une sor-

cière. » L'autre de se récrier et de dire : « Jésus ! Jésus !
— La preuve que tu es sorcière, c'est que tu vas en
Amérique et que tu en reviens en une nuit. J'y suis allé
avec toi, telle nuit, et en voici la preuve. Tiens, voici
des roseaux que j'ai cueillis là-bas. »

Vicente, qui m'avait conté tout ce qui précède d'une
voix émue et avec beaucoup de chaleur, étendit alors
la main vers moi, accompagnant son récit d'une pan-
tomime convenable, et me présenta une poignée
d'herbe qu'il venait d'arracher. Je ne pus m'empêcher
de faire un mouvement, croyant voir les roseaux
d'Amérique. Vicente reprit :

— La sorcière dit : « Ne faites pas de bruit ; voici un
sac de riz, emportez-le et laissez-moi tranquille. »
Henriquez dit : « Non, je ne te laisse pas tranquille
que tu ne me donnes un sort pour avoir à volonté un
vent comme celui qui nous a menés en Amérique. »
Alors la sorcière lui a donné un parchemin dans une
calebasse, qu'il porte toujours sur lui quand il est en
mer ; mais à sa place il y a longtemps que j'aurais jeté
au feu parchemin et tout ; ou bien je l'aurais donné à
un prêtre, car qui traite avec le diable est toujours
mauvais marchand.

Je remerciai Vicente de son histoire, et j'ajoutai,
pour le payer de même monnaie, que dans mon pays
les sorcières se passaient de bateaux, et que leur
moyen de transport le plus ordinaire était un balai,
sur lequel ces dames se mettaient à califourchon.

— Votre Seigneurie sait bien que cela est impossible, répondit froidement Vicente.

Je fus stupéfait de son incrédulité. C'était me manquer, à moi qui n'avais pas élevé le moindre doute sur
la vérité de l'histoire des roseaux. Je lui exprimai toute
mon indignation, et je lui dis d'un ton sévère qu'il ne
se mêlât pas de parler des choses qu'il ne pouvait
comprendre, ajoutant que si nous étions en France je
lui trouverais autant de témoins du fait qu'il pourrait
en désirer.

— Si Votre Seigneurie l'a vu, alors cela est vrai,

répondit Vicente ; mais si elle ne l'a pas vu, je dirai toujours qu'il est impossible que des sorcières montent à califourchon sur un balai ; car il est impossible que dans un balai il n'y ait pas quelques brins qui se croisent, et alors voilà une croix faite ; et alors comment voulez-vous que des sorcières puissent s'en servir ?

L'argument était sans réplique. Je me tirai d'affaire en disant qu'il y avait balais et balais. Qu'une sorcière montât sur un balai de bouleau, c'est ce qu'il était impossible d'accorder ; mais sur un balai de genêt dont les brins sont droits et raides, sur un balai de crin, rien de plus facile. Tout le monde comprend sans peine qu'on peut aller au bout du monde sur un tel manche à balai.

— J'ai toujours entendu dire, monsieur, dit Vicente, qu'il y a beaucoup de sorciers et de sorcières dans votre pays.

— Cela tient, mon ami, à ce que nous n'avons pas d'inquisition chez nous.

— Alors Votre Seigneurie aura sans doute vu de ces gens qui vendent des sorts pour toutes sortes de choses. J'en ai vu les effets, moi qui vous parle.

— Faites, lui dis-je, comme si je ne connaissais pas ces histoires-là ; je vous dirai ensuite si elles sont vraies.

— Eh bien ! monsieur, on m'a dit qu'il y a dans votre pays des gens qui vendent des sorts aux gens qui en achètent. Moyennant un bon sac de piécettes, ils vous vendent un morceau de roseau avec un nœud d'un côté et un bon bouchon de l'autre. Dans ce roseau il y a des petites bêtes (*animalitos*) au moyen desquelles on obtient tout ce qu'on demande. Mais vous savez mieux que moi comment on les nourrit... De chair d'enfant non baptisé, monsieur ; et quand il ne peut pas s'en procurer, le maître du roseau est obligé de se couper un morceau de chair à lui-même... (Les cheveux de Vicente se dressaient sur sa tête.) Il faut lui donner à manger une fois toutes les vingt-quatre heures, monsieur.

— Avez-vous vu un de ces roseaux en question ?

— Non, monsieur, pour ne point mentir ; mais j'ai beaucoup connu un certain Romero ; j'ai bu cent fois avec lui (lorsque je ne le connaissais pas pour ce qu'il était, comme je le connais à présent). Ce Romero était zagal de son métier. Il fit une maladie à la suite de laquelle il *perdit son vent*, de sorte qu'il ne pouvait plus courir. On lui disait d'aller en pèlerinage pour obtenir sa guérison, mais lui disait : « Pendant que je serai en pèlerinage, qui est-ce qui gagnera de l'argent pour faire de la soupe à mes enfants ? », si bien que, ne sachant où donner de la tête, il se faufila parmi des sorciers et autre semblable canaille, qui lui vendirent un de ces morceaux de roseaux dont j'ai parlé à Votre Seigneurie. — Monsieur, depuis ce temps-là, Romero aurait attrapé un lièvre à la course. Il n'y avait pas un zagal qui pût lui être comparé. Vous savez quel métier c'est, et combien il est dangereux et fatiguant. Aujourd'hui il court devant les mules sans perdre une bouffée de son cigare. Il courrait de Valence à Murcie sans s'arrêter, tout d'une traite. Mais il n'y a qu'à le voir pour juger ce que cela lui coûte. Les os lui percent la peau, et si ses yeux se creusent toujours comme ils font, bientôt il verra derrière la tête. Ces bêtes-là le mangent.

« Il y a de ces sorts qui sont bons à autre chose qu'à courir... des sorts qui vous garantissent du plomb et de l'acier, qui vous rendent *dur*, comme on dit. Napoléon en avait un, c'est ce qui a fait qu'on n'a pu le tuer en Espagne ; mais il y avait pourtant un moyen bien facile...

— C'était de faire fondre une balle d'argent, interrompis-je, me rappelant la balle dont un brave whig perça l'omoplate de Claverhouse.

— Une balle d'argent pourrait être bonne, reprit Vicente, si elle était fondue avec une pièce de monnaie sur laquelle il y aurait la croix, comme sur une vieille piécette ; mais ce qui vaut encore mieux, c'est de prendre tout bonnement un cierge qui ait été sur l'autel pendant qu'on dit la messe. Vous faites fondre cette cire bénite dans un moule à balles, et soyez certain qu'il n'y a ni sort, ni diablerie, ni cuirasse qui puisse garantir un sorcier contre une telle balle. Juan Coll, qui a fait tant de bruit dans le temps aux environs de Tortose, a été tué par une balle de cire que lui tira un brave miquelet, et quand il fut mort et que le miquelet le fouilla, on lui trouva la poitrine toute couverte de figures et de marques faites avec de la poudre à canon, des parchemins pendus au cou, et je ne sais combien d'autres brimborions. José Maria, qui fait tant parler de lui maintenant en Andalousie, a un charme contre les balles; mais gare à lui si on lui lâche des balles de cire! Vous savez comme il maltraite les prêtres et les moines qui tombent entre ses mains : c'est qu'il sait qu'un prêtre doit bénir la cire qui le tuera.

Vicente en eût dit bien davantage si dans ce moment le château de Murviedro, que nous aperçûmes au tournant de la route, n'eût donné un autre tour à notre conversation.

Histoire de Rondino

Il se nommait Rondino. Orphelin dès son enfance, il fut laissé aux soins de son oncle, bailli de son village, homme avare, qui le traitait fort mal. Quand il fut d'âge à tirer pour la milice, le bailli disait publiquement :

— J'espère que Rondino sera soldat, et que le pays en sera débarrassé. Ce garçon-là ne peut tourner à bien. Tôt ou tard, il sera le déshonneur de sa famille. Certainement, il finira par être pendu.

On prétend que la haine de cet homme pour Rondino avait un motif honteux. Son neveu avait fait un petit héritage que le bailli administrait et dont il n'était pas pressé de rendre compte. Quoi qu'il en soit, le sort désigna Rondino pour être conscrit, et il quitte son village, persuadé que son oncle avait organisé dans le tirage une supercherie dont il était la victime.

Arrivé à son régiment, il manquait souvent à l'appel, et montrait tant d'insubordination qu'on l'envoya dans un bataillon de discipline. Il parut extrêmement touché de cette punition, jura de changer de conduite et tint parole. Au bout de quelques mois, il fut rappelé au régiment. Dès lors, ses devoirs de soldat furent remplis avec exactitude, et il mit tous ses soins à se faire distinguer de ses chefs. Il savait lire et écrire ; il était fort intelligent. En peu de temps on le fit caporal, puis sergent.

Un jour, son colonel lui dit :

— Rondino, votre temps de service va finir ; mais je compte que vous resterez avec nous ?

— Non, mon colonel, je désire retourner dans mon pays.

— Vous auriez tort. Vous êtes bien ici. Vos officiers et vos camarades vous estiment. Vous voilà sergent; et, si vous continuez à vous bien conduire, vous serez bientôt sergent-major. En restant au régiment, vous avez un sort tout fait; au lieu que si vous retournez dans votre village, vous mourrez de faim ou bien vous serez à charge à vos parents.

— Mon colonel, j'ai un peu de bien dans mon pays...

— Vous vous trompez. Votre oncle m'écrit qu'il a fait pour votre éducation des dépenses dont vous ne pourrez jamais le rembourser. D'ailleurs, si vous saviez ce qu'il pense de vous, vous ne seriez pas pressé de retourner auprès de lui. Il m'écrit de vous retenir par tous les moyens possibles : il dit que vous êtes un vaurien, que tout le monde vous déteste, et que pas un fermier du pays ne voudra vous donner de l'ouvrage.

— Il a dit cela !

— J'ai sa lettre.

— N'importe! Je veux revoir mon pays.

Il fallut lui donner son congé : on l'accompagna de certificats honorables.

Rondino se rendit aussitôt chez son oncle le bailli, lui reprocha son injustice et lui demanda fort insolemment de lui rendre son bien, qu'il retenait à son préjudice. Le bailli répliqua, s'emporta, produisit des comptes embrouillés, et la discussion s'échauffa au point qu'il frappa Rondino. Celui-ci lui porta aussitôt un coup de stylet, et l'étendit mort sur la place. Le meurtre commis, il quitta le village et demanda un asile à un de ses amis qui habitait une métairie isolée au milieu des montagnes.

Bientôt, trois gendarmes partirent pour l'y chercher. Rondino les attendit dans un chemin creux, en tua un, en blessa un autre, et le troisième prit la fuite. Depuis la persécution des carbonari, les gen-

darmes ne sont pas aimés en Piémont et l'on applau-
dit toujours à ceux qui les battent. Aussi Rondino
passa-t-il pour un héros parmi les paysans du voisinage. D'autres rencontres avec la force armée lui
furent aussi heureuses que la première, et augmen-
tèrent sa réputation. On prétend que, dans l'espace
de deux ou trois ans, il tua ou blessa une quinzaine
de gendarmes. Il changeait souvent de retraite, mais
jamais il ne s'éloignait de plus de sept à huit lieues
de son village. Jamais il ne volait ; seulement, quand
ses munitions étaient presque épuisées, il demandait au premier passant un quart d'écu pour acheter
de la poudre et du plomb. D'ordinaire, il couchait
dans des fermes isolées. Son usage alors était de
fermer toutes les portes, et d'emporter les clefs dans
la chambre qu'on lui avait donnée. Ses armes
étaient auprès de lui, et il laissait en dehors de la
maison, pour faire sentinelle, un énorme chien qui le
suivait partout, et qui plus d'une fois avait fait sentir
ses redoutables dents aux ennemis de son maître.
L'aube venue, Rondino rendait les clefs, remerciait
ses hôtes, et, le plus souvent, ses hôtes le priaient, à
son départ, d'accepter quelques provisions.

M. A..., riche propriétaire de ma connaissance, le
vit, il y a trois ans. On faisait la moisson, et il
surveillait ses ouvriers, quand il vit venir à lui un
homme bien fait, robuste, d'une figure mâle, mais
point féroce ; cet homme avait un fusil, mais, à
cinquante pas des moissonneurs, il le déposa au pied
d'un arbre, ordonna à son chien de le garder, et,
s'avançant vers M. A..., le pria de vouloir bien lui
donner quelque aumône.

— Pourquoi ne travaillez-vous pas avec les
ouvriers ? lui dit M. A..., qui le prenait pour un
mendiant ordinaire.

Le proscrit sourit et dit :

— Je suis Rondino.

Aussitôt on lui offrit quelques pistoles.

— Je ne prends jamais qu'un quart d'écu, dit

Rondino ; cela me suffit pour remplir ma poire à poudre. Seulement, puisque vous voulez faire quelque chose pour moi, ayez la bonté de me faire donner quelque chose à manger, car j'ai faim.

Il prit un pain et du lard, et voulait se retirer aussitôt emportant son dîner ; mais M. A... le retint encore quelques moments, curieux d'observer à loisir un homme dont on parlait tant.

— Vous devriez quitter ce pays, dit-il au proscrit ; tôt ou tard vous serez pris. Allez à Gênes ou en France ; de là vous passerez en Grèce, vous y trouverez des militaires, nos compatriotes, qui vous recevront bien. Je vous donnerai volontiers les moyens de faire le voyage.

— Je vous remercie, répondit Rondino après avoir un peu réfléchi. Je ne pourrais vivre autre part que dans mon pays, et je tâcherai de n'être pendu que le plus tard possible.

Un jour, quelques voleurs de profession cherchèrent Rondino, et lui dirent :

Cette nuit, un conseiller de Turin doit passer à tel endroit ; il a 40 000 livres dans sa voiture ; si tu veux nous conduire, nous l'arrêterons, et tu auras ta part de capitaine.

Rondino leva fièrement la tête, et, les regardant avec mépris :

— Pour qui me prenez-vous ? dit-il, je suis un honnête proscrit, et non un voleur. Ne me faites plus de semblables propositions, ou vous vous en repentirez.

Il les quitta, et alla au-devant du conseiller. L'ayant rencontré à la tombée de la nuit, il fit arrêter la voiture, monta sur le siège et ordonna au cocher de continuer sa route. Cependant, le conseiller tremblant s'attendait à chaque instant à être assassiné. Au milieu d'un défilé, les voleurs paraissent à l'improviste ; Rondino leur crie aussitôt :

— Cette voiture est sous ma protection ; vous me connaissez, et si vous l'attaquez, c'est à moi que vous aurez affaire.

Il avait levé son fusil, et son chien n'attendait qu'un signal pour s'élancer sur les brigands. Ils s'ouvrirent devant la voiture, qui bientôt fut en lieu de sûreté. Le conseiller offrit un présent considérable à son libérateur, mais Rondino le refusa.

— Je n'ai fait que le devoir de tout honnête homme, dit-il ; aujourd'hui, je n'ai besoin de rien ; toutefois, si vous voulez me prouver votre reconnaissance, dites seulement à vos fermiers de me donner un quart d'écu quand je n'aurai plus de poudre, et à dîner quand j'aurai faim.

Rondino fut pris, il y a deux ans, de la manière suivante. Il vint coucher une nuit dans un presbytère ; il demanda toutes les clefs, mais le curé eut l'adresse d'en retenir une, au moyen de laquelle, le brigand une fois endormi, il put envoyer un jeune garçon qui le servait avertir la brigade de gendarmerie la plus proche. Le chien de Rondino était doué d'un instinct merveilleux pour sentir de loin l'approche de ses ennemis. Ses aboiements éveillèrent son maître, qui essaya de sortir du village ; mais déjà toutes les avenues étaient gardées. Il monte dans le clocher et s'y barricade. Le jour venu, il commença à tirer par les fenêtres, et bientôt obligea les gendarmes à gagner les maisons voisines, et à renoncer à donner l'assaut. La fusillade dura une grande partie de la journée. Rondino n'était pas blessé, et déjà il avait mis hors de combat trois gendarmes ; mais il n'avait ni pain, ni eau, et la chaleur était étouffante ; il comprit que son heure était venue. Tout d'un coup on le vit apparaître à une fenêtre du dehors, élevant un mouchoir blanc au bout de son fusil. On cessa de tirer.

— Je suis las, dit-il, de la vie que je mène ; je veux bien me rendre, mais je ne veux pas que des gendarmes aient la gloire de m'avoir pris. Faites venir un officier de la ligne, et je me rendrai à lui.

Précisément un détachement, commandé par un officier, entrait dans le village ; on consentit à ce que demandait Rondino. Les soldats se mirent en bataille devant le clocher, et Rondino sortit à l'instant. Il s'avança vers l'officier, et lui dit d'une voix ferme :

— Monsieur, acceptez mon chien, vous en serez content ; promettez-moi d'avoir soin de lui.

L'officier le lui promit. Aussitôt, Rondino brisa la crosse de son fusil, et fut emmené sans résistance par les soldats, qui le traitèrent avec beaucoup d'égards. Il attendit son jugement pendant près de deux ans ; il écouta son arrêt avec beaucoup de sang-froid, et subit son supplice sans faiblesse ni fanfaronnades.

H. B.

Il y a un passage de l'*Odyssée* qui me revient souvent en mémoire. Le spectre d'Elpénor apparaît à Ulysse, et lui demande les honneurs funèbres :

Μή, μ'ἄκλαυτον, ἄθαπτον, ἰὼν ὄπιθεν καταλείπειν.
« Ne me laisse pas sans être pleuré, sans être enterré. »

Aujourd'hui, l'enterrement ne manque à personne, grâce à un règlement de police; mais nous autres païens, nous avons aussi des devoirs à remplir envers nos morts, qui ne consistent pas seulement dans l'accomplissement d'une ordonnance de grande voirie. J'ai assisté à trois enterrements païens : — celui de Sautelet, qui s'était brûlé la cervelle. Son maître, grand philosophe, et ses amis, eurent peur des honnêtes gens, et n'osèrent parler. — Celui de M. Jacquemont. Il avait défendu les discours. — Celui de Beyle enfin. Nous nous y trouvâmes trois, et si mal préparés, que nous ignorions ses dernières volontés. Chaque fois, j'ai senti que nous avions manqué à quelque chose, sinon envers le mort, du moins envers nous-mêmes. Qu'un de nos amis meure en voyage, nous aurons un vif regret de ne pas lui avoir dit adieu au moment du départ. Un départ, une mort doivent se célébrer avec une certaine cérémonie, car il y a là quelque chose de solennel. Ne fût-ce qu'un repas, une association de pensées régulières, il faut quelque chose. Ce quelque chose, c'est ce que demande Elpénor : ce n'est pas seulement un peu de terre qu'il réclame, c'est un souvenir.

J'écris les pages suivants pour suppléer à ce que nous ne fîmes point aux funérailles de Beyle. Je veux partager avec quelques-uns de ses amis mes impressions et mes souvenirs.

Beyle, original en toutes choses, ce qui est un vrai mérite à cette époque de monnaies effacées, se piquait de libéralisme, et était au fond de l'âme un aristocrate achevé. Il ne pouvait souffrir les sots ; il avait pour les gens qui l'ennuyaient une haine furieuse, et de sa vie il n'a pas su bien nettement distinguer un méchant d'un fâcheux. Il affichait un profond mépris pour le caractère français, et il était éloquent à faire ressortir tous les défauts dont on accuse, à tort sans doute, notre grande nation : légèreté, étourderie, inconséquence en paroles et en actions. Au fond, il avait à un haut degré ces mêmes défauts ; et pour ne parler que de l'étourderie, il écrivit un jour, de Civita-Vecchia, à M. de Broglie, ministre des Affaires étrangères, une lettre chiffrée, et lui transmit le chiffre sous la même enveloppe.

Toute sa vie il fut dominé par son imagination, et ne fit rien que brusquement et d'enthousiasme. Cependant il se piquait de n'agir jamais que conformément à la raison. « Il faut en tout se guider par la LO-GIQUE », disait-il en mettant un intervalle entre la première syllabe et le reste du mot. Mais il souffrait impatiemment que la *logique* des autres ne fût pas la sienne. D'ailleurs il ne discutait guère. Ceux qui ne le connaissaient pas attribuaient à excès d'orgueil ce qui n'était peut-être que respect pour les convictions des autres. — « Vous êtes un chat ; je suis un rat », disait-il souvent pour terminer les discussions.

Un jour, nous voulûmes faire ensemble un drame. Notre héros avait commis un crime et était tourmenté de remords. « Pour se délivrer d'un remords, dit Beyle, que faut-il faire ? » — Il réfléchit un instant. — « Il faut fonder une école d'enseignement mutuel. » Notre drame en resta là.

Il n'avait aucune idée religieuse, ou s'il en avait, il apportait un sentiment de colère et de rancune contre la Providence. « Ce qui excuse Dieu, disait-il, c'est qu'il n'existe pas. » Une fois, chez madame Pasta, il nous fit la théorie cosmogonique suivante : « Dieu était un mécanicien très habile. Il travaillait nuit et jour à son affaire, parlant peu, et inventant sans cesse, tantôt un soleil, tantôt une comète. On lui disait : « Mais écrivez donc vos inventions ! Il ne faut pas que cela se perde. — Non, répondait-il ; rien n'est encore au point où je veux. Laissez-moi perfectionner mes découvertes, et alors... » Un beau jour, il mourut subitement. On courut chercher son fils unique, qui étudiait aux Jésuites. C'était un garçon doux et studieux, qui ne savait pas deux mots de mécanique. On le conduisit dans l'atelier de feu son père. — « Allons, à l'ouvrage ! il s'agit de gouverner le monde. » Le voilà bien embarrassé ; il demande : « Comment faisait mon père ? — Il tournait cette roue, il faisait ceci, il faisait cela. » — Il tourne la roue, et les machines vont tout de travers. »

Beyle me dit qu'il avait fait un drame de la vie de Jésus-Christ. Il l'avait présenté comme une âme simple, naïve, toute pleine de sensibilité et de tendresse, mais incapable de commander aux hommes. Jésus-Christ, dans ce drame, exploitait à son profit la doctrine de Socrate. « Y a-t-il de l'amour dans votre drame ? lui demandai-je. — Beaucoup. Et saint Jean, le disciple chéri ? » Il soutenait que tous les grands hommes ont eu des goûts bizarres, et citait Alexandre, César, vingt papes italiens ; il prétendait que Napoléon lui-même avait eu du faible pour un de ses aides de camp.

Il était difficile de savoir ce qu'il pensait de Napoléon. Presque toujours il était de l'opinion contraire à celle qu'on mettait en avant. Tantôt il en parlait comme d'un parvenu ébloui par les oripeaux, manquant sans cesse aux règles de la LO-GIQUE. D'autres fois, c'était une admiration presque idolâtre. Tour à tour il était frondeur comme Courrier, et servile comme Las Cases. Les hommes de l'Empire étaient traités aussi diversement que leur maître.

Il convenait de la fascination exercée par l'empereur sur tout ce qui l'approchait. « Et moi aussi, disait-il, j'ai eu le feu sacré. On m'avait envoyé à Brunswick pour lever une imposition extraordinaire de 5 millions. J'en ai fait rentrer 7, et j'ai manqué d'être assommé par la canaille qui s'insurgea, exaspérée par l'excès de mon zèle. Mais l'empereur demanda quel était l'auditeur qui avait fait cela, et dit : « C'est bien. »

Nous aimions à l'entendre parler des campagnes qu'il avait faites avec l'empereur. Ses récits ne ressemblaient guère aux relations officielles. On en jugera. Dans une affaire fort chaude, Murat haranguait les soldats près de se débander ; voici en quels termes : « En avant ! s. n. d. D. J'ai le cul rond comme une pomme, soldats ! j'ai le cul rond comme une pomme ! » — « Dans le moment du danger, disait Beyle, cela paraissait une harangue ordinaire, et je suis persuadé que César et Alexandre ont dit dans de telles occasions d'aussi grosses bêtises. »

Parti de Moscou, Beyle se trouva, le soir du troisième jour de la retraite, avec environ mille cinq cents hommes, séparé du gros de l'armée par un corps russe considérable. On passa une partie de la nuit à se lamenter, puis les gens énergiques haranguèrent les poltrons, et, à force d'éloquence, les engagèrent à s'ouvrir un chemin l'épée à la main, dès que le jour permettrait de distinguer l'ennemi. Autre genre d'allocution militaire : « Tas de canailles, vous serez tous morts demain, car vous êtes trop j.-f. pour prendre un fusil et vous en servir, etc. » Ces paroles sublimes ayant produit leur effet, à la petite pointe du jour on marcha résolument aux Russes, dont on voyait encore briller les feux de bivouac. On y arrive sans être découvert, et l'on trouve un chien tout seul. Les Russes étaient partis dans la nuit.

Pendant la retraite, il n'avait pas trop souffert de la faim, mais il lui était absolument impossible de se rappeler comment il avait mangé et ce qu'il avait mangé, si ce n'est un morceau de suif qu'il avait payé 20 francs, et dont il se souvenait encore avec délices.

Il avait emporté de Moscou le volume des Facéties de Voltaire, relié en maroquin rouge, qu'il avait pris dans une maison qui brûlait. Ses camarades trouvaient cette action un peu légère : dépareiller une magnifique édition ! Lui-même en éprouvait une espèce de remords.

Un matin, aux environs de la Bérézina, il se présenta à M. Daru, rasé et habillé avec quelque soin : « Vous avez fait votre barbe ! lui dit M. Daru, vous êtes un homme de cœur. »

M. Bergonié, auditeur au Conseil d'État, m'a dit qu'il devait la vie à Beyle, qui, prévoyant l'encombrement des ponts, l'avait obligé à passer la Bérézina, le soir qui précéda la déroute. Il fallut employer presque la force pour obtenir qu'il fît quelques centaines de pas. M. Bergonié faisait l'éloge du sang-froid de Beyle, et du bon sens qui ne l'abandonnait pas dans un moment où les plus résolus perdaient la tête.

En 1813, Beyle fut témoin involontaire de la déroute d'une brigade entière chargée inopinément par cinq Cosaques. Beyle vit courir environ deux mille hommes, dont cinq généraux, reconnaissables à leurs chapeaux bordés. Il courut comme les autres, mais mal, n'ayant qu'un pied chaussé, et portant une botte à la main. Dans tout ce corps français, il ne se trouva que deux héros qui firent tête aux Cosaques : un gendarme nommé Menneval, et un conscrit, qui tua le cheval du gendarme en voulant tirer sur les Cosaques. Beyle fut chargé de raconter cette panique à l'empereur, qui l'écoutait avec une fureur concentrée, en faisant tourner une de ces machines en fer qui servent à fixer les persiennes.

On chercha le gendarme pour lui donner la croix ; mais il se cachait, et nia d'abord qu'il eût été à l'affaire, persuadé que rien n'est si mauvais que d'être remarqué dans une déroute. Il croyait qu'on voulait le fusiller.

Sur l'amour, Beyle était encore plus éloquent que sur la guerre. Je ne l'ai jamais vu qu'amoureux, ou croyant l'être ; mais il avait eu deux *amours-passions* (je me sers d'un de ses termes), dont il n'avait jamais pu guérir. L'un, le premier en date, je crois, lui avait été inspiré par madame Curial, alors dans tout l'éclat de sa beauté. Il avait pour rivaux bien des hommes puissants, entre autres un général fort en faveur, qui abusa un jour de sa position pour obliger Beyle à lui céder sa place auprès de la dame. Le soir même, Beyle trouva moyen de lui faire tenir une petite fable de sa composition, dans laquelle il lui proposait allégoriquement un duel. Je ne sais si la fable fut comprise ; mais on n'accepta pas la moralité, et Beyle reçut une verte semonce de M. Daru, son parent et son protecteur ; il n'en continua pas moins ses poursuites. En 1836, Beyle me racontait cette aventure, le soir, sous les grands arbres de la promenade de Laon. Il ajoutait qu'il venait de voir madame Curial, âgée alors de quarante-sept ans, et qu'il s'était trouvé aussi amoureux qu'au premier jour. L'un et l'autre avaient eu bien d'autres passions dans l'intervalle. « Comment pouvez-vous m'aimer encore à mon âge ? » disait-elle. Il le lui prouvait très bien, et jamais je ne l'ai vu montrer tant d'émotion. Il avait les larmes aux yeux en me parlant.

Son autre amour-passion fut pour une belle Milanaise, nommée madame Grua. Malgré la bonne foi des Italiennes, qu'il opposait sans cesse à la coquetterie des nôtres, madame Grua le trahissait indignement. Elle avait eu l'art de lui persuader que son mari, le plus débonnaire des hommes, était un monstre de jalousie ; et elle obligeait Beyle à se cacher à Turin, car sa présence à Milan l'aurait perdue, disait-elle. Une fois tous les dix jours, au cœur de l'hiver, Beyle venait à Milan dans le plus strict incognito, se cachait dans une méchante auberge, et, la nuit, était introduit chez sa belle par une femme de chambre qu'il payait bien. Cela dura quelque temps, et toujours des précautions infinies. Pourtant la femme de chambre eut un remords, et lui avoua qu'on le trompait, et qu'on avait autant d'amants différents qu'il passait de jours en exil. D'abord il n'en voulut rien croire ; à la fin, cependant, il accepta une expérience. On le fit cacher dans un cabinet ; et là, en mettant l'œil au trou d'une serrure, il vit, à trois pieds de lui, la plus monstrueuse pièce de conviction. Beyle me dit que la singularité de la chose et le ridicule de la situation lui donnèrent d'abord une gaieté folle, et qu'il eut toutes les peines du monde à ne pas alarmer les coupables en éclatant de rire. Ce ne fut qu'au bout de quelque temps qu'il sentit son malheur. L'infidèle, que pour toute vengeance il avait un peu persiflée, essaya de le fléchir, lui demanda grâce à genoux, et le suivit dans cette attitude tout le long d'une grande galerie. L'orgueil l'empêcha de lui pardonner, et il s'en accusait avec amertume, en se rappelant l'air passionné de madame Grua. Jamais elle ne lui avait paru si désirable, jamais elle n'avait eu tant d'amour. Il avait sacrifié à l'orgueil le plus grand plaisir qu'il eût pu goûter avec elle. — Il fut dix-huit mois à se consoler. « J'étais abruti, disait-il. Je ne pensais plus. J'étais accablé d'un poids insupportable, sans pouvoir me rendre compte nettement de ce que j'éprouvais. C'est le plus grand des malheurs ; il prive de toute énergie. Depuis, un peu remis de cette langueur accablante, j'avais une curiosité singulière à connaître toutes ses infidélités. Je m'en faisais raconter tous les détails. Cela me faisait un mal affreux, mais j'avais un certain plaisir physique à me la représenter dans toutes les situations où on me la décrivait. »

Beyle m'a toujours paru convaincu de cette idée très répandue sous l'Empire, qu'une femme peut toujours être prise d'assaut, et que c'est pour tout homme un devoir d'essayer. « *Ayez-la ; c'est d'abord ce que vous lui devez* », me disait-il quand je lui parlais d'une femme dont j'étais amoureux. Un soir, à Rome, il me conta que la comtesse Cini venait de lui dire *voi* au lieu de *lei*, et me demanda s'il ne devait pas la violer. Je l'y exhortai fort.

Je n'ai connu personne qui fût plus galant homme à recevoir les critiques sur ses ouvrages. Ses amis lui parlaient toujours sans le moindre ménagement. Plusieurs fois, il m'envoya des manuscrits qu'il avait déjà communiqués à V. Jacquemont, et qui revenaient avec des notes marginales comme celles-ci : « Détestable, — Style de portier », etc. Quand il fit paraître son livre *De l'Amour*, ce fut à qui s'en moquerait davantage (au fond, fort injustement). Jamais ces critiques n'altérèrent ses relations avec ses amis.

Il écrivait beaucoup, et travaillait longtemps ses ouvrages. Mais, au lieu d'en corriger l'exécution, il en refaisait le plan. S'il effaçait les fautes d'une première rédaction, c'était pour en faire d'autres ; car je ne sache pas qu'il ait jamais essayé de corriger son style. Quelque raturés que fussent ses manuscrits, on peut dire qu'ils étaient toujours écrits de premier jet.

Ses lettres sont charmantes ; c'est sa conversation même.

Il était très gai dans le monde, fou quelquefois, négligeant trop les convenances et les susceptibilités. Souvent il était de mauvais ton, mais toujours spirituel et original. Bien qu'il n'eût de ménagements pour personne, il était facilement blessé par des mots échappés sans malice. « Je suis un jeune chien qui joue, me disait-il, et on me mord. » Il oubliait qu'il mordait parfois lui-même, et assez serré. C'est qu'il ne comprenait guère qu'on pût avoir d'autres opinions que les siennes sur les choses et sur les hommes. Par exemple, il n'a jamais pu croire qu'il y eût des dévots véritables. Un prêtre et un royaliste étaient toujours pour lui des hypocrites.

Ses opinions sur les arts et la littérature ont passé pour des hérésies téméraires lorsqu'il les a produites. Aujourd'hui, quelques-uns de ses jugements ont l'air de vérités de M. de la Palisse. Lorsqu'il mettait Mozart, Cimarosa, Rossini au-dessus des faiseurs d'opéras-comiques de notre jeunesse, il soulevait des tempêtes. C'est alors qu'on l'accusait de n'avoir pas des sentiments français.

Il est pourtant très Français dans ses opinions sur la peinture, bien qu'il prétende la juger en Italien. Il apprécie les maîtres avec les idées françaises, c'est-à-dire, au point de vue littéraire. Les tableaux des écoles d'Italie sont examinés par lui comme des drames. C'est encore la façon de juger en France, où l'on n'a ni le sentiment de la forme, ni un goût inné pour la couleur. Il faut une sensibilité particulière et un exercice prolongé pour aimer et comprendre la forme et la couleur. Beyle prête des passions dramatiques à une Vierge de Raphaël. J'ai toujours soupçonné qu'il aimait les grands peintres des écoles lombarde et florentine, parce que leurs ouvrages le faisaient penser à bien des choses auxquelles sans doute les maîtres ne pensaient pas. C'est le propre des Français de tout juger par l'esprit. Il est juste d'ajouter qu'il n'y a pas de langue qui puisse exprimer les finesses de la forme ou la variété des effets de la couleur. Faute de pouvoir exprimer ce qu'on sent, on décrit d'autres sensations qui peuvent être comprises par tout le monde.

Beyle m'a toujours paru assez indifférent à l'architecture, et n'avait sur cet art que des idées d'emprunt. Je crois lui avoir appris à distinguer une église romane d'une église gothique, et, qui plus est, à regarder l'une et l'autre. Il reprochait à nos églises d'être tristes.

Il sentait mieux la sculpture de Canova que toute autre, même que les statues grecques ; peut-être est-ce parce que Canova a travaillé pour les gens de lettres. Il s'est beaucoup plus préoccupé des idées qu'il exciterait dans un esprit cultivé, que de l'impression qu'il pourrait produire sur un œil qui aime et qui connaît la forme.

Pour Beyle, la poésie était lettre close. Souvent il lui arrivait d'estropier, en les citant, des vers français. Il ne connaissait ni le mètre ni l'accentuation des vers anglais et italiens, et cependant il était réellement sensible à certaines beautés de Shakespeare et du Dante, qui sont intimement unies à la forme du vers. Il a dit son dernier mot sur la poésie dans son livre *De l'Amour* : « Les vers furent inventés pour aider la mémoire ; les conserver dans l'art dramatique, reste de barbarie. » Racine lui déplaisait souverainement. Le grand reproche que nous lui adressions vers 1820, c'est qu'il manque absolument aux *mœurs*, ou à ce que, dans notre jargon romantique, nous appelions alors la couleur locale. Shakespeare, que nous opposions sans cesse à Racine, a fait en ce genre des fautes cent fois plus grossières. « Mais, disait Beyle, Shakespeare a mieux connu le cœur humain. Il n'y a pas de passion ou de sentiment qu'il n'ait peint avec une admirable vérité. La vie et l'individualité de ses personnages le mettent au-dessus de tous les auteurs dramatiques. — Et Molière ? répondait-on. — Molière est un coquin qui n'a pas voulu représenter le *courtisan*, parce que Louis XIV ne le trouvait pas bon. »

Dans la pratique de la vie, Beyle avait une suite de maximes générales qu'il fallait, disait-il, observer infailliblement sans les discuter, dès qu'on les avait une fois trouvées commodes. A peine permettait-il d'examiner un instant si le cas particulier rentrait dans une de ses théories générales.

Jusqu'à trente ans, il voulait qu'un homme, se trouvant avec une femme seule, tentât l'abordage.

Cela réussit, disait-il, une fois sur dix. Or, la chance
d'un sur dix vaut bien la peine d'essuyer neuf rebuf-
fades. — Ne jamais pardonner un mensonge ; — ne
jamais se repentir ; — prendre aux cheveux la première occasion de querelle, à son entrée dans le
monde, voilà quelques-unes de ses maximes.

Il se moquait de moi en me voyant étudier le grec
à vingt-cinq ans. — « Vous êtes sur le champ de
bataille, disait-il ; ce n'est plus le moment de polir
votre fusil ; il faut tirer. »

Il avait souffert, comme tant d'autres, de la mauvaise honte dans sa jeunesse. C'est une chose difficile
pour un jeune homme, que d'entrer dans un salon. Il
s'imagine qu'on le regarde et craint toujours de
n'être pas *correct*. « Je vous conseille, me disait-il,
d'entrer avec l'attitude que le hasard vous a fait
prendre dans l'antichambre : convenable ou non,
n'importe. Soyez comme la statue du commandeur,
et ne changez de maintien que lorsque l'émotion de
l'entrée aura disparu. »

Il avait une autre recette pour les duels : « Pendant qu'on vous vise, regardez un arbre, et appli-
quez-vous à en compter les feuilles. »

Il aimait la bonne chère : cependant il trouvait du
temps perdu celui qu'on passe à manger, et souhai-
tait qu'en avalant une boulette le matin, on fût
quitte de la faim pour toute la journée. Aujourd'hui,
on est gourmand, et on s'en vante. Du temps de
Beyle, un homme prétendait surtout à l'énergie et au
courage. Comment faire campagne, si l'on est gas-
tronome ?

La police de l'Empire pénétrait partout, à ce qu'on
prétend ; et Fouché savait tout ce qui se disait dans
les salons de Paris. Beyle était persuadé que cet
espionnage gigantesque avait conservé tout son pouvoir occulte. Aussi, il n'est sorte de précautions dont
il ne s'entourât pour les actions les plus indiffé-
rentes.

Jamais il n'écrivait une lettre sans la signer d'un

nom supposé : César Bombet, Cotonet, etc. Il datait
ses lettres d'*Abeille*, au lieu de Civita-Vecchia, et
souvent les commençait par une telle phrase : « J'ai
reçu vos soies grèges et les ai emmagasinées en
attendant leur embarquement. » Tous ses amis
avaient leur nom de guerre, et jamais il ne les
appelait d'une autre façon. Personne n'a su exactement quelles gens il voyait, quels livres il avait
écrits, quels voyages il avait faits.

Je m'imagine que quelque critique du xxe siècle
découvrira les livres de Beyle dans le fatras de la
littérature du xixe, et qu'il leur rendra la justice
qu'ils n'ont pas trouvée auprès des contemporains.
C'est ainsi que la réputation de Diderot a grandi au
xixe siècle ; c'est ainsi que Shakespeare, oublié du
temps de Saint-Évremond, a été découvert par Gar-
rick. Il serait bien à désirer que les lettres de Beyle
fussent publiées un jour ; elles feraient connaître et
aimer un homme dont l'esprit et les excellentes
qualités ne vivent plus que dans la mémoire d'un
petit nombre d'amis.

TABLE

IMPRIMÉ EN CEE
lc 05-10-1994
B/059-93 – Dépôt légal, août 1993

ISBN : 287714-146-2